타인에게 말걸기

국립중앙도서관 출판시도서목록(CIP)

타인에게 말 걸기 : 은희경 소설집 / 은희경 지음.
— 서울 : 문학동네, 2003
   p. ;   cm

ISBN 89-8281-024-2 03810 : ₩7000

813.6-KDC4
895.734-DDC21   CIP2003000610

타
  인
   에
    게
말걸기

은희경 소설집

문학동네

차 례

그녀의 세번째 남자

구름 두께 10킬로미터

그녀는 신문을 읽고 있었다. 오후의 햇살이 비쳐들어 사무실 안은 나른했다. 그녀의 책상이 있는 곳은 창가 바로 아래 자리였다. 열어놓은 창으로 바람이 들어와 신문지 귀퉁이가 펄럭거렸다. 신문 오른쪽 면을 향해 고개를 돌린 채 그녀는 손바닥으로 왼쪽 귀퉁이를 쓸어냈다. 바람이 세지 않은데도 신문은 자꾸만 들쳐졌다. 그녀는 귀찮다는 듯이 아예 신문 위에 왼손을 올려놓고 읽었다. 넷째손가락에서 장식 없는 반지가 햇빛을 받아 반짝였다.

책상 오른쪽에는 연필꽂이와 메모지, 슬라이드 필름이 끼워진 원고, 그리고 필름을 확대해서 보는 루페가 놓여 있었다. 왼쪽에는 화면보호 상태인 컴퓨터 모니터가 지루한 궤도로의 우주여행을 반복하고 있다. 그녀는 생각난 듯이 안경을 벗어 닦았다. 그 작고 날렵한 수입 뿔테는 그녀의 갸름한 얼굴에 잘 어울렸다. 어제 세탁소에서 찾아온 크림색 시폰 블라우스와 올리브색 체크무늬의 랩스커트 안에서 그녀는 왼쪽으로 꼬았던 다리를 오른쪽으로 바꾸었다. 다른 날과 다른 것은 아무것도 없었다.

신문기사도 마찬가지였다. 세상 어디에선가 또 폭탄테러가 일어났고 그에 대처한 중요한 회의들이 열리고 있었다. 선거철이 되었으므로 그 회의에서의 발언은 신경증적이 될 수밖에 없었는데 유권자에게는 자신만만하고 웃는 표정만을 보여줘야 하기 때문에 전속 유머작가들이 연설문 작성에 동원되었다. 그리고 또 누군가가 뇌물을 받았다. 계좌 추적과 출국 정지. 그녀는 신문을 넘겼다. 몇 년 전에도 왔었던 영국의 팝 가수가 공항에 도착했으며 재작년에 죽은 영문학자의 제자들이 기념비를 세우려고 모금을 시작했다.

그 영문학자는 그녀도 잘 아는 사람이었다. 전 직장이었던 출판사에서 그 학자의 전집을 출간했다. 그의 책을 열 권 만드는 동안 그녀는 육 년의 세월을 흘려보냈고 아랫사람 셋을 거느린 과장이 되는 한편 노처녀도 되었던 것이다. 그녀는 영문학자의 기사만은 제목만 훑어보지 않고 처음부터 끝까지 내용을 샅샅이 읽었다. 그러나 관심이 없기는 다른 기사와 똑같았다. 그녀는 다시 신문을 넘겼다.

'한밤 같은 서울 대낮'

그 제목을 향해 그녀는 약간 얼굴을 기울였다. 그리고 고딕체로 된 사진설명을 읽어 내려갔다.

25일 오후 4시 10분부터 약 30여 분간 서울 일원 하늘에 시커먼 먹구름이 끼어 '한낮 속의 밤' 같은 현상이 일어났다. 이 때문에 차량들이 모두 라이트를 켠 채 운행했고 시민들은 불안해 기상청에 문의전화를 걸기도 했다. 기상청은 한랭전선이 지나갈 때 대기가 불안정해지면서 구름 두께가 평시보다 2배 이상 두꺼운 10km 정도 되는 경우가 있으며 어제 낮에도 같은 현상이 일어났다고 설명했다.

그녀는 계속해서 신문을 볼 수가 없었다. 그때 바로 전화벨이 울렸으며, 10분 후에는 회사 앞의 카페에 앉아서 오늘로만 세 잔째인 커피를 마셔야 할지 아니면 떫은 맛을 참아가며 녹차를 마셔야 할지 결정을 내려야 했기 때문이다.

그녀를 불러낸 친구는 망설임 없이 커피를 시켰다. '아르바이트'라는 글씨를 가슴에 달고 초록빛 에이프런을 입은 여자애는 친구가 "커피!" 하자 "네에"라고 끝을 올리며 상냥하게 대답한 다음, 묻는 눈을 하고 그녀 쪽으로 얼굴을 돌렸다. 그녀는 여자애의 눈 속을 똑바로 쳐다보며 말없이 고개를 끄덕여 보였다. 블렌드 커피 두 잔요? 감사합니다! 여자애는 그 말을 터무니없이 쾌활하고 들뜬 목소리로 말했다. 기계적인 동작으로 인사를 한 뒤 뒤돌아 사라지는 여자애의 에이프런 속을 발목 교정을 하는 구두처럼 투박한 검은 부츠가 걸어가고 있었다. 그녀는 마치 자동인형 같은 여자애의 뒷모습을 주의 깊게 쳐다보았다. 그러나 그 뒷모습에 태엽 같은 것은 보이지 않았다. '아르바이트'란 표식과 초록 에이프런을 벗으면 저 여자애도 엄마에게 스커트를 다려놓지 않았다고 짜증을 내고 약속시간에 늦은 남자친구에게 신경질을 부릴 것이다. 타인에게는 친절할 수 있기 때문에 서비스업이 생겨났다. 그녀는 여자애에게 벌써 관심이 없어졌다.

친구는 숄더백 안에서 영화잡지를 꺼내더니 다시 그 잡지 안에서 청첩장을 꺼내 탁자 위에 놓는다. 그녀는 청첩장을 집어들고 펴보았다. 7월이면 얼마 안 남았네? 응, 보름 뒤야. 그녀의 고개가 끄덕여졌다. 하기야 동거를 2년이나 했으니 준비할 것도 없겠지. 그녀는 무심코 청첩장을 접어서 다시 봉투에 넣으려고 했다. 그러다가 갑자기 청첩장 속의 어떤 글자에 시선을 박은 채 한참을 가만히 있었다. 그런 그녀를 뚫어져라 쳐다보며 친구도 가만히 있는다.

먼저 입을 연 것은 친구 쪽이었다. 그 사람 아니야. 다른 남자하고 결혼해. 친구는 무릎 위에 있던 영화잡지를 다시 백에 집어넣으려다가 책갈피를 활짝 펼치고는 그 속에 든 청첩장들이 빠지지 않도록 단단히 집어넣었다. 그 페이지에는 클로즈업된 한 남자의 얼굴이 커다랗게 박혀 있다. 그녀는 그 얼굴을 안다. 친구와 동거하는 영화평론가이다.

그 사람을 사랑하지 않는 게 아냐. 아마 내 생에서 그 사람말고는 아무도 사랑할 수 없을 거야. 하지만 난 지금의 내 인생이 싫어. 몽땅 바꾸고 싶다구. 근데 대체 뭘 바꿀 수 있겠어? 이름? 나이? 성별? 출신학교? 지금까지 읽은 책 제목들? 같이 잔 남자들과의 과거? 내가 거쳐온 몇 가지 직업, 옷 입는 취향, 버섯과 카레를 싫어하는 식성, 다 지긋지긋해. 넌더리가 난단 말야. 이렇게 내가 싫어하는 나로 죽을 때까지 그럭저럭 살아야 한다고 생각해봐. 얼마나 끔찍하니. 그래서 낯선 사람과 결혼하려는 거야. 결혼할 사람? 글쎄. 막연히 몇 시간쯤 차를 달리다가 국도변의 주유소에 딸린 한적한 식당에서 옆 테이블에 앉아 우거지탕을 먹던 남자쯤으로 알면 돼. 지금까지 내가 살아왔던 그 어떤 삶과도 공통점이 없는 사람이야. 이제 난 낯선 세계로 가서 낯선 사람으로 살아갈 거야. 행복? 그거야 알 수 없지. 어쨌든 다른 인간이 되어본다는 것으로 만족해. 지금보다 훨씬 나쁘더라도 지금보다는 나은 거야.

친구는 덧붙였다.

"나는 결혼이 모험이란 건 알아. 그렇기 때문에 사랑하는 사람과는 할 수 없는 거야. 사랑하는 사람과는 결혼하지 말아야 한다는 것을 사람들은 알아야만 해."

그녀는 친구가 몹시 변덕스럽고, 게다가 지금처럼 자기의 변덕스러움을 인과관계 속에서 해석해내려고 하는 쓸데없는 버릇이 있음을 잘 알았다.

"사랑하는 사람과는 결혼하지 말아야 한다구?"

"그래. 만약 결혼해서 그 사람이 불행해지면 그걸 어떻게 견딜 수 있겠니?"

그녀의 오른쪽 엄지와 중지가 왼손가락의 반지를 잡고 천천히 돌리기 시작했다. 결혼한 사람은 모두 불행을 견디고 있어. 사랑하는 사람과 함께 견디기에 가장 어려운 것은 불행이 아니라 권태야. 하지만 사람을 무력하게 만들기 때문에 현상을 바꿀 의지 없이 그럭저럭 견딜 수 있게 되는 것이 권태의 장점이지.

그녀는 그 말을 입밖에 내지는 않았다. 반지에서 손을 떼고 찻잔을 들어 식은 커피를 마셨다.

지금보다 훨씬 나쁘더라도 지금보다는 나은 거야…… 그녀는 이 말에 대해 생각해보기로 했다. 비슷한 말을 언젠가 들은 적이 있는 것 같았다. 대학교 2학년 때 군대에 자원하며 남자친구가 했던 말이던가? 아니면 바로 저 친구가 재작년에 약을 먹었을 때 유서에 썼던 말 같기도 하고, 저 친구와 같이 본 어느 영화 속의 대사인지도 모르겠다. 기억이 잘 나지 않았다.

시계를 보더니 친구는 그만 가봐야 한다고 말했다. 영화 아카데미에서 같이 공부한 선배가 다큐멘터리를 찍었는데 그 시사회에 간다는 것이다. 거기 가서 청첩장 돌리면 다들 날 나쁜 년이라고 욕하겠지? 하면서 친구는 입술을 비틀고 웃었다. 그러라지 뭐. 난 욕먹는 게 좋아. 욕을 먹기 시작하면 못할 일이 없거든. 그런 게 자유 아냐? 그러면서도 친구는 가뿐하게 자리에서 일어나지 못한다. 비어버린 찻잔을 들어서 마시기도 하고 테이블 위에 나 있는 갈색 담뱃자국을 손가락으로 문지르기도 하면서 그대로 앉아 있다. 한참 동안 말없이 창밖을 쳐다보더니 시선을 그대로 창밖에 둔 채 무심한 목소리로 그녀에게 물었다.

"어제 날씨, 봤니?"

한밤 같은 대낮. 하늘에 먹구름이 뒤덮이고 대기는 으스스한 공포영화 속의 화면처럼 부옇다. 길 가는 사람들의 눈 밑에는 붉은 그늘이 지고 자동차는 라이트를 켜고 느리게 지나간다. 불안해진 시민들의 전화가 폭주하여 기상청 전화는 불통이 된다……

"봤어. 이상한 날씨라고 신문에도 났더라."

"기분이 어떻디?"

"글쎄. 지구 종말 같던데."

그녀의 목소리는 건조하지만 친구는 먼 데를 보는 눈빛이 된다.

"붉은 필터를 끼우고 보는 세상. 짐 자무시의 화면 같지 않았어?"

"자무시?"

"그래. 〈천국보다 낯선〉."

친구는 유학을 갔다가 중간에서 공부를 포기하고 돌아오더니 한때 수녀를 지원하여 수녀원에도 들어갔었다. 남자와 헤어지고 난 뒤 위세척을 하고 병실에서 깨어난 것이 두 번이고, 혼자 낳아 기르겠다고 우는 것을 겨우 달래서 산부인과의 수술대에 올려보낸 일도 세 번이다. 직업도 방송국 구성작가에서부터 여성단체 간사, 번역가, 이벤트 회사의 플래너, 출판사의 기획자 등 여러 가지를 거쳤다. 그러고도 낯선 삶을 원하는 일에 결코 지치는 법이 없었다. 아직 삶에 대해 기대가 많다는 것이 그녀가 그 친구를 좋아하는 가장 큰 이유였다.

낯선 것은 불편하지만 매혹적이다. 삶을 익숙한 것과 낯선 것으로 채운다면 황금분할은 어떤 것일까. 그러나 그녀는 그에 대한 생각을 진전시킬 수 없었다. 카페를 나온 뒤 또다시 10분 후에는 교정지를 읽고 제목 뽑기를 먼저 해야 하나 아니면 '이 달의 문화 인물'이라는 제목의 인터뷰 원고를 먼저 써야 하나 결정을 내리기 위해 두 손을 맞잡고 반지를 돌리고 있었다.

다른 날과 다른 것은 아무것도 없었다. 그녀는 책상 위에 몸을 구부리고 무엇인가를 썼고 오른쪽의 펜꽂이에서 붉은 펜을 꺼내 교정을 봤다. 그러다가 사전을 펼쳐놓은 채 낱말의 뜻이나 맞춤법을 확인하기에는 지나치게 길다 싶을 동안 그것을 뚫어져라 쳐다보았다. 그녀에게 그런 일은 처음이 아니었다. 뭐랄까, 이따금 그녀에게는 알 수 없는 정지동작이 있었다. 일상의 시간 속에 녹아 있는 자신을 잠깐씩 어디론가 놓아보내주는 순간이라고나 할까. 차를 갖고 다닌 지 3년이 넘었어도 교통위반 딱지 하나 떼지 않은 그녀에게 어떤 사람은 아직 운전을 두려워하는 거라고 꼬집었지만, 그녀는 세상을 그다지 기운차게 살아갈 필요는 없다고 생각했고 그 방식에 큰 불편은 없어 보였다. 아무튼 그녀가 반지를 만지작거리면서 멍청하게 생각에 잠겨 있는 모습은 사보를 만드는 일이 주업무인 이 홍보실에서 흔히 볼 수 있는 장면이었다.

다른 날과 다른 것이 있다면 전화를 걸었다는 것뿐이다. 전화를 거는 일이 특별한 일은 아니다. 그러나 그 전화번호로 그녀 쪽에서 전화를 거는 것은 드문 일이었다. 신호가 오래 울린다 싶더니 낯선 목소리가 전화를 받았다. 그녀는 몇 마디 하더니, 아녜요, 제가 다시 전화하죠, 라고 말하고 끊었다. 그녀는 메모를 남기지 않았다. 복도로 나가서 15분쯤 거리를 내려다보다가 자리로 돌아와서 다시 한번 전화기를 들고 번호를 눌렀지만 벨이 울리기 시작하자 그냥 내려놓았다. 그런 일마저 그녀는 부장이 거래처에 간다며 사실은 사우나에 가기 위해서 자리를 비우는 네 시에 맞춰서 했다. 그녀는 여섯시 정각에 퇴근했다.

오래 전 여관

톨게이트에서 그녀는 잠깐 머뭇거렸다. 그러나 일단 고속도로로 접어들자 세 시간을 내리 달렸다. 그녀의 표정은 불안이나 결연함, 그 어느 쪽도 아니었다. 휴게소의 현금지급기가 고장난 것을 알았을 때, 그리고 사람들이 북적거리는 공중 화장실의 문을 열고 나올 때 딱 두 번 이마를 찡그렸을 뿐이다.

밤이 깊었다는 것을 그녀는 좀 늦게 깨달았다. 영동이라는 표지판을 보고 벌써 다 왔나 싶은 얼굴로 그제서야 차 안의 디지털 시계를 내려다보았던 것이다. 고속도로를 벗어나 읍내로 들어서자 불 꺼진 우체국 앞에 차를 세우고 우체통 속으로 사표를 집어넣을 때에도 그녀의 표정은 평소와 그다지 다르지 않았다. 우체통 옆에 있는 공중전화 부스에 들어가 어딘가로 전화를 걸었지만 그녀는 신호가 떨어지자마자 송화기를 내려놓았다. 그때에도 얼굴이 담담했다.

'영빈장'이라는 간판 앞에 그녀는 차를 세웠다. 그 근처에서 가장 높은 건물인 그 3층짜리 여관은 낡고 한산했다. 방을 잡고 난 다음 그녀는 샤워를 했다. 눅눅한 발닦이에 발을 닦고 뿌연 거울을 들여다보았다. 그녀는 거울 속에서 '증'이라는 글자의 이응이 반쯤 떨어져나가고 지읒이 시옷이 되어 '수'처럼 보이는 붉은 글씨를 보았다. 그녀는 분명 전에 이 여관에 온 적이 있었다. 아니라면 지금처럼 그 거울이 뿌옇지 않고 반짝반짝 빛나며 '수'가 아니라 '증'이라고 또렷이 새겨진 궁체의 기억을 갖고 있을 리가 없다. 그러나 그녀는 아무것도 기억나지 않는 사람처럼 침대 밑에서 기어나오는 바퀴벌레를 보고 짐짓 놀랐다.

다음날 그녀는 정오가 다 되어서야 일어났다. 너무 늦게까지 잤다는 것을 알고는 급히 몸을 일으켰지만 다음 순간 놀랄 이유가 없다는 것을 깨닫고 다시 퀴퀴한 베개에 머리를 내려놓았다. 30분쯤 더 누워 있다가 일어난 그녀는 느릿느릿 세수를 하고 밖으로 나갔다. 그녀는 '내실'이라고 쓰인 작은 창문을 두들겨서 주인여자에게 해장국집의 위치를 물었다. 오른쪽으로 돌아 나가면 바로 식당이 있어요. 주인여자는 그녀가 하루 더 묵을 거라고 하자 시골 아줌마들의 표준 헤어 스타일인 파마머리를 긁적이며, 선불이에요, 하고 말했다. 다 지워지고 입술 테두리에만 남은 붉은 립스틱, 콧등과 이마에 얼룩진 분자국, 졸음이 덮쳐와서 뭉개진 얼굴 표정. 주인여자의 얼굴에 선명한 것이라고는 문신으로 새긴 반달형 눈썹뿐이었다.

돈을 지불하며 그녀는 주인여자에게 물었다.

"영추사로 가려면 어느 길로 가야 하죠?"

"영추사? 그럼 무주로 들어가서 물어봐야지. 터미널 가서 물어봐요. 터미널 옆에 새로 난 길이 있는데 그리로 한 한 시간은 올라가야 할걸. 산꼭대기에 있으니까."

"산꼭대기라고요?"

그녀가 되묻자 반쯤 눈을 감은 주인여자는 되는 대로 고개를 끄덕이며 말했다.

"전에 영추사에 가본 적이 있나보네?"

"……."

"그 영추사는 없어졌어요. 물 속으로 들어간 지 삼사 년 됐을 텐데. 한전에서 발전소인지 댐인지 만들 때 산꼭대기로 절을 옮겼다고 하대요. 아무튼 무주 가거든 거기서 물어봐요."

그 말을 끝으로 작은 유리문이 탁, 소리를 내며 닫히고 내실이라는 글자가 그녀의 눈앞을 가로막았다.

그녀는 늘 졸고 있는 그 주인여자의 영빈장에서 사흘을 더 묵었다. 텔레비전과 바퀴벌레, 그리고 권태로운 자에게도 너무 많다 싶은 시간들과 함께.

4일째 되던 날 그녀는 다른 때보다 일찍 일어났다. 아침을 먹기로 마음먹은 것도 변화라면 변화였다. 그날은 주인여자에게도 변신의 날이었던지 그녀가 내실 앞을 지나는데 주인여자가 작은 창문을 열고 인사를 했다. 막 화장을 마친 새빨간 입술, 거기에서 나오는 말투도 다른 날과 달리 또렷했다.

"아침 먹으러 나가요?"

"네."

"그럼 장 구경도 좀 하지 그래요."

"장 구경이요?"

"오늘이 여기 영동에 장날이에요. 서울사람들은 일부러 구경도 오던데. 살 것은 없어도 구경은 할 만할걸?"

짙게 선팅된 여관문을 나서자마자 밝은 햇살이 쏟아져들어왔다. 그 햇살 아래에 어지럽게 난전이 펼쳐져 있었다. 좁은 길 양쪽으로 꼬리를 물고 이어진 좌판과 리어카들. 죽은 닭들이 벌거벗은 채 수북이 쌓여 있는 한옆에는 살아 있는 닭들이 목에 줄을 매고 뒤뚱거렸으며, 어린애 키만큼 높이 쌓인 표고버섯 봉지들 뒤로 옷걸이에 걸쳐진 아기옷들이 귀후비개와 손톱깎이 쪽을 손짓하며 짧은 소매를 펄럭이고 있었다. 그녀는 여관문 앞의 계단 위에 서서 난전 속을 이리저리 돌아다니며 북적대는 사람들 무리를 눈을 가늘게 뜨고 내려다보았다. 그러고는 천천히 그 사이를 헤집고 들어갔다.

그녀는 식당에서 아침밥을 먹었다. 그런 다음 난전으로 나가 헐렁한 자주색 폴리에스테르 바지와 난삽한 영문이 새겨진 티셔츠를 골랐다. 한 번 빨면 목이 늘어나고 물이 많이 빠질 질 나쁜 나염 티셔츠였다. 엉성한 대나무발과 나무자루가 달린 비, 빨랫줄 따위도 샀다. 그 밖에 앞이 막힌 보라색 플라스틱 슬리퍼, 드문드문 김이 박힌 센베이, 대만제 향부채, 손가락 쪽이 뭉툭하게 모아져 있는 등 긁는 효자손, 발부리 부분에 흰 고무를 댄 납작한 천 운동화 등이 그녀가 쥐고 있는 검은 비닐봉지 속에 든 물건들이었다.

그녀는 꼭 이곳에 장을 보러 오기 위해 별렀던 사람처럼 당연하게 움직였다. 슬리퍼를 살 때는 주인이 보라색과 파란색을 번갈아 쳐들어 보이는 바람에 색깔을 결정하지 못해서 머뭇거렸는데 그녀가 사지 않을까봐 불안해진 주인이 3백원을 깎아주자 그녀는 기쁘기까지 했다. 사람들 사이에 이리저리 휩쓸려다니는 그녀의 모습에서 특별히 눈에 띄는 점은 없었다. 시폰 블라우스와 랩스커트가 때묻고 구겨져서 다소 칠칠찮게 보이긴 해도, 뒤로 묶은 생머리나 화장기 없는 부석부석한 얼굴에 약간 어리둥절한 표정이 산후조리를 마치고 오랜만에 외출한 새댁 같기도 했다. 그러나 그녀가 산 도무지 맥락이 닿지 않는 물건의 종류를 보면 그녀가 아무 생각 없이 시간을 보내고 있다는 사실은 쉽게 짐작할 수 있는 일이었다.

그녀가 마지막으로 산 것은 은색 모조진주에 금도금으로 잔뜩 모양을 부린 조잡한 반지였다. 검은색 우단 위에 한 줄로 꽂혀 있는 반지를 구경하고 있었더니 액세서리 리어카의 젊은 주인이 그녀의 손가락을 쳐다보며 말을 붙여왔던 것이다.

"원, 아가씨가 할머니같이 금반지가 뭐요. 깐깐한 보석반지가 이렇게 많은데 하나 골라봐요."

주인은 바로 전에 나이든 아주머니에게 고리 부분에 벌써 도금이 벗겨지기 시작한 금속 목걸이를 팔고 나서 상당히 고무돼 있었다.

"이거 한번 껴봐요. 이런 세련된 물건은 아가씨 같은 멋쟁이가 껴줘야 반지 입장에서도 보람이 있지. 한번 껴보라니까. 부담 갖지 말고, 자. 어디 봐요. 야아, 진짜 임자 만났네. 8천원은 받아야 하는데 물건 임자가 가져간다니 어떡해. 7천원만 받아야지."

그녀는 가운뎃손가락에 진주반지를 끼었다. 넷째손가락에서 장식 없는 금반지가 진주반지의 침입을 마치 나란히 누운 시앗처럼 마땅찮게 쳐다보았다. 그 금반지는 꽤 오랜 시간 동안 그녀를 저 혼자서만 구속해왔던 것이다. 8년 전에는 영추사가 물에 잠기지 않았었다. 거기에서 그녀는 그 반지를 손가락에 끼었고 그의 손을 손바닥에 땀이 배도록 꼭 잡고 있었다.

해발 1천 미터, 안개 위의 절

안개 때문에 앞이 잘 보이지 않았다.

주위에는 아무것도 없었다. 안개말고는 두터운 어둠이 있을 뿐이었다. 차바퀴가 길 위를 굴러가는 것이 아니라 허공 위에 떠서 하늘을 향해 올라가는 느낌이었다. 헤드라이트 불빛이 비추는 것도 길이 아니라 짙은 안개였다. 먼지 같은 뿌연 입자들이 검은 허공을 메우고 있다가 불빛 속에 몸이 드러나자 가볍게 몸을 떨며 차창으로 달려들었다. 그것들을 가르고 지나가면 똑같은 것들이 끝도 없이 눈앞을 가로막았다. 도시에서만 살아온 그녀는 밤이 이렇게까지 어둡다는 사실을 몰랐었다. 도대체 얼마나 온 걸까.

'저 끝에 가면 절이 있기는 있는 건가.'

그녀는 글자가 새겨진 커다란 입석을 발견하고 차를 세웠다. 헤드라이트를 위로 조절하니 겨우 글자를 알아볼 수 있었다. 양수댐. 그럼 저 엄청나게 큰 어둠의 구덩이가 골짜기가 아니라 댐이란 말인가. 저기에, 밤안개 밑바닥에, 영추사가 잠겨 있다고?

그 가을 영추사 자갈길을 올라가며 그는 주머니에서 반지를 꺼냈다. 일주문 앞에 멈춰서서 그녀의 손가락에 그것을 끼워주었다. 이 반지에 사랑을 맹세하는 게 아냐. 이 절에 맹세하는 거야. 반지는 잃어버릴 수 있지만 장소는 사라지지 않으니까. 그러고 그녀의 입술에 입을 맞췄다. 그리고는 아홉 달 뒤에 다른 여자와 결혼했다.

―사랑하는 사람과는 결혼하지 말아야 해.

친구의 말대로라면 그녀는 제대로 가고 있는 셈이었다.

그가 결혼한 뒤에도 그다지 달라질 것은 없었다. 여전히 그는 그녀를 찾아와서 연애감정과 섹스를 인출해갔다. 마치 돈이 떨어졌을 때 잔고의 일부를 인출하듯이 당연하게. 그의 뻔뻔스러움을 그녀는 이해했다. 이해한 게 아니라 단지 습관을 바꾸지 못한 것인지도 모르지만.

그녀는 영추사의 모습을 떠올리려 해보았다. 그러나 그녀의 기억은 자갈길과 일주문에서 멈춰 있었다. 대웅전, 탑, 산신각, 요사채, 아무것도 기억나지 않았다. 그때 우리가 영추사 안으로 들어가긴 했던가? 일주문을 들어선 다음 천왕문 앞까지 갔다가 무서운 사천왕 신장에 마음이 켕겨서 돌아가버린 것은 아닌가. 그가 그런 말을 한 기억은 났다. 큰 절이 아니라 그런지 영추사에는 불이문이 없어. 불이문? 응. 분별을 떠난 절대의 경지야. 해탈문이라고도 하고. 그 기억이 맞다면 아마 불전까지 가긴 한 모양이다. 그런데도 그녀의 머릿속에 그가 사랑을 맹세했던 장소에 대한 기억은 한 가지도 남아 있지 않았다. 그녀는 영추사의 수장을 애도할 자격도 없었다. 애도할 마음도…… 없었다.

그녀는 다시 어둠 속으로 차를 출발시켰다.

끊임없이 안개를 뿜어올리는 거대한 댐을 지나서 밤길을 더듬어 해발 1천 미터 위의 절을 찾아가는 그녀는 마치 저주받은 성을 찾기 위해 안개 속을 헤매는 중세의 기사 같았다. 그러나 그녀에게 명예로운 모험심 따위는 없었다.

영동에서 늦게 출발한 데 대해 후회하진 않았다. 내일 아침을 다른 곳에서 맞고 싶다는 생각이 너무 늦게 들었기 때문에 하는 수 없는 일이었다. 그것뿐이었다. 내일 아침이 좀 다를 수 있다면.

만남들

'서역기행'이라는 비디오를 보다가 깜빡 잠이 들었던 스님은 일주문을 올라오는 자동차의 엔진 소리를 듣고 눈을 떴다. 차가 멎는 소리가 나더니 조금 있다가 요사채 쪽에서 스님의 거처로 건너오는 발소리가 들려왔다. 절 살림을 맡아보는 원주보살이자 사무장 격인 미타심 보살의 발소리였다. 스님, 주무세요? 스님! 목소리에 짜증이 들어 있다. 스님이 문을 열자 미타심 보살은 댓돌 쪽으로 한 발을 내딛었다. 어떤 젊은 보살이 와서 재워달라고 하는데요. 젊은 보살이? 이 밤에 무슨 일로 여기까지 올라와? 스님의 마땅찮은 말투에 미타심 보살은 그럴 줄 알았다는 듯이 대답했다. 그러게 말예요. 차를 갖고 왔던데 그냥 내려가라고 할까요? 터미널 앞에 서림장도 있고 잘 데는 많잖아요. 스님은 하품을 하며 시계를 본다. 자정이 가까운 시각이었다. 미타심 보살 방에서 재우고 내일 내려가라고 하지. 새벽 예불 끝나면 좀 나와보라고 하고. 스님은 다시 서역기행 화면으로 눈을 돌리면서 깊은 생각을 하지도 않았다. 길 잃은 중생에 대한 연민도 아니었고 무슨 인연설 따위에 대해 예감을 품은 것도 아니었다. 스님은 끄덕끄덕 졸다가 얼마 안 가 이부자리를 펴고 누웠다.

스님이 방문을 닫아버리자 미타심 보살은 못마땅하게 입을 다물었다. 미타심 보살은 불심이 두터운 만큼 그렇지 않은 속세의 사람을 자기와 구별해 생각하는 버릇이 있었다. 절을 피신처로 생각하여 속된 사연을 잔뜩 짊어지고 오는 사람들이나 절에 왔으면 부처님께 절부터 올릴 일이지 법당에는 관심없고 쓸데없이 요사채만 기웃거리며 소란을 피우는 호기심 많은 소풍객들이 미타심 보살에게는 다 장군죽비로 따끔하게 다스려야 할 이방인이었다. 미타심 보살은 외부 사람에게 선방을 선선히 빌려주는 스님이 못마땅할 때도 적지 않았다. 작년에는 자칭 불자라는 낯선 사람을 선방에 재워주었다가 귀한 탱화를 도둑맞은 적도 있다. 스님도 그 뒤로는 낯선 사람을 절에 재우기를 꺼려왔다. 낯모르는 젊은 보살을 재워주다니 스님답지 않은 일이었다. 스님이 있는 수선당을 물러나와 요사채로 향하는 미타심 보살의 발걸음은 내키지 않아하는 기색이 역력했다.

스님의 방 옆에는 법회 때에 집회장소로 쓰는 커다란 마루방이 있었다. 그리고 그 건너에는 조그만 선방이 두 개 있었는데 그 중 하나에서 막 잠에서 깨어난 남자가 있었다. 새로 불사를 벌이는 절에는 일꾼들이 자주 와서 머물렀다. 남자는 목수였다. 불단도 손질하고 마루도 칠하고 문루도 새로 꾸미고, 할 일이 많아서 며칠 묵는 중이었다. 그는 잠귀가 어두운 편이었는데 왜 깨었는지 몰라 몇 마디 투덜거렸다. 부엌일을 하는 나이든 공양주 보살이 담가두었던 잣술을 마시고 잔 탓에 목이 말랐던 남자는 물을 마시러 밖으로 나와 요사채 쪽으로 올라갔다.

남자는 자기가 원하던 물주전자가 마루끝에 놓여 있는 것을 보았다. 반대편 마루끝에는 젊은 여자 하나가 멍청하니 앉아 있었다. 물주전자의 주둥이를 입에서 조금 떨어뜨리고 주전자를 기울여서 물을 콸콸 마시며 남자는 옆눈으로 여자를 힐끔거렸다. 시골에서 흔히 보아온 헐렁한 자주색 나일론 바지에 영문이 새겨진 티셔츠를 입고 어울리지 않게 안경을 쓴 젊은 여자는 남자 쪽에 눈길 한번 주지 않았다. 절 마당에 가득찬 안개만 홀린 듯 쳐다보고 있었다.

그러나 그녀는 안개를 보는 것이 아니었다. 개를 보고 있었다. 개가 세 마리나 되었다. 두 마리는 털이 누렇고 늠름한 게 수컷 같았고 나머지 한 마리는 귀가 쫑긋하고 몸집이 작은 하얀 개였다. 암컷이 틀림없을 하얀 개는 희미한 불빛 아래에서 보기에도 보통 매력적인 자태가 아니었다. 그녀를 경계하느라 이를 드러내 놓고 낮게 크르렁거리며 서 있는 두 마리의 수컷 뒤에 새침하게 도사리고 앉은 품이 은빛 여우 같았다. 조금 전 미타심 보살이 와서 퉁명스럽게 이 방으로 들어오세요, 했을 때 그녀는 잠깐 마루에서 엉덩이를 들었는데 그것을 보고 두 마리의 수컷이 안심한 듯 마루 밑으로 기어들어가는 데 반해 하얀 개는 늘씬한 다리를 펴고 서더니 작게 컹, 하고 그녀를 향해 짖는 것이었다. 그녀는 하얀 개가 마음에 들었다.

그녀는 마루에서 몸을 일으켰다. 앞부리에 하얀 고무를 덧댄 납작한 그녀의 운동화가 마루 왼쪽에 있는 수돗가로 향했다. 그녀가 외다리 수도관에 비스듬히 기대 있던 양은대야를 내려놓자 바닥에 흙이 있었던지 찌그럭 소리가 났다. 그 소리는 생각보다 컸다. 깊은 밤에 산꼭대기의 절에서 손을 씻는 그녀의 물소리는 퍽 조심스러워졌다. 너무 조심했던 탓인지 쭈그렸다 일어나던 그녀는 자기 등뒤에 서 있던 하얀 물체를 보고 급하게 숨을 멈췄다. 그러나 그것이 하얀 개임을 알자 그녀는 자기가 안심했다는 것을 보여주기 위해서 무심코 하얀 개의 머리를 만지려고 손을 뻗었다. 그것은 대단히 부주의한 행동이었다. 갑자기 마루 밑에서 두 마리의 수컷이 여왕의 친위대처럼 커엉, 하고 진군나팔을 불며 그녀를 향해 달려나왔던 것이다.

남자가 말려주지 않았다면 그녀는 개에게 물렸을지도 모른다. 남자는 개를 발로 내지르며, 이놈의 개새끼들이, 가서 콱 못 처박히냐? 하고 위협했다. 개들이 마루 밑으로 들어가자 또 한 번, 개애새끼들, 하고 욕을 덧붙여준 다음 그녀를 향해 이를 드러내며 흐흐흐 웃음으로써 자기가 한 일에 대해서 거칠게 만족을 표시했다. 그러고는 손에 들고 있던 주전자를 높이 쳐들고 이번에는 입을 직접 주둥이에 대고 빨더니 입 안 가득 물었던 물을 여자의 발밑에 토사물처럼 좌악, 뱉고는 슬리퍼를 질질 끌며 가버렸다.

미타심 보살의 생각

이튿날부터 그녀는 남자의 옆방에 머물게 되었다. 스님이 방을 치워주라고 하자 미타심 보살은 영문을 모르겠다는 듯이 눈을 동그랗게 뜨더니 알든 모르든 불쾌하기는 마찬가지였으므로 반발의 뜻으로 얼굴을 붉혔다.

"저 보살한테 선방을 내주라고요?"

영추사에서 미타심 보살은 출타가 잦은 주지스님보다 오히려 실세였다. 미타심 보살의 목소리가 꼿꼿했으므로 스님은 달래듯 말했다.

"오래 있진 않을 거예요."

"뭐하던 여잔 줄도 모르고 함부로 들였다가 어쩌시려구요."

"며칠 쉬게 해준다고 해서 남의 속내까지 일일이 물어볼 것 뭐 있겠어요."

그러나 그쯤에서 넘어가려던 스님은 미타심 보살에게 설명을 하는 편이 낫겠다고 생각을 바꿨다.

"새벽 예불 마치고 애기를 좀 해봤는데, 아마 영추사가 물에 잠기기 전에 거기에서 결혼식을 올린 모양이에요. 왜 혼자서 다시 오게 됐냐고 물어보니까 영 입을 못 떼더라고요. 아무래도 남편이 어떻게 됐구나 싶어서 나도 더는 안 물어봤지."

그때부터 미타심 보살은 그녀를 눈여겨보기 시작했다.

그녀는 부엌일이나 법당 청소를 말없이 도왔다. 장마가 오기 전에 부실한 곳을 고치느라 요즘 들어 부쩍 절 출입이 많아진 일꾼들의 간식을 나르기도 했다. 불목하니 처사 하나 없이 미타심 보살과 공양주 보살뿐이라 그렇지 않아도 일손이 달리는 영추사에서 그녀는 그럭저럭 밥값은 하는 셈이었다. 이삼 일 그녀를 눈여겨본 미타심 보살은 젊은 여자가 차를 갖고 온 것으로 보아 만만찮은 직업이나 배경을 갖고 있으리라던 처음의 선입견을 버렸다. 옷차림과 갖고 온 보퉁이를 보아도 그녀의 말대로 도시 변두리의 가구점 점원이었다는 말이 사실인 듯싶었다. 그녀가 자기 이름조차 말하지 않을 정도로 워낙 입이 무거웠으므로 까탈스러운 미타심 보살로서도 더이상은 그녀에 대해 알 수가 없었다.

만등불사에 참여하기 위해서 등을 사는 신도들에게 5천원씩을 받고 장부에 이름을 올리는 일도 점점 미타심 보살 대신 그녀가 맡게 되었다. 공양주 보살이 글자를 쓸 줄 모르기 때문에 만등불사의 접수를 받기 위해서는 잠시도 법당을 뜰 수 없었던 미타심 보살로서는 그녀의 존재를 마땅찮아할 수 없게 되었다. 무엇보다 그녀는 매일 새벽 예불에 참석했다. 잠귀가 너무 밝고 한번 깨어나면 다시 잠들 수 없는 그녀에게 예불이 잡념 많은 아침시간을 보내는 방편이었음을 알 턱이 없는 미타심 보살로서는 그녀를 더이상 이방인으로 경계할 이유가 없어졌다. 그녀가 부엌일이든 절에서 일어나는 일이든 모든 데에 서툰 것 또한 미타심 보살의 마음에 들었다. 미타심 보살은 그녀에게 법당에서 큰절하는 법부터 가르쳤다.

"세 번 큰절을 하고 마지막에는 바닥에 댔던 손바닥을 뒤집어서 위로 올려야 해요. 그걸 고두례라고 하는데, 불보살을 받들겠다는 뜻이에요."

그녀가 꽤 고분고분해 보였으므로 미타심 보살은 자꾸만 더 가르쳐주고 싶은 마음이 들었다. 그녀는 아무것도 몰랐다. 염주와 목탁 정도야 알았지만 목어, 운판, 죽비 같은 것은 설명을 해주어야 했다.

"목탁의 손잡이는 물고기의 꼬리가 붙은 모양이지요. 구멍 두 개는 물고기의 아가미이고. 잘 때도 눈을 뜨는 물고기처럼 수도하는 자들이 평생 부지런해야 한다는 뜻이 담겨 있어요."

"법당에 들어갈 때 가운뎃문으로 들어가면 안 돼요. 거기는 큰 스님이 출입하는 곳이고 불자들은 옆문에서 신발을 벗어야 해요."

"대웅전 앞에 있는 탑 말예요. 평지에 있는 절에는 보통 두 개, 산사에는 하나가 있지요. 돌 때는 꼭 오른쪽으로 도는 거예요.."

시간이 지날수록 미타심 보살은 그녀가 만만한 여자라는 확신을 굳혀가는 한편 점점 그녀를 마음속에 들이게 되었다.

"아침 예불 때도 서 있기만 할 것이 아니라 스님이 하시는 예불문 독송을 함께 해야 해요. 다른 것은 몰라도 반야심경 정도는 외워야 하는데……."

그녀가 대답을 하지 않자 미타심 보살은 약간 양보심을 발휘했다.

"그럼 이것만 외워요. 아제 아제 바라아제 바라승아제 모지 사바하."

그것을 종이에 적어주면서 미타심 보살은 아래에 주석을 달아주었다.

'가네 가네 건너가네 건너편에 닿으니 깨달음이 있네. 아, 기쁘구나.'

다음날 새벽 예불 때 반야심경의 마지막 구절을 따라 입술을 들썩이는 것을 보고 미타심 보살은 만족한 나머지 불단에 청정수를 올리는 기쁨을 그녀에게 양보하기도 했다. 미타심 보살이 새벽에 일어나 맨처음 하는 일은 법당에 설치된 방범장치의 전원을 차단하는 것이었다. 미타심 보살은 그 일도 그녀에게 맡겼다. 영추사는 외지고 작은 절이었다. 자신은 잘 모르고 있었을 테지만 미타심 보살도 외로움에서 완전히 해탈한 것은 아니었다.

남자의 생각

남자는 호기심을 가지고 그녀를 눈여겨보았다. 옆방을 쓰고 있다고는 해도 그녀가 방 밖으로 잘 나오지 않았으므로 말을 걸어볼 기회는 별로 없었다. 밤에도 요사채에서 선방으로 돌아오자마자 그녀의 방에는 바로 불이 꺼졌다. 댓돌 위에 보라색 플라스틱 슬리퍼를 벗어놓고 한번 방으로 들어가면 새벽 예불 때까지 기척이 없었다. 남자는 일부러 라디오 볼륨을 높여보기도 하고 요란하게 문소리를 내며 들락날락해봤지만 소용없었다. 막일을 하는 나보다도 더 잠이 깊다니, 남자는 그녀가 둔해서 그런 건 아니라고 생각했다. 무슨 병이 있거나 아니면 자기를 의식해서 일부러 시치미를 떼고 가만히 누워 있는 거라고 여겼다.

개에 관한 그녀의 생각

그녀는 개에게 가끔 센베이를 주었다. 그녀가 방에서 나오는 기척이 들리면 어떻게 알았는지 벌써 개들이 달려왔다. 수컷 두 마리는 그녀의 무릎에 머리를 부비기도 하고 손바닥을 핥기도 했지만 하얀 개는 언제나처럼 몇 발짝 뒤에 서 있었다. 그녀는 김이 박힌 센베이 몇 개를 무릎에 올려놓고 부서뜨린 다음 개들에게 던져주었다. 수컷들은 정신없이 센베이를 핥기 시작했다. 거친 콧김을 내뿜으며 자기 발밑에 있는 부스러기를 주섬주섬 핥으면서도 그 사이 다른 놈의 발밑에 떨어진 부스러기를 그놈이 다 먹어치워버릴까봐 옆눈으로 연신 그쪽을 쳐다보았다.

하얀 개도 센베이를 먹고 싶어했다. 입맛을 다시듯이 분홍색 혓바닥을 몇 번 낼름거렸고 마치 자동차 뒷좌석에 놓인 목이 헐거운 강아지 인형처럼 고개를 갸우뚱갸우뚱하면서 수컷들을 쳐다보았다. 그러면서도 가까이 오지는 않고 계속 그대로 버텨 서 있는 것이었다. 그녀는 조금 다가가기만 해도 하얀 개가 멀리 도망쳐버린다는 것을 알고 있었다. 조심스럽게 겨냥을 하여 센베이를 하얀 개의 앞발에까지 던져주었다.

센베이를 준 이후부터 개들이 그녀를 따르기 시작했다. 며칠 뒤부터인가 그녀는 마음이 시들해서 개를 보고도 센베이를 주지 않았다. 이상한 일은 그런데도 개들이 여전히 그녀를 좋아한다는 것이었다. 법당이나 요사채 마당, 그녀의 방이 있는 수선당의 선방 마루, 어디에서건 그녀와 마주치기만 하면 달려와 꼬리를 흔들었다. 과자를 주면 좋아하지만 안 준다고 해서 원망을 하지도 않는 모양이었다. 개들은 자기가 과자를 먹게 해줘서 그녀를 좋아하게 되었는지, 아니면 개 따위에게 인정을 베푸는 인품을 흠모해서 좋아하게 되었는지에 대해서 복잡하게 생각하지 않는 듯했다.

그 동안 개를 좋아하지도 않고 키워본 적도 없으므로 그녀는 개에 관해 아무런 견해도 갖고 있지 않았다. 그러나 이제 개를 알 듯도 싶었다. 개는 주인이 매일같이 귀여워하다가 갑자기 걷어차더라도 오랫동안 슬퍼하거나 노하지 않는다. 그 일의 심각성에 대해 10분 이상 고민할 만큼 진지하지도 않다. 다음날이면 또 와서 꼬리를 친다. 왜 부당하게 걷어차여야 하냐고 항변하거나 이렇게 살아서 뭐하냐고 자기연민에 빠지지도 않으며, 걷어차이지 않을 권리가 있다고 태업을 하거나 단식을 하지도 않는다. 언제든지 주인의 발밑에 엎드려 있다가 불러주는 순간 감격하며 달려가는 게 개이다. 그녀는 영추사에서 거의 생각없이 시간을 보내고 있었다.

만약 생각하는 게 있다면 이처럼 개에 관한 것이었다. 자기의 삶도 개를 대하듯이 그렇게 발로 찼다가 도로 불러서 머리를 쓰다듬었다가 할 수는 없을까. 하다 못해 사랑에 대해서만이라도. 반지를 돌리기 위해 왼손 위로 올라갔던 그녀의 오른손에는 진주알이 이물스럽게 스쳤다.

두 마리의 수컷과 하얀 개는 아무데서나 흘레를 붙었다. 그녀가 본 것만도 서너 번이나 되었다. 처음 그 장면을 보았을 때 그녀는 하얀 개에게 무척 실망을 했다. 거만함이 사라지고 한낱 암컷으로서의 정체를 드러내고 있는 그 동물의 곁을 그녀는 차갑게 스쳐 지나가려 하였다.

그러나 그녀는 하얀 개의 눈가가 젖어 있는 것을 보았다. 수컷과 엉덩이를 이어붙이고 일직선으로 서 있는 하얀 개는 몹시 고통스러워 하고 있었다. 어떤 종류의 쾌감에서 오는 적극적인 고통이 아니었다. 하얀 개는 견디고 있을 뿐이었다. 수컷이 하얀 개의 꽁무니에서 뻘겋고 길쭉한 것을 빼낸 뒤 하얀 개는 몇 걸음 절룩거리다가 기운 없이 바닥에 엎드렸다. 수컷이 와서 핥으려고 하자 하얀 개는 머리를 비스듬히 바닥에 붙인 채로 낮게 크르르, 하면서 수컷에 대한 증오를 표시했다.

수컷과 하얀 개는 법당 앞에서 엉덩이를 붙이고 있다가 미타심 보살에게 여지없이 작대기를 얻어맞기도 했다. 저것들이 하필 법당 앞에서! 하면서 미타심 보살은 발을 동동 굴렀다. 주지스님의 출타가 잦았으므로 영추사에서는 비구니 절처럼 절 지키는 개가 필요했다. 그런데도 미타심 보살은 개들을 아랫동네로 보내버려야겠다고 입버릇처럼 말했다. 미타심 보살은 하얀 개를 특히 싫어했다. 꼭 여우 같이 생겨갖고 수컷들 홀리는 것 좀 봐요. 저게 산에서 내려온 산 개예요. 주인이 팔았는데 개장수한테서 도망쳐 산으로 갔대요. 그 다음부터는 저렇게 사람을 안 따라요. 먹을 게 없어서 그랬는지 작년 겨울에 산에서 내려왔는데 내려오자마자 암내를 풍기더니 숫놈들 정신을 쏙 빼갔어. 새끼 한 배만 낳으면 쫓아버려야지. 저것들이 절에서 안 다니는 데 없이 엉켜갖고 뒹굴고 다니면 좋을 게 뭐 있겠어요.

미타심 보살이 그런 말을 하고 밥상머리를 떠나면 남자는 비식 웃으면서 혼자말을 하곤 했다. 참 내, 귀양살이 같은 산꼭대기에서 개들이라도 할 짓 다 해야지. 누가 말려. 그러고는 그녀를 흘끗 쳐다보는 것이었다.

수컷들은 하얀 개를 건드리지 않으면 좀이 쑤시는 모양이었다. 하얀 개가 앞서 걸어가면 어느새 달려가 엉덩이를 핥았고 하얀 개가 싫다고 으르릉, 하면서 이를 드러내면 어느 틈에 등 위에 올라타서 목을 깨물었다. 그러면 하얀 개는 입을 벌리고 고기를 낚아채듯이 턱을 이리저리 움직이며 몇 번인가 수컷을 향해 위협을 했지만 두 마리의 수컷은 아랑곳없이 양쪽에서 하얀 개를 공격해 들어가 마침내 세 마리가 엉키면서 서로 몸을 부비게 되곤 했다.

개들이 핥고 엉키는 것을 그녀는 물끄러미 쳐다보고 있었다. 남자가 지나가면서 쉭! 하고 발을 굴러 개들이 놀라 달아나게 만들었다.

"남자도 아니고 여자가 웬 개 구경을 그렇게 좋아해요?"
라고 남자는 약간 음흉하게 웃었다.

"붙는 거 보려고 기다리는 거요?"

목에 건 수건을 풀어서 더러운 바지에 대고 탈탈 털자 그녀의 눈앞으로 먼지가 일었다. 남자가 말했다. 절에만 있기 안 답답해요? 저녁에 내려가서 커피 한잔 할래요? 도망친 개 쪽을 쳐다보던 그녀는 시선을 돌려 먼지 나는 남자를 물끄러미 쳐다보았다.

장마철, 먼 곳으로의 전화

그에게 꼭 한 번 전화를 걸었다. 장마가 시작되어 비가 억수같이 퍼붓는 밤이었다.

날짜 가는 데에 마음을 쓰지 않았으므로 서울을 떠나온 지 며칠 만인지는 모른다. 아마 열흘은 넘지 않았을 것이다.

비가 쏟아지던 날 밤 그녀는 혼자 영추사를 지키고 있었다.

저녁나절만 해도 잔뜩 흐리기만 하고 비는 오지 않았었다. 낯선 스님 한 사람이 요사채 쪽으로 들어서며 미타심 보살을 불렀다. 그녀와 함께 푸성귀를 다듬던 공양주 보살이 나가보더니 반색을 했다. 아이고, 스님! 그 스님은 공양주 보살과 한고향 사람이자 미타심 보살의 큰오빠였다. 그녀가 법당에 가서 만등불사 접수 장부를 뒤적이고 있던 미타심 보살을 불러왔다. 한달음에 달려온 미타심 보살은 언제나 머리카락 한 올 흐트러지지 않는 단정한 얼굴에 눈물을 흘렸다. 미타심 보살이 잠긴 목소리로, 어떻게 여기까지 올라왔수? 라며 먼 걸음을 했다는 뜻의 인사를 하자 스님은, 아, 어떻게 오긴. 버스가 안 다니니까 2만원 내고 삼거리에서 택시 타고 왔지, 하고 껄껄 웃었다.

그녀가 다시 쭈그리고 앉아 나물을 다듬고 있는데 미타심 보살이 부엌으로 들어와, 보살님! 하고 그녀를 불렀다. 조금 뒤에 미타심 보살과 낯선 스님, 그리고 공양주 보살은 저녁을 먹으러 마을로 내려갔다. 그들을 태워가기 위해서 연장과 자재가 잔뜩 실려 있던 남자의 픽업 트럭과 남자도 같이 가야 했다. 그녀에게 맡기고 절을 비우는 데 대해서 공양주 보살은 마음이 놓이지 않는 얼굴인 데 반해 오히려 미타심 보살은 들떠 있었다. 절대로 이런 일이 없을 텐데 다 보살님을 믿으니까 맡기는 거예요. 다른 건 신경

쓸 것 없고 전화만 잘 받으면 돼요. 스님한테 연락 오면 일곱시까지는 들어올 거라고 해주고. 미타심 보살은 전에 없이 빈틈을 보였다. 만약 그때까지 못 오게 되면 보살님이 얘기 좀 잘 해줘요.

비는 픽업 트럭이 출발한 지 한 시간쯤 뒤부터 쏟아지기 시작했다.

그녀는 요사채 마루에 앉아서 비를 쳐다보았다. 오른쪽으로 보이는 대웅전과 그 앞에 서 있는 탑, 조금 아래로 문루며 돌아앉은 화장실 건물이 다 비를 맞고 있었다. 대웅전 뒤에 지붕만 보이는 극락전도 극락이 있다는 서쪽을 등진 채 묵묵하기만 했다. 선방이 있는 수선당은 멀찌감치 떨어져 있기도 했지만 빗줄기와 어둠에 가려서 잘 보이지 않았다.

무섭도록 캄캄한 밤이었다. 빈 절에는 숨막힐 듯한 정적과 어둠뿐이었다. 그리고 그 위로 쏟아져내리는 빗줄기와 귀가 아픈 빗소리.

전화는 한 통도 걸려오지 않았다. 멍하니 비를 보고 있던 그녀는 불현듯 부스럭거리는 기척을 느꼈다. 그녀는 깜빡 잊고 있었다. 절에는 그녀 혼자만이 아니었다. 마루 밑을 내려다보자 소리도 없이 웅크리고 있던 세 마리의 개의 눈이 희미하게 빛나며 그녀 쪽을 향했다. 그녀는 일어나서 개들에게 밥을 주었다. 그리고 그의 집에 전화를 걸었다. 한번도 걸어보지 않은 전화의 번호를 정확히 외우고 있다는 데에 그녀는 약간 놀랐다.

"여보세요."

그의 목소리였다.

그녀는 물론 그와 통화를 하기 위해서 전화를 걸었다. 하지만 막상 그의 목소리를 듣자 말문이 막혀버렸다. 할말이 아무것도 없었구나 하는 생각뿐이었다.

"여보세요?"

송화기에서 그의 예의바른 목소리가 한 번 더 흘러나왔다. 아니 예의바르다기보다는 평온한 목소리였다. 잘 있다는 뜻이다. 아무런 변화 없이. 그녀는 한마디도 할 수 없는 기분이었다. 그렇듯 잘 흘러가고 있는 그의 일상에서 그를 빼내올 자신이 없었다. 그곳에서 그를 돌출시킬 만한 아무 이유도 권한도 없다고 생각되었다. 그는 거기에 잘 있다. 나는 여기에 있다.

그가 '여보세요'를 두 번 발음하는 시간은 아주 짧았다. 그러나 그녀는 그 정도면 대충 다 알 것 같았다. 어떤 많은 말로도 그 단조롭고 부드러운 억양 속의 안부를 그처럼 정확히 전달해줄 수는 없으리라. 밤 시간 아내와 과일접시를 앞에 하고 텔레비전 뉴스를 보다가 전화를 받는 가장의 목소리…… 이 밤에 누굴까. 괜찮아요. 그래도 우리는 방해받지 않으니까. 누가 불러내도 나가지 않을 테고 누가 긴 소식을 전해도 짧게 통화를 끝낼 테니까. 전화를 끊은 다음 아내가, 누구야? 하면 응, 아무개 있잖아. 논문이 통과됐다고 내일 저녁이나 먹자고, 점심으로 때울 일이지 술 마시기 싫어하는 사람을 꼭 저녁시간에 불러내. 응, 당신 아무개 알지? 아버지상 당했다는데 온라인으로 부조금이나 보내지 뭐. 우리에게 전화를 건 사람이 누구이든 틈입자일 뿐이며, 사실 우리는 그렇게 틈을 내줄 마음이 없으므로 당신은 초라한 틈입자인 거죠. 아, 여보세요?

그녀가 전화기를 내려놓자 전화를 하는 동안 잠시 숨을 죽이고 있었다는 듯이 쏴아…… 하며 빗소리가 거세게 귀청을 때렸다. 그녀는 다시 마루에 나와 앉았다. 한참 동안 빗줄기를 보고 있으려니 마음속이 조용해졌다. 미타심 보살은 그녀에게 평상심에 대해서도 가르쳤다. 사람이 뭔가를 안다는 것은 잘못 안다는 뜻과 똑같다. 도란 아무것도 분별하지 않는 것이다. 도에 이르면 텅 비어서 확 트일 것이니 옳고 그름도 없다. 평범하고 예사로운 일상의 마음이 도이다. 그러나 그녀는 도에 대해서 그다지 관심이 없었다.

밥을 일찍 먹어치운 하얀 개가 부엌 앞에 멀찌감치 앉아서 그녀를 쳐다보고 있었다. 그녀는 하얀 개를 향해 희미하게 웃어주었다.

그들이 사랑한 시간

세수를 하고 와서 거울을 들여다보던 그녀는 며칠 사이에 얼굴이 많이 그을렸다는 것을 알았다. 직장생활을 하면서 시작한 화장이 재작년에 서른을 넘기면서부터 점점 진해진다 싶었던 그녀는 맨얼굴로 사람들 앞에 나서는 일이 거의 없었다. 그를 만나러 갈 때는 주름살을 감추려고 신경을 썼다.

너도 많이 늙었구나. 어느 날 그가 창이 커다란 찻집의 창가 자리에서 말했다. 하긴 처음 만났을 때 우리는 스물다섯 살이었어. 그때는 내 인생이 이런 식으로 옥편이나 뒤적거리다가 끝날 줄은 몰랐지. 그는 국학 연구소에서 고전총서의 편집을 책임지는 일을 그런 식으로 자조적으로 말하곤 했다. 그뿐이 아니었다.

치질 수술을 하고 며칠 후에 만났을 때는, 벌써 서른셋이라니, 예수는 이 나이에 세상을 구원했는데 나는 내 몸뚱이 하나 건사하기도 힘들어, 하고는 앉음새를 고치면서 얼굴을 찡그렸다. 탁본을 뜬다고 한학자 몇 명과 강원도 어디를 다녀온 뒤에는, 밥줄이니까 할 수 없다고는 해도 참 내, 서로 최고봉이니 석학이니 하고 다투고 있는 노인네들 비위 맞추는 짓도 이제 더는 못 할 것 같아, 하고는 짐짓 한숨을 내쉬었다. 나중에 들어보니 그는 초저녁부터 초당두부에 막걸리를 마시고 일찌감치 잠이 들었다고 했다. 그런데도 언제나 그녀 앞에서 자기 인생에 대해 탄식했으며 그것을 거의 즐기는 정도였다.

그럴 때마다 그녀는 이마를 약간 좁히며 다정하게 위로했다. 그렇게 말하지 마, 네가 아니면 누가 그렇게 전문적인 지식을 가지고 원본을 살려낼 수 있겠어. 그가 심각해할수록 일부러 장난스럽게 말하기도 했다. 치질이 무슨 큰 병이라고 그래. 설마 반대쪽에 있는 다른 기관에는 이상 없겠지? 그러면 됐지 뭐. 밥줄이라 할 수 없다고? 어른들 모시는 거 잘한다고 늘 칭찬받으면서 뭘 그래. 그리고 다음달부터 탁본 뜨는 일은 밑에 직원이 한다고 했잖아, 등등.

그러면서 속으로 생각했다. 넌 꼭 그렇게 누구한테서 잘하고 있다는 말을 들어야만 마음이 놓이나보구나. 하긴 소심한 사람은 평판에 예민하니까. 그런데 말야. 예수가 세상을 구원한 나이라고 해서 그 나이에 무슨 의미가 있는 거야? 그렇다면 예수가 몇 살에 죽은 줄 모르고 그냥 살아가는 수많은 서른세 살짜리들은 다 너 같은 지식인들의 들러리로 사는 하급 인생인가?

알고 있어. 너는 내게 와서 얼굴을 찡그리고 인생을 마음껏 탄식한 다음, 나를 괴롭힘으로써 훨씬 가뿐해진 마음으로 집에 돌아가서 네 아내의 설거지를 도와주겠지. 파자마를 입고는 아이의 사진액자를 걸 못을 박고 커다란 벤자민 화분을 창가로 옮기고, 과일을 먹으며 텔레비전을 보다가 밤이 깊어지면 문단속을 하겠지. 일찍 퇴근한 평일 저녁에는 베드민턴을 옆에 끼고서 가까운 공원으로 산책을 가고 말야.

올해는 하필 내 생일이 일요일이어서 너는 금요일에 미리 축하를 한 다음, 미안해, 주말을 비우면 마누라가 의심한다구, 라고 했어. 생일날 나는 『내 생일날의 고독』이라는 외국 에세이집을 읽은 다음 하루 종일 바게트빵과 커피를 먹으며 집에 틀어박혀 비디오를 보고 있었는데 며칠 뒤에 너는 강화도 가는 길이 너무 좋더라며 근데 일요일에는 막혀서 말야, 라고 덧붙이더라.

언젠가 그녀가 여관 욕실에서 샤워를 하는데 방 안에서 전화를 하는 그의 목소리가 들려왔다. 비누질을 하느라고 물을 잠그고 있어서 그녀의 귀에까지 들려온 것이었다. 응, 한 시간 후에 갈게, 일이 그렇게 됐다니까, 저녁은 집에 들어가서 먹을 거야. 그녀는 다시 물을 틀었기 때문에 다음 말은 들을 수 없었다. 오늘은 왜 이렇게 새침해? 영 젖지를 않네. 좀 움직여봐. 그런 말을 하며 그는 그녀를 안았고 약속대로 한 시간 후에는 집으로 돌아갔다.

그러나 그런 일들로 상처받기에는 그녀의 성격은 좀 건조했다. 그녀는 삶을 받아들이는 편이었다. 무엇이든 깊이 생각하지 않았으며 특히 가지지 못할 것에 대한 무모한 열정 따위는 일찍 폐기시키는 법을 알고 있었다.

―지금보다 훨씬 나쁘더라도 지금보다는 나은 거야.

생각해보니 그 말은 친구가 자주 했던 말이었다. 낯선 곳으로 몸을 던질 때마다 친구는 불안하지 않다는 듯이 그 말을 되풀이했다. 하지만 그녀의 머릿속에는 지금보다 나은 어떤 것이라곤 도무지 떠오르지 않았다. 달력을 넘기면서 시간이 흘러가는 것을 지켜볼 뿐이었다.

그를 만나러 갈 때마다 주름살에 신경을 쓰는 것은 그녀보다 어린 그의 아내를 의식해서가 아니었다. 그녀의 주름살을 보고 그가 언짢아하는 것은 그녀의 나이를 엿보기 때문이기도 하지만 그보다는 그 자신의 지나간 시간들을 보기 때문이었다. 함께한 세월의 흔적이란 편안한 것만은 아니다. 그와 더불어 나이를 먹었다는 사실이 그녀에게 때로 지긋지긋하듯이, 그 또한 그녀의 얼굴이 삭아가는 것을 느긋하게 바라볼 수는 없을 것이다. 그런 점에서 본다면 어쩌면 지금쯤 그는 그녀를 그리워할 것이다. 자신의 위악성이 해소되지 않기 때문에 아내와 한번쯤 싸웠을지도 모른다.

그녀는 다시 거울을 보았다.

피부 손질을 하지 않아 얼굴이 당겼다. 마른 살갗에 주름살과 잡티가 두드러졌고 처지기 시작하는 눈시울 아래로 검은 그늘이 자리를 잡아가고 있었다. 그녀는 언제나 그보다 먼저 샤워를 하고 화장을 마친 다음에야 욕실을 나왔다. 지금의 맨얼굴을 본다면 그는 그동안 그녀가 꽤 노력했음을 알 수 있을 것이다. 하지만 그녀는 지금의 얼굴이 싫지 않았다. 결점을 보완하는 화장법, 젊게 보이는 화장법, 장소에 어울리는 화장법…… 화장대 앞에 앉아 메이크업 베이스의 뚜껑을 열 때마다 그녀는 지겨워서 한숨을 내쉬었다. 회사 화장실의 거울 앞에서 번들거리는 콧등에 파우더를 누르면서도 내심 넌더리가 났다. 그녀는 때로 아무것도 감추지 않고 나이먹은 그대로, 그리고 스스로 내키는 대로 자기 자신을 내보이고 싶었다. 특히 그에게.

"사람의 꾸미지 않은 본래면목(本來面目)이 어떤 모습인 줄 알아요?"

"본래면목이요?"

"그런 가르침이 있어요. 모든 인연을 쉬고 한 생각도 하지 말라, 선도 생각하지 말고 악도 생각하지 말라. 바로 그러한 때에 자신이 갖춘 있는 그대로의 모습이 보이는 거예요."

그녀에게 틈만 나면 불법을 가르치도록 미타심 보살의 마음을 움직인 것은 어쩌면 남편을 잃은 젊은 여자에 대한 자비심이었는지도 모른다.

법당 마당 쪽에서 위잉위잉 하는 전기톱 소리가 요란하게 들리기 시작했다.

그 소리를 듣고 불현듯 거울 속의 그녀 얼굴이 흐려졌다. 어제 저녁 미타심 보살이 그녀에게 나이를 물었다. 글쎄요. 그녀는 애매하게 웃기만 했다. 친구의 말이 생각났다. 이름? 성별? 나이? 출신학교? 대체 뭘 바꿀 수 있겠어?

미타심 보살의 물음에 대해 그녀의 대답을 기다리기는 옆에서 시래기국을 뜨던 남자가 더했던 모양이었다. 남자는 그녀가 말없이 젓가락으로 밥 위에 나물만 얹고 있자 기다리다 못해 한마디 거들며 재촉했다. 서른 넘었어요? 글쎄요…… 얼버무리는 그녀의 말이 맺어지기도 전에 남자는 이렇게 말했다. 서른이면 나하고 동갑이게? 아무리 봐도 두어 살 아래 같던데, 안 그래요? 그때 부엌 보살이 고개를 끄덕이며, 그래, 얼굴이 아직 애기 살결 같은데…… 라고 하자 남자는 마치 자기 아내가 칭찬을 받았을 경우에나 지어야 할 웃음을 만들며 좋아했던 것이다.

이곳에서는 사물을 보는 방식이 서울과는 많이 달랐다. 그러나 그녀는 서로 다른 방식들을 비교해볼 마음은 없었다. 어떤 쪽에서 보는 것이 진정한 자신과 가까운 모습인지에 대해서도 궁금할 것이 없었다. 이곳에서 그녀는 자기 자신이 누구인지에 대해 거의 아무런 생각 없이 지냈으며 그런대로 잘 지내고 있었다. 그에 대해서도 별로 그리움이 없었다. 스스로 생각하기에도 뜻밖이긴 했지만 그 역시 이유를 따져보고 싶지는 않았다.

미타심 보살의 말에 따르면, 백팔번뇌의 108은 사람의 여섯 가지 감각이 여섯 가지의 번뇌를 일으킬 때 과거·현재·미래가 있어 그것들을 곱해서 나오게 된 숫자라고 했다. 여섯 가지 번뇌에는 좋음 · 나쁨 · 즐거움 · 괴로움뿐 아니라 '좋지도 나쁘지도 않음'과 '즐겁지도 괴롭지도 않음'도 들어 있었다. 그 말을 들으니 그녀는 자기를 떠나오게 한 것이 무엇인지는 알 듯도 싶었다.

목각인형

남자는 늘 소매 없는 티셔츠만 걸쳤다. 그 검은 티셔츠는 가슴팍이나 등이 땀에 절어서 언제나 허옇게 소금기가 얼룩져 있었다. 하긴 그녀가 입고 있는 티셔츠도 남자의 것처럼 조잡한 영문이 나염되었고 여러 번 빨았던 탓에 보푸라기가 일어서 남자보다 나을 것도 없었다.

빵과 우유를 쟁반에 받쳐들고 남자가 일하는 법당 앞으로 가면서 그녀는 하얀 개가 따라오지 않는지 뒤를 흘끔 돌아보았다. 공양주 보살은 비 오던 날 밤 오랜만의 외식으로 배탈을 얻었다. 세끼 밥도 겨우 지었다. 그래서 그녀가 남자의 간식을 나르는 것이었다.

그녀가 부엌문을 나서는 것을 처음부터 보고 있었는지 마당으로 발을 내딛자마자 미리부터 전기톱 소리가 조용해졌다.

"제기, 또 빵이야?"

남자는 쟁반을 건네받자마자 한입에 빵을 우겨넣으며 둔한 발음으로 말을 이었다.

"안 되겠구만. 이따가 읍내 내려가서 짜장면이라도 한 그릇 먹어야지. 고기 맛 본 지 벌써 며칠째야" 하더니 "같이 내려갈래요?"라며 그녀를 힐끔 쳐다보았다. 스스로도 소용없는 말인 줄 다 안다는 듯이 입가에 빵가루를 붙인 채 지레 벌쭉 웃기도 했다.

그녀는 남자의 귀뿌리 쪽에 시선을 멈추었다. 남자의 귓속에는 대패밥이 가득해서 마치 비울 때가 다 된 연필깎이의 통 속 같았다. 지저분하고 입자가 거친 나무 가루들이 그의 귓속에서 꾸역꾸역 쏟아져나오고 있는 것처럼 보였다. 수염을 깎지 않은 턱과 뺨에도 대패밥들이 아무렇게나 들러붙어 있었다. 남자는 뺨의 근육을 푸는 사람처럼 입을 벌리고 이쪽 저쪽으로 한껏 돌려가며 입천장에 들러붙은 빵덩이를 떼더니 그 속으로 우유를 들이부었다. 입 가장자리에 흘러내린 우유는 손등으로 문질러 헐렁한 바지에 쓱 닦았다. 바지를 직접 입까지 끌어올릴 수는 없는 노릇이니 손으로 닦아 바지에 문지르는 것은 당연했지만 어쨌든 무척 지저분해 보였다.

남자는 작업대 위에 올려진 나무를 한 손으로 가볍게 탁탁 치며 물었다.

"이런 거 해봤어요?"

"네?"

"목수질 말예요. 이거 전기대패인데 한번 밀어볼래요?"

하고는 한 걸음 다가와 선뜻 그녀의 팔을 잡았다. 바로 귓가에서 남자의 목소리가 들려왔다.

"괜찮아요. 이렇게 한번 해봐요."

남자에게 반쯤 안긴 자세가 된 그녀는 자기의 손 위에 겹쳐 놓인 남자의 커다랗고 울퉁불퉁한 손을 쳐다보았다. 손톱 밑이 참 새까맣다고 생각하는데 그 순간 몸이 부르르 떨렸다. 남자가 갑자기 전기 스위치를 눌러 전기대패가 부르르 떨리기 시작했던 것이다.

전기대패를 작동시킨 남자는 그녀에게 혼자 해보라는 것인지 손을 떼고 뒤로 물러났다. 그렇지 않았다면 그녀는 숨이 막혔을지도 모른다. 땀냄새가 너무나 지독했기 때문이었다. 그녀는 반사적인 동작으로 손 안에서 움직이고 있는 낯선 전기도구를 놓칠까봐 힘주어 붙잡고 있었다. 그것을 움직이는 일까지는 할 수 없었다. 남자가 스위치를 끄더니 투덜댔다. 제기랄, 나무 다 패어 버렸네. 그러고는 전기대패를 잡고 다시 스위치를 올려 능숙하게, 팬 자국을 깎아서 매끄럽게 만든 뒤 만족스럽게 말했다. 것 봐요. 쉬운 게 아니라고요.

그녀는 맹세코 그 일이 쉽다고 생각해본 적도 없었으며, 그 일이 쉽지 않다는 사실을 좀 알게 해달라고 남자에게 부탁한 적도 없었다. 그렇다고 그런 것을 말할 생각도 없었다. 남자는 그녀가 자기를 존경이라도 하게 됐다고 믿었는지 말투가 의기양양했다.

"내일은 진짜로 고기 좀 먹어야 한다고 미타심 보살한테 말해 줘요. 칠을 하는 날은 먼지를 많이 먹으니까 기름기가 들어가야 속이 씻어지거든. 참, 스님이 서울 가서서 고기 사러 갈 차가 없겠구나. 그럼 나라도 내려가서 사와야지."

스님이 절에 계시다고 한들 고기를 사러 갈지 안 갈지는 그녀로서도 알 수 없는 일이었다. 그녀는 남자의 픽업 트럭을 떠올렸다. 그 옆에는 영추사에 그녀를 실어오는 것을 끝으로 잊혀져버린 그녀의 자주색 엑셀도 있었다.

"같이 가자구요, 바람도 쐬고."

남자는 오른팔을 쳐들어 왼쪽 어깨를 긁적이면서 이래야만 직성이 풀린다는 표정으로 또 비죽이 웃으며 실없는 말을 던졌다. 쳐든 팔 밑으로 겨드랑이의 수북한 털이 보였다. 그 털 속에 붉은 땀띠가 톡톡 두드러져 있었다. 그리고 바람도 없는데 그녀 쪽을 향해서 땀냄새가 밀려들었다.

쟁반을 들고 돌아서 가는 그녀의 걸음은 아무렇게나 늘어놓은 목재 사이를 골라 딛느라 비틀비틀했다. 목재 틈에 슬리퍼 뒤축이

끼여 잠깐 걸음이 삐긋한 순간 그녀의 등뒤에서 남자가 휘이익, 하고 휘파람을 불었다. 휘파람 소리는 꼬리라도 달려 있는지 그녀의 뒷모습을 결박하듯 휘감았으며 길고 천박했다.

오후가 되자 모래자갈을 실은 차 한 대가 도착했다. 비가 오면 흙이 조금씩 쓸려 내려가곤 하는 법당 앞마당을 돋우기 위해 며칠 전 스님이 주문한 모래자갈이었다. 운전사는 스님이 안 계셔서 일당을 줄 수가 없다는 미타심 보살과 몇 차례 실랑이를 벌이더니 모래자갈을 일부러 멀리 일주문 옆에 부려놓고 가버렸다. 미타심 보살은 분을 이기지 못해 스스로 소매를 걷고 모래자갈을 법당 앞마당으로 옮기기 시작했다. 그녀도 함께 고무대야에 자갈을 퍼서 날랐다. 몇 번 나르지 않아 벌써 다리가 후들거렸다. 티셔츠가 등에 척 달라붙었다. 남자가 돼지고기를 사갖고 돌아온 것은 그때였다. 남자는 트럭에서 뛰어내리더니 먼저 두 여자의 고무대야를 보고 피잉, 코웃음을 친 다음 그 두 배가 넘는 통을 가져와서 몇 번 만에 간단히 모래자갈 한 부대를 다 옮겨버렸다. 마당을 쓸고 대야를 치우는 그녀에게 슬쩍 다가와서는, 미타심 보살 혼자 하고 있었다면 곧 죽어 자빠진다고 해도 몰라라 했을 거요, 라고 속삭이는 것도 잊지 않았다.

그날 공양주 보살은 저녁 밥상을 수선당 선방의 뒷마루에 차렸다. 언제 손님이 들어올지 모르는 요사채에서는 절대 고기 냄새를 풍길 수 없다고 미타심 보살이 펄쩍 뛰었기 때문이다. 고추장에 볶은 돼지고기를 상 한가운데에 남부럽지 않게 벌여놓은 남자는 절 아래 텃밭에서 따온 상추와 깻잎의 물기를 상다리 옆에다 뿌려서 털어내며 입이 한껏 벌어졌다. 그날따라 다른 일꾼도 없어 식구가 단출했다. 공양주 보살까지 서둘러 밥을 먹고 전화를 지키고 있는 미타심 보살을 부르러 자리를 뜨자 뒷마루의 저녁상은 남자와 그녀 둘만의 겸상이 되어버렸다. 남자가 그녀를 타박했다.

"쌈은 그렇게 먹는 게 아녜요. 된장도 듬뿍 바르고 마늘도 좀 넣고 그래야 맛이 나지. 왜 그렇게 콩새같이 밥을 콕콕 찍어먹어요?"

그녀가 아무 말 하지 않자 남자는 볼이 미어져라 우적우적 씹으며 또 말을 붙였다.

"뭐하던 사람예요?"

"예?"

"여기는 뭐하러 왔냐고요."

남자의 앞니는 반 이상이 초록색 잎으로 뒤덮여 치열이 보이지 않았다. 상추에 고기를 얹으면서 남자는 연신 쩟쩟 소리를 내며 혀로 잇사이를 빨아대더니 또 불쑥 물었다.

"남편이 죽었다면서요?"

"……."

"식은 올린 거요? 반지를 보니까 결혼반지는 아니던데."

"……."

"근데 그거 진짜 진주요? 반지가 이쁘라더라구. 그래서 쳐다본 건데 오해는 마쇼."

남자의 목소리가 잦아드는 품이 분명 자기 말의 경솔함을 변명하는 말투였다. 그녀는 천천히 밥 한 공기를 비웠다. 물을 마시고 일어설 때까지도 미타심 보살은 오지 않고 있었다. 마루기둥에 몸을 기대고 앉아서 쇠젓가락으로 이를 쑤시던 남자는 눈을 위로 치뜨고 그녀가 일어나는 것을 쳐다보았다.

밤이면 읍내로 내려가 술을 마시거나 당구를 치던 남자는 그날 밤에는 요사채에서 텔레비전을 보겠다며 설거지를 마치기도 전에 먼저 와서 방에 드러누워 있었다. 미타심 보살이 곱게 볼 리가 없었다. 남자는 눈총을 받고 쫓겨갔다. 그러나 다음날 남자가 새로 텔레비전 받침대를 만들어주자 미타심 보살도 더이상 구박은 하지 못하게 되었다. 남자는 저녁나절에 뚝딱뚝딱 하더니 그녀에게도 조그마한 옷상자를 하나 만들어주었다. 귀퉁이를 돌려 깎은 것이나 뚜껑에 꽃을 새겨넣은 것이 뜻밖에도 앙증맞았다. 그녀는 그 안에 넣을 옷이 없었으므로 은근히 탐을 내는 미타심 보살에게 그 상자를 주었다.

그 다음날인가 그녀는 자기 방문 앞에 무언가가 놓여 있는 것을 보았다. 그것은 목각인형이었다. 몸통은 장승처럼 밋밋하게 길쭉했지만 얼굴은 꽤 섬세하게 조각돼 있었다. 그런데 눈이 지나치게 크다 싶어서 자세히 보니 안경이었다. 누군가가 그녀를 만들고 있었다. 자기도 모르는 사이에 누군가가 자기를 해석하고 만들어내고 있다는 것은 섬뜩한 일이었다. 더구나 스스로 생각할 때 지금의 그녀는, 그녀도 아니고 아무것도 아니었다.

그녀는 목각인형을 한참 내려다보다가 풀숲 쪽으로 내던져버렸다.

그녀는 남자의 방 안을 들여다보았다. 언제나 열려 있는 방이었지만 안을 들여다보기는 처음이었다. 방구석에 신문지로 덮인 것을 한번 들쳐보았다. 깎다 만 목각인형이 여러 개 뒹굴고 있었다. 모두 안경을 끼고 있었지만 그녀의 방문 앞에 있던 인형과는 달랐다. 하나같이 여자의 알몸을 갖고 있었다. 젖가슴과 허리, 음부까지 섬세하게 조각이 된 목각인형들. 그녀는 목각인형의 아랫도리를 한참 동안 가만히 쳐다보았다. 이윽고 팔을 쳐든 그녀는 눈을 후벼파듯 안경을 손톱으로 꾹꾹 짓이겼다. 만약 그녀가 그녀의 친구처럼 뭔가를 바꿀 수 있다고 생각한다면 그것은 아랫도리가 아니라 자의식이라는 안경이었던 모양이다.

요사채를 향해 걸어가며 그녀는 실제로 남자가 그녀의 몸을 보았을지도 모른다는 데에 생각이 미쳤다. 그녀는 저녁 설거지를 마친 뒤에 부엌문을 걸어 잠그고 몇 번 목욕을 했다. 불안한 목욕이었다. 특히 그제 저녁인가는 남자가 마루에 있는 것을 알았기 때문에 다른 날보다 더욱 서둘렀다. 모래자갈을 나르는 바람에 몸이 땀에 절어서 씻지 않을 수도 없었다. 그녀는 찬물을 어찌나 급하게 쏟아부었던지 밤에 잔 기침을 했었다.

법당 마당에서 위잉위잉, 요란한 기계소리를 내며 나무를 만지고 있던 남자가 그녀를 보고 소리쳤다.

"스님 돌아오셨어요!"

그녀는 걸음을 빨리 하려다가 생각을 바꾸어 발을 멈추고 남자 쪽을 쏘아보았다. 남자가 전기 스위치를 끄자 갑자기 사방이 조용해졌다.

"인형 봤어요?"

웬일인지 남자는 수줍어하고 있었다. 그녀의 벗은 몸이 생각나서 어색해하는 건지도 모른다. 그녀는 무슨 말인가 하려다가 그럴 것까지는 없겠다 싶어서 가볍게 고개만 끄덕이고는 다시 걸음을 옮겼다. 남자는 그녀의 등뒤에 휘파람도 불지 않았고 같이 마을에 내려가자는 둥 실없는 말도 던지지 않았다.

스님은 영가천도일이 가까워져서 서둘러 돌아왔다고 했다. 서울에서 같이 왔다는 손님과 겸상으로 밥을 차리라 했을 때 상을 내간 것은 그녀였다. 상을 내려놓자 손님은 두 손을 합장하며, 어이구, 고맙습니다. 보살님, 하면서 그녀를 한번 올려다보았다. 그녀는 그 옆에 밥상을 하나 더 차려야 했으므로 나무밥상에 행주질을 하고 있었다. 그녀에게 손님이 말을 걸었다. 그 안경테 알마니죠? 끝에 퀴빅이 박힌 것 보니 올해 나온 모델인데. 백화점에서 샀으면 한, 25만원? 뭐 하던 분인지 돈 많이 버는 보살이신가보네. 그녀가 입을 벌린 채 돌아다보자 손님은 감탄하는 스님을 향해 껄껄 웃어 보였다. 아, 안경 장사가 벌써 몇 년쨌데요, 이 정도도 모르면 밥숟가락 놓아야죠.

그 동안 절에 드나든 손님은 일꾼들까지 합해서 적지 않은 사람이었다. 그러나 영추사에 오기 전의 그녀에 대해 한 가지라도 제대로 눈치챈 사람은 아무도 없었다. 그녀는 시폰 블라우스도 입지 않았고 머리에 컬을 만들지도 않았으며 화장도 하지 않았다. 보라색 플라스틱 슬리퍼에 나일론 바지를 입고 공양주 보살에게 얻은 고무줄로 머리를 질끈 묶고 있었다. 굴러다니는 신문쪽 하나도 읽지 않았다. 물론 교정도 보지 않고 제목도 달지 않았으며 그 동안 그녀가 글씨라고 쓴 것이라면 만등불사를 접수한 신도들의 이름뿐이었다. 그녀는 간단한 일상적인 대화 외에는 말도 거의 하지 않았다. 그러나 껍데기를 다 바꾸었는데도 안경이라는 껍데기가 최후까지 남아 그녀의 불필요한 신분을 나타내고 있었던 것이었다. 그 안경 알마니죠? 그 말을 들었을 때의 기분은 자신의 알몸 목각인형을 볼 때 못지않게 섬뜩했다.

점심 공양을 마치고 공양주 보살이 배추를 솎으러 밭에 가자는 것을 그녀는 감기 기운이 있다는 핑계를 대고 방으로 들어왔다. 그리고는 얼마 안 가 잠이 들어버렸다. 누군가 부르는 것 같아서 잠이 깬 그녀는 온몸이 땀에 젖었음을 알았다. 방문을 여니 남자가 마루 기둥에 기대서 있었다.

"아프다면서요? 지금 읍내 내려가는데 약 사다줄까요?"

괜찮다고 말하고 난 뒤에야 그녀는 머리가 빠개질 듯 아프다는 것을 깨달았다.

"어젯밤에도 기침을 하는 것 같던데요?"

그녀는 약을 사다달라고 간단히 말한 다음 방문을 닫았다.

드르륵, 남자가 자기 방의 문을 여는 소리가 들렸다. 옷을 갈아입는지 휘파람 소리를 내며 한참을 꾸물거렸다. 남자의 휘파람 소리를 들으며 누워 있으려니 그녀는 불현듯 그 소리가 정다웠다.

처음 그와 여관에 갔던 날. 오래 전 일이라 자세히 기억이 나진 않는다. 술에 취한 그들은 손을 잡고 골목을 한없이 헤매다가 불쑥 어떤 문을 열고 들어갔었다. 마치 술래의 눈을 피해 이리저리 돌아다니는 숨바꼭질하는 아이들 같았다. 남자아이는 숨어 있기 좋은 장소를 발견하자 여자아이의 손목을 잡아당겨 덤불 속으로 들어갔다. 남자아이가 끄는 대로 덤불 속으로 몸을 구겨넣으며 여자아이는 술래를 따돌렸다는 쾌감 때문에 흥분해 있었다. 그러나 남자아이의 몸이 너무 밀착돼 여자아이는 거북해지기 시작했고 차라리 술래가, 그녀가 믿고 의지해온 바깥세상의 눈길이 빨리 그들을 발견해 주기를 바랐다. 아무래도 그들은 너무 깊이 숨은 거였다. 술래는 그들을 찾다가 엄마가 부르는 소리를 듣자 그대로 저녁밥을 먹으러 간 모양이었다. 밤이 되었고, 덤불 속에 웅크린 채 여자아이는 곰곰히 생각했다. 이렇게 돼버렸으니 난 이제 이 남자아이와 결혼하지 않으면 안 될 거야. 그러다가 깜빡 잠이 들었다.

다음날 아침 술이 깬 여자아이는 어른이 되어 있었다. 사과를 따먹은 이브처럼 부끄러움을 알게 되었으므로 눈을 뜨자마자 고민이 시작되었다. 그녀는 얼굴을 들고 여관문을 나갈 자신이 없었다. 골목을 나가기만 하면 길가던 사람의 무리에 천연덕스럽게 섞여들어 걸어갈 뻔뻔스러움은 있었지만 문을 여는 순간 얼굴로 쏟아질 아침의 빛을 도저히 마주할 수 있을 것 같지는 않았다.

그들이 묵은 방은 2층이었다. 몇 계단 앞서 내려가는 그의 뒤에서 그녀의 내딛는 걸음은 묵직하게 끌렸다. 그때 그가 그녀를 돌아봤다. 그녀의 눈을 보고 그는 알았다. 그는 계단을 다시 성큼성큼 올라왔다. 그녀의 회오를 짐져주기 위해서. 계단 중간에 머뭇대며 서 있는 그녀를 다정하게 껴안고 그는 마리아상에게 하듯이 신성하게 입을 맞추었다. 그러고는 구원의 여성을 대하는 남자의 당연한 자세라는 듯 그녀의 어깨에 팔을 두르고 계단을 내려와서 여관문을 활짝 열어젖혔던 것이다.

마지막으로 언제 함께 잤더라.

그가 결혼한 뒤로는 아침까지 함께 있어본 적이 없었다. 당연한 일이었다. 그녀는 받아들였다. 이따금 그는 낯선 자세를 원했다. 다리를 이렇게 해봐. 자, 등을 돌리고. 그것은 그가 다른 여자와의 섹스를 응용하는 것이었다. 그녀는 독점할 수 없는 섹스 파트너라는 존재가 얼마나 깊은 자기모멸감과 비애를 안겨주는지 경험해야 했다. 그녀의 허리나 등을 쓰다듬다가 잠깐씩 그의 손길이 멈출 때도 있었다. 그의 손끝이 다른 여자의 감촉을 기억했기 때문이었다. 지금 만지고 있는 감촉과 선의 흐름이 다른 여자의 것과 다르다는 것을 느끼고는 그 다름의 간격을 좁히기 위해 멈추는 것임을 그녀는 알았다. 어느 날은 그가 이렇게 말했다. 넌 소리를 별로 안 내는 것 같아, 그렇지? 글쎄, 그런가? 그녀는 무심코 대꾸하다가 또 그의 아내가 침대에서 어떻게 하는지 한 가지를 더 알게 되었음을 깨달았다.

이제 생각이 났다. 마지막으로 함께 여관에 간 날, 그는 그녀가 쓰고 난 비누에 머리카락이 너무 많이 엉켜 있다고 투덜댔었다. 먼저 욕실을 쓰면 뒤처리를 좀 잘하고 나와야지, 라면서. 머리를 빗던 그녀는 등뒤에 서 있는 그를 거울 속에서 물끄러미 쳐다보았다. 8년이란 한 남자의 애인으로 지내기에는 확실히 긴 시간이다. 짜증이 날 때마다 치켜올라가곤 하는 그의 왼쪽 눈썹을 힐끗 쳐다보고 그녀는 손가락으로 빗살 사이의 머리카락을 빼냈다. 머리를 빗기 전에 먼저 빗이 더러운지 아닌지 살펴보는 것이 그의 오랜 버릇이었기 때문이다. 그녀는 빗을 거울 앞에 놓고 일어났다. 그가 빗을 집어들더니 빗살을 점검하는 것이 보였다.

선방 다락에 두고 쓰던 것이라서 그녀가 덮고 있는 이불에서는 눅눅한 냄새가 났다. 그녀는 불현듯 이불을 젖히고 일어나서 마루로 나갔다. 옆방 남자는 이미 나가고 없었다.

잠시 마루끝에 서 있다가 방으로 들어갔던 그녀의 손에는 자동차 키가 들려 있었다. 그녀는 외롭지 않았다. 확신할 수 있었다. 외로움에 이따금 속아넘어갈 만큼 마음속이 메마르고 비어 있을 뿐이었다. 그리고 감기 기운도 있었다. 뜨거운 물에 목욕을 하고 5밀리미터쯤의 거품이 덮인 맥주를 마시고 싶었다. 그러고 나서, 어쩌면 전화기가 눈에 띄면 그에게 전화를 걸어 잘 있다는 말을 전할 수도 있을 것 같았다.

보름은 넘었을 거라는 그녀의 짐작과는 달리 절을 내려가는 것은 열흘 만이었다. 그녀의 생각처럼 거기에서도 시간이 그렇게 쉽게 흘러가준 것은 아니었다.

터미널 앞 삼거리

그녀는 터미널 앞 삼거리에서 일단 차를 멈췄다. 한쪽 길이 터미널을 향해서, 또 한쪽은 읍내로, 그리고 나머지 한쪽 길은 영추사로 가는 길로 갈라진 그 삼거리는 영추사로 올라가려는 사람들이 택시를 부르는 장소이기도 했다.

삼거리에는 서림장이라는 이름의 제법 번듯한 모텔이 있었다. 그녀는 그 모텔의 지하에 있는 사우나로 들어갔다. 사우나에는 썬 탠을 짙게 한 아가씨 둘이 키득거리고 있을 뿐 썰렁했다. 아가씨들은 귀를 서너 개씩 뚫어 가지가지 귀고리를 달고 진한 파란색 에나멜을 발톱에까지 칠하고 있었는데 시골 사우나에서 보았기 때문에 그런지 세련되기보다는 이질적으로 보였다. 게다가 아직 스무살도 되지 않은 얼굴이었다. 탈의실에서 담배를 피우던 그들은 함께 벌거벗고 사우나를 했던 여자가 헐렁한 자주색 바지와 조잡한 나염 티셔츠로 신분을 드러내자 자기들끼리 수군대기도 하고 킥킥대기도 했다.

　그녀는 젖은 머리 그대로 사우나 옆에 있는 지하카페로 들어가 맥주를 주문했다. 카페 역시 한산했다. 카운터에 앉아 있던 길다 란 파마머리에 마스카라를 짙게 칠한 주인여자가 직접 맥주 두 병을 쟁반에 받쳐왔다.

　얼마가 지난 뒤 그녀는 화장실에 가면서 맥주 두 병을 더 주문했다. 화장실에서 나와서는 공중전화 앞으로 갔다. 그의 회사에 전화를 걸어보고 나서야 그녀는 그날이 일요일이란 것을 알았다. 그녀는 전화기를 오른손으로 옮겨 쥐고 이번에는 집 전화번호를 눌렀다. 그녀의 손가락이 움직일 때마다 진주알이 경쾌하게 따라 움직였다. 술기운이 퍼져 그녀는 조금 쾌활해져 있었다. '괴로움도 즐거움도 아님'과 '좋음도 싫음도 아님'이 그녀의 번뇌였다면 어쩌면 지금 이 모습이 그녀의 본래면목에 더 가까운 것인지도 모른다.

　만약 그의 아내가 받더라도 끊어버리지 않을 작정이었다. 그녀가, 아무개씨 계신가요? 하고 물으면 그의 아내는, 네 잠깐 기다리세요, 할 것이다. 그러고는 싫어도 할 수 없이 그를 그녀에게로 넘겨주어야만 한다. 괜찮은 기분일 것 같았다.

"여보세요."

전화를 받은 것은 그였다. 그녀가 말했다.

"나야."

"……."

그녀는 그의 침묵의 의미를 파악하려고 하지 않았다. 안다는 것은 어차피 잘못 안다는 뜻이다. 분별은 모두 소용없다.

"잘 지냈어?"

"나야 늘 그렇죠 뭐."

그의 목소리는 어쨌든 예의바른 것이었다. 그러고 나서 세 마디쯤 더 얘기를 나누긴 했다.

그녀는 맥주를 세 병 더 마셨다. 그 동안 사우나에서 보았던 두 아가씨가 몸에 달라붙는 검은색 끈원피스에 화려한 화장을 하고 나타나서 누군가를 기다리기 시작하는 것, 주인여자가 바닥에 엎질러진 팝콘을 주워담으려고 몸을 구부렸을 때 스판바지 위에 생리대 자국이 선명하게 두드러지는 것, 머리에 무스를 잔뜩 바른 뚱뚱한 남자가 와서 주인여자에게 화를 내더니 핸드폰을 맡겨놓고 어디론가 다시 나간 것 등등을 다 보고 있었다. 그러고 보면 그녀는 그렇게까지 취하지는 않은 것 같았다. 그런데도 그와 전화로 나누었던 말은 한마디도 기억이 나지 않았다.

그녀의 기억은 다른 시간 속을 헤매고 있었다. 그들이 사랑했던 지루한 시간들.

그녀가 약속시간에 늦을 때마다 그는 차갑게 비꼬았다. 시간 좀 지켜라. 이제 나한테 호의는커녕 예의도 없구나. 그는 그녀가 운전을 할 때 결코 서두르지 않는다는 점을 처음에는 얼마나 칭찬했는지 모른다. 그러나 이제는 그녀를 기다리며 흘려보낸 자기의 시간에 더 의미를 두었다.

그녀가 미처 화장을 고치지 못하고 피곤한 모습으로 나온 날 그는 못마땅해서 어쩔 줄을 몰랐다. 그녀는 그날 그가 왜 그렇게 말끝마다 트집을 잡는지 눈치채지 못했다. 길가의 레코드 가게에서 마침 그가 좋아하는 노래가 흘러나왔다. 그녀는 언제 들어도 좋다고 일껏 마음에 없는 소리까지 했지만 그는 창법이 천박하다며 그 노래를 깎아내렸다. 심지어 그런 노래를 좋아하는 취향을 가진 사람이 눈앞에 있다면 당장 침이라도 뱉어주고 싶다고 말하는 것이었다. 오늘 기분이 영 안 좋은 모양이네. 왜 그래? 라고 물었더니 그는 아니야, 라고만 대꾸했다. 조금 있다가 그녀는 다시 물었다. 정말이야. 무슨 안 좋은 일 있는 것 같은데? 그러자 그는 화를 버럭 내며, 이러다 정말 멀쩡한 기분까지 안 좋아지겠다. 사람을 왜 이렇게 피곤하게 해, 라고 소리쳤다. 그날 밤 헤어지면서 그가 잘 가, 라고 한 다음, 그리고 거울 좀 자주 보고, 라고 덧붙일 때에야 그녀는 그 밤 내내 그를 짜증나게 한 것이 그녀의 모습이 초라해 보였기 때문이라는 사실을 깨달았다.

피곤한 날 그는 더욱 그녀의 존재를 그리워하긴 했다. 그래서 만났고 만난 다음에는 피곤한 나머지 예민해졌다. 점점 그들은 예전과 달리 상대방의 피곤을 알아채고 기분을 풀어주기 위해서가 아니라, 서로가 함께 있음에도 불구하고 여전히 피곤하다는 사실을 파악하는 데에, 그리고 그것을 감춰야 하는 데에 예민함을 사용했다. 그들은 여관 앞을 지나고 있었다. 피곤한데 들어가자, 그가 말했고 그녀는, 아직 해도 안 졌는데? 했으며 그의, 언제부터 그렇게 남의 눈을 의식했어? 라는 말에 그녀가 차갑게, 그러게 말야. 남을 의식해야 할 처지에 있는 건 당신일 텐데, 라고 비꼬았다. 그러자 그는, 마누라가 기다린단 말이지? 깜빡 잊었는데 가르쳐줘서 고마워, 한 뒤 입을 다물었다. 그들은 약 10분쯤 한마디도 하지 않고 걷다가 택시정류장이 보이자 약속이나 한 듯이 줄을 섰다. 그가 앞에 서 있었기 때문에 먼저 택시를 타고 떠났다.

그가 직장을 옮기겠다고 할 때 그녀는 그가 얼마나 소심하고 변화를 두려워하는지 알고 있었으므로 아무런 충고도 하지 않았다. 과연 그는 그대로 주저앉았으며 그녀가 자기 인생에 관심이 없다고 원망했다. 그녀는 더이상, 너는 긍정적인 성격이기 때문에 쉽게 직장을 옮기지 않고 적응하는 미덕을 갖고 있잖아, 따위의 말을 하지 않았다. 그는 자신이 그런 말을 원한다는 것을 알고도 말해주지 않는다는 것까지 알았기 때문에 그녀를 원망하는 거였다.

그들은 질투에도 지쳤다. 그는 그녀 주변의 남자라면 그녀가 다니는 홍보실뿐 아니라 36층짜리 사옥의 전 직원은 물론이고 일흔이 넘은 창업주까지 질투했다. 누군가의 옷차림을 칭찬하면 낭비벽이 있을 거라고 헐뜯었고 성격이 좋다고 하면 이중인격자라고 못박았다. 그들은 더이상 주말에 함께 영화를 보러 다니지 않았다. 그러면서도 그녀가 영화 이야기를 했다가는 친구와 같이 봤다고 아무리 설명을 해도 그 친구가 여자라는 증거를 대지 못하고 있지 않냐며 헤어지는 순간까지 신문을 당해야만 했다. 생각해보니 그것은 사랑에서 비롯된 질투가 아니었다. 집착이었다. 사랑이라면 그녀의 입장을 이해하고 얼마쯤 용서할 수도 있는 여유가 있지만 집착은 매섭고 가차없는 감정이었던 것이다.

침대에서 그녀를 안으면서 그는 이렇게 말하곤 했다. 미안해. 사는 게 지겨워서 너한테 자꾸 화를 내게 되는 것 같아. 널 사랑해. 알지? 나한테는 너뿐이야. 그의 머리통을 안으며 그녀도 뇌까렸다. 나도. 그러고는 다음 순간 문득 그들은 둘 다 사랑한다는 말의 뜻에 대해서는 생각해본 지 오래 되었음을 깨달았다.

아마 그가 그녀를 사랑하긴 했을 것이다. 한동안 만나지 않으면 금단증세처럼 불안이 나타났다. 그가 익숙하고 편한 친구이자 섹스 파트너로서 원하는 여자가 있다면 그녀뿐이었다. 그녀에게는 그가 첫번째 남자였다. 사실 그녀는 몇 번째라는 서수를 의식해본 적도 없었다. 다른 경우를 생각해보지 않는 것은 그녀다운 일이었다.

그러나 더이상 서로에 대해서 알 것도, 알고 싶은 것도 없이 사랑하는 관계란 지긋지긋했다. 어떤 날은 어쩌다보니 너무 이른 시간에 만나버렸기 때문에 그들은 저녁을 먹고 여관에 가기 전까지의 시간을 어떻게 보내야 할 줄 몰라하다가 결국 또 싸울 수밖에 없었다.

서림장의 지하에 들어간 지 몇 시간 만에 그녀는 지상으로 나왔다. 밖은 이미 어두워져가고 있었다. 그녀의 차는 일단 삼거리에 도착했다. 하지만 영추사 쪽 길로 올라가지 않고 읍내쪽으로 방향을 잡았다. 술을 마신 데다 길이 어두워서 그녀는 차를 천천히 몰았다. 먼지가 잔뜩 앉은 그녀의 자주색 엑셀은 마치 밤거리를 어슬렁거리는 바람난 아줌마 같았다. 으슥한 다리를 지나고 시장통과 초등학교 교문, 읍사무소의 게시판 앞을 지나도록 거리는 어둠침침했다. 그것이 무척 자연스럽고 마음 편했다. 혼자만 환하게 불을 켜고 있는 편의점이 되레 음흉스러워 보였다. 드디어 찾고 있던 간판이 눈에 들어왔으므로 그녀는 차를 세웠다. 로얄 호프.

자리마다 칸막이가 있고 크리스마스 이브처럼 울긋불긋한 오색등이 점멸하는 로얄 호프에서 그녀는 처음에는 왕족처럼 호사스럽게, 그리고 나중에는 취한 왕족답게 거나하게 맥주를 마셨다.

건너편 자리에서 왁자지껄하게 술을 마시던 한떼의 남자들이 그녀를 힐끗거리며 저 아줌마가 왜 술집에서 혼자 술을 마시는지에 대해 빈약한 상상력을 동원하며 저희들끼리의 음담에 그녀의 존재를 이용하기도 했다. 그러나 별다른 일은 없었다. 별다른 일은 생각지도 않게 일어나는 것이지만 또 이상하게 기다리는 사람에게는 여간해서는 일어나지 않는다. 사실 그녀가 별다른 일을 기다린 것은 아니었다. 그녀에게는 삶에 대한 기대가 그다지 없었다. 어쩌면 적극성이 없었던 것인지도 모르지만 말이다.

하지만 익숙해서 지긋지긋하고 편한 나머지 넌더리나고, 그런 시간들, 그들이 사랑했던 그 시간들 속에서 그녀인들 지금과는 다른 시간을 기다리지 않았을까.

그녀가 헤어지기로 결심을 하면 그날로 그는 자리에 앉아서 몇 마디 하기도 전에 그녀의 내리깐 눈빛, 숨소리, 찻잔을 드는 팔꿈치의 각도만 가지고도 그녀의 마음속을 눈치챘다. 그런 날이면 침대에서 더욱 다정했다. 그녀의 몸속에 들어가서 움직이며 숨가쁘게 말했다. 제발 내 곁에 있어줘. 알잖아. 네가 없다면 난 사는 것도 아냐. 그녀는 그의 말의 반 이상이 거짓이란 것을 알면서도 그가 그녀의 마음속을 그렇게 눈치챌 만큼 그녀에 대해 너무 잘 알고 있다는 사실, 그 습관과 필요에 번번이 그냥 주저앉고 마는 것이었다.

정작 헤어지자는 말을 자주 한 것은 그녀가 아니라 그였다. 약 서른세 번쯤 했을 것이다. 정말 다시는 안 만날 사람들처럼 인사까지 하고 헤어진 적도 있었다. 하지만 얼마 안 가 그가 전화를 걸어왔다. 뭐해? 응, 원고 쓰고 있어. 잘 돼? 그럭저럭. 몇 시에 만날까? 글쎄, 야근할 것 같은데. 끝나면 몇 시쯤 되는데? 늦을 거야. 늦으면 몇 시? 한 열시? 그럼 열시에 기다릴게. 거기 알지? 지난번……. 알고 있어. 그래, 그럼 이따 봐. 응. 그들은 자신들이 너무 천연덕스럽다는 것도 점점 느끼지 못했다.

로얄호프를 나왔을 때는 시간이 꽤 늦어 있었다. 그녀는 몇 시나 되었는지 여기가 어디쯤인지 알 수 없었다. 아무것도 알 수가 없었다. 차를 세워둔 곳으로 걸어가다가 자기가 운전을 하지 못할 만큼 취했다는 것을 깨달았는데 그것조차 그녀로서는 가까스로 알아낸 현실이었다. 그녀는 택시를 잡았다. 영추사까지 가는데요. 택시기사는 그녀의 티셔츠와 헐렁한 바지를 위아래로 훑어보더니 5만원을 달라고 했다. 그녀가 선뜻 그러마고 했는데도 타라는 말을 하지 않고 가만히 있더니 무슨 생각에서였는지 다시 10만원을 요구했다. 그녀는 지갑 안에 10만원은 있을 거라고 생각했다. 그렇게 가세요, 라고 술냄새를 풍기며 호기롭게 말했다. 그러자 운전기사는 돌았군, 하면서 그냥 가버렸다. 그 다음 택시가 왔을 때 그녀는 터미널까지만 가자고 말했다. 터미널 삼거리에 가면 영추사를 오가는 택시가 많이 있었다.

그녀는 몇 시간 만에 다시 삼거리로 돌아왔다. 길 건너에 그녀가 목욕을 하고 술을 마셨던 서림장 모텔이 화려한 네온을 밝히고 있었다. 그 앞에 줄지어 서 있는 택시들도 보였다. 지금 그녀가 내린 곳은 어두웠다. 토할 것만 같았다. 그녀는 그 자리에 쭈그리고 앉았다.

어느 날 그녀는 깨달았었다. 그와 그녀. 그들처럼 사랑하면서 더이상 서로에 대해 알 것이 없는 사람들은 누구나 결혼해 있다는 것을. 사랑은 서로 마주 보는 것이 아니라 함께 같은 방향을 바라보는 것이다. 그 말은 그녀가 중학교 때나 좋아했던 어떤 프랑스 소설가의 말이었다. 그러나 그 말이 서로를 애증에 차서 노려보게 될 즈음이면 이제 슬슬 아이를 낳고 집을 장만하는 일

56

상의 길로 함께 접어드는 것이, 언젠가는 끝나기 마련인 사랑이 종말로 향해가는 가장 바람직한 수순이라는 뜻인 줄은 몰랐었다.

토하고 나니 머리가 좀 맑아지는 것 같았다. 그런데도 그녀는 그대로 쭈그리고 앉아 있었다. 건너편의 불빛을 보았다. 서림장. 8년 동안 그들이 드나든 여관 중에 저런 이름도 있었을 것이다. 은하장, 우래장, 세종여관, 금수장, 유명파크모텔, 제일여관, 미화장, 목화장여관, 스타장, 덕수장. 그러면서 그녀는 생각했었다. 언제까지 이 남자아이와 짝이 되어 숨바꼭질을 해야 하는 걸까. 이제 그만 결혼해서 사랑을 끝낼 때가 되지 않았을까. 다른 아이와 함께 새로운 숨바꼭질을 하거나 아니면 다른 방법으로 어른이 되어야 하지 않을까. 그래, 결국은 다 지루한 일이겠지만.

갑자기 헤드라이트의 불빛이 그녀의 얼굴로 쏟아졌다. 누군가 일부러 하는 짓이 틀림없었다. 그녀는 한 손으로 눈을 가리고 불빛을 피해 고개를 돌렸다.

"여기 왜 이러고 있어요."

픽업 트럭에서 남자가 내렸다.

"목욕 갔다는 사람이 왜 여기 쭈그리고 있냐고요. 내가 절까지 두 번이나 올라갔다 왔어요. 여기말고는 다른 길이 없으니까 이 삼거리에서 한 시간 전부터 기다리고 있는 거란 말요."

남자는 화가 난 것 같지는 않았지만 목소리가 거칠었다. 술 덕분인지 그녀는 남자가 가까이 오는데도 그의 지독한 땀냄새를 느낄 수가 없었다. 남자가 바지 주머니에서 뭔가 꺼내 주는 것을 그녀는 멍청하니 쳐다보았다. 그것은 구겨진 약봉지였다. 반지일 리는 없었다.

취한 밤, 수문 근처

또 안개였다. 안개는 댐이 가까워질수록 두터워졌다. 포장도로
위에서도 밤 숲에서도 하늘에서도 허공에서도 사방에서 온통 안
개가 뿜어나오고 있었다. 차바퀴 밑에서까지 스물스물 기어나왔
다. 그녀와 남자는 밤안개를 헤치고 천상의 절을 향해 한없이 한
없이 올라가고 있었다. 양수댐이라고 적힌 입석이 있는 곳에 오자
남자의 차는 옆으로 방향을 틀었다. 댐을 끼고 천천히 한바퀴 도
는 것이었다. 세상은 너무 어둡고 조용했다. 그들 또한 아무 말도
하지 않았다. 남자는 수문 앞에서 차를 세웠다. 바닥에 깡통 따위
가 굴러다니고 있었는지 차가 서자 바퀴 밑에서 찌그륵 하고 이
그러지는 소리가 났다. 운전석에서 내린 남자는 기지개를 한번 켜
더니 댐이 내려다보이는 풀밭에 가서 앉았다. 그녀도 차문을 열고
내려왔다. 그들은 나란히 앉아서 안개가 피어오르는 댐을 내려다
보았다. 영추사가 잠겨 있는 검은 골짜기. 거기에 또 무엇이 잠겨
있을까. 혼자 와서 마시고 울컥 던져버린 빈 술병, 근처에 뒹굴던
쇳조각과 돌멩이들, 혹은 주머니칼, 맹세의 시효가 지난 반지, 그
밖의 모든 무거운 것들, 죽음들. 남자가 말했다. 무서워요? 그녀는
미타심에게 들은 적이 있었다. 저 댐에 여자도 하나 빠져 죽었어
요. 밤에 망루에 올라가서 술을 마시다 떨어져 죽은 사람도 있고.
그 뒤부터 망루 올라가는 문을 막아버렸지요. 그때 남자가 다시,
안 무서워요? 라고 말하며 그녀의 윗몸을 가만히 밀쳤다. 그녀는
뒤로 쓰러지면서도 남자가 무섭냐고 묻는 것이 남자 자신이란 것
을 끝내 깨닫지 못했다. 얼굴을 덮쳐오는 남자의 뒤로 안개에 싸
인 희미한 망루를 보면서 그녀는 중얼거렸다. 안 무서워요. 자기
의 입술을 거칠게 빨아들이는 남자의 입술을 느끼며 그런 생각은

했다. 조금 전 토했는데, 그 사람이라면 내가 양치질을 하기 전에는 절대 입을 맞추려 하지 않을 텐데, 라고. 그녀는 남자가 벗긴 자기의 안경이 풀밭 위로 툭, 하고 기운없이 떨어지는 소리를 들었다. 바지를 더듬는 남자의 손길을 느꼈지만 그녀는 내버려두었다. 남자가 몸속으로 들어오자 역겨운 이물감 때문에 구역질이 올라왔다. 그러나 남자가 움직이는 대로 가만히 있었다. 남자의 품이 따뜻했다. 풀밭이 축축하게 젖어서 그녀의 몸은 흠칫 떨렸다. 그럴 때마다 남자는 그녀를 더욱 꼭 안았다. 그 위로는 또 안개가 그녀의 얼굴을 깊숙이 덮어주었다. 시간이 꽤 지나가기는 한 것 같았다. 어디선가 차 소리가 들려왔다. 헤드라이트 불빛을 비치며 차 한 대가 느리게 수문 쪽으로 오고 있었다. 숨소리를 고르면서 그녀의 몸 위에 엎드려 있던 남자가 벌떡 일어나 바지 앞섶을 추스렸다. 그녀의 어깨를 붙잡아서 일으켜주며 남자는 헤드라이트 쪽을 향해 얼굴을 찡그리고는 낮게 내뱉었다. 씨팔, 어떤 씹새끼야.

세번째를 향해 놓인 사다리

안경을 잃어버렸기 때문에 그녀는 운전을 할 수가 없었다. 스님이 내려가는 차에 같이 타고 가서 로얄호프 앞길에 세워놓은 그녀의 자주색 엑셀을 찾아온 것은 남자였다. 미타심 보살과 공양주 보살은 초저녁 잠이 깊어서 밤 아홉시 이후에 일어난 일은 아무것도 알지 못했다. 그러므로 그녀는 아홉시 십분에 돌아온 것으로 되어 있었다. 남자가 그녀를 위해 만든 거짓말은 그것만이 아니었다. 목욕탕에서 안경을 도둑맞은 그녀가 삼거리에서 자기를 만나기 전까지 저녁 내내 얼마나 곤경에 빠져 있었는지 설명하는 남자의 말을 듣고 공양주 보살은 혀를 끌끌 찼다. 원, 안경이 없으니까 차도 몰 수 없고, 목욕만 갔다 온다고 나갔으니 주머니에 택시비가 있을 리도 없고, 고생했구만. 남자가 으쓱한 얼굴로 그녀 쪽으로 던진 시선을 그녀는 표정 없이 받았다.

그녀의 거처는 요사채로 옮겨졌다. 감기 기운이 있는 몸이 술과 밤안개 속에 함부로 부려졌던 탓에 열이 높았다. 읍내에서는 열대야로 잠을 못 이루는 7월이었지만 해발 1096미터나 되는 영추사의 밤은 꽤 추웠다. 요사채의 두 보살은 언제나 군불을 때고 잤다. 미타심 보살은 그녀의 열이 높은 것을 알자 그렇지 않아도 그녀가 불이 들지 않는 선방에 머무는 것이 마음에 걸렸다며 부엌 곁방으로 옮기라고 했다. 그녀는 그렇게 했다. 그녀의 엑셀을 가지러 로얄호프에 다녀온 남자는 그 사이에 그녀가 그 방으로 떠나버린 것에 불만이었겠지만 어제의 것과 똑같은 모양의 구겨진 약봉지를 주머니에서 꺼내 던져놓고 일을 하러 갔다. 그녀는 남자가 사온 약을 먹고 어두운 방에서 앓았다. 감기 몸살인데 아랫도리와 엉치께는 왜 뻐근한 것인지를 그녀는 법당 쪽에서 전기톱 들들거리는 소리가 들려오기 시작할 때 불현듯 깨달았다. 약기운 덕분인지 방이 따뜻해서인지 땀을 흘리며 깊은 잠을 잤다. 저녁 무렵 어둑해진 방안에서 눈을 뜬 그녀는 이불 속에서 일어나 벽에 기대앉았다.

마루로 나와보니 미타심 보살은 방바닥에 흰 종이를 펴놓고 이름을 길게 써내려가고 있었다. 영가 천도일이 이틀 뒤로 다가와서 미타심 보살은 마음이 분주하다고 했다. 마침 그녀가 나타나서 가르쳐줄 수 있게 되어 다행이라는 얼굴로 미타심 보살은 설명했다.

"영가는 죽은 사람의 넋이고, 천도란 그 넋을 극락으로 인도하는 거예요. 산 사람들이 재를 올려서 죽은 사람을 극락왕생하게 도와주는 거지요."

흰 종이 위에 나란히 적힌 이름들은 마치 줄을 맞춰 늘어선 묘비 같았다. 이름이 세 글자가 되지 못하여 박씨 김씨 하는 식으로 짤막하게 기우뚱거리는 묘비도 있었다. 안경을 쓰지 않았기 때문에 글자가 뭉개져 보이는 것뿐인지도 모른다. 미타심 보살이 그녀를 힐끗 쳐다보며 말했다.

"보살도 이름 하나 올릴래요?"

그녀는 미타심 보살을 물끄러미 쳐다보았다. 그러다가 미타심 보살의 말뜻을 알아채고는 말없이 마당 쪽으로 고개를 돌렸다. 미타심 보살은 그녀에게서 시선을 거두고 다시 흰 종이를 내려다보고 있었지만 붓을 든 손을 멈춘 채 가만히 있는 것이 그녀의 대답을 포기하지 않은 것 같았다. 마루 아래에서는 개 세 마리가 달그락거리며 밥그릇을 핥고 있었다. 법당 마당을 질러서 요사채로 오고 있는 남자의 모습이 부옇게 보였다. 그녀는 시야가 흐릴 때의 버릇대로 안경을 올리려다가 빈 콧등 위에서 허전해진 손을 다시 반지 쪽으로 가져갔다. 그런 다음 그대로 가만히 앉아만 있었다. 이윽고 그녀가 그의 이름을 불러주자 미타심은 특별대우라는 듯이 차례를 어기고 흰 종이에 그 이름을 먼저 써넣었다.

남자의 슬리퍼 소리가 더욱 가까워지기 전에 그녀는 일어나서 부엌 곁방으로 건너갔다. 남자는 꽤 늦게까지 요사채에 머물러 있는 모양이었다. 아마 아홉시 5분 전까지 있었을 것이다. 다른 때처럼 큰 소리로 여자 탤런트에 대한 유치한 평판을 지껄여대지는 않았다. 선방으로 되돌아가는 슬리퍼 소리도 질질 끄는 것은 다른 날과 마찬가지였지만 어딘가 풀이 죽어 있는 듯싶었다.

스님의 독경 소리가 산사의 새벽을 깨우고 있었다. 스님이 안 계신 동안 미타심이 대신 올리던 예불 때는 들을 수 없었던 맑은 소리였다. 미타심은 오랜만에 늦잠을 자는지 그날 예불에는 스님과 그녀 둘뿐이었다. 그녀는 예불을 마치고 스님을 뒤따라 법당을 나왔다. 댐에서 안개가 올라와 대웅전 마당이 자욱했다. 장삼을 벗어 접으면서 스님이 그녀에게 말을 건넸다.

"내가 보살한테 줄 법명을 하나 생각해봤는데……."

스님은 안개로 덮인 낮은 산들을 먼눈으로 내려다보며 말을 이었다.

"보림이라고 달마 스님이 수도를 했던 산이 있어요. 거기서 따온 건데 '보림월'이 어때요. 불가에서 달은 지혜를 뜻하거든."

"……."

"달마 스님은 9년 동안 벽을 쳐다보고 지냈어요. 벽을 보고 좌선을 한 것이 아니라 번뇌가 들어올 수 없도록 마음을 집중시켜 벽처럼 되려고 그랬답니다. 인연과 망상을 그치고 자기의 심신을 잊어버리면 맑고 깨끗한 자신의 본래 마음이 보이는 것이고 그게 바로 안심(安心)이라는 것이지요. 보살님도 이제 지나간 인연을 잊어버리고 바깥의 번뇌가 들어오지 못하도록 마음을 장벽처럼 만들어보세요."

미타심 보살이 그녀의 법명을 지어달라고 부탁했다며 스님은 이렇게 덧붙였다. 이곳에 온 지도 꽤 여러 날 되었고 당장은 떠날 생각이 없는 것 같다고 하던데 아마 이름도 없이 같이 지내기가 불편했던 모양이에요.

스님이 수선당 쪽으로 내려간 뒤에 그녀는 요사채의 수돗가로 갔다. 양은대야에 물을 쏟아붓고 나서 그녀는 습관대로 먼저 안경을 벗으려고 했다. 차가운 물로 얼굴을 씻고 일어나서 마당 쪽을 보니 걷혀가고 있는 안개 속에서 세 마리의 개가 이리저리 뛰어다니고 있었다. 가운데에 있는 하얀 개와 그 주위를 둘러싸고 장난을 치는 수컷들이 실눈을 떠야만 분간이 되었다.

아침상을 물리면서 미타심 보살은 남자에게 장을 좀 봐다줄 수 있냐고 물어봤다. 오후에 신도들이 올라와서 일을 돕겠지만 미타심 보살은 늑장을 피우는 그들을 영 믿지 못하겠다는 눈치였다. 천도재에는 명부 사자에게 음식을 대접해야 하므로 음식 장만에 소홀해서는 안 된다는 말을 어젯밤 그녀에게도 했었다. 남자는 무엇 때문인지 다른 날 같지 않게 퉁명스러웠다. 내일은 사람들이 몰릴 텐데, 그럼 법당 마당에 깔아놓은 자재하고 연장들 다 치워야 할 거 아녜요, 시간 없어요. 그러나 그녀가 안경을 맞추기 위해서는 읍내에 내려가야만 하는데 그 방법은 자동차를 이용하는 것뿐이고, 또 이곳에 자동차라고는 주지스님의 승용차와 남자의 픽업 트럭뿐인데 주지스님에게 데려다달라고 할 수는 없는 노릇이라는 사실을 알자 남자의 태도는 대번에 달라졌다. 영동 장이 오늘 아닌가? 까짓거 영동까지 갔다와버릴까요, 하면서 적극적이되었던 것이다.

그녀가 미타심 보살에게 사야 할 물건의 목록이 적힌 쪽지를 건네받고 조수석에 올라타자 남자의 픽업 트럭은 기세좋게 출발했다. 댐 근처를 지나갈 때 남자는 휘이익, 하고는 전에 몇 번 들은 적이 있는 길고 천박한 휘파람까지 불었다. 그러면서 곁눈으로 그녀를 슬쩍 쳐다보았지만 그녀는 아무 생각도 하고 있지 않았다.

미타심 보살이 조바심을 낸 것에 비해 사야 할 물건은 몇 가지 되지 않았다. 그녀는 안경을 먼저 맞추려고 했지만 안경점을 쉽게 찾을 수 없어서 장을 먼저 보았다. 그리고 남자의 도움으로 시장 근처에서 안경점을 하나 찾아냈다. 그러나 거기에서 안경을 맞추지는 못했다. 읍내를 반 바퀴쯤 돈 뒤에야 신용카드를 쓸 수 있는 안경점을 찾을 수 있었다. 안경집 주인은 그녀가 자신이 권해주는 첫번째 테로 쉽게 결정해버리는 것을 보고는 더 비싸게 불러도 될 뻔했다고 후회하는 모양이었다. 정말 싸게 하시는 겁니다, 라는 말을 몇 번이나 되풀이하면서 아쉬움을 표시했다. 시력검사를 한 다음 주인은 한 시간 후에 찾으러 오라고 말했다. 자기네 같은 최신설비나 되니까 이렇게 빨리 찾을 수 있는 거라고 생색을 낸 다음 주인은 그녀가 외지 사람이기 때문이라며 먼저 계산을 해달라고 요구했다. 안경값을 지불하기 위해 그녀는 신용카드가 들어 있는 지갑을 꺼냈다.

명함 넣는 빽빽한 칸 속에 들어 있어서 신용카드는 잘 빠지지 않았다. 그녀가 힘주어 카드를 빼내자 그 뒤에 들어 있던 사진 한 장이 같이 딸려나왔다. 카드를 주인에게 준 다음 그녀는 유리 진열대 위에 떨어진 그 사진을 도로 지갑 속에 집어넣었다. 주인은 신용카드를 꼼꼼히 들여다보고 있었다. 아, 골드카드네요? 주인은 새삼 그녀를 위아래로 훑어보았다. 비씨카드에다, 또, 제일은행 거고. 그녀는 뒤쪽으로 몇 걸음 떨어져 서 있던 남자가 주인의 말을 들으려고 가까이 다가오는 소리를 들었다. 주인은 계속해서, 에, 98년까지이고, 이름이 박……하더니 다음 영문을 읽는 데 자신이 없는지 거기서 멈추고 카드를 신용확인기 안에 집어넣었다. 매출전표를 찍기 전에 남자는 한번 더 다짐을 두었다. 이 카드, 본인 것 틀림없지요?

주인은 서너 마디 말을 했을 뿐이었다. 그러나 그 말은 그녀에게 구체적인 자신의 모습, 그 편린을 환기시켜주었다. 즉 그녀가 3년 전에 친구의 권유로 친구의 남편이 다니는 은행에서 이 신용카드를 만들었고 친구 남편이 실적을 올려줘서 고맙다는 뜻으로 서류를 잘 꾸며주는 바람에 골드카드를 쓰게 되었다,는. 그녀는 납작한 신용카드 속에 숫자와 기호로 들어 있다가 안경집 주인의 말에 의해 모양을 갖추고 살아나서 눈앞에 등장한 자기의 모습이 낯설었다. 그러나 그녀의 이름은 박아무개였다. 설령 보림월로 불린다고 해도 이름이 아예 바뀌는 것은 아닐 것이다.

남자는 그녀의 바로 옆에 다가와 있었다.

"성이 박이요?"

라고 말하며 남자가 그녀의 어깨 위로 손을 올려놓자 구부리고 앉아서 렌즈를 꺼내던 주인남자는 호기심을 이기지 못하고 유리 장식장 아래에서 고개를 비죽이 쳐들었다.

"저런 카드도 갖고 있고, 정말 가구점에 다녔어요?"

남자의 말에 그녀는 아무 대꾸 없이 남자를 빤히 쳐다보았다. 남자는 여자가 지금 자기를 난생 처음 보는 사람을 쳐다보듯이 아무 생각 없이 보고 있다는 것을 깨달은 듯했다. 여전히 손톱 밑이 새까만 울퉁불퉁한 손을 그녀의 어깨 위에서 스르르 내리더니, 씨팔, 잘 나갔던 모양이구먼, 하고 혼잣말을 내뱉고는 안경집의 유리문을 열고 나가버렸다. 픽업 트럭의 시동을 걸고 기다리던 남자는 그녀가 올라타자마자 거칠게 차를 몰기 시작했다.

천변의 공터에는 차들이 길게 늘어서 있었다. 아마 낮 동안 주차장으로 사용하는 모양이었다. 남자는 버드나무 가지가 드리워진 그늘을 골라서 그곳에 차를 세웠다.

"한 시간 뒤라고 했죠? 나는 그때까지 한숨 잘 거요."

남자의 말을 듣고 두리번거려보니 옆에 세워져 있는 차 안에서도 자고 있는 사람들이 눈에 띄었다. 대부분 트럭 운전사들이었다. 남자가 등을 기대고 눈을 감아버렸으므로 그녀는 반대의견을 말할 기회도 없었다. 다른 좋은 생각이 있는 것도 아니었다. 얼마 안 가 남자는 코를 골기 시작했다. 입김을 내뿜을 때마다 입안에 고여 있던 심한 냄새가 차 안으로 퍼지며 그녀의 콧속을 괴롭혔다. 남자는 입가에 흘린 단침 위에 파리가 세 마리나 앉은 것도 모르고 잠을 잤다. 남자의 입가에 커다란 점처럼 붙어 있는 파리들은 더이상 나은 곳은 찾을 수 없을 거라고 확신하는지 봄날 양지 쪽에 몰려 앉은 꼬마들처럼 꼼짝도 하지 않았다.

더운 날이었다. 물가라고는 해도 시멘트 바닥에 내리쬐는 한낮 햇볕이 따가웠다. 달구어진 바닥에서 뜨거운 기운이 끼쳐왔다. 그나마 차를 나무 아래 세웠기 때문에 그녀는 남자가 잠든 옆에서 그 시간을 견딜 수 있었다. 물 가까운 곳에 팬티만 입고 슬리퍼를 신은 아이들의 노는 소리, 그리고 멀리서 다리를 지나가는 차 소리가 들릴 뿐 조용하고 나른했다.

─바깥의 번뇌가 들어오지 못하도록 마음을 장벽처럼 만들어보세요.

스님의 말이 떠오르기도 했고 이어서 친구의 얼굴도 떠올랐다. 결혼식 날짜가 지났을 텐데 잘 했을까. 현실을 견딜 수 없다며 군대로 떠났던 남자친구는 제대를 하고 돌아오자 한동안 발목까지 올라오는 농구화만 신고 다녔다. 군화에 너무 익숙해졌나봐. 그냥 단화를 신으면 꼭 넘어질 것 같아. 군대가 나를 많이 바꿔놓았어. 하지만 몇 달이 지나지 않아 남자친구는 다시 단화를 신었고 게을러졌으며 여전히 현실에 울분을 터뜨렸다. 그 남자친구가 그렇게나 혐오하던 군사정권도 끝이 났으니 지금은 더이상 그런 말을 하지 않을까. 알 수 없다. 8년 전부터 그 남자친구의 소식은 들은 적이 없으니까.

그녀는 잠이 오는 듯도 싶었다. 남자의 코고는 소리가 일정했다. 그녀는 잠깐 남자에 대해서 생각을 했다. 아무 관련 없이 미타심 보살의 말도 떠올랐다.

─달을 보았으면 손가락을 잊어버리고 지붕 위에 올랐으면 사

다리를 잊어버리고 개울을 건넜으면 징검다리를 돌아보지 않으며 …… 이게 다 깨달음을 얻었으면 그것을 표현하는 말에 집착하지 말라는 뜻이에요.

그럼 남자는 사다리였을까. 세번째를 향해 놓인 사다리. 그리하여 이제 그녀가 세번째 남자라는 지붕에 오르면 사랑하고 안 하고의 분별 없이 사랑을 하게 되는 걸까.

정신이 가물가물해지면서 그녀는 어린 시절의 기억도 떠올랐다. 잠으로 떨어지기 전까지 그녀는 곧잘 어린 시절의 온갖 기억 속으로 이리저리 끌려다니곤 했던 것이다. 지금 그녀를 끌고 가는 것은 어린이 잡지를 읽던 마루였다. 그녀는 '믿거나 말거나'라는 페이지를 읽고 있다. 어린이 여러분, 아프리카의 어떤 원시인들은 숫자를 둘까지밖에 세지 못한대요. 하나, 둘…… 그 다음부터는 어떻게 세는지 아세요? '많다'예요. 셋 이상은 무조건 많다고 하는 거래요. 셋부터는 다 똑같다고 생각하나봐요. 우습죠? 믿거나 말거나, 그것은 여러분 마음에 달려 있지만 말예요.

한참을 자고 일어난 남자의 눈은 빨갛게 충혈돼 있었다. 더위에 벌겋게 익고 땀과 기름기로 번들거리는 얼굴을 손바닥으로 아무렇게나 문지른 다음 남자는 옆에서 잠들어 있는 그녀를 흔들었다.

그들이 영추사에 돌아갈 무렵에는 해가 꽤 기울어 있었다. 남자는 별로 말을 하지 않았다. 삼거리와 영추사의 중간쯤에 가게가 하나 있었다. 그 가게 앞에 차를 세우더니, 목 타는데 콜라 좀 사와요, 라고 말할 때와 절에 거의 가까이 오자 길이 구부러지는 곳에서 갑자기 급브레이크를 밟아 그녀의 몸을 자기 쪽으로 쏠리게 한 다음, 놀랐어요? 라고 말할 때, 그 두 번 정도 입을 열었을 뿐이었다.

부엌 곁방에서 그녀는 일찍 잠들었다. 그러나 한밤중에 악몽을 꾸고 깨어난 그녀는 누군가 방문을 긁어대는 소리를 들었다. 한참 듣고 있으려니 밤나방이 얇은 종이문에 날개를 부비고 있는 소리였다. 나방은 밤새도록 그녀의 방문 밖에서 흐느끼듯 날개를 떨었다. 그녀는 다시 잠을 이룰 수가 없었다.

새벽에 그녀는 지갑의 명함 넣는 칸에 들어 있던 사진을 꺼내 태웠다. 그녀가 사진에 불을 긋자 피어오르는 불꽃에 그의 얼굴이 일그러지기 시작했다. 짜증을 내듯이 일그러지던 그의 얼굴은 그녀의 손 안에서 천천히 녹아 없어졌다. 그녀는 그의 얼굴이 녹아드는 것을 끝까지 보지는 못했다. 손끝이 뜨거워서 반쯤 탔을 때 떨어뜨려버렸던 것이다.

영가천도재 날의 검은 재

법당 안은 발 디딜 틈도 없었다. 분위기도 다른 날과는 사뭇 달랐다. 본존불 옆에 앉은 관세음보살과 지장보살의 얼굴이 굳어 있었다. 불보살을 모신 상단뿐 아니었다. 좌우에 신중단과 영단이 다 긴장에 싸여 있었다. 천장의 용과 극락조, 아름다운 연꽃과 길상을 상징하는 갖가지 무늬들도 마치 긴한 볼일이 있어서 살아난 것처럼 보였다.

천도재는 삼귀의(三歸依)로 시작되었다. 귀의불 양족존 귀의법 이욕존 귀의승 중중존…… 신도들이 침통하게 따라 외었다. 재를 여는 취지를 밝히는 스님의 목소리. 그리고 명부 사자를 맞이하기 위한 분향과 사자를 초청하여 축원하고 공양하는 순서가 이어졌다. 그 다음이 오늘 극락으로 가기를 원하는 외로운 넋들을 부를 차례였다.

흰 종이 위에 적혀 있던 이름이 하나씩 불리기 시작했다. 영가의 이름이 불릴 때마다 그 이름을 올린 사람들이 일어나 절을 올렸으며 그 중 몇몇은 불단 옆에 놓인 함에 종이돈을 집어넣기도 했다. 죽은 넋들이 산 자의 불공으로 극락에 한 걸음 다가가는 시간이 숨막히게 지나가고 있었다. 절을 올리면서 우는 사람들도 많았다. 그녀의 옆에 앉아 있던 흰 블라우스를 입은 젊은 여자는 유난히 섧게 울었다. 절을 올릴 때는 물론이고 제자리로 돌아와 다시 무릎을 꿇고 앉아서도 여전히 눈물을 멈추지 못하고 흐느꼈다. 그 여자의 어깨가 들먹이는 것을 가만히 보고 있던 그녀의 귀에 갑자기 낯익은 이름이 들려왔다. 그녀의 얼굴에는 핏기가 가셨다. 반소매 밑에 드러난 팔에는 온통 소름이 비늘처럼 돋아나 있었다.

그녀는 눈을 들어 검은 묘비가 빽빽이 서 있는 흰 종이를 보았다. 너무 작아서 글씨는 잘 보이지 않았다. 그의 이름은 거기 어딘가에 죽은 이들의 옆에 나란히 누워 있을 것이다. 절을 올린 다음 그녀는 넷째손가락에서 반지를 빼 함 속에 넣었다. 자리로 돌아오자 그녀는 옆에 앉은 젊은 여자와 똑같이 어깨를 떨었다.

수아차법식, 하이아란찬, 기장함포만, 업화돈청량……

나의 이 법식을 받으면 어찌 해탈식과 다르리오.
주린 배는 다 부르며 업의 불길은 일시에 청량하리다.
탐욕과 어리석음을 한꺼번에 버리고 항상 불법 앞에 귀의하여
생각 생각이 보리심이면 곳곳이 극락세계이리라.

축원하는 자들은 마지막으로 독경 소리 속에 참회와 서원을 했다.

'중생무변서원도, 번뇌무진서원단……'

그녀는 네 가지를 다 다 외우지 못했기 때문에 두번째 서원만 되풀이했다. 끝없는 번뇌를 끊으오리다. 끝없는 번뇌를 끊으오리다.

스님이 독경을 외며 법당을 나가자 신도들이 열을 지어 뒤를 따랐다. 두 손을 합장하고 둥근 원을 만들며 오른쪽으로 도는 동안 그녀와 젊은 여자는 서로를 의지하듯 꼭 붙어서 슬픔을 나누었다. 종이 타는 냄새가 나며 독경 소리가 높아졌다. 스님의 손끝에서 흰 종이가 불에 타고 있었다. 죽은 이들의 이름이 적힌 종이에서 불꽃이 너울거리면서 사방으로 검은 재가 흩어졌다. 그리고 한 가운데에서 희미한 연기가 솟더니 하늘로 올라갔다. 극락으로 가는 것이었다. 그도 극락으로 갔을 것이다. 사랑을 맹세한 영추사가 물에 잠겨버려 지금까지 그의 넋은 구천을 떠돌았다. 이제 오래된 반지를 노자 삼아 극락으로 떠났다, 그는. 그러나 그녀가 보내는 것은 그가 아니었다. 천상의 약속을 천상으로 돌려보내는 것이었다. 사랑이란 천상의 약속일 뿐이다. 그녀의 머리와 어깨에 검은 재가 와서 앉았다. 그 밤 수문 앞에서 안개에 둘러싸일 때처럼 그녀는 무언가가 자기의 어깨를 다정하게 안아주는 것을 느꼈다.

작별인사를 하기가 싫다면 지금처럼 요사채가 안팎으로 북적거릴 때 떠나는 편이 나았다. 신도들의 점심을 차리느라고 두 보살은 정신이 하나도 없었다. 그녀는 뒷마당으로 빠져서 일주문으로 나갈 생각이었다. 그러나 뒷마당 끝에 거의 다 가서 그녀는 불현듯 방 앞으로 되돌아왔다. 그리고 새벽에 그의 사진을 불태웠던 자리를 찾아보았다. 그 자리에는 아주 보잘것없는 검은 재가 조금 흩어져 있을 뿐 아무것도 없었다. 그녀는 쉽게 일어섰다. 뒷마당 문을 열고 나가려던 그녀는 문 옆에 하얀 개가 서 있는 것을 보았다. 그녀가 쳐다보자 하얀 개는 경계하며 뒤로 한 걸음 물러났다. 누런 털 한 가닥 없이 새하얀 개의 등 위에 검은 재가 몇 개 올라앉아 있었다. 그녀는 마당 안쪽으로 눈을 돌렸다. 그녀의 짐작대로 벌써 마당 귀퉁이에서 수컷들이 이쪽을 향해 뛰어오는 게 보였다.

흐린 날

서울이 가까워오자 에프엠 방송이 또렷이 잡혔다.

—구름이 잔뜩 낀 날씨인데요. 이렇게 흐린 날 듣기 좋은 음악으로 골라봤습니다.

그녀는 음악을 거의 듣고 있지 않았다. 구름에 대해 생각하기 시작했다.

얼마 전에 그녀는 신문을 읽고 있었다. 그런 귀절을 읽은 기억이 났다. '기상청은 한랭전선이 지나갈 때 대기가 불안정해지면서 구름 두께가 평시보다 2배 이상 두꺼운 10킬로미터 정도 되는 경우가 있으며⋯⋯.'

평시보다 2배 이상 두꺼운 10킬로미터. 그렇다면 보통 때에도 구름두께는 5킬로미터나 된다는 말이다. 머리 위에 늘 5킬로미터나 되는 구름이 싸여 있어 보지 못했던 것일까. 타인 속의 허상을.

'사랑이 식었다고 생각했었지.'

그녀는 가볍게 웃었다.

'그것이 사랑의 본색일 뿐인데.'

서울로 들어오기 전 마지막 휴게소에서 그녀는 국수를 사먹었다. 문득 생각이 나서 그녀는 핸드백 안주머니에 들어 있던 호출기를 꺼낸 뒤 빼놓았던 전지를 다시 끼웠다. 국수를 다 먹고 나서 종이커피를 한 잔 뽑아드는데 기다렸다는 듯이 호출기가 울어댔다. 커피를 다 마시고 나서 그녀는 전화를 걸었다.

"너 지금 어디야? 정말 그럴 수 있는 거야? 대체 어떻게 된 거냐구?"

그는 쉴새없이 질문을 퍼부었다. 내가 이놈의 삐삐를 하루에 몇 번씩 친 줄 알아? 전화는 또 그게 뭐냐? 전화를 했으면 있는데나 말을 해줄 것이지 그렇게 끊어버리면 어떡해? 그러고는 다급하게 말을 이었다.

"아무튼 만나서 얘기하자. 지금 어디야?"

"……."

"별일 없는 거지?"

"……."

"일곱시에 기다릴게. 거기 알지?"

그녀는 어린시절 어린이 잡지에서 읽은 아프리카 사람들의 숫자 세는 방식에 대해 생각하고 있었다. 하나, 둘…… 그 다음부터는 어떻게 세는지 아세요? 무조건 '많다'예요. 셋부터는 다 똑같다고 생각하나봐요. 믿거나 말거나, 여러분 마음에 달려 있지만 말예요.

그녀는 믿는 쪽으로 마음을 정했다. 셋부터는 다 똑같다. 그도 세번째 남자 중의 하나가 되지 말란 법은 없다. 그 생각을 하느라고 잠시 대답이 늦어졌던 것뿐이었으므로 그녀는 천천히 입을 뗐다.

"……알고 있어."

"그래, 그럼 이따 봐."

공중전화 부스에서 나온 그녀는 서울 쪽을 쳐다보았다. 이제부터 그녀가 진입해 들어갈 도시의 하늘에는 구름이 잔뜩 끼어 있었다. 거기에서 그녀는 세번째 남자들을 만날 것이다. 그리고 그녀가 첫번째로 만나는 '세번째 남자'는 아마 지금 손목시계를 힐끗 쳐다본 다음 머리카락을 한번 쓸어넘기고 나서 다시 책상 위의 펜을 집어들고 있을 것이다. 그녀는 그라는 타인에 대해 그 정도는 알고 있었다.

(『문예중앙』1996년 겨울)

특별하고도 위대한 연인

그들이 스스로를 특별하고도 위대한 연인이라고 생각하는 데는 우리도 다 납득할 만한 이유가 있긴 하다. 적어도 그들은 첫눈에 반했다는 식의 있을 수 없는 경구로써 자기들의 감정을 무책임하게 미화하려고 하지는 않는다.

남자가 처음부터 여자를 곱게 본 것은 아니었다. 오히려 여자의 거침없는 성격에 약간 거부감을 느꼈다. 끊임없이 새로운 화제를 찾아내서 여러 직장에서 모인 서먹서먹한 사람들을 자연스럽게 가까워지도록 만드는 여자의 노련한 사회생활의 매너에 얼마쯤 기가 질리기도 했다. 그러나 얼마 안 가 그것이 이해관계와는 상관없는 여자의 다감한 성격과 타인에 대한 성실함이라는 것을 간파하게 되자 남자는 여자의 매력을 인정할 마음이 들었다. 여자가 자기보다 세 살이나 위라는 믿을 수 없는 산술적 사실 앞에 남자는 솔직히 놀라고 있었다. 남자는 그토록 사고가 탄력으로 가득 차 있는 여자를 본 적이 없었으며 바로 그 탄력을 가지고 자기의 나이로부터 튕겨져나와버리는 그녀의 발랄함에 감탄하고야 말았다.

구석에 말없이 앉아만 있는 남자를 여자도 처음에는 그저 평범한 회사원으로만 보았다. 그가 다소 수줍게, 그런 한편 대수로운 일이 아니니 굳이 밝히지 않을 이유는 없다는 듯이 자기가 시인이라는 사실을 내뱉었을 때에야 여자는 남자를 눈여겨보았다. 여자뿐만이 아니었다. 요즘 같은 실리적인 시대에도 시인이란 여전히 여성에게는 환상을 불러일으키는 것인지, 혹은 바로 그 실리적인 시대에 시인만이 여성에게 환상을 불러일으키는 비영리적인 일을 충당해주기 때문인지 아무튼 그 자리의 여자들은 돌연 남자에게 관심을 보였다. 여자는 그런 집단적인 여성취향에는 언제나 의연한 편이었다. 그럼에도 비록 지금은 편집대행사의 기자일 뿐이지만 한때 자신도 문학도였다는 생각과 함께, 자신이 동경했던 그 모든 사색과 감수성의 표정을 눈에 담고 있는 듯한 남자의 눈빛으로 자꾸만 시선이 쏠리는 것을 어쩔 수가 없었다.

하지만 이 정도라면 일정기간 괜찮은 관계를 유지할 만큼의 친밀감에 대한 타진일 뿐 위대한 연인의 예감이라고까지 말할 수는 없다. 그들도 그것을 알 만큼의 지각과 냉소는 갖추고 있다. 그러므로 그들이 자기들의 관계에 서슴없이 위대성을 부여한 데는 좀더 결정적인 근거가 있다.

그날의 모임은 술자리로 이어졌다. 술집 문을 들어서면서부터 남자의 옆자리를 놓고 여자들 사이에 은근한 신경전이 벌어졌다. 특히 여자와 같은 회사의 디자이너 미스 박은 신세대답게 적극적이었다. 그녀는 화장실에 들어가는 남자를 문 앞에서 기다렸다가 따라들어오는 방법으로 기어코 남자의 옆자리를 차지했다. 시인이라는 사실 하나가 물론 모든 여자의 가슴을 두드리는 것은 아니겠지만 그만큼 남자에게는 그가 시인임을 안 순간 누구나 고개를 끄덕이게 하는 '시적인 분위기'가 있었다. 미스 박은 남자의 술잔을 독점하여 번번이 남자가 완전히 비우기도 전에 술을 따르면서 노골적으로 관심을 끌려고 했다. 그러나 여자는 남자가 미스 박과 얘기하면서도 사실은 미스 박 옆자리에 앉은 자신의 말소리에 더 귀를 기울이고 있다는 것을 여러 차례 느꼈으며 그럴 때마다 요령껏 그들 사이에 끼어들어 그의 관심에 보답했다.

늦은 시각에 택시를 잡으면서 그들—여자와 남자와 미스 박은 공교롭게도 집이 다 같은 방향임을 알게 되었다. 따지고 보면 공교로울 것도 없었다. 미스 박이 남자에게 "강선생님, 집이 어느 방향이세요?"하고 물었고 "어머, 그래요? 저랑 택시 같이 타시면 되겠네요"라고 호들갑을 떨더니 여자 쪽을 돌아보며 "이차장님도 그 방향이죠? 강선생님하고 저하고 내린 다음에 한 10분만 더 들어가면 되잖아요. 좀 돌긴 해도 택시 잡기 힘들 때는 같이 타는 게 나아요. 근데, 택시비는 맨 나중에 내리는 분이 내기예요?"했던 것이다. 평소에는 미스 박의 당돌한 면을 귀엽게 여겼던 여자도 그때만은 그녀의 깍쟁이짓이 그렇게 얄미울 수가 없었다. 택시비 때문이 아니었다. 술집도 문을 닫은 늦은 시각에 둘이서 함께 내릴 속셈이라니, 깜찍하지 않은가.

하지만 그날 밤 미스 박은 깜찍한 뜻을 이루지는 못했다. 택시에서 내리면서 남자의 옷깃을 끌었을 때 뜻밖에도 남자는 반대편 창밖으로 고개를 돌린 채 꿈쩍도 하지 않았던 것이다. 운전사의 채근에 못 이겨 미스 박은 하는 수 없이 자기만 내린 뒤에 쾅 소리가 나도록 택시문을 닫아줄 수밖에 없었다. 그러므로 남자를 싣고 떠나는 택시의 꽁무니를 닭 쫓던 개 모양 멍하니 쳐다보고 있는 미스 박의 모습을 앞자리에 앉아서 사이드 미러를 통해 쳐다보며 여자가 통쾌했던 것은 전적으로 선택받은 자의 우월감이었다. 여자는 행복한 기분이 들었다. 자기를 바래다주기 위해서라는 것말고, 굳이 미스 박을 실망시키면서까지 남자가 그의 집 근처에서 내리지 않은 이유는 찾을 수 없었다. 여자는 잠깐 뒷자리로 몸을 돌려서, 여전히 창밖만 보고 있는 남자의 무릎 위에 떨어져 있는 하얗고 긴 손가락을 감동에 차서 다정하게 쳐다보았다.

깜빡 잠이 들었던 남자가 눈을 뜬 것은 그때쯤이었다. 여기가 어디쯤일까 하고 남자는 그제서야 창밖을 보았다. 여자와 미스 박의 짐작과는 달리 사실 남자는 지금 처음으로 창밖을 보는 것이었다. 집으로부터 많이 지나쳐온 것 같아 난처해진 남자는 그것을 내색하려고 여자의 뒷어깨를 가볍게 쳤다가 순간 꿈처럼 운명처럼 돌아보는 여자의 심상찮은 눈길과 마주치고는 어쩐지 숨이 막혀버렸다. 잠결이어서 그렇게 느껴졌을 뿐 사실은 잠시 말문이 좀 막힌 거였는지도 모르지만, 또 얼마간 술탓이기도 했지만, 어쨌든 조금 전까지만 해도 앞다투어 호감을 표현하려는 많은 남자들의 시도를 능숙하게 따돌리던 여자가 그런 눈길로 쳐다보자 남자는 어리둥절한 가운데 행복했다. 여자는 여자대로 자기를 바라보는 남자의 꿈에 취한 듯한 몽롱한 시선을 보며 그들 사이에 아주 특별하고도 위대한 일이 시작되어버렸음을 확신하게 되었다.

그리 큰 차이라고는 말할 수 없지만 그래도 남자는 여자보다 약간 신중한 편이었다. 여자에게 과거의 그 어떤 여자보다 강하게 끌린 것은 사실이지만 위대한 연인이라는 단정을 아직은 유보하고 있었다. 그런 그마저도 더이상 그들이 위대한 연인이라는 움직일 수 없는 사실을 부정할 용기가 나지 않았던 것은 여자를 안은 이후였다. 여자에게 천부적인 섹스의 재능이 있었다는 뜻은 아니다. 스물한 살 때 청량리 어딘가에서 거추장스러운 동정을 폐기시킨 이래 그에게도 그럭저럭 관계를 가졌던 여자가 몇 명은 되었다. 그 중에는 잠자리에서 그녀보다 훨씬 강하게 그를 사로잡았던 여자도 있었다. 하지만 그녀처럼 자연스러운 여자는 없었다. 그녀는 침대에서 천진하고 다정다감하면서도 결정적으로, 정숙했다.

다소 성급하지만 우리가 이 시점에서 진실을 말하자면 여자가 끝내 남자에게 정숙한 분위기를 지킬 수 있었던 것은 군데군데 흉한 반점이 있는 켈로이드 피부를 감추기 위해서 한사코 불빛을 마다했기 때문이었다. 하지만 그것이 결정적인 오해라고만 할 수도 없는 것이, 만약 켈로이드 피부를 감추려는 노력이 아니더라도 여자는 남자에게 충분히 정숙한 인상을 줄 수 있었을 것이다. 여자를 침대에 눕히면서 마음속으로 그녀가 정숙한 여자이었으면 했던 남자의 바람이 그만큼 컸으므로 웬만한 보편적인 수줍음조차 다 정숙함으로 받아들일 만반의 준비를 갖춘 관객 앞에서 정숙한 여자의 역할은 그리 어려운 것이 아니었기 때문이다. 상대를 애태워가며 한사코 처녀의 정결을 부르짖던 여자일수록 하룻밤을 보낸 뒤에는 흥미가 없어지더라는 것이 남자의 섹스에 대한 솔직한 경험담이었지만 그녀만은 달랐다. 그녀를 품에 안고서 그는 어이없게도 이제 어쩐지 이 여자 외에는 아무도 원하지 않으리라는 결연한 순정마저 느꼈던 것이다.

사랑의 존위와 진실성에 대해서 유난히 신중하거나 의심 많은 사람은 아직도 그들 감정의 특별하고도 위대한 점을 인정하지 않을지도 모른다. 사랑에 빠지면 누구나 상대를 그 정도로 미화하는 기술쯤은 저절로 터득하는 법이니까. 사실 연인들은 사랑이라는 최면과 자기암시를 기회가 닿을 때마다 자주 실험해보며 그러는 가운데 그 효과를 극대화하는 몇 가지 방법을 알게 된다. 몇몇 그 방면에 뛰어난 사람들은 마치 전문의가 일회용품이자 소모품인 처녀의 피막을 바느질로 재생해내듯 자신의 지나간 모든 사랑을 봉합함으로써 감정의 순결을 새것처럼 수선하여 바치는 기교까지 익히게 된다. 그렇게 되면 '나는 사랑에 빠졌어'라는 자기 암시와 '저 사람은 특별한 사람이야'라는 최면에다가 '이것이야말로 나의 진짜 첫사랑이야' 하는 망상의 세 가지 구색이 다 갖춰지는 셈이다.

허나 다행히 우리의 주인공은 그처럼 어리석은 사람들은 아니었다. 게다가 여자의 나이는 서른둘이고 남자의 나이는 스물아홉이었다. 앞서 말한 기교를 몇 차례 써먹어봤을 것이고 단순히 '사랑에 빠진 감정'을 느끼기 위해 새로 최면과 암시를 시도한다는 게 얼마나 귀찮고도 소모적일 뿐인가를 알 만한 나이인 것이다. 따라서 그들이 늦은 나이에 별다른 노력 없이 저절로 불붙은 열정에 대해 신기해하고, 결국 그 절대성을 거역할 수 없었던 것은 당연한 일이었다. 그들은 스스로를 특별하고도 위대한 연인이라고 결론 내릴 수밖에 없었다.

그런데 그들, 위대한 연인은 헤어졌다. 왜 헤어졌냐고? 그야 그들의 사랑에서 더이상 위대함을 유지할 수 없었기 때문이다.

그날 그들이 피곤을 무릅쓰고 만날 약속을 한 것은 스스로에게 사랑의 엄연한 존재를 과시하기 위해서였다. 누구나 피곤할 때는 그 피곤의 이유와는 아무 관련이 없는 눈앞의 대상까지도 피곤한 존재로 여기게 되는 법이다. 만나자마자 씻은 듯 피곤이 사라지는 관계란 있을 수 없다. 따라서 그들이 너무 피곤한 나머지 잠시나마 상대방을 짜증스럽게 바라본 것은 너무나 당연한 일이었다. 그러나 그들은 그 사실을 용납할 수 없었다. 위대한 사랑에 빠졌다고 생각해왔던 그들은 한순간이라도 상대의 존재가 피곤하게 느껴진다는 데에 모욕을 느꼈으며 피곤의 여지가 끼어들 수 있다면 그렇다면 혹 그들의 사랑은 다음 기회에 다시 올 수도 있는 평범한 사랑 중의 하나가 아니었나 하는 의심이 들었다. 그 의심은 과민함으로, 그렇다, 지나친 과민함의 미로 속으로 그들을 질질 끌고다녔다. 미로를 빠져나왔을 때 그들은 자기들이 도달한 곳이 작별의 지점이라는 데에 어리둥절했지만, 그러나 이미 돌이킬 수 없는 일이었다. 하는 수 없이 헤어져 돌아가며 그들은 각자 위대한 사랑의 장렬한 파국을 애도하면서 울었다.

이 특별하고도 위대한 연인의 눈물은 한번 면밀히 돌이켜볼 필요가 있다. 삶의 진실에 조금이라도 가까이 가보려는 의지나 혹은 시간이 충분한 사람이라면 누구나 기억 파일에서 그들이 만나는 장면을 '불러오기' 한 뒤 '되살리기' 화면을 보고 싶어하리라 생각한다. 파일이름, 러버. 덧붙이는 말, 특별하고도 위대한 연인. 암호는? 말없음표.

남자는 이 카페가 마음에 들지 않는다. 너무 환하고 개방적이어서, 구석에 푹 파묻히길 좋아하고 누구의 시선도 의식하지 않은 채 여자를 바라보길 좋아하는 그의 고전적 취향과는 영 맞지가 않았다. 그나마 구석자리를 찾아서 앉긴 하는데도 그곳은 그곳대로 어김없이 스피커가 붙어 있다. 신경이 예민하고 목소리마저 작은 그로서는 이 카페에서 그녀와 얘기를 나누기 위해서는 몇 번인가의 되물음에 답하느라 평소보다 두어 배의 기력을 쏟아야만 했다. 그러나 여자의 회사에서 가까운 곳이고 또 그녀가 이 카페의, 남자의 귀에는 탁성으로 늘여빼는 질퍽함이 느끼하기만 한 재즈 음악에 열광하기 때문에 번번이 이곳을 약속장소로 정하곤 하는 것이다.

남자가 카페 문을 열자 언제나처럼 빌리 할러데이의 목소리가 천장에서 느리게 돌아가는 실링팬 위로 끈적하게 감기고 있었으며 언제나처럼 아직 그녀는 오지 않은 채였다.

여자는 늘 늦었다. 한 시간이나 늦은 적도 있지만 그는 기다려주었다. 약속을 하면 그 약속을 실현시키는 외에 다른 선택이나 돌발사태에 대해서는 전혀 상상력을 가질 수 없는 것이 그가 택한 나름대로의 편리한 삶의 방법이었다. 그것은 때로는 직장상사가 그의 업무처리 방식을 얘기할 때 들먹이곤 하는 고지식함으로, 그리고 때로는 그에게 호감을 가진 사람들이 칭송하는 순수함으로 표출되었다. 어쨌든 그런 성격 탓에 남자는 약속시간이 지나가버린 것과 관계없이 여자가 나타날 때까지 기다려주었던 것이며 한 시간쯤 후에 도착하여 아직도 자기를 기다리고 있는 남자를 본 그녀의 감동적인 표정에 의해 대체로 보상을 받았던 것이다. 그때마다 여자는 당장 무릎이라도 꿇을 듯한 기세로 다시는 그를 기다리게 하지 않겠노라고 애절하게 맹세하였으며 한두 번 그 약속을 지키기는 했다. 그러나 그런 뒤에는 으레 더욱 시간을 안 지켰다. 그럼에도 남자는 늦게 온 그녀의 수다스럽게 사과를 늘어놓곤 하는 애교스러운 표정이 싫지가 않았고 또 약속시간에 좀 늦는다는 것이 사랑의 본질과는 아무런 상관 없는 형식이라고 여겼기 때문에 언제나 그 사과를 받아들였다.

그러나 여자의 도착시간에 어림 맞추려고 일부러 20분 늦게 도착했음에도 여자가 아직 오지 않은 것을 알고 남자는 약간 짜증을 느낀다. 그는 오늘 피곤하다. 한 대기업의 사사 편찬일을 맡고 있는 남자는 평소에도 원고의 내용이나 편집방향 같은 것을 가지고 시시콜콜 참견하는 일을 자신의 존재증명이라고 여기는 홍보실 대리와 심하게 다투었고 더이상은 시인이 할 일이 아니다 싶어서 마침내는 내일 아침 던져버릴 양으로 사표를 써서 서랍 속에 넣어두고 나오는 길이었다.

등단하던 해에 남자는 비록 생활의 남루함을 견뎌야 할지라도 본격적인 문학의 길을 걷고야 말겠다는 의지를 품었다. 그러고는 일상의 구속이 시인이 마땅히 누려야 할 자유로운 정신의 속박으로 이어지지나 않을까 두려워한 나머지 다니던 출판사를 그만두었다. 원고 대필이나 번역 일로 그럭저럭 생계를 해결하면서 시집을 준비해오던 남자는 그러나 생활고에 쫓기다보니 오히려 시도 잘 써지지 않는다는 당연한 사실을 3년에 걸쳐 깨닫고는 작년 말에 대기업의 사사 편찬직에 다시 취직을 했다. 시인의 권리이기도 한 자유로움을 완전히 포기할 수는 없었기에 남자는 출퇴근 시간의 자율성을 요구하는 대신 계약직의 불평등한 임금체계를 받아들였다. 하지만 계약이란 수요공급의 원리에 의해 결코 남과 평등할 수 없다는 때문은 현실을 갈파하기를 거부했던 남자는 계약직의 권리를 주장하느라 자주 그 직장의 하부조직과 마찰을 빚었다. 남자는 부당한 일을 하도 여러 번 겪다보니 지쳤고 시를 쓰는 데에 아무런 상상의 기회도 제공하지 않는 직장생활에 또다시 넌더리를 내고 있었다. 사실로도 이 직장에 온 뒤 남자가 끄적인 것이라곤 '안개 속에서는 안경을 벗어라, 미망 속에서 길을 찾으려 한다면, 너는 습관으로 살아온 것이다'라는 단 세 줄뿐이었다.

당장이라도 그만두고 싶은 마음이 여자와의 대화 가운데에서 입 밖에 내어져 자기암시가 되기도 했다. 여자가 철없고도 분연한 표정을 지으며 "그래, 당신은 시를 써야만 행복해질 수 있어"라고 역성을 들 때마다 자기 시의 예술성을 인정하는 여자가 대견하면서도 한편으로는 성인남자로서의 구실을 담당해야 한다는 현실감이 슬그머니 고개를 들어서 사표를 쓰겠다는 말이 순전히 빈말임을 혼자서만 마음 깊이 확인하고 넘어가곤 했다. 그러던 것이 늘 머릿속을 맴돌던 사직서 문안을 드디어 종이에 옮겨적고 나자 남자는 그 정도로 자신이 견디기 어려웠다는 사실을 애써 떠올리면서도 솔직히 그것이 현실화될 때의 불안 또한 떨쳐버릴 수가 없었다. 남자는 혼란스러웠고 모든 우유부단한 사람들이 그렇듯이 한쪽 발을 어렵사리 앞으로 떼어놓았다가 다시 제자리로 가져갔다가 도로 내밀었다가 거두어가는 식의 혼잣생각에 지칠 대로 지쳐 있었다.

이렇게 혼란스럽고 피곤할 때 여자의 존재가 있다는 것은 얼마나 다행스러운 일인가…… 남자는 어서 여자가 와서 귀여운 표정으로 "사표라구? 결정 잘 한 거야"라며 대책도 없이 딱한 동의를 하든가 나이 티를 내면서(가끔 여자는 엉뚱하고도 소용없는 순간에만 나이를 내세웠다) "그래도 그런 문제는 좀 신중해야 되는 거 아냐?"라고 현실적인 이유를 대며 말려주든가 해주기를 30분째 고대하고 있다. 어느 쪽이든 상관은 없다. 자기가 사표를 쓰고 나서 홀가분함보다는 피곤을 더 많이 느끼는 것을 깨달을 만큼은 통찰력이 있었고 실컷 술을 마시고 욕설, 한숨 등을 동원하여 약간의 갈등과 괴로움을 배출한 뒤 다음날 자괴감을 느끼며 사표를 구겨버리는 것이 수순으로 예정돼 있음을 짐작할 만큼은 현명했기 때문이다. 그러나 한편 그 수순이 자신의 시인으로서의 자유정신이나 순수성에는 어울리지 않는 행동이려니와 스스로를 얼마나 왜소하게 만드는 결정인지 알 만큼은 자의식이 강했기에 괴로웠다. 그러니 어서 그녀가 와야 했다. 피곤한 그에게는 위대한 연인의 다정한 위로가 절실히 필요했다.

드디어 여자가 들어온다. 여자는 긴 머리를 짧게 자르고 나타 났다. 언제나처럼 "늦어서 미안해"라는 말로 첫인사를 마치고 앞 자리에 앉는데 고개를 조금 숙이는 것이 일부러 그와 눈을 마주 치지 않으려는 듯한 느낌이 든다. 예민한 남자는 그녀에게 다른 날과 다른 어색함이 있음을 눈치채지만 굳이 묻지는 않는다. 오랜 버릇대로 남자는 혼자서 여자의 마음을 짐작하고 분석해본다. 그 럴 때 허공 어디쯤에 시선을 두고 자기만의 생각 속으로 침잠한 남자의 눈은 그가 시인이라는 사실을 상기하면 사색이 깃들어 보 일 뿐이지만 사랑하는 여자가 보기에는 신비할 정도로 아름답다.

그러나 지금 그 아름다운 남자의 머릿속은 여자의 속마음을 캐 내려는 속된 일에 집중돼 있다. 그는 며칠 전 여자가 머리를 자르 겠다고 했을 때 지금 이대로의 긴 머리가 좋다고 몇 번이나 강조 했음에도 여자가 기어코 머리를 자르고 나타난 것이 그녀에 대한 자기의 영향력의 한계를 보여주는 것이 아닌가 하여 마뜩찮기도 하려니와 머리를 자른 여자의 얼굴 인상이 지난번 만났을 때까지 몸과 마음이 완전히 자기의 것이었던 그 여자라고 하기에는 어딘 지 낯설어서 불만스럽다. 게다가 여자의 저 전에 없이 어색한 태 도라니. 여자란 심경의 변화를 느낄 때 머리를 자른다는데……여기까지 생각하고 난 뒤 불현듯 남자는 그런 생각들이 짜증스럽 다.

기다리던 여자가 왔으면 그만이다. 이제 피곤한 일은 생각 말 자고 남자는 애써 스스로에게 말한다. 위대한 연인답게 남자는 내 심 자신이 지금 사표 문제로 과민해져 있음을 반성했고 그것을 보상할 양으로 자신의 변함없는 사랑을 실을 만한 다정한 말을 찾아본다. 남자의 목소리는 자신의 감정을 억제하느라 잔뜩 억눌 린 가운데 부자연스러운 부드러움으로 새어나온다.

"피곤해 보이는데, 어디 아파?"

남자의 그 말을 듣는 여자는 갑자기 표정이 굳는다. 오른손을 들어 흐트러지지도 않은 머리카락을 한 올 집어서 귀 뒤로 넘기는 여자의 손길은 이상하게 어색하고 자신감이 없다. 얼굴을 정면으로 들지 않고 벽에 걸린 그림 쪽으로 돌리고 있던 여자는 피곤해 보인다는 남자의 말을 듣자 갑자기 정말로 피곤하다는 듯이 작게 한숨을 내쉬며 어깨를 축 늘어뜨린다.

어깨를 늘어뜨린 채 여자는 생각한다. 역시 자르지 말걸 그랬어.

여자는 어제 머리를 빗다가 흰 머리카락을 발견했다. 놀라서 거울에 얼굴을 바짝 붙이고 머리카락 속을 여기저기 뒤집어보던 여자는 대여섯 개가 넘는 흰 머리카락의 번식을 확인했고 나중에는 자신의 손에 들린 빨간 플라스틱 브러시의 빗살 속에도 길다란 흰 머리카락 두어 가닥이 또아리를 틀고 있는 것을 보았다. 발랄하게 사는 여자는 언제나 젊어 보였고 그렇게 보이는 데 한몫을 해주는 탐스러운 긴 머리는 여자의 자랑이었다. 그런데 흰머리라니, 여자는 순간 자기의 젊은 연인을 생각했고, 반쯤 열린 문밖에서 눈만 있는 그가 여자의 흰머리를 염탐하러 나타나기라도 한다는 듯이 황급히 욕실 문을 닫았다. 당장 여자는 미용실에 가서, 흰머리란 한번 나오기 시작하면 빠르게 퍼지는 것이니 염색은 물론이거니와 이 기회에 머리를 산뜻하게 잘라버리는 편이 훨씬 젊어 보일 거라는 조언을 들었다. 여자는 자신있게 살아왔다. 노처녀 소리를 들을 나이가 되면서부터는 자기처럼 자의식이 강하고 일을 가진 여자에게는 독신이 얼마나 합리적이고 멋진 조건인가를 자기 자신을 포함하여 주위 모두에게 설득했다. 또 30이 넘으면서는 자기의 의지대로 살아갈 배짱도 경제력도 없던 이십대에 비해 삼십대가 얼마나 우월하고 아름다운 시절인지를 역시 자신과 주위사람들에게 설파하기 시작했으며, 그 노력은 모름지기 여자에게 있어 시집 잘 가는 것 이상의 행복은 없다는 철칙에 융통성을 전혀 보이지 않는 어머니에게만 빼고 거의 성공적으로 보였다.

하지만 여자는 흰머리를 감추기 위해 염색액을 뒤집어쓰면서 거울 속에서 처음으로 자신감을 잃은 자신의 모습을 보았다. 아직은 이십대 후반으로 보인다는 미용사의 호들갑에 따라 웃다가 그녀는 문득 눈가의 주름이 파상형으로 잡힌 채 웃고 있는 자기의 얼굴이 '젊다'가 아니라 '젊어 보인다'고 표현되고 있음을 실감했다. 자기가 젊게 보였던 것은 실제 육체가 젊어서가 아니고 젊게 보이는 데 자신감을 가졌던 스스로의 분위기 덕분이었다는 것을 한순간 깨달았던 것이다. 슬프게도 그것이 여자를 더욱 자신없게 만들었다. 여자는 며칠 전 편집회의 때 냈던 '아름다움의 절정, 삼십대'라는 자신의 자신만만한 기획안을 떠올리고 쓰게 웃었다. 미용실을 나오면서 여자는 애써 마음을 가볍게 먹었다. 우리는 위대한 연인이므로 그가 나라는 본질과 아무 관련 없는 나이따위에 영향받을 리 없어. 오히려 그럼에도 불구하고 내가 얼마나 사랑스러운 연인인가를 확인시켜줌으로써 우울한 기분을 위로해줄 거야. 이렇게 여자 또한 남자에게 위로를 받고 싶었다.

그런데 남자는 자기의 얼굴을 보자마자 '피곤해 보인다'고 말한다. 남자는 여자를 늘 청량제 같다고 말했었다. 하지만 이제는 여자의 시든 피부 속에 번져 있는 기미자국이나 숱이 성긴 머릿속을 보지 못하던 눈먼 감동시대는 지나가버린 모양이다. 지금 여자에게는 그것이 자기에 대한 감정의 강렬함이 시들었다는 뜻으로 여겨진다.

여자는 결혼한 친구들을 만나는 자리에서 가사노동에 대한 푸념을 자주 듣곤 했다. 그 푸념은 으레 남편에 대한 원성으로 이어지게 마련이었다. 친구들에 따르면 이 세상 남편들은 하나같이 가사노동에는 동참할 의사가 없었다. 한 친구는 그것을 여성에 대한 남성의 오래된 억압이며 착취라고 해석했다. 다른 한 친구는 단지 남편이라는 한 인간의 게으름과 이기심 때문일 뿐이라고 한 단계 진보된 의견을 말했다. 그러나 어느 자리에나 특별히 여성스러운 여자는 있기 마련이라, 한 친구는 그것을 사랑이 식었기 때문이라고 진단하면서 "결혼하면 남자는 영원히 자기 곁을 떠나지 않으리라는 그 한 가지 이유만으로 자기 아내를 소중히할 줄을 몰라" 하고 불행해했다. 여자는 갑자기 그 생각이 났다. 이제 나를 소유했다고 여기기 때문에 저이는 나를 소중히 하지 않는 거야, 그러길래 내 주름살 따위가 눈에 띄기 시작한 거라구. 여자는 남자의 피곤한 얼굴에 대고 까다로운 표정으로 맞선다.

"차 뭘로 할래?"

이 카페의 젊은 주인남자가 옆에 다가와 서자 남자가 묻는다.

"내가 좋아하는 게 뭔지 아직도 몰라?"

"커피 마시지?"

"무슨 커핀데? 나한테 관심 있다면 그 정도는 알아야지."

남자는 여자의 난데없는 응석도 마땅찮거니와 무엇보다 주인남자를 옆에 세워놓고 자기들끼리의 감정을 노출하는 일 따위는 경박하다고 생각하여 얼굴을 찡그린다. 여자가 재촉한다.

"응? 말해봐. 내가 무슨 커피 좋아하는지."

"피곤하게 그러지 마. 애들도 아니고, 어울리지 않게."

여자의 표정이 대번 일그러지는 것을 보면서 남자는 그냥 커피와 녹차를 주문한다.

'그렇게까지 말할 작정은 아니었는데.'

　담배에 불을 붙이며 남자는 오늘 같은 날은 차라리 만나지 말걸 그랬다는 후회도 얼핏 들었지만 그보다는 오늘따라 유난히 까다롭게 구는 여자를 이해할 수가 없다는 쪽으로 생각이 기운다. 여자가 그렇게 유치한 감정의 증명을 요구하지만 않았어도 자기는 그런 심한 말을 뱉지 않았을 것이다.

　지금까지 남자는 여자의 무엇이 자신을 그렇게 매혹시키는지 언제나 막연하게만 느꼈다. 자기들을 서로 끌리게 만드는 것은 '막연하고 절대적인 그 무엇'이라고 생각했다. 그래서 사랑은 설명할 수 없는 거라고 말해왔다. 한데 지금 남자는 문득 자기가 왜 여자를 사랑하는지 이유를 알 것 같다. 눈치빠르고 다정하기 때문이었다는 생각이 든다. 반면 남자의 피곤을 살피지 않고 까다롭게 구는 지금의 여자는 둔하고 이기적인 것이 도무지 조금 전까지 기다렸던 위대한 연인이라고 봐줄 수가 없다. 여자에게 위로를 기대하다니, 한심하게도. 남자는 자조적인 기분이다.

　상대가 이기적이라고 느끼는 것은 여자도 마찬가지였다. 남자가 말이 없는 편이긴 했다. 언제나 조잘대며 분위기를 끌어올리는 것은 자신이었다. 그렇다고 그가 흥미없어하거나 무반응이었는가. 천만에. 남자는 아무 말도 하지 않고 그녀를 깊이 바라보는 것만으로도 그 화제에 대한 호감과 그 화제를 이끌어가는 화자에 대한 감탄을 표할 줄 알았다. 여자로서는 자기로 하여금 계속 일인극의 주인공이 될 수 있게 해주면서 그 극의 흥행을 보장받는다는 점에서 남자의 그 방법이 늘 마음에 들었다. 하지만 지금 그는 며칠 전 여자가 취재차 만났던, 50이 넘었는데도 여전히 우아하고 아름다운 여배우의 이야기를 열심히 늘어놓는데도 거의 듣는 것 같지 않았다. "그렇게 나이가 들어도 남자들한테 여전히 인기래. 나도 그렇게 될까” 하는 질문을 통해 넌지시 자신의 미모를 칭송할 기회를 제공했음에도 전혀 반응이 없기는 마찬가지였다.

 ‘이럴 수는 없어.’

 여자는 입술을 깨문다. 그녀에게는 자기를 향한 사랑을 절대로 놓치지 않는 본능이 있었다. 자기 앞에 있는 사람의 호감을 얻어 내지 못하는 일이란 여자에게는 치명적으로 자존심 상하는 일이 었다. 어떤 경우라도 여자는 남에게 나쁜 이미지를 심어주기는 싫었다. 더구나 상대는 다른 사람도 아닌 위대한 연인 아니던가. 그래서 ‘피곤하게 이러지 마’ 하는 말에 상처입었음에도 불구하고 그녀다운 참을성과 기지를 동원하여 분위기를 바꿔보려고 애쓰는데 남자는 자기 생각에만 골몰한 채 여자의 말에 귀를 기울이지 않는 것이다. 여자는 혹시 자기들의 위대한 사랑이 순전히 자기 혼자만의 지혜와 노력으로 지탱되어온 것은 아닌가 하고 생각하게 된다. 서운하다기보다 억울한 기분이다. 그럼 나 혼자의 일방적인 감정이었나? 남자의 얼굴을 유심히 본다. 당장이라도 이 피곤한 자리를 모면하고 싶다는 표정이다. 나는 위대한 연인의 분위기를 되찾으려고 이렇듯 애를 쓰는 반면 그는 소파 깊숙이 몸을 묻은 채 시들한 눈길을 내 등뒤의 벽그림에 던질 뿐이다. 대체 무엇 때문에 나 혼자서 저 이기적인 사람의 환심을 사려고 안달을 해야 하는 걸까.

 아이들이 모조리 졸고 있는 한여름 오후 수업시간에 관성의 법칙을 설명하고 있는 물리교사처럼, 뻥튀기를 먹으며 잡담만 하고 있는 관객을 향해 격정의 대사를 외고 있는 연극배우처럼 여자는 한꺼번에 피로를 느낀다. 공들인 머리손질이 흩어지거나 말거나 여자는 신경질적으로 머리카락 밑에 열 손가락을 집어넣어 집게 발이라도 되는 듯이 마구 헤집어댄다. 그 모습을 남자가 똑바로 쳐다본다.

"녹차, 어느 분이십니까?"

쟁반을 든 주인남자가 다가와 묻자 자기 쪽 탁자 위를 손가락으로 톡톡 두드리는 남자의 그 손을 여자가 본다. 시인답게 사색적으로 보이던 그 흰 손가락이 선병질적인 동작으로 찻잔을 끌어당기는 것도 본다. 저렇게 몸 생각하느라 늘 녹차나 시키고, 블렌드 커피와 블루마운틴 커피를 구별할 줄 아는 신 감각에는 관심조차 없으면서…… 여자는 지금까지 보아왔던 남자의 섬세함이 사실은 소심함의 변형일 뿐이라는 데 생각이 미친다. 그러기에 인생을 그렇게 어정쩡하게 살지. 나 같으면 직장을 때려치우든지 시를 때려치우든지 하나라도 제대로 해보려고 할 텐데. 남자에 대한 반발 때문에 아까의 자신없던 기분에서 완전히 벗어난 여자는 다리를 꼰 채로 커피잔을 들고 제법 여유있게 소파에 몸을 묻는다. 남자의 인생에 대해 언제나 많은 우려를 품어왔지만 지금은 그보다는 힐난이 훨씬 많아진다.

"참, 요즘 시는 좀 써?"

기어코 여자는 남자의 환부를 건드리고야 만다.

"아니. 요즘은 시 대신 사표를 쓰지."

기분으로 말할 것 같으면 남자의 짜증도 만만치 않다. 하지만 여자는 남자의 뒤틀린 어법을 알기에는 사실 좀 소박하고 진지하다.

"어머, 사표 썼어? 언제?"

"네가 그렇게 좋아할 줄 알았으면 좀 빨리 써도 되는 걸 그랬구나."

그제서야 남자의 불쾌한 억양을 알아채고 여자는 약간 후퇴한다.

"나야 시 쓰기를 바라지, 사표야 뭐. 아무튼 이제 어떡할 거야?"

어떡하긴, 내일 아침 출근하는 대로 찢어버려야지. 그 말을 입 속에서 뇌까리며 남자는 갑자기 두통이 치밀고 녹차의 쌉쌀함이 입안과 목구멍 속을 훑어내는가 싶더니 그대로 쓴 트림이 올라온다. 아까부터 여자가 자기를 못마땅해하고 있다는 것을 날카로워진 신경만으로 충분히 알아채고 있는 남자의 트림은, 자기가 이 자리를 박차고 일어선다든지 아니면 분위기를 바꿔보려고 재미있는 애기를 꺼낸다든지 하는 일종의 적극적 '해결'을 하지 못하고 앞으로 두어 시간을 트림을 참으면서 그대로 여자 앞에 앉아 있으리라는 것을 잘 알기에 더욱 쓴 거였다. 자기가 할 수 있는 과격한 동작이라는 게 겨우 이뿐이라는 듯이 소리나게 찻잔을 내려놓는 남자의 눈빛은 컴컴해진다.

불현듯 여자는 이제야 알 것 같은 기분이 든다. 그렇다. 지금 남자에게는 하고 싶은 말이 있는 모양이다. 그래서 저렇게 피곤한 표정으로 못마땅하게 시비를 걸고 있는 것이다. 그러고 보니 오늘 처음 보았을 때부터 표정이 심상치 않았다. 그가 할 말이라면, 그가 저렇게 얼굴을 잔뜩 찌푸리고 차마 꺼내지 못하고 있는 말이라면…… 혹? 여자는 또 한 번 입술을 잘근잘근 깨문다.

'헤어질 생각을 하고 있구나.'

여자의 일차적인 반응은 물론 슬픔이다. 비오는 날 우산 속에서의 첫키스, 독감으로 누워 있을 때 남자가 집 앞 골목에 와서 건네주던 밀감 봉지, 같이 자자는 말을 쉽게 꺼내지 못해서 메모지에 "겨울 밤의 정적 속으로, 매해 참아오던 폭설처럼, 당신을 덮겠다"라는 시를 적어 건네주려다가 맥주병을 건드리는 바람에

---

*마종기, 「겨울 약속」

그 메모지로 엎질러진 맥주를 닦으며 얼굴이 빨개지던 기억……
온갖 날카롭고 향기롭고 아기자기한 추억들이 되살아난다. 더불
어 또한 날카롭고 향기롭고 아기자기해야 할 미래에 대한 생각도
떠오른다. 그들은 다음달에 함께 여행을 떠나기로 하지 않았는가.
그리고 그 다음달에는 여자의 생일이 있다. 삶을 즐겁게 연출할
줄 아는 여자에게는 놓칠 수 없는 축제의 기회이다. 더구나 며칠
전 백화점에 갔다가 보아둔 아이보리색 카디건! 남자가 그 카디건
을 입고 낙엽 쌓인 숲길을 산책하거나 커다란 창이 있는 찻집의
창가에서 시를 끄적거리는 모습을 상상해보라. 그 옷을 입혀보지
않고 어떻게 헤어질 수 있단 말인가.

　하지만 우리도 아다시피 그녀는 냉소와 지각을 갖춘 여자이다.
이내 헛된 집착에서 벗어나 현실적인 궁리 속으로 접어든다. 구차
해지기는 싫다. 헤어짐이 어차피 받아들일 수밖에 없는 사실이 되
었다면 이제부터 할 일은 헤어진 뒤 남자가 후회하도록 나의 마
지막 모습을 최대한 기억에 남도록 아름답게 아로새기는 것뿐이
다. 헤어짐을 정해진 사실로 받아들이고보니 어느새 여자는 남자
가 요구하지 않았어도 자기 쪽에서 이 피곤한 만남을 끝낼 셈이
었다는 기분마저 든다. 또한 이제 와서 하는 말인데 자신이 그렇
게 보려고 노력했을 뿐 사실 남자가 그렇게 멋진 사람만은 아니
지 않은가.

　여자가 복잡한 표정을 수습하는가 싶더니 뭔지 몰라도 냉정한
결론을 내렸음을 남자는 간파한다. 그것을 보고 남자는 여자가 오
늘 자기에게 뭔가 할 말이 있었던 거라고 생각한다. 늘 애매한 표
정 한 가지로 모든 것을 표현하는 동시에 감추는 데에 습관이 된
남자는, 제풀에 뾰족했다가 멈칫했다가 샐쭉했다가 결국에는 뭔
지 결연한 얼굴이 되는 여자의 감정기복이 부질없고 유치하게 느

껴진다.

'차이란 것은 에너지의 발생이라고 했지만.'

바로 그 차이 때문에 여자를 좋아하게 됐다고는 해도 남자는 이제 여자의 다감함이 실은 심한 감정기복이었고 발랄함의 정체가 사실은 경솔함이었다고, 그 차이의 이면을 보고 있다.

'다르다는 것이 강한 호감이 되지만 상대의 마음에 들려고 하는 긴장을 잃은 다음부터는 바로 그 다르다는 것 때문에 피곤을 느끼지.'

그 동안 저 유치함을 어떻게 견뎌냈는지 스스로의 참을성이 기특할 정도이다.

'그러기에 사랑의 절대성이란 사실상 절대적인 동질성에 대한 소망이라는 거야.'

남자는 이제 위대한 연인에서 유치한 여자로 전락한 여자와의 수준차를 일부러 강조하기라도 하듯 머릿속에서 계속 유식한 티를 내며 에피그램을 찾아낸다. 그것을 여자와 헤어질 정당한 이유로 삼으려는 사람처럼 어찌 보면 필사적이다.

자, 이렇게 해서 그들은 같은 결론에 도달했다. 결론이 그렇게 났으므로 이제는 어쨌거나 헤어져야 할 수밖에 없게 되었다. 남은 것은 누가 먼저 발설을 하느냐 하는 절차의 문제뿐이다. 하지만 그들은 제 쪽에서 선뜻 그 말을 꺼내지 못하고 상대가 말하기만을 기다리는 눈치이다. 마치 종합병원에서 약을 타기 위해 순번을 기다리는 사람처럼 짜증을 감춘 무표정한 얼굴로 의자에 파묻힌 채 말없이 상대의 작별의 경고등에 램프가 켜지기를 기다리고 있는 그들을 보면 '타의에 의해 헤어진다'는 아리송한 말도 생길 법한 일이다. 시간이 지날수록 그들은 각기 상대를 원망한다. 헤어지자는 말을 하는 데에 너무 뜸을 들이는 건 아닌가. 그 말이 나올까봐 너무 조바심이 나서 엄청난 에너지가 소모됐으므로 그들은 거의 탈진한 기분이 되었고 시간이 지날수록 오히려 헤어지자는 말을 간절히 기다리는 심정이 되었다.

찻잔을 치우러 온 주인남자는 단골손님에 대한 직업적인 감각으로 그들 사이의 미묘한 기류를 알아차렸다. 그 위대한 연인들은 늘 다정한 단골손님이었는데 다른 날과는 사뭇 분위기가 달랐던 것이다. 언제나 못 견디겠다는 듯이 다정하고 뜨거운 눈빛으로 여자를 바라보던 남자는 권태로운 표정이었고 교태를 부리며 쉴새 없이 재잘대곤 하던 여자 역시 샐쭉하게 입을 다물고 있었다. 찻잔을 쟁반 위에 놓고 한 손으로 탁자를 닦으면서 주인남자는 힐끗 탁자 밑을 본다. 그는 노련하다고 자처하는 술집 주인의 경험상 탁자 밑의 다리 모양이 탁자 위의 손 모양이나 얼굴 표정보다 훨씬 더 사람의 속마음을 진실하게 드러낸다는 확신을 갖고 있었기 때문에 이처럼 남녀 사이에 심상치 않은 난기류가 형성되면 그 기상변화를 탁자 밑의 다리모양을 통해 미리 예보해보는 버릇이 있었다. 다소 권태로운 직업을 가진 그에게는 그것이 자기의 직업에서 찾을 수 있는 은밀한 이벤트였다. 그의 눈 속으로 두 사람의 다리 모양이 들어온다. 다리를 꼬고 앉은 남자의 불안한 거만, 다리를 벌리고 앉은 여자의 방심한 긴장. 고개를 숙이고 그들의 탁자를 닦던 그는 막 문을 열고 들어서는 새 손님을 향하여 습관적으로 '어서 오세요'를 외치며 허리를 폈지만 남자의 꼬인 다리가 신경질적으로 풀리더니 왼닝쿨에서 바른닝쿨로 바뀌는 것을 놓치지 않는다.

"어머, 이차장님! 여기서 데이트하시네요?"

새로 온 손님이 여자를 발견하더니 약간 고양된 목소리로 인사를 건넨다.

"강선생님도 안녕하셨어요?"

남자를 향해서 던지는 인삿말은 더욱 톤이 높다. 바로 미스 박이다. 여자의 회사 앞이니 이 카페가 미스 박의 회사 앞이기도 하련만 어지간히 자기들 문제에만 골몰했던 그들로서는 미스 박의 등장이 뜻밖이기만 하다. 주인남자가 자기의 일기예보를 교란시키는 이 돌발성 고기압의 정체를 채 파악하기도 전에 미스 박은 발랄한 몸짓으로 "앉아도 되죠?" 하고는 남자의 옆자리에 엉덩이를 내려놓는다.

"언제 봐도 두 분은 캡 다정한 것 같아요. 정말 깬다니까."

미스 박의 말에 여자와 남자는 마지못해서, 정말이지 마다하지 못해서 억지로 웃는다. 미스 박의 무슨 짓을 하든 다 용서받을 수 있고 무슨 꼴을 내든 다 사랑받을 수 있는 젊음, 그리고 거기에서 뿜어져나오는 거침없는 자신감에 여자는 새삼 속이 뒤집힌다.

"참, 강선생님. 우리 차장님 머리 자른 거 보셨죠? 어때요, 캡 젊어 보이죠? 오늘 우리 사무실에서는 왕 사건이었는데. 요새는 흰머리 난다고 쪽팔릴 필요 없다구요. 염색이 저렇게 끝내주잖아요."

"근데 강선생님, 피곤하신가봐요. 하긴 그래서 오늘 더 폼나는 것 같은 거 있죠. 시인들은 있어 뵈는 것보단 꾸지레한 게 더 멋져요. 무슨 철학적 고민씩이나 하는 것 같고. 언제 저한테도 시 하나만 지어주세요. 아이, 이차장님한테만 트럭으로 바치지 말구요."

여자가 옆눈으로 보니 남자는 재치라고는 없는 미스 박의 유치한 농담에 후하게 웃고 있다.

고맙게도 그때 마침 만나기로 한 미스 박의 친구가 나타나준다. 미스 박은 곱게 가주지 않고 작별의 말과 함께 잊지 않고 남자에게 악수를 청한다. 남자가 아무 주저함 없이 미스 박의 내민 손에 팔을 뻗는 장면을 차라리 보지 않기 위해서 여자는 약간 시선을 떨군다. 위대한 사랑의 종말이 돌이킬 수 없게 바로 코앞으로 다가왔음을 느끼는 여자는 그러나 이제 비장하다기보다 분노에 사로잡힌다. 조롱당한 기분도 든다.

질투는 사람의 감정을 강하게 만드는 면이 있다. 여자는 분연히 이 자리를 떨치고 일어설 마음의 준비를 마친다. 남자가 속물이고 자기에게 시들한 것을 확인했다는 것만으로도 이 결정을 절대 후회하지 않을 것이다. 사랑의 위대성을 지키려는 여자의 순정도 질투라는 낭떠러지에서는 균형을 유지할 수가 없었다.

그러나 사랑의 위대성에 대한 판정은 아직 조금 더 시험 과정이 남아 있었던 모양이다. 핸드백 끈을 잡는 여자의 숙인 어깨 위로 오랜만에 침묵을 깬 남자의 목소리가 내려앉는다.

"우리, 술 마실래?"

미스 박의 존재는 오히려 남자에게 여자의 매력을 새롭게 일깨워주었다. 삶을 아는 사람만의 사려깊음, 자기 삶에 애정을 품은 사람의 다감함, 감수성 있고 어법에 맞는 정돈된 화법…… 남자는 미스 박이 떨궈놓고 간 경박한 분위기로 인해서 불현듯 여자가 돋보이는 것을 느꼈던 것이다. 어쩌면 미스 박이 그의 남자로서의 자신감을 부추겨줬기 때문에 기분이 좋아진 나머지 여자에게 너그러워진 건지도 모르지만 아무튼 남자가 얼마간 기분전환이 된 것은 사실이다. 주머니 속에 돈이 별로 없다는 불안감의 만류를 뿌리치고 술을 주문한 것은 남자로서는 꽤나 과감한 의사표시였다.

하지만 주인남자가 맥주 두 병과 마른안주를 갖다 놓고 무슨 고약한 습관인지 탁자 밑을 한번 흘끔거리고 간 뒤에도, 오프너를 병뚜껑에 끼워넣는 남자의 손등 위에 푸르게 힘줄이 모아지는 것을 보면서도, 여자는 조롱당한 기분에서 벗어날 수가 없다. 미스박을 대하던 남자의 속물적인 시선을 떠올리면 떠올릴수록 헤어지게 되어서 얼마나 다행인지 모른다는 생각이다. 남자가 필요 이상으로 몸을 자기 쪽으로 가까이 가져오면서 다정하게 술잔을 채워주는 것도 인사치레나 동정 따위의, 떠나가는 사람의 여유인 것 같아서 유쾌하지가 않다. 여자는 술을 단숨에 마셔버린다.

"왜 그래? 잘 마시지도 못하는 술을……."

"네가 바라는 바잖아."

"내가 뭘 바라는데?"

"취해서 제정신을 잃은 여자."

왜 그들은 말과 말의 행간을 읽는 데 그렇게 능통한 것인가. 여자의 말을 들은 순간 남자의 얼굴색은 꼭 늦가을에 풀을 먹여 붙인 창호지처럼 빳빳하게 바래버린다. 그들이 처음 서로를 안은 날 남자는 취한 그녀를 여관으로 데려갔던 것이다.

"그래서 너를 안은 거라고 생각하니?"

"지금까지는 몰랐지. 적어도 오늘 이 시간까지는."

"알았으면 됐어."

왜 또 그들은 말귀는 그렇게 잘 알아들으면서 그 진의를 따지는 데는 그처럼 경솔하고 무성의한 것인지. 그날 밤의 일을 남자의 속물성으로 왜곡하여 비난하고 있지만 사실 여자 말의 진의는 자기 말을 보다 강력하게 부정해달라는 뜻이었다. 남자 또한 귀찮다는 듯이 "됐어"라는 한마디로 인정을 해버렸지만 사실은 너무나 터무니없어서 길게 말하기 싫다는 뜻이었던 것이다. 하긴 여자는 자기가 질투하고 있다는 것을 알지 못했으며 남자 또한 자기가 그녀와의 헤어짐을 두려워하고 있다는 것을 깨닫지 못하고 있었다.

　그들은 전에도 몇 번 사소한 일로 다툰 일이 있었다. 그때마다 대부분 성격이 쾌활한 여자 쪽에서 사과를 청하고 그러면 남자는 자기도 화해를 원하고 있었다는 뜻으로 포옹을 하고, 그리고 함께 방을 구하러 가면 그만이었다. 남자는 어서 여자가 예전과 같은 애교로 용서를 구해오기를 간절히 바랐으며, 그 간절함이 깊어질수록 아무리 마음에 있어도 자기는 그런 역할을 하지 못한다는 걸 뻔히 아는 여자가 어서 빨리 그 수순을 밟지 않는다는 것에 자존심이 상했다.

　그들은 마셨다. 두번째로 맥주 두 병을 더 시킬 때는 카운터 쪽에 앉아 있던 미스 박이 있는지 없는지조차 눈에 잡히지 않았다. 머릿속이 허연 덩어리처럼 응고되어갔고 눈앞의 풍경 또한 목탄화처럼 부드럽게 뭉개졌다.

　취할수록 남자는 점점 여자가 미웠다. 사랑하는 너, 결국 떠나려 하고 있구나. 넌 혹시 사랑이 양지뿐이라고 생각했던 것은 아니었니. 그래, 우리는 내리쬐는 햇살 속에서 깔깔댔지. 그런데 지금은 이렇게 어두워. 그렇다고 완전히 어두워져버린 거니? 해가 잠시 구름 속으로 들어갔다고 생각할 순 없어? 너는 네 의도대로 되지 않았다고 우리의 사랑을 네 인생에 별볼일없는 주변사건으로 내팽개치는 모양인데, 인마, 사랑은 그런 게 아니야. 짧게이지만 남자의 눈은 젖었다.

　솔직히 남자는 자기가 무슨 말을 뱉는지도 잘 몰랐다. 다만 명백히 밝혀두건대 남자를 더욱 비탄에 빠뜨리는 것은 여자가 왜 자기와 헤어지려고 하는지 이해할 수가 없다는 점이었다. 그것은 여자도 마찬가지였다. 세번째 잔을 비운 뒤부터 여자는 훌쩍거리기 시작하더니 나중에는 어깨를 들먹이며 섧게 울었다. 그들 위대한 연인이 자기들의 비련과 운명적 이별을 슬퍼하며 통곡과 탄식으로 보내는 그 밤, 주인남자는 이미 기호성을 상실한 취객의 다리 모양에서 눈을 떼고 그 상황이 보다 극적으로 전개되기를 바라며 하릴없이 그들을 지켜보았지만 남자가 권총을 뽑아서 총구를 여자의 머리에, 그 다음 자기의 머리에 댄다든지 아니면 손가락을 깨물어 혈서를 쓰는 따위, 하다 못해 뺨을 때린다든지 욕을 한다든지 하는 과격한 장면은 끝내 나오지 않았다. 그래서 그는 문 닫을 시간이 되기를 지루하게 기다렸다. 그날따라 그 장면을 함께 구경할 손님도 없었다.

여자가 흔들리는 몸을 택시 정류장의 쇠기둥에 기대고 있는 동안 술값을 치른 남자는 지갑 속에 집에 돌아갈 택시비밖에 남지 않았다는 것을 알았다. 하다못해 여자를 바래다주고 돌아갈 돈도 되지 못했다. 여자에게 다가가자 그녀는 찬바람에 약간 정신을 차린 듯 고개를 곧추세우더니 애써 의연하게 말한다.

"그럼, 잘 가."

"그래. 내가 빌지 않아도 넌 당연히 행복할 거야."

"그래도 빌어줘."

"네가 원한다면."

뭐라고 더 길게 말하고 싶었지만 마지막에나 해야 할 작별인사부터 먼저 꺼낸 것이 실수였다. 그들은 할 수 없이 등을 돌렸다. 남자가 택시를 잡아주겠다고 했지만 여자는 지하철이 아직 끊기지 않았을 거라고 고집을 부리면서 기어코 지하도로 발을 옮겼다. 마지막 전동차가 이미 이 역을 지나갔다는 것을 알 만큼은 여자도 취하지 않았다. 다만 택시를 잡아주겠다는 남자의 말은 자기를 바래다주지 않겠다는 뜻이었으므로 이제는 작별을 미룰 수도, 그리고 작별을 더 아름답게 만들 시간도 없다는 것이 여자를 마지막까지 불행하게 했던 것뿐이었다. 지하도 계단을 내려가며 여자는 천천히 걷는다. 몸의 균형을 잡으려는 것이 아니다. 위태로운 것은 몸의 균형보다 폭발하기 직전인 마음속의 광폭함이었다. 당장이라도 남자가 되돌아와서 어깨를 끌어다 그대로 품에 안아버릴 것만 같아서, 그 기대 탓에 여자의 걸음이 위태로웠던 것임은 마침내 텅빈 지하도 안에 이르자 다시 눈물이 철철 흘러내리기 시작한 걸로 미루어 짐작이 가는 일이다.

남자라고 여자를 그냥 보내고 싶었겠는가. 가슴속에 고수동굴보다 더 커다란 구멍이 뚫리고 한순간 그곳을 빠져나가는 쓸쓸하기 짝이 없는 바람소리를 느끼면서도 사라져가는 자기의 위대한 연인을 그저 바라보고 있을 수밖에 없었던 것은 무엇 때문이었겠는가. 물론 여자에게는 돈이 있을 것이다. 하지만 여관비만은 남자가 내야 한다는 것이 지금까지 그가 지켜온 나름의 남자다움이요 보수성이었다. 이런 절박한 순간에도 뇌리에서 떠나가주지 않는 그 보수성과 그것을 떠나가지 못하도록 했음에 틀림없는 자기의 소심함이 끔찍하게 싫어서, 단지 그것 때문에 그는 택시 정류장의 쇠기둥에 살짝살짝 머리를 짓찧으며 또 한번 울었다.

택시 한 대가 남자의 앞에 멎었으므로 눈물을 닦고 휘청대는 걸음으로 차 안에 몸을 구겨넣은 남자는 문득 건너편 지하도 구멍 안에서 천천히 상체를 드러내며 나오고 있는 여자를 발견한다. 남자의 가슴속에 휘몰아치는 바람은 이제 쓸쓸한 정도의 풍량으로 설명할 수 없다. 그것은 연한 속살을 난폭하게 문질러대는 거센 모래바람이다. 택시가 달리기 시작하자 뒷유리창 너머 여자의 모습은 점점 작아지고 있다. 그 모습을 이집트 벽화 속의 제사장처럼 한껏 고개를 돌리고 바라보는 남자의 입에서는 도저히 견디지 못하고 시구가 튀어나온다. 늦은 밤 거리에서 작아지고 있는 그대, 금방이라도 굴러가버릴 마른 나뭇잎처럼 그대, 이 불안과 닫힌 체념 그것이 혹 사랑은 아니었는지. 길이 꺾어지며 이윽고 여자가 완전히 시야에서 사라지자 남자의 시는 탄식이 된다. 오, 기어코 굴러가버리는구나, 가벼운 그대여.

카페 문을 잠그고 열쇠를 바지 주머니에 넣던 주인남자는 열쇠의 짤그랑 소리가 어쩐지 부드럽다고 느낀다. 바지 주머니에서 손을 반쯤 뺀 채 주인남자는 손안에 잡혀나온 손수건을 내려다보고는 그것이 조금 전 마지막 손님의 테이블을 치우면서 무심코 주머니에 넣었던 여자 손수건임을 알았다. 약 10초 정도 생각한 끝에 불온문서도 폭발물도 아니므로 그냥 그대로 주머니에 쑤셔넣은 뒤 지하도를 건넌 그는 걸음을 큰길 뒤쪽의 공원에 있는 포장마차로 향한다. 공원 벤치에 몸을 바짝 붙이고 앉아 있는 연인들을 주인남자는 못마땅하게 쳐다본다. 자기 카페에서는 그보다 더한 것도 아무렇지 않게 보건만 이제 매상에 신경쓰는 술집 주인이 아닌 보수적인 한 사람의 한국남자였으므로 그는 두어 번 혀까지 찬다. 새벽 한시까지 헤어지지 않고 있으면 어쩌겠다는 거야, 요즘 젊은이들은 참.

여자 혼자 있는 벤치도 있긴 했지만 이 시간에 정상적인 여자가 혼자 공원에 앉아 있을 리는 없고, 남자가 잠깐 화장실에라도 간 것이 분명했다. 술을 맥주로 마신 모양이구먼, 주인남자는 무슨 소리가 날까 하고 어두운 숲 쪽을 힐끗거리며 그 벤치 앞을 지나간다. 그러다 그는 혼자 앉아 있는 그 여자가 조금 전 자기 카페의 마지막 손님이란 걸 알았다. 주머니 속에 들어 있는 그 여자의 손수건과 그 여자와 같이 앉았던 남자의 얼굴이 떠오른 것은 거의 동시의 일이었다. 다리 모양의 관찰에 기초한 바 자기의 직업을 두고 맹세하건대 주인남자는 그 샌님같이 생긴 남자가 여자를 두고 먼저 가버렸다는 것을 백 퍼센트 확신할 수 있었다.

"아까 그 손님 아니세요?"

주인남자가 말을 붙이자 여자는 멍한 눈길로 그를 보더니 힘없이 고개를 끄덕인다. 이별의 슬픔 때문에 눈앞이 흐려 있었지만 한 주일에 두세 번씩 가는 카페의 주인을 못 알아볼 만큼 상태가 심한 것은 아니었던 것이다. 여자는 주인남자가 주머니에서 무엇인가 꺼내는 것을 방심한 채 물끄러미 쳐다보고 있었다.

"이 손수건 손님 거 맞죠?"

손수건을 보자 이내 여자의 코끝이 푸들푸들 떨린다. 그것을 지니고 있을 때까지는 그래도 남자가 곁에 있었다는 생각 때문에 울음이 북받친 여자는 손수건을 받아들자마자 거기에 얼굴을 파묻어버린다. 그것이 주인남자의 마음을 뭉클하게 만들었다. 주인남자는 여자 곁에 앉는다. 위로가 필요한 여자에게 용기를 잃지 말라는 말 한마디 해주지 않고 그냥 가버리는 것은 남자다운 태도가 아니었다. 여자에게 필요할 거라고 생각해서 주인남자는 이런 말을 해준다.

"저도 사실 2년 전에 이혼하고 장사 시작했어요. 혼자 있는 게 외롭고 싫어서 사람들이나 많이 만나려고 말이죠."

듣는지 마는지 여자는 조용하다.

"근데 주위에 사람이 많다고 안 외로운 건 아니더라구요. 이 장사도 오래 하니까 진력이 나요. 돈도 싫고, 그저 빨리 문 닫고 포장마차에서 소주 한잔 하는 것이 낙이에요."

막상 말을 꺼내고 보니 오히려 제 쪽에서 여자와 더 많은 이야기를 나누고 싶어진다는 게 주인남자의 솔직한 심정이다. 주인남자는 "싫으면 거절해도 괜찮다"고 단서를 달기도 하고 "절대 나쁜 마음에서 그러는 건 아니다"고 손을 내젓기도 하면서 꽤나 진실한 태도로 포장마차에서 소주나 한잔 하자고 권해본다. 여자는 순순히 일어난다. 이런 기분으로 집에 돌아가기 싫어서 벤치에 앉아 있었지만 혼자 있는다고 기분이 나아질 것도 없다고 생각할 무렵에 주인남자가 나타났던 것이다. 게다가 그가 자기의 위대한 연인을 잘 알고 있다는 점에서 여자는 추억을 공유한 사람이라도 되는 것처럼 주인남자에게 친근감마저 느끼고 있었다. 이별장면의 참관인인 손수건을 가져온 것만으로도 여자에게 있어 주인남자는 연인 사이에 편지를 물어다주는 연락 비둘기 같은 존재였다.

소주 한 병을 거의 혼자 다 마신 주인남자는 취해버린다. 그래서 여자에게 점점 대담해진다. 먼저 그는 여자의 머리모양을 칭찬한다. 긴 머리일 때보다 훨씬 세련돼 보이고 잘 어울린다는 말에 여자는 기분이 나쁠 리 없다. 그는 나중에는 여자를 자기의 이상형이라고까지 말한다. 집적거리는 기미가 보이기 시작했는데도 여자는 가만 있는다. 여자는 그런 생각을 한다. 위대한 연인을 만나기 이전에 나는 꽤나 많은 남자의 시선을 받았다. 이 주인남자처럼 거리에서 따라오는 남자도 종종 있었다. 그런데 왜 그 동안은 전혀 그런 일이 없었을까. 한 남자의 위대한 연인은 많은 남자에게 매력을 가질 수 없다는 사실을 비로소 깨친 여자는 주인남자를 쳐다보며 이제 많은 남자에게 해당하는 자신의 매력이 되돌아왔다는 것도 깨닫는다.

주인남자는 대합과 곰장어를 몇 번이나 권하더니 여자가 젓가락을 들지 않자 다시 은행구이를 주문하고는 여자를 위해 할 수 있는 일이라면 뭐든지 하겠다는 기개라도 보이듯이 호쾌하게 입으로 소주 병마개를 딴다. 한쪽 팔을 뻗어서 여자의 등뒤에 있는 포장마차의 부실한 기둥을 꼭 붙잡고 있는 품이 행여 지붕이 무너지더라도 여자만은 안전하게 지키겠다는 결의가 엿보인다. 주인남자의 강렬한 눈빛과 그 위로 몇 가닥 쏟아져내린 머리카락을 보면서 여자는 문득 이제 지하철 안에서나 거리에서 멋진 남자에게 눈길을 돌려도 된다는 사실을 떠올리는 동시에 그 동안 자기 자신 역시 많고 많은 멋진 남자에게 전혀 관심이 없었다는 점을 반성한다. 그녀는 역시 사고의 탄력성이 넘치는 여자였다. 밤이 깊어가고 있었다.

그 시간 남자는 이미 침대 속에 들어가 있었다. 택시 안에서 생각하기로는 집에 도착하자마자 돈을 가지고 나와서 다시 여자의 집 앞으로 갈 작정이었다. 여자를 잃고는 도저히 살아갈 자신이 없었다. 하지만 자기 방에 들어온 남자는 신기한 경험을 했다. 늘 궁상맞고 권태롭게만 보이던 자기의 침대가 세상에서 가장 편안한 곳으로 보였던 것이다. 순간 남자의 머릿속에는 잊고 있었던 피곤이 되살아났다. 사표를 쓸 때부터 지금까지 줄곧 얼마나 피곤했는가 말이다. 남자는 세상에서 가장 편안한 그곳에 잠깐 등을 대보았다. 아무리 눈앞에서 위대한 연인이 멀어져가고 있다 하더라도 배는 고파지고 잠은 오는 법이다. 그 다음부터는 우리가 짐작한 대로이다. 남자에게 현재 진행되고 있는 상황을 바꿀 적극성을 기대한 것부터가 무리한 일이었다. 여자를 두 시간이나 기다릴 때와 똑같은 이유에서 남자는 여자와의 헤어짐을 그냥 받아들였다. 반쯤 잠이 든 상태에서.

다음날 아침 눈을 뜬 그들의 첫 느낌은 무엇일까. 술과 잠에서 깨어나며 그들은 언제나처럼 자기의 위대한 연인을 생각했다. 입술의 감촉, 안을 때 느껴지는 양감과 한순간 몸속 은밀한 곳에 불을 지르는 팔의 힘, 그리고…… 하지만 다음 순간, 그들은 동시에 깨닫는다. 대체 이게 무슨 일이야. 우리가 어제 무슨 짓을 한 거지? 하룻만에 그들은 자기들 인생에 가장 당연한 일이 부정되고 그토록이나 없어서는 안 될 행복이 어이없이 사라져버린 것을 깨닫고는 경악한다. 최면상태에서 살인을 저지른 사람이 불현듯 제 손에 쥐어진 피묻은 칼을 보고 울부짖는 듯한 몸짓으로 그들은 가슴을 쥐어뜯었다.

현실을 받아들이는 데 있어서는 여자 쪽이 훨씬 빨랐다. 여자는 눈물을 닦으며 이렇게 중얼거린다. 사랑이 진정한 것이냐 아니냐는 그것이 시험대에 올라가지 않았을 때까지뿐이야. 시험대에서 분석하면 모든 사랑은 다 가짜로 밝혀지니까. 그리고 우리가 헤어진 것은 우연히 그 시험을 만났기 때문이야. 아침밥을 먹으면서 여자는 침울한 목소리를 감추며 당장이라도 선을 보겠다고 말하여 어머니를 기쁘게 해주었다.

자기 자신도 익히 알고 있듯이 남자는 여자보다 훨씬 지적인 사람이었다. 그럼에도 그는 헤어짐에 대한 분석은 하지 않았다. 어떻게 슬픔을 이겨가야 할는지, 앞으로 다른 여자를 또 만나게 될지 어떨지 그런 궁리 따위도 하지 않았다. 오직 여자가 그리울 뿐이었다. 본시 남자는 본질에 있어 여자보다 훨씬 감상적이다. 그리고 여자 문제에 관해 소모적인 분석을 하지 않는다는 점에서 확실히 여자보다 지적이긴 하다. 어쨌든 이로써 남자는 자기 삶에 이루지 못한 사랑의 화려한 비탄을 갖추게 되었다. 다른 남자들처럼 그도 한 사람의 가장이 된 뒤 첫눈 오는 날이나 어느 낯선 바닷가에서 "사실 내게는 마누라말고 진짜 사랑하는 여자가 있었는데, 지금도 내 마음속에는 그 여자뿐이야"라고 말할 수 있게 되었다는 뜻이다.

여자의 분석과 남자의 감상. 누구 쪽이 더 운이 좋으며 또 누구 쪽의 생각이 진실에 가까운 것일까. 그것은 판단할 수 없는 문제

이기도 하려니와 알 필요도 없다. 당신은 그것을 안다고 해서 자기의 삶이 달라질 수 있다고 생각하는가?

(『상상』 1996년 여름)

연미와 유미

뉴카슬은 조용한 곳이다. 단조롭고 아름답다.

이곳에 온 지 일 년 만에 나는 새로운 사실을 알았다. 세상 어느 곳이나 마찬가지로 뉴카슬도 고독한 장소라는 것을.

기숙사에 들어서면 언제나 우편함으로 먼저 눈이 간다.

내게 오는 편지는 대부분 엄마가 보내는 안부 편지이다. 아버지 사업이 잘 안 돼서 걱정이지만 그럭저럭 잘 지내고 있다, 김치 없이 먹는 밥이 오죽하랴마는 건강을 생각해서 잘 먹어라.

마지막에는 언제나 사귀는 남자는 없냐는 말로 끝난다. 혼자면 이국에서 공부를 하는 것이 자랑스럽다는 말 따위는 없다.

언니가 대학원에 갈 때는 그렇지 않았다.

언니는 어릴 때부터 모범생이었다. 아버지는 언니가 교수나 의사가 될 거라고 굳게 믿었다. 언니가 평범한 여자대학에 진학했을 때 아버지의 꿈은 사라지는가 싶었다. 그러나 4년 뒤 언니는 일류대의 대학원에 합격했다. 아버지는 꿈을 되찾았다.

그 대학원은 언니를 버리고 군대로 떠나버린 남자가 다니던 대학이기도 했다. 몇 달 뒤인가 복학생이 된 그 남자와 식당 앞에서 마주쳤지만 언니는 남자를 거들떠보지도 않았다. 다른 조교들과 함께 교수식당으로 들어갔다.

엄마의 편지에는 이따금 언니의 소식도 들어 있다. 형부의 병원은 돈을 잘 벌어들이는 모양이었다. 올해 학교에 들어간 조카는 영어를 곧잘 한다고 한다. 한국에 나오면 함께 영어로 말해보라고 엄마는 손자를 대견해한다. 교수도 의사도 되지 못했지만 언니는 여전히 부모의 자랑이다.

언니에게서 직접 편지가 오는 일은 없다. 대신 일 년에 세 번씩 돈을 부쳐온다. 내 생일과 크리스마스, 어린이날.

어린이날에 돈을 보내는 것은 언니다운 발상이다. 내 생일은 시월이다. 크리스마스에 돈을 받으면 열 달이 지나야 다시 언니로부터 돈이 온다. 언니는 중간에 한 번 더 돈을 보내기 위해 오월 어린이날을 택한 것이다. 내가 어린이가 아니라는 것을 모를 리는 없겠지만 세상일을 자기 중심으로 생각하는 것이 언니의 방식이다.

나는 아버지가 부쳐주는 돈을 무척 아껴쓴다. 서른이 되어서까지 경제적 독립을 하지 못했다는 것은 괴로운 일이다. 솔직히 말해 참담하다. 이곳에 온 지도 3년이 되었는데 매해 새학기마다 우울해진다. 등록금이 오르기 때문이다. 아버지에게 돈이 필요하다는 전화를 하고 나면 언제나 티셔츠가 식은땀에 젖어 등에 달라붙어 있다. 검소한 생활을 하는데도 늘 죄책감이 든다. 나 자신이 말라가는 고목에 끝까지 달라붙어 있는 진드기같이 느껴진다.

그러나 언니가 부쳐주는 돈은 그렇지 않다. 한꺼번에 써버린다. 버버리 매장에 가서 코트를 사거나 기숙사 친구들에게 한턱낸다. 이태리 여행을 다녀온 적도 있다. 절대 생활비로는 쓰지 않는다. 언니가 내게 음식과 옷을 주었다고 생각하기는 싫었다.

언니의 후의는 어쩐지 오래 지니고 있기가 싫다.

내일부터 시작되는 부활절 방학에 스페인 여행을 가는 것도 언니의 돈을 쓰기 위해서이다. 그룹여행을 주선하는 여행사에서는 인원이 차지 않으면 출발 직전 절반 가격에 티켓을 판다. 나는 지난 크리스마스 때 보내온 언니의 돈으로 티켓을 샀다. 내일이면 나는 스페인에 있을 것이다.

여행을 간다 한들 달라질 것은 없다. 뉴카슬의 흐린 날씨에서 잠시 벗어나는 것뿐이다. 밝은 햇살 아래라고 해서 사물이 분명하게 보이는 것은 아니다. 하지만 맑은 날씨를 본 지가 꽤 오래되었다.

모자를 하나 샀다. 그런지 스타일의 흰 모자이다. 하얀 테두리 띠에는 손톱만한 푸른 물방울이 사선으로 흩어져 있다. 모자를 흔들면 물방울이 내 손등 위에 튀어와 박힐 것 같다. 선명한 푸른 물방울.

재킷을 벗어 옷장에 건다. 모자는 책상 위에 올려놓는다. 책상 위에 메모지 한 장이 놓여 있다.

'0181 759 2424'

적힌 것은 그것뿐이다. 기억에 없는 전화번호이다. 지역번호도 낯설고 아무리 생각해봐도 영국 어딘가에서 전화를 걸어올 사람이란 없다. 룸메이트 중 누군가의 책상 위로 갈 메모가 잘못 놓여진 것이 틀림없다. 나는 메모지를 방 한가운데의 공용 메모판에 붙여둔다.

형부에게서 전화가 걸려온 것은 밤 늦게이다.

나는 누군지 빨리 알아채지 못한다. 형부는 미안해한다. 전화도 처음 하고 내가 너무 무심했지, 라고 텔레비전 연속극 속의 형부들처럼 말한다. 언니네 가족은 해외여행을 자주 하는 편이었다. 지난 이월에도 여행사를 통해 유럽 그룹여행을 했다. 영국도 거쳐갔다. 나는 그 사실을 서울과의 유일한 통로인 엄마를 통해 알았다.

"그리고 처제, 언니 오늘 도착했지?"

언니가 또 영국에 왔나? 왜?

전화를 끊으면서 형부는 덧붙인다. 참, 지난번 오데코롱은 잘 받았어.

언니는 지난번 영국에 왔을 때 하룻동안 그룹에서 떨어져 나온 모양이다. 나를 만나기 위해서. 그리고 돌아가서는 형부에게 남성용 오데코롱을 주었다. 내가 준 선물이라고 하면서.

전화를 끊고 나서 커피주전자를 불에 얹는다. 물이 끓는 소리와 창밖의 빗소리가 뒤섞인다.

나는 메모판 앞으로 간다. 메모는 내가 코르크핀으로 꽂아놓은 그대로이다.

시계를 보니 자정이 가까운 시각이다.

내일 아침에 걸어봐도 늦지 않을 것이다. 어차피 오전에 공항으로 가야 하니 일찍 일어나야 한다. 지금부터라도 빨리 자두어야겠다. 나는 레인지의 불을 꺼버린다.

이불 속에 누워서 메모지에 있던 낯선 전화번호를 생각한다.

2424라고? 한국에서 이런 번호는 이삿짐센터이다. 언니와 이삿짐은 전혀 연결이 안 된다. 언니가 이사를 했을 리는 없다. 방이 여섯 개나 되는 집을 놔두고.

유학을 가겠다고 하자 엄마는 결혼이 더 급하다고 나를 설득하려 했다. 적당한 사람이 나타나면 그냥 주저앉겠거니 하는 게 엄마의 생각이었다. 언니 아닌 내가 교수가 되는 일에 관심이 없기는 아버지가 더했다. 스물여섯 살 가을과 겨울에 걸쳐 나는 선을 열한 번이나 보았다.

대부분 서울에서 선을 봤기 때문에 그때마다 엄마가 지방에서 올라오셨다. 내 자취방에서 주무시진 않았다. 방이 여섯 개 있는 언니네 집으로 가셨다. 선보는 자리에 언니를 대동하기 위해서였다.

엄마의 기대대로 언니는 늘 자리를 빛냈다. 미인인 데다 교양이 있었다. 상대방 자리에서는 언니 칭찬이 먼저 나왔다. 엄마는 일류대학 대학원을 나왔다고 보충설명을 했다. 남편이 병원을 갖고 있다는 말도 잊지 않았다.

내 모습은 빛을 잃은 낮달처럼 테두리뿐이었다.

집에 돌아와서 엄마는 으레 상대 남자를 칭찬했다. 내가 싫다고 하면 뭘 믿고 그렇게 눈만 높냐며 조급해했다. 언니는 아무 말도 하지 않았다.

언니도 꽤 많은 선을 본 뒤 결혼했다. 그때는 언니가 괜찮다고 하는데도 엄마가 고개를 저었다. 고르고 고른 끝에 지금의 형부로 결정이 되자 만난 지 석 달 만에 식을 올렸다. 언니는 행복하게 살고 있다.

언니는 불완전한 선택은 하지 않는다.

형부는 가정적인 남자였다. 밖에 있을 때면 매일 서너 번씩 집으로 전화를 걸었다. 꽃배달 전화번호도 알았고 주말을 함께 시내 호텔에서 보내기도 했다. 부부동반 모임에서 언니 부부는 가장 다정한 커플이었다. 언니는 스포츠 클럽이나 문화센터 같은 데에도 나가지 않았다. 형부나 아이가 집에 오면 그림자처럼 붙어다녔다. 혼자일 때는 언제나 자기 방에 처박혀 있었다.

자취방을 구하기 전 언니 집에 머문 적이 있었다. 언니는 말수가 적은 편이었지만 결혼하고 더욱 말이 없어졌다. 자기 가족 외에는 관심이 없는 것처럼 보였다. 마치 그 결혼을 하기 위해 태어난 사람 같았다. 언니 집에 머무는 2주일 동안 내게 말을 걸어온 것도 열 번 정도밖에 안 되었다. 밥을 먹을 때 갈비찜이나 두릅나물을 내 앞으로 옮겨놓아주기는 했다. 하지만 그것도 몸에 밴 예의나 친절일 뿐이었다.

언니는 내가 대학원에서 전공을 언니와 같은 영문학으로 바꿨다는 것도 몰랐다. 나도 언니의 석사논문을 도서관에서 대출한 적이 있다는 말을 하지 않았다.

759 2424는 호텔이었다. 히드로 공항 바로 옆에 있는 세라톤 히드로 호텔. 그런데 이미 체크아웃된 뒤이다. 나는 전화기를 내려놓고 나서 이마를 짚는다.

언니가 다시 연락을 할 때면 나는 이미 스페인에 있을 것이다. 내 잘못은 아니다. 언니가 온다는 것은 꿈에도 생각 못한 일이다.

기숙사 앞에서 한국인 친구와 마주쳤다.

"모자 멋지다 애. 어디 여행 가니?"

그애는 지난 학기에 뉴카슬 대학에서 나갔기 때문에 지금은 기숙사에 살지 않는다. 일 주일에 사십 파운드 정도 하는 셋집을 구해 살고 있다. 공부는 잘 안 하지만 살아가는 일에 관한 한 아는 것이 많은 애다.

"스페인 그룹여행이라구? 기대는 마. 아마 할머니 할아버지들뿐일걸?"

공항에 가서 줄을 서보니 정말로 까만 머리통은 나뿐이다. 그애의 말이 맞았다.

비행기가 이륙하자 갑자기 기내가 시끄러워진다. 안경줄을 배꼽까지 내려뜨린 할아버지가 옆자리의 진주 목걸이를 한 할머니에게 나이를 묻는다. 예순둘이라고 하자 할아버지는 감탄한다. 좋은 나이요. 나는 예순일곱인데 내가 당신 나이라면 못 게 없을 거요.

얼마 전 아내와 사별한 뒤 갑자기 더 늙은 기분이라는 할아버지는 아내가 그립진 않다고 한다. 난 그 여자를 사랑하지 않았다오. 평생 미워했지. 그런데 죽은 다음에는 더 미워하게 되었소. 이나이에 비로소 나를 혼자 남겨놓다니 참 그 여자다운 복수가 아니겠소?

늙어서까지 견딜 수 없는 것이 있다면 고독뿐이라고 하는 할아버지의 말이 귓가에서 멀어진다.

언니가 내 결혼에 대해 자기 의견을 말한 것은 뜻밖이었다.

마지막 선을 보고 온 날이었다. 상대는 고급공무원 집안의 둘째아들이고 치과의사였다. 엄마는 이 집하고 사돈을 맺으면 아버지 사업에도 좋다고 강조했다. 한두 번 듣는 얘기도 아니었다. 은행 지점장 때도 변호사 집안 때도 그랬다.

싫다고 하자 엄마는 화를 냈다. 늙어가는 부모 생각은 손톱만치도 하지 않는다고 내 속을 긁었다. 혹시 아들일까 싶어 다 늦게 나를 낳은 게 잘못이라고까지 했다. 나중에는 그 남자가 마음에 안 드는 이유를 알아듣게 설명하라고 다그쳤다. 어쩐지 끌리지 않는다고 더듬거렸더니 더욱 화를 냈다. 애 좀 봐, 큰일났네. 네가 나이나 적냐?

결혼을 안 하겠다는 게 결코 아니었다. 나도 안정된 삶을 원할 나이였다. 드난살이 같은 자취생활이 지겨웠다. 이리저리 끌고 다닌 박스 속의 책들을 유리문이 달린 어엿한 책장에 넣어주고 싶었다. 그러나 아무런 감흥이 없는 남자와 평생을 살 수는 없었다.

선본 남자들이 다 형편없던 것은 아니었다. 다른 자리에서 만나면 오히려 좋아졌을 사람도 있었다. 그러나 상대가 자동차나 컴퓨터 사양처럼 내 신상에 대해 길게 써놓은 뒤 하나하나 체크를 해나가고 있으리라는 것을 생각하면 견딜 수가 없었다. 상대 역시 나에 대해 마찬가지 생각을 할 것이다. 이런 식으로 선을 보는 여자라면 바라는 것도 뻔할 거라고.

나는 '엄마는 내가 아무하고든 결혼만 했으면 싶은 거냐'고 대들었다. 언니가 끼어든 것은 그때였다.

"결혼은 아무나하고 하는 거야."

결혼식을 올림으로써 두 사람 각자의 계산은 모두 끝난다. 합산이 시작된다. 그때부터 할 일은 이제 서로 사랑하게 되는 일이다. 언니는 그렇게 말했다. 감정이란 변하고 사라지는 거야. 결혼은 변하지 않는 것을 기준으로 해서 결정하는 게 좋아.

언니는 아무 남자라도 사랑할 수 있다는 거야? 하고 내가 비꼬았다.

언니는 물끄러미 나를 쳐다보았다. 그러더니 담담하게 대답했다. 네 일이니 네가 알아서 하겠지. 사람이란 다 다르니까. 다시 교양 있고 무관심한 얼굴로 돌아가 있었다.

결혼은 외로움에서 벗어나기 위해 하는 것이다.

그 무렵 나는 그렇게 생각하고 있었다.

언니가 대학생이 되어 서울로 올라가던 해에 나는 열두 살이었다. 언니의 입시 뒷바라지가 끝나서 홀가분해진 엄마는 늘 집을 비웠다. 이제 집에서 엄마가 신경쓸 일은 없다고 생각했다.

나는 열쇠로 문을 따고 들어가곤 했다. 식탁에 차려진 저녁을 혼자 먹고 텔레비전을 보다가 잠들었다. 엄마와 언니가 밉다는 일기를 썼다가 찢어버리기도 했다. 그러나 학교에서 돌아올 때면 늘 골목에서부터 뛰었다. 엄마가 집에 있을까 해서 가슴이 두근거렸다. 초인종을 열 번쯤 눌러본 다음에는 언제나 필통에서 열쇠를 꺼내야 했다.

스물일곱 살 여름은 내 삶 중 가장 외로운 때였다.

한 학기쯤 연장하여 논문을 제대로 써볼 욕심도 있었다. 그러나 아버지는 2년이면 내 뒷바라지에서 벗어나리라고 믿고 있었다. 아버지가 정한 기한 안에 나는 졸업을 했다. 그러고는 무력감에 시달렸다. 두 시간짜리 강의 하나 얻을 수 없었다.

주어진 일이라고는 두 가지뿐이었다. 변두리 학원에서 일 주일에 이틀씩 중학교 영어를 가르치는 일과 선보는 일. 선보는 일마저 집어치우자 내 일과는 간단해졌다. 이틀은 학원에 나가고 나머지 닷새는 자취방에 틀어박혔다. 방에서 나는 내 석사논문과 달력을 번갈아 노려보며 지냈다.

친구를 만나면 질투나 푸념을 하고 있는 나를 발견할 뿐이었다. 혼자 있는 것보다는 나았다. 혼자 있는 것은 넌더리가 났다. 하지만 교통비나 커피값을 아껴야 했다.

장마가 끝나가던 어느 날 옛애인을 만났다. 대학 졸업 후 처음으로. 그는 여전히 멋있었다. 담배 필터에 닿는 그의 입술을 쳐다보았다. 불꽃을 매달고 있는 하얀 담배종이가 따뜻해 보였다. 첫키스의 기억이 떠올랐다. 나는 무심코 손을 들어 내 아랫입술을 만졌다.

그의 차가 다리를 지나면서부터 비가 내리기 시작했다. 와이퍼를 작동시키며 그가 말했다. 영국 간다는 소식 들었어. 너는 잘해낼 거야.

작별인사를 할 때 그는 제일 멋졌다. 끝내 키스는 하지 않았다. 세상에는 작별의 키스도 있는 법인데.

그날 밤 두 시간이나 울었다. 그를 만나는 순간부터 나는 키스를 원했다. 그것이 우리의 만남이 다시 지속되리라는 징표일 것 같았다. 모든 것이 허사로 돌아간 바에야 그 마음을 들키지 않은 것이 다행스러웠다. 그러나 들켰다면 그가 그냥 떠나버리지 않았을지도 모른다는 후회도 들었다. 어떻게 했더라면 상황을 돌이킬 수도 있었다고 생각하는 것이 바로 미련인 모양이다.

구월에 뉴카슬로 떠날 때는 서울에 아무 미련이 없었다.

뉴카슬엔 언제나 비가 추적추적 내린다. 그래서 폭우만 아니면 그냥 맞고 다닌다. 겨울에는 북해에서 불어오는 바람이 살을 엔다. 오후 세시 반이면 해가 진다. 그런가 하면 여름에는 밤 열한시까지 해가 떠 있어 정신을 괴롭힌다.

그럴 때마다 나는 서울에서의 마지막 일 년을 떠올렸다. 그 곰팡내 나는 일상, 희망 없는 자가 게으름에 익숙해져갈 때의 허튼 웃음. 그것은 의도가 있는 빈둥거림과는 달랐다. 다시는 그런 시간으로 되돌아가고 싶지 않았다.

기숙사에서도 나는 빨리 적응했다. 한 동에 여섯 명이 정원이지만 우리 동에는 모두 다섯 명이 살았다. 다 영국인이고 한 명만이 이름도 들어본 적 없는 아프리카 어느 작은 나라에서 왔다. 화장실과 샤워실이 두 개씩이기 때문에 공동생활에 큰 불편은 없었다. 밥은 각자 해먹었다. 두 대의 냉장고에 오븐과 토스터, 주방시설도 나쁘지 않았다.

영국 애들은 좀 지저분하고 시끄러운 편이었다. 늘 설거지감을 담가놓았다. 반면 아프리카 애는 예의바르고 깔끔했다. 자기 나라에서 상류층 신분이었기 때문이다. 섞여 사는 생활의 장점이라면 이렇게 편견을 고칠 수 있다는 점일 것이다.

나는 타인강 위의 뉴카슬(NEWCASTLE ON TYNE)이 좋았다.

할아버지 할머니들은 밤마다 탱고와 지루박을 추며 논다. 나는 계속 머릿속이 복잡하다. 언니는 이월에 하룻동안 어디를 갔던 것일까. 왜 영국에 다시 왔을까. 확실한 것은 언니가 나를 만나러 영국에 온 건 아니라는 사실뿐이다.

기념품 가게에 들어갔다.

무질서하게 꽂혀 있는 엽서 중에서 몇 장을 고른다. 나는 기념 엽서를 보낼 만한 주소 하나 갖고 있지 않다. 그런데도 산다.

플라멩코를 추고 있는 남녀의 사진이 들어 있는 엽서이다. 여자의 붉은 치마와 남자의 날씬한 검은 조끼에는 새틴을 입혀놓았다. 붉은 치맛단 속에 겹겹이 달려 있는 검붉은 레이스도 진짜 레이스이다. 입체 엽서 속에서 그들은 손을 잡고 입이 찢어질 듯이 웃으며 나를 보고 있다.

언제부터 다시 외로워지기 시작했는지 모르겠다.

그 동안 나는 이곳에 주소를 내리는 일에만 몰두했다.

텔레비전도 전화도 없이 살았다. 영어가 늘지 않을까봐 한국 학생과는 인사만 하고 지나치는 관계로 지냈다. 온 거리가 무섭게 조용한 크리스마스 때는 혼자 성당에 갔다. 단지 영어를 쓰는 사람들이 모이는 장소라는 이유로. 한국말이 미치도록 하고 싶을 때도 많았다. 그럴 때는 일부러 며칠씩 외출을 하지 않았다.

그런데도 나는 언제나 구석의 이방인이다.

언니라면 어떻게 했을까.

어려운 리포트에 부닥쳐서 초조한 마음을 억누르며 작년에 공부했던 노트를 다시 들춰봤는데 거기에조차 아직 모르는 게 많다면. 금방이라도 숨이 끊어질 듯이 뛰어왔는데 마지막 숨을 토해내면서 바라보니 저만치에 있는 것이 골인 테이프가 아니라 막다른 벽이라면.

그런 생각으로 혼자 울던 날 엄마는 편지를 보내 내 나이가 곧 삼십이 된다거나 드디어 삼십이 되었다는 것을 일깨워주곤 했다.

얼마 전 나는 샤워를 하다가 미끄러졌다. 욕조에 가슴팍을 세게 부딪쳤다. 스페인 단체여행이면 효도관광일 거라고 말해주던 그 한국 친구가 그때도 엑스레이를 찍어봐야 한다고 충고했다. 저녁 여섯시 넘어서 응급실로 가면 병원비가 무료라는 것도 가르쳐주었다.

응급실에는 진짜 응급환자들이 신음하고 있었다. 죄책감이 들어서 나는 심하게 아픈 척했다. 당직의사는 젊고 미남인데 친절했다. 진찰받을 곳이 가슴이란 걸 알자 그는 물었다. 여자 의사를 불러줄까요? 얼굴을 붉히며 나는 고맙다고 대답했다.

엑스레이를 찍어봤지만 이상은 없었다. 미남 의사가 나와서 다시 증상을 물었다. 많이 아프냐고 물을 때는 마치 자기가 아프다는 듯이 얼굴까지 찡그렸다. 진통제를 쥐어주며 꼭 시간을 지켜 먹으라고 당부했다. 돌아갈 때는 한 손을 들어 보이며 씩 웃는데 한 번 더 보고 싶은 멋진 모습이었다. 몇 발짝 가다가 돌아보니 놀랍게도 아직 나를 쳐다보고 있었다. 그리고 내가 원하던 대로 정말 다시 손을 쳐들어주었다.

병원 뜰로 나온 뒤 나는 나무 밑둥을 발로 찼다.

이 나라 사람들은 약자에게 친절하다. 그것뿐이다.

정에 굶주린 사람처럼 굴 때 나 자신이 가장 싫다. 나라는 몸뚱이를 가죽째 벗겨내서 길바닥에 팽개쳐버리고 싶다. 언니라면 훨씬 강하게 살 것이다. 아버지와 엄마가 옳다. 나는 언니보다 훨씬 못하다.

그날 밤 나는 한국 학생 하나가 서울로 돌아간다는 소식을 들었다. 나와 같은 날 도착한 여학생이었다.

늘 이곳 날씨가 끔찍하다고 입버릇처럼 말하던 애이다. 그애는 콩나물국이나 수제비를 끓이는 일로 향수를 달랬다. 그런데 장을 보러 갔다가 몇 번이나 되돌아오곤 했다. 숨이 턱에 닿도록 뛰었지만 폐점시각에서 일 분이 지나 있었다. 손을 뻗으면 집을 수 있는 거리에 사려는 물건이 있었지만 셔터가 내려졌다.

그애는 도서관과 기숙사에서 초콜릿을 먹는 버릇이 생겼다. 떠날 때 보니 확실히 뚱뚱해져 있었다.

누군가가 떠나면 남아 있는 사람들은 우울해진다. 영국 룸메이트가 나를 위로했다. 왜 미국으로 가지 않았니? 우리 영국인은 그렇게 친절하고 다정한 편이 못 돼.

하지만 다정함에 주린 사람은 어디를 가든 외롭다.

그날 밤 오랜만에 옛애인의 꿈을 꾸고 깨어나 어둠속에서 나는 그것을 깨달았다.

돌아오는 비행기 안은 떠날 때와 달리 조용하다. 기내등도 다 꺼져 있다. 나는 좌석 위의 조그만 등을 켜놓고 엽서를 쓴다. 엄마에게. 여기는 비행기 안이에요. 저는 스페인 여행을 다녀오는 길입니다. 그 다음부터는 아무 말도 떠오르지 않는다. 일어나서 화장실에 간다. 모두들 잠이 들어 있어서 조용조용 발을 뗀다. 안경줄을 늘어뜨린 할아버지와 진주 목걸이 할머니도 나란히 잠들어 있다. 그런데 손을 잡고 있다.

그 동안 내게 온 전화 메모 같은 것은 없었다. 대신 우편물이 하나 기다리고 있다. 제법 두툼한 서류봉투이다. 나는 보낸 사람 주소를 읽는다.

'T. H. KWAK. 11 King ST. Beeston Nottingham NG 92 DL'

노팅엄에 아는 사람이 전혀 없을 뿐 아니라 곽 아무개 역시 들어본 적이 없는 이름이다. 모르는 사람에게 온 우편물이다. 반쯤 뜯자 봉투 안에 들어 있던 노트 귀퉁이가 보인다. 봉투를 거꾸로 쏟았더니 뭔가가 먼저 떨어져 나와서 발밑까지 굴러간다. 언니 사진이다.

언니는 웃고 있다. 젊은 언니. 대학원 시절이라는 걸 알 수 있다. 그때 언니는 언제나 머리를 길게 기르고 있었다. 싱그럽고도 애잔하게 출렁이던 언니의 긴 머리. 그것은 처녀의 상징처럼 정숙하게 보이기도 했다.

노트는 사진에 대한 이야기부터 시작되고 있다.

내 사진을 보고 있으면 견딜 수 없어집니다.

당신의 사랑을 받던 때의 내 모습을 보는 일은 너무 고통스러워요.

나는 노트에서 시선을 떼고 창 밖을 본다. 비가 오고 있다. 바로 어제 스페인의 햇살을 보았지만 어떤 느낌이었는지 떠오르지 않는다. 비 오는 뉴카슬을 떠나본 적이 없는 것 같다. 내가 알지 못하는 언니에 대해서도 마찬가지이다. 경직된 생각들이 머릿속에서 소리를 낸다. 빗줄기가 굵어지는 것을 보고서야 나는 다시 노트로 눈을 돌린다.

사진 속의 내 눈빛이 무엇을 생각하느라 그렇게 애틋하게 빛나며 반쯤 벌린 입술이 무슨 기억 때문에 미소짓고 있겠습니까.

당신을 의식하고 있는 사진 속 내 모습을 보고 있으면 나를 둘러싸고 있는 당신이라는 세상까지 다 보입니다. 언제나 당신만을 바라보고 또 보여지기를 바라던 그 시절 내 사진 속 어딘가에는 이미 당신의 모습도 찍혀 있는 것입니다.

저 스웨터와 스카프, 당신이 좋아했던 옷입니다.

가슴 한가운데에 드리워진 목걸이 메달, 저것을 걸어주며 당신은 '하트 오브 골드'란 '변치 않는 마음'이라는 뜻이라고 가르쳐 주었지요. 바람이 불던 봄날이라 저 머리핀을 꽂았던 것인데 그날 당신이 내게 프로방스의 소녀처럼 귀여워 보인다고 말하던 기억도 납니다.

하지만 나는 그런 추억을 그리워하는 게 아닙니다. 스웨터와 목걸이, 머리핀이 추억을 환기하는 것일 뿐이라면 저 사진을 보는 일이 이렇게까지 고통스럽진 않을 것입니다. 고통스러운 것은 그것들에 스친 당신의 손길이 너무나 간절히 떠오르기 때문입니다.

사진 속의 내 입술을 보면 그 입술에 닿는 당신의 숨결이 느껴져 내 팔엔 순식간에 잔털이 곤두섭니다. 사진 속의 내 목, 내 어깨, 그것을 보고 있자면 거기에 얼굴을 묻던 당신의 체중이 지금도 느껴집니다. 그리고 당신을 받아들이기 위해 내 몸이 긴장하던 것도요.

그때 내 모든 것은 당신의 손길을 기다리고 있었으며 또 나라는 들뜬 육체와 영혼 어디든지 당신의 손길이 닿지 않은 부분은 없었습니다.

그 시절 나는 머리를 빗다가도 문득 멍하니 서 있곤 했습니다.

—내 머리카락에서도 당신 냄새가 나.

라고 중얼거렸습니다. 당신 가슴에 안겼던 내 몸을 두 팔로 싸안아보기도 했습니다. 한때는 거추장스럽고 하찮던 내 몸이 당신에게로 가지를 달고 꽃을 피우는 것이 너무나 행복했습니다.

우리는 늦가을 들길을 걷고 있었습니다.

아침 바다를 그물로 건져올린 듯한 햇살이 반짝반짝 나뭇가지 위에 출렁거렸습니다. 초록이 사라진 들을 온통 하얗게 억새가 뒤덮고 있었지요. 바람이 불 때마다 억새는 소리지르듯 우르르 일어났다가 이내 버림받은 여자처럼 기운 없이 돌아누우며 잠잠해지곤 했습니다.

앞서 걷던 당신이 갑자기 나를 뒤돌아보았습니다.

억새풀 안에서 우리는 입을 맞추었습니다. 당신 가슴에 안기면 이 세상 모든 것이 사라집니다. 세상에는 나를 안아주고 있는 당신이 있을 뿐입니다. 그렇게 당신에게 안겨 있으면 아무에게도 내가 안 보일 거라는 생각이 들곤 했습니다.

전철 안이나 도서관처럼 사람들이 많은 곳에서도 나는 전혀 남을 의식하지 못했습니다. 모든 것으로부터 차단되어 늘 당신과만 있는 기분이었습니다. 당신 생각뿐이었고 당신에게 보여질 나를 생각할 뿐이었습니다.

혼자 있는 시간에도 당신이 있었습니다. 나는 당신이 볼까봐 부끄러워서 이불 속에 들어가 속옷을 갈아입었습니다.

시간이 지나자 차츰 사람들이 눈에 들어오기 시작했습니다. 그러나 나는 그들을 보면서 당신과 어떤 점이 비슷하다거나 이런 점에서 당신과 다르다거나 하는 생각밖에 할 수가 없었습니다. 그 두 가지가 남을 대하는 내 방식이었습니다. 그러자 모든 사람에게서 당신을 보게 되었습니다.

─어차피 운명이란 없는 거다, 운명적이라는 해석은 있지만.

이렇게 말하면서 당신이 나를 안고 싶다고 말했을 때 당신에게 잡힌 내 손에서는 땀이 찐득히 배어나오고 있었습니다. 그리고 한동안 침묵이 우리 사이의 허공을 무겁게 내리눌렀지요. 마침내 당신이 고개를 숙이고 발밑에다 한숨을 토해냈습니다. 그런 다음 두 손으로 내 뺨을 감싸고는 무슨 말인가 하기 위해 천천히 입을 떼는 당신 눈 속의 갈망.

그래서 나는 불현듯 눈을 꾹 감고 마구 고개를 저으며, 아녜요, 아녜요, 저도 오래 전부터 원하고 있었어요, 라며 그대로 당신 입술에 내 입술을 갖다댔던 것입니다.

겨울이 왔을 때 우리는 다시 그 들에 나갔습니다.

마른 나뭇가지와 마른 풀, 말라 있는 땅. 하늘까지 건조한 무채색으로 흐리기만 한데 그 한가운데에서 겨울 해만이 흑백사진에 컬러링을 한 것처럼 선명하고 동그란 빨간색으로 잉잉거리고 있었습니다. 우리는 마른 땅을 밟으며 황량한 들을 천천히 걸었습니다.

내 오른쪽 어깨를 감싸고 있는 당신의 팔의 다정한 무게와 온기. 그것들을 더욱 가까이 실감하기 위해 나는 둥지에 주둥이를 문지르는 새처럼 이따금 당신 옷소매에 입맞추었습니다.

그때 당신이 왼팔로 내 눈을 가렸습니다. 이렇게 하고 걸어봐. 넌 아무것도 볼 수 없어. 내가 이끄는 대로만 걸어가는 거야. 내가 웃으며 물었지요. 이제 난 영원히 세상을 볼 수 없는 거예요? 겨울 들판에서 당신은 마술사처럼 내 귓불에 하얀 입김을 만들어 불어가며 속삭였습니다. 아니, 내가 보여주는 세상만 보면서 내가 이끄는 새로운 세상으로 가는 거야.

당신의 어깨에 머리를 기대고 당신 팔을 들어서 두 눈을 가린 채 그렇게 얼마를 걸었는지 모르겠습니다. 두어 걸음 더듬거렸지만 몇 걸음 후부터는 잘 걷게 되었지요. 당신에게 모든 것을 맡긴 것이 그렇게 편안할 수가 없었습니다. 이대로 통째로 당신이 내 인생을 가져가버렸으면 싶었습니다.

발밑에 밟히는 마른 땅, 회색 하늘, 그리고 지상의 시간…… 그것들이 아득히 멀어졌습니다. 자기 가슴에 총을 쏴달라고 애인에게 애원하던 영화 속의 여자가 떠올랐습니다. 당신이 그대로 나를 죽여준다면 얼마나 행복했을까요.

새벽에 깨어나면 언제나 당신이 그리웠습니다. 눈을 감고 있는데도 당신의 웃는 모습이 똑똑히 보입니다. 그 당신이 입술을 움직여 내게 잘 잤냐고 말을 걸고 베개를 돋워주고 손가락으로 뺨을 건드립니다. 그렇게 당신과 새벽을 함께 보내고 있는 사이 창밖이 환해지고 아침이 시작됩니다.

나에게 아침이란 당신이 있는 세상으로의 진입이었습니다. 학교에 가면서 매번 버스 안에서 읽을 책을 챙겨 나오지만 창밖을 바라보고 있자면 종점에 닿을 때까지도 당신 생각이 끝나지 않았습니다. 종점에서 다시 버스를 돌려타고 나오며 나는 당신을 생각할 시간이 길어져서 좋았습니다.

내 삶의 정면에 있는 것은 당신뿐이므로 다른 삶은 모두 곁가지입니다. 그런 일상사는 그때그때 대충 막아내버립니다. 발등에 떨어진 불도 불꽃이 타들어가기 전까지는 끌 생각을 안 합니다. 당신 등에 떨어진 머리카락부터 떼줘야 하니까요.

바쁜 날도 있었습니다. 선배에게 부탁한 논문 자료를 열한시에 만나 받기로 했고 두시에는 오래된 친구들끼리의 월례모임이 있고 또 여섯시부터는 학과장님의 출판기념회 행사가 있었습니다. 이틀 후가 아버지 생신이라 선물도 사서 부쳐야 했습니다. 그러나 나는 아무 데도 가지 않습니다. 당신에게 전화가 걸려왔기 때문입니다.

다방 카운터에 자료만 맡겨놓아달라고 하자 선배는 어이가 없는 모양이었습니다. 전화를 끊고 나서 이제 그 선배에게 무엇을 부탁할 수 없게 되었다는 것을 알았지만 상관없었습니다. 친구들도 화를 냈습니다. 얘, 네가 석 달이나 안 나와서 벌금이 꽤 많아졌잖니. 오늘 그 벌금으로 우리 모두 영화 보기로 했는데 네가 안 나오면 어떡해? 전화기에 대고 미안하다고 쩔쩔매면서도 거울 속에서 나는 웃고 있었습니다.

매일 얼굴을 보고 서로의 일상에 대해 속속들이 알고, 같이 먹고 얘기하고 그리고 같이 잠자는데도 아직 무엇이 더 남아 있는 걸까요. 왜 날이 갈수록 오히려 마음이 더 사무치고 당신 곁으로만 가기 위해 하루 종일 안달하는 걸까요. 내가 느끼는 모든 냄새나 소리까지 다 당신 쪽으로만 기울어 있었습니다. 이제 다 왔구나, 여기까지 왔는데 또 무엇이 있겠어. 하지만 그 생각은 몇 년째 계속되고 있습니다. 사람을 좋아한다는 것의 밑바닥을 알 수 없는 신비와 달콤함, 거기에 경탄하고 경탄했던 시간들.

점점 당신이 특별한 존재임을 깨닫게 되었습니다.

당신에게 화났을 때, 질투할 때, 보고 싶을 때, 그런 사랑은 흔한 감정입니다. 하지만 슬플 때의 사랑을 아십니까? 마치 견과류처럼 슬픔이라는 딱딱한 껍질 속에 말라가면서 달콤해지는 사랑을 느껴본 적이 있습니까? 어두운 우물 속에 깊숙이 가라앉아 있는 물처럼 깊고 어쩔 수 없고 자연스럽고, 아, 그럼에도 비현실적인 거리 바깥에 당신은 있음이니.

그렇게나 내 속을 뚫고 들어와 있는데도 당신은 늘 비현실적인 존재입니다. 어떤 때 당신은 마치 공연중인 연극배우이거나 심지어 전시중인 사진 같습니다. 그냥 보기만 해야 할 뿐 말을 걸거나 만지지는 못할 존재 말입니다.

내가 이따금 당신을 빤히 쳐다보다가 갑자기 손을 뻗어 옷깃을 만지지 않았던가요? 당신이 내 앞에 있다는 실감이 중요했기 때문입니다. 만지면 물살처럼 퍼지며 중심에서부터 뭉개져 사라져버릴 물그림자가 아닌가 하고, 그래서 만져보고 싶었던 것입니다. 아, 당신이 내 것이라고 소리쳐 말할 수만 있다면!

정말 당신이 내게 왔었던가요. 꿈이라거나 거짓말이 아니고 생시에 당신이 나를 사랑했던 건가요. 누군가가 처음부터 없었던 일이라고 우긴다면 나는 그저 고개를 끄덕일 수밖에요. 상상임신을 했던 여자처럼 허탈하지만 믿어야 하겠지요. 어차피 지상에 등재될 수 없는 일이었으니, 당신과 나의, 사랑.

사랑한다는 말.

사랑한다, 사랑한다, 혼자 수없이 뱉어놓고도 끝내 마음에 들지 않는 기분이 드는 것이 바로 사랑한다는 말입니다. 그 말은 도정된 곡식알처럼 매끄럽게 삼켜지지만 순간의 진실일 뿐입니다. 나는 거친 진실을 원했지요. 내가 당신의 균형 잡힌 삶을 난폭하게 허물고 도도한 감정의 물줄기에 격랑을 일으키고 그리하여 나에게 속하지 않는 당신의 모든 것을 모조리 팽개쳐버리기를.

당신에게 말했습니다. 내가 당신의 삶에 아무 흔적도 남기지 않는다는 것이 너무 고통스러워요. 그리고 눈물을 참을 수 없어서 뛰쳐나와버렸습니다. 당신은 붙잡지도 않았지요. 계단을 내려오며 나는 이미 후회하고 있었습니다. 교정을 다 내려와서 교문 앞에 닿을 때까지도 눈물이 그치지 않았습니다. 견딜 수가 없었습니다. 나는 용서를 빌기 위해서 뛰어 돌아갔습니다.

문을 거칠게 열었습니다. 갑자기 눈앞이 하얘지는 기분. 당신을 둘러싸고 앉아 있던 사람들이 일제히 나를 쳐다보았습니다. 하얗게 질린 채 식식거리며 서 있는 나를 가장 놀란 눈으로 쳐다보는 것은 당신이었습니다. 그러나 당신은 차분하게 말했지요. 지금은 회의중이니까 용건이 있으면 나중에 와요.

나중이라면 언제를 말하는 것인지요. 제가 당신에게 속할 수 있는 시간이 있다는 것인지요.

당신에게 속할 수 있다면 당신의 환부라도 되고 싶었습니다. 종양 같은 것이 되어서 당신을 오래오래 아프게 하고 싶었습니다. 그러면 당신은 고통을 달래느라 나에게 쩔쩔매고 배려하고 보살 피겠지요.

진심입니다. 나는 빗장이 질러진 당신의 갈비뼈를 문처럼 열어 제치고 들어가서 그 속에 몸을 접고 웅크려 있기를 원했습니다.

무언지 돌이킬 수 없게 치닫고 있음을 느끼면서도 추스르고 싶지 않았습니다. 그것이 세상사람들에 대한 두려움이든 당신의 감정에 대한 불안이든 피하고 싶었습니다. 당연하고도 견실한 내 삶의 둥지 속에서는 금방이라도 벗겨져나갈 듯한 자전거 체인처럼 불안한 잠음을 토해내면서, 당신이라는 부실하기 짝이 없는 거푸집의 지붕 아래에서 내 영혼의 주소를 느꼈던 나를 용서하세요. 세상에 용서를 빌어야겠지만 그 전에 먼저 당신에게 용서받고 싶군요.

당신이 잠든 사이에 내가 당신의 속옷을 빨아버린 적이 있었습니다. 가지 못하게 하려는 것은 아니었어요. 아무렇게나 벗어놓은 당신의 옷을 본 순간 그것을 내 손으로 빨아보고 싶었습니다. 당신의 속옷을.

그날 당신이 내 머리카락을 넘겨주며 물었습니다.

—너한테는 결혼이 중요하지?

—아녜요. 당신하고 할 수 없다고 생각한 다음부터는 중요하지 않게 되었어요.

당신은 그 말을 믿었나요. 그것은 거짓말이었습니다.

밤새 당신에게 긴 편지를 썼습니다. 새벽에 그 편지를 봉투에 넣었습니다. 그러고는 겉봉을 쓰려다 갑자기 멍해졌습니다. 내가 당신에게 편지를 부칠 수 있는 주소…… 지상에는 없는 것이었습니다.

길을 가다가 레코드 가게에서 흘러나오는 슬픈 음악을 듣고 걸음이 느려집니다. 오월이 기울면서 화사했던 봄꽃들의 색이 지저분하게 바래 있는 것만 봐도 눈물이 났습니다. 복잡한 버스정류장에서 엄마의 걸음을 애써 쫓아가다가 마주 오는 사람들에 밀려 손을 놓치고 울음을 터뜨리는 아기를 보았습니다. 엄마가 돌아보며 아기에게 손을 내밀었습니다. 아기는 놓칠세라 그 손바닥만을 뚫어지게 쳐다보며 울면서 종종걸음을 쳤습니다. 그것이 왜 그렇게 슬펐을까요.

오랜만에 옛친구를 만났습니다. 낯빛이 좋지 않다고 걱정하면서 채근하기에 설렁탕 그릇 속에 열심히 숟가락을 담가가며 씹히지 않는 밥알을 한사코 목구멍 속으로 밀어넣었습니다. 그러다가 고개를 들어보니 친구가 마악 숟가락을 입에 넣고 있었습니다.

당신의 먹는 모습이 겹쳐 떠올랐습니다. 숟가락 안의 뜨거운 국물을 내려다보면서 두어 번 후후 분 다음 국물의 흔들림이 가라앉기를 기다려 조심스럽게 수평을 유지하며 그것을 두 입술 사이에 옮겨넣는 당신의 모습이. 친구가 입 안의 것을 삼킬 때 내 입에도 침이 고여왔습니다. 친구가 깍두기를 집을 때 나는 그 붉은 덩어리를 입에 넣을 때까지 팔이 긋는 젓가락의 곡선을 쳐다보았습니다. 당신은 젓가락 끝에 묻은 고춧가루를 설렁탕 그릇에 담가 헹궈서 제자리에 놓는 버릇이 있었습니다. 냅킨으로 친구가 입을 닦습니다. 당신이 입을 닦는 모습도 저렇게 느긋한 표정이었지요.

내게는 세상 모두가 당신입니다. 친구를 만나 당신을 잊으려 하다니 얼마나 어리석은 생각입니까.

만나지 않는다고 사랑이 사라지는 것은 아니었습니다.

나는 그렇게 생각하기 시작했습니다. 곁에 있다고 거리가 없는 것은 아닐 것입니다. 단위를 좀 크게 생각하면 됩니다. 같은 집이라거나 같은 장소가 아니라 같은 도시, 같은 세상에서 살아가는 거라고. 이 세상 어딘가에 당신은 살아가고 나는 그 어딘가의 당신을 사랑하며 사는 것이라고 말입니다.

시간도 마찬가지입니다. 한 달 뒤나 일 년 뒤가 아니고 십 년이나 이십 년 뒤면 어떻습니까. 언젠가는 만날 당신, 그 당신을 사랑하는데요.

저는 지금 삼 주째 밖에 나가지 않고 있습니다.

전기밥솥이 가볍게 철컥 소리를 내더니 보온을 나타내는 초록빛 불이 들어옵니다. 아주 작은 소리인데도 권태롭고 적막하기만 한 방의 정적 속에서 그것은 제법 눈에 띄는 움직임입니다.

밥 한 공기를 퍼서 식탁 위에 놓은 다음 냉장고를 뒤져 김치와 먹다 남은 참치 통조림을 꺼냅니다. 그리고 젓가락통과 함께 언제나 식탁 귀퉁이에 놓여 있는 김통을 엽니다. 물 한 잔을 따라놓는 것을 마지막으로 식사준비를 마친 나는 밥을 먹기 시작합니다.

첫술을 들어올리자 밥알은 몇 알만 집힐 뿐 대부분이 젓가락 사이에서 낱낱이 흘러내려버립니다. 손에 힘을 주고 다시 밥알을 집어봅니다. 안 되겠습니다. 애써 다리에 힘을 주어 식탁에서 일어납니다. 냉장고 안에 달걀 두 알이 남아 있습니다. 프라이팬에 기름을 두르고 달걀을 부치는데 소금통 구멍이 막혀서 소금이 나오지 않습니다. 소금통도 제 나름대로 눅눅한 여름을 견뎌낸 뒤인 것입니다.

이럴 때 누군가 전화를 걸어서 '밥 먹었니? 뭐하고 있었어?'라고 다정하게 말해준다면 나는 고아원 아이처럼 감동해버릴 것 같습니다. 그런 말을 해주는 사람이라면 그의 무엇이 되어도 좋을 것 같습니다.

그 생각을 하자 나는 웃어버립니다. 아직도 당신의 말투를 잊지 못하고 있구나 하고. 말해보세요. 당신은 어떻게 했기에 나를 이렇게 철저히 길들였어요? 당신을 기억나게 하는 물건은 모두 다, 모차르트 바이올린 5번 곡 테이프까지 내다버렸는데 말입니다.

더 견디기 힘들 때도 많습니다.

당신이 읽을 책을 사고 필요한 자료를 찾아 복사하고, 당신이 나타나기를 기다렸다가 우연인 듯이 캠퍼스를 함께 걸어올라가고 또 이런저런 모임에 따라가서 몇 사람 건너 앉아 술을 마시는 당신 얼굴을 훔쳐보며 멀리서 당신이 회를 집으면 초고추장을, 당신이 고기를 집으면 기름소금을 당신 자리로 옮겨놓으면서 그렇게라도 당신 곁자리를 얻어 가질 수 있다면, 그냥 그렇게 살 것을 그랬나요?

내일 어머니가 올라오십니다. 이제 저는 결혼을 하기 위해 선을 보게 됩니다.

상대를 고르는 데 오래 끌고 싶지는 않습니다.

내 삶을 방치하는 것은 아닙니다. 그 반대입니다. 나는 남편에게 헌신적이 될 것이며 내 머릿속에는 세상에 남편 이외의 다른 남자가 있다는 사실조차 떠오르지 않을 것입니다. 사랑을 원하지 않기 때문에 어쩌면 행복해질지도 모릅니다.

당신과 함께일 때 나는 언제나 불행했습니다.

나를 불행하게 했던 당신, 당신만을 사랑합니다.

나는 다시 한번 언니의 사진을 본다. 내 눈에도 이제 언니의 사진 속에 같이 찍혀 있는 시간들이 보인다. 언니의 둘레를 꽉 채우고 있는 누군가의 모습도.

곽이라는 성은 흔한 성이 아니다. 언니는 대학 시절 방학 때 두 번인가 집에 내려온 적이 있다. 그때 내가 학교에서 돌아오는 길에 우체부를 만나 언니에게 온 편지를 전해주곤 했다. 이름은 기억 안 나지만 성이 곽이었다. 언니를 버리고 다른 여자와 약혼한 뒤 군대로 떠났던 남자이다.

다음날 나는 노팅엄으로 전보를 보낸다. T. H. KWAK. 언니와 통화하고 싶습니다. 115 725 0964 뉴카슬.

내 전보를 받고 그쪽에서 전화가 걸려왔다. 내가 짐작했던 그 남자이다. 그는 언니 부탁으로 노트를 보냈다고 말한다. 이틀 전에 언니는 서울로 돌아갔다면서.

언니가 영국에 왜 왔는지는 모르지만 확실한 것은 자기를 만나러 온 것은 아니라고 한다.

그는 오 년 전부터 노팅엄에 살고 있다. 지난 이월 서울에 갔다가 영국으로 돌아오는 브리티시 에어라인 기내에서 우연히 언니를 만났다. 언니에게 명함을 주면서 그는 언니가 진짜 연락을 하리라고는 생각하지 않았다. 히드로 셰라톤 호텔에서 언니가 전화를 했을 때 그는 노팅엄으로 가는 교통편을 알려주었다. 그때도 언니가 정말로 오리라고 믿지는 않았다. 언니는 바로 다음날 도착했다.

─그냥 여행하는 거예요. 혼자 있고 싶다 생각이 들면 못 참거든요. 이월에 런던에 왔을 때도 혼자 바비칸 센터에 갔었어요. 런던심포니 오케스트라 연주가 있었는데 모차르트 바이얼린 5번 협주곡이더라구요. 음악을 듣고 발코니 카페에서 혼자 커피를 마셨어요. 이번에도 무슨 용건이 있어서 온 건 아녜요.

일 주일 동안 언니는 영화를 보고 오래된 성을 구경하고 책방에 갔다. 어떤 날은 콘티넨털 브렉퍼스트를 먹고 하루 종일 호텔에 처박혀 있었다. 노팅엄 대학에도 몇 번 갔지만 캠퍼스 벤치에 앉아 있다가 돌아오곤 했다.

서울로 떠나면서 언니는 그에게 고맙다는 말을 했다. 출국 수속을 마치고 문으로 들어가면서 손도 흔들었다. 그러더니 갑자기 다시 돌아나와 항공가방 안에서 노트를 꺼냈다.

"동생 칭찬을 여러 번 하더군요."

"언니가요?"

"네. 자기하고 달라서 강하다고, 뭐든지 스스로 선택한다고 말이죠."

나는 전화를 끊으려다 말고 한 가지 더 묻는다.

"혹시, 노트를 읽으셨어요?"

분명 그는 당황한다. 목소리가 어색해진다.

"……미안합니다."

"언니가 누구를 만나러 왔는지 짐작이 안 가세요?"

"제 생각에는…… 그때 비행기 안에서 만났을 때 영국에 있는 사람들 소식을 전했거든요. 그 중 한 사람 같아요."

그는 잠깐 말을 멈춘다.

"언니가 조교일 때 그 교수 방에 있었죠. 지금은 교환교수로 여기 노팅엄에 와 있어요."

다음 말은 약간 시니컬하게 내뱉는다.

"언니는 원래 아버지 같은 남자를 좋아했어요."

5월 5일 언니는 여전히 돈을 부쳐왔다.

유월 시험이 끝나고 나는 삼 년 만에 한국에 돌아왔다.

돌아온 지 한 달이 넘었는데 나는 언니를 만나러 가지 않는다.

엄마는 여전히 바쁘다. 불교회관에 나가고 주부대학에도 열심이다. 일 주일에 한 번씩 노인들을 씻기러 양로원에도 간다. 나혼자 종일 집에 틀어박혀 있다. 초등학교 때처럼 엄마가 돌아오기만 기다리며.

친구들 소식을 들었다. 몇 명은 승진을 하고 몇 명은 아기엄마가 되어 있다. 집안일이나 회사일이나 한창 바쁜 나이라서 만나지는 못한다. 그래서 전화가 자주 통화중이다.

옛애인이 결혼했다는 것도 전화를 통해서 들었다. 모임에 나왔는데 뒷목이 접히고 배가 나와 있더라고 한다. 주된 화제는 돌 지난 아들과 얼마 전 바꾼 자동차였고.

그에게는 시간을 살았다는 흔적이 있다.

모든 사람이 시간이라는 터널을 통과한다. 내가 마지막 만났을 때까지만 해도 그는 혼자 터널에 들어가고 있었다. 그러나 나올 때는 셋이 되어 있다. 나는 삼 년 전 그 터널에 들어갈 때나 나올 때나 똑같다. 여전히 혼자이고 경제적 독립도 하지 못했다. 미망이나 외로움에 대해 아직도 고민하고 있다.

언니에게서 가끔 전화가 걸려온다. 내가 받으면 몇 마디 하지 않고 전화기를 엄마에게 넘겨줘버린다. 둘 다 노트 이야기는 꺼내지도 않는다. 언니는 요즘 입덧을 하고 있다.

오늘 엄마는 외출을 하지 않는다. 하루 종일 언니에게 가져갈 여러 가지 김치를 담근다. 밑반찬도 만들었다. 저녁밥을 안치며 엄마는 아버지 전화를 받는다. 내일 아침 여덟시 차표라구요? 하면서 나를 쳐다본다. 나도 함께 가게 돼 있다는 뜻이다.

된장국이 끓기 시작해서인지 갑자기 부엌이 너무 더운 것 같다. 답답하다. 나는 창문을 연다. 한여름에 입덧을 하니 안 그래도 꼬챙이 같은 몸이 얼마나 가시가 됐을지, 엄마가 혀를 찬다. 첫애 때도 된장만 먹었는데, 하면서 숟가락과 플라스틱통을 들고 지하실로 가면서 소리친다. 국 넘치나 잘 봐라.

냉방장치가 잘 된 언니네 집에 들어서니 대번에 땀이 식는다.

엄마가 걱정하던 대로 언니는 얼굴빛이 좋지 않다. 살결이 흰 편이라 누렇게 뜨지는 않고 핼쑥하다. 입덧보다는 실연당한 여자 같아 보인다. 별일 없니, 삼 년 만에 만났어도 언니의 인사말은 똑같다. 엄마가 부엌에 들어가 파출부에게 김치며 밑반찬의 보관법에 대해 하나하나 설명한다. 그 동안 언니는 소파에 앉아 말없이 과일을 깎는다.

파출부의 대답이 뚱하다. 일일이 다짐을 두는 엄마의 목소리가 점점 높아진다. 금방 끝날 성싶지 않다.

언니는 참외 하나를 다 깎고 나서 오렌지를 반으로 가른다. 딱딱한 껍질을 가르기 위해서 과일칼에 힘을 준다. 여윈 손등에 파랗게 힘줄이 돋는다. 태어나서 처음으로 언니 삶의 안간힘을 보는 듯하다.

"그 노트 말야⋯⋯."

말을 꺼내놓고도 내 목소리는 어색하게 흐려진다.

우리는 똑같은 모양의 오렌지를 반쪽씩 손에 들고 묵묵히 껍질을 벗기기 시작한다. 언니가 대답한다.

"도로 집으로 가져올 수는 없었어."

내리깐 눈은 계속 오렌지만 쳐다본다.

"그때 생각했는데⋯⋯ 상처나 치부를 보일 수 있는 것이 너뿐이더라."

나도 오렌지만 내려다보며 열심히 껍질을 벗긴다.

"너, 내가 불행하다고 생각하니? 그 노트 읽고 나서?"

"⋯⋯."

"내가 왜 그 사람을 안 만나고 그냥 돌아왔는지 알아?"

이상하게 마음이 조마조마해서 나는 한사코 오렌지를 노려본다.

"어릴 때부터 나는 뭔가 강한 것에 기대지 않으면 불안했어. 결혼한 다음에야 그런 것에서 놓여났지. 결혼한 다음부터는 삶에 대한 기대도 없었고 누구를 의지하는 마음 없이 나 혼자 살아온 셈이니까. 그것을 영국에 갔을 때 깨달았던 거야. 혼자였기 때문에 행복하다는 것을."

혼자가 될 수 있다면 결혼은 행복한 것이다.

언니는 그렇게 말하고 있다.

내 쪽을 쳐다보더니 갑자기 언니가 명랑한 목소리를 낸다.

"어머, 넌 오렌지 껍질을 세로로 벗기는구나. 나는 옆으로 벗기는데."

나는 아무 말 없이 과육을 입에 넣고 씹는다.

언니네 집에 다녀오고부터 나는 오렌지를 좋아하게 되었다. 어제 엄마는 또 서울로 떠나면서 말했다. 내일 어떻게 할래? 미역국이라도 끓여 먹어야지. 하지만 나는 지금 오렌지만 세 개째 먹고 있다.

10월 27일 오늘은 내 생일이다. 나는 서른 살이 되었다.

서른 살이 된다고 달라질 것은 아무것도 없다. 어느 나이나 마찬가지로 서른도 외로운 나이이다. 뉴카슬이 세상 어느 곳이나 마찬가지로 고독한 장소인 것처럼.

가을 학기가 시작된 지 2주일이 지났는데도 나는 뉴카슬로 돌아가지 않고 있다.

오렌지 껍질을 세로로 벗기며 생각한다.

언니와 나는 다르다, 언니는 연미이고 나는 유미이다, 라고.

(『서른 살의 강』, 문학동네)

짐작과는 다른 일들

1

그 여름 어머니는 중풍으로 3년째 자리보전을 하고 있었다. 네 번째 바뀐 간병인이 대소변을 제때 치워주지 않아 욕창이 심해졌다. 쉬파리까지 달라붙었다. 그는 어머니에게 그녀를 인사시키는 일을 망설일 수밖에 없었다. 그리고 그런 어머니를 보자마자 그녀의 눈에 맺히는 눈물을 본 순간 그녀와 결혼하기로 결심하지 않을 수 없었다. 그녀의 눈물은 물방울 다이아몬드처럼 그의 심장에 간직되었다.

결혼 후 그녀는 형제들이 나눠 내는 어머니 약값을 부치며 불평을 터뜨리곤 했다. 이렇게 나가는 돈이 많아서 어느 세월에 집을 사. 그녀의 눈은 파충류처럼 차가웠다. 보석 같은 눈물이 굴러 떨어졌던 눈이라고는 믿어지지 않았다. 그는 그녀가 그 사이 눈을 빼고 의안을 박아넣었는지 물어보고 싶었다.

스무 살 이래로 그는 한결같이 술을 많이 마셔왔다. 아직도 그는 술을 마시지 않을 이유를 발견하지 못하고 있었다. 취해 들어오는 날마다 그녀는 똑같은 말을 반복했다. 대체 무슨 돈으로 이렇게 술을 먹고 다니는 거야. 그러고는 그의 주머니를 뒤졌다.

결혼 전 그가 밤늦게 전화를 걸면 그녀는 술값을 가지고 달려 나오곤 했다. 집에 들어가지 않겠다고 버티는 그를 달래며 속삭였다. 이제 결혼하면 언제나 함께 있을 텐데 뭐. 그때의 그녀는 모르고 있었다. 그가 들어가지 않겠다고 하는 것은 집이 아니라 일상이라는 것을.

그가 집을 싫어할 리는 없었다. 술자리에서 그는 네 살 난 아들이 브릭을 잘 맞춘다고 자랑했다. 밤거리 노점상에서 기둥 모양의 비닐 샌드백을 사다준 적도 있다. 그것을 보자마자 아들은 이불 속에서 뛰쳐나와 허공에 훅을 날렸다. 그녀는 짝짝 박수를 보냈다. 그 일 이후 그의 머릿속에는 자신이 자상한 가장이라는 사실이 깊이 각인되었다.

어느 일요일 그는 그녀와 밥상에 마주 앉았다. 그녀가 가시를 발라서 밥 위에 조기를 얹어주었다. 그녀의 굵어진 손마디로 힐끗 눈이 갔다. 밥상을 물리고 한가로이 담배를 피워문 그는 딱히 할일이 없었다. 그녀의 인생에 대해 잠깐 생각해보았다. 그리고 아이가 잠들기를 기다려서 그녀의 뒤로 다가가 어깨를 안았다. 그녀는 놀라는 척했다. 싫어, 이런 대낮에, 설거지도 안 끝났단 말야. 그러면서도 얼굴이 발그레해졌다. 하지만 월요일 밤늦게 문을 따주며 그녀의 얼굴은 다시 미얄할미의 탈바가지로 돌아갔다.

싸울 때마다 그녀는 이혼을 들먹였다. 하도 들어서 말하는 사람이나 듣는 사람이나 그 뜻을 실감 못 하게 된 지 오래였다. 단지 '나는 너를 흥분시키고 싶다'는 신호로는 유효했다. "이렇게 살 거면 이혼해!" "내 말이 그 말이야!" 하고 소리친 다음, 그들은 의견일치를 본 사람들답지 않게 쿠션이나 재떨이 따위를 던졌다.

그는 사표 쓸 생각을 하는 중이었다. 그를 지금의 광고회사로 끌어갔던 선배가 독립하여 작은 프로덕션을 차렸다. 선배는 조직의 기압이 낮은 곳에서 마음껏 아이디어를 펼쳐보자고 권했다. 그 말을 들으니 그는 한 직장에 6년째 다녔다는 것이 성실인지 무능인지 알고 싶어졌다. 지금의 직장에 꿈도 젊음도 몽땅 착취당한 기분도 들었다. 그는 서른둘이었다. 마지막 기회일지도 모르는 일이었다. 머릿속 계산으로는 불안도 없지 않았지만 그의 가슴이 먼저 뛰노는 데야 어쩔 수 없었다.

그 가슴의 박동을 그녀는 중요하게 생각하지 않았다. 곗돈은 어떻게 부으라고, 하면서 징징댔다. 월급은 나온다니까, 라고 설명해도 소용없었다. 뻔하지 뭐, 선배라는 사람하고 어울려 다니면서 맨날 술이나 마셔대겠지. 그는 직업이 카피라이터였지만 이런 경우에는 오래 된 명구(名句) 하나밖에 생각이 나지 않았다. 이게 남편을 뭘로 알고!

무협지로 사춘기를 보낸 그에게는 무협지 수준의 대범함이 있었다. 그 대범함은 대학 시절 장자를 알게 되면서부터 허무주의의 성격을 띠게 되었다. 술자리에서 그는 자신을 표표히 무림을 떠나는 고수로 표현하기를 좋아했다. 즐겨 곁들이는 안주는 '나비의 과부'였다.

한 과부가 남편의 무덤에 부채질을 하고 있다. 무덤의 흙이 말라야 개가를 할 수 있기 때문이다. 그것을 본 장자의 아내는 분개한다. 그러나 장자가 죽자마자 그녀는 문상 온 후왕자에게 교태를 부린다. 금방 죽은 사람의 골을 파서 눈에 얹어야 낫는다는 후왕자의 병을 고치기 위해 장자의 관까지 뜯는다.

여자란 다 잠정적 과부라구. 품속에 부채 하나씩은 갖고 있을 걸. 그의 결론은 늘 그 자리의 술맛을 돋우었다.

그는 조바심 잘 내는 그녀의 성격에 넌더리를 내고 있었다. 무리하게 계를 두 목이나 들었고 아들이 태어나기를 기다려 교육보험에 든 그녀였다. 얼마 전에는 생명보험까지 들었다는 말을 듣고 기가 막혔다. 왜 그런 데에 수입의 반 이상을 써야 하는지 그는 이해할 수가 없었다. 그녀가 지켜 앉은 앞에서 신용카드를 꺾어 던져버린 후로는 더욱더 그녀의 궁상이 지겨웠다.

한동안 그는 퇴근하자마자 선배가 얻어놓은 작은 사무실로 달려갔다. 창사회의를 한다고 이틀 계속 술을 마신 적이 있었다. 사흘째 되던 날 집에 들어가니 그녀가 문을 열어주지 않았다. 한밤중에 아파트 놀이터의 벤치에 몽유병자처럼 멍하니 앉아 있어야 했다. 한참 만에 그녀가 오더니 열쇠를 던졌다. 아이를 업고 손가방을 들고 있었다. 이젠 내가 외박할 차례야! 그는 발밑의 열쇠는 쳐다보지도 않았다. 그대로 일어나 여관으로 갔다.

그날부터 꼭 닷새 동안 집에 들어가지 않았다. 그녀에게서 전화가 왔다. 울먹이는 목소리였다. 그는 담배 세 대를 연거푸 피우고 천천히 서랍을 열었다. 그날 사표를 찢어버리고 그날로 집에 들어갔다.

며칠 안 가 후회했다. 그녀는 그를 돌아온 탕아에게 하듯 반쯤은 꾸짖으면서 반겨주었다. 그가 투항했다고도 생각했다. 작심삼 일이라더니 그러고도 또 술이야? 받아든 그의 윗도리를 방바닥에 팽개치는 태도가 미련스럽게도 기세등등했다. 그는 그녀의 어깨를 거칠게 밀쳐버렸다. 그녀는, 그래 때려 때려, 하고 달겨들면서 당장 이혼을 하겠다고 소리쳤다. 다음달에 입주할 새 아파트는 자기 위자료라고 악다구니를 썼다.

그는 생각했다. 자기가 사랑한 것은 결혼 전의 그녀라고. 그가 가슴에 간직한 그녀는 다이아몬드가 아니라 시커먼 숯검댕이었다고.

처녀 아닌 아줌마와 살아야 한다는 것이 모든 결혼한 남자의 비애임을 그때의 그는 이해하지 못했다.

그것을 이해하지 못한 채 그는 죽었다.

2

그녀가 병원에 도착하기 10분 전에 그는 죽었다.

멍하니 벽에 기대선 그녀에게 경찰이 다가와서 조사를 시작했다. 먼저 이름하고 주소를 물었다. 그녀는 자기 입에서 나오는 말조차 귀에 들리지 않았다. 받아적던 경찰이 고개를 갸웃거렸다. 집이 방학동인데 왜 그 시간에 잠실에서 사고를 당했지?

잠자리에서 불려나온 그의 둘째형이 꽉 잠긴 목소리로 대신 대답했다. 그저께 이사를 갔어요. 걔는 술이 취해서 전에 살던 집으로 갔던 겁니다.

그 집은 비어 있었다. 전세만 줬던 집이라 고칠 데가 많다고 주인은 일 주일은 수리를 하고 들어가겠다고 했다. 그는 열리지 않는 옛집 문을 몇 번이고 걷어찼다. 그런 것을 알아보려고 부검까지 할 수야 없겠지만 발가락에 멍도 몇 개 들었을 것이다.

차도로 뛰어드는 그의 그림자는 취한 사람답지 않게 빨랐다고 한다. 그녀에 대한 포한이 그를 과격하게 만들었을 것이다. 그녀에게서 멀리 떠나는 것이 그녀를 가장 괴롭히는 일임을 그는 잘 알고 있었다. 떠나기에 너무 바빴던 그는 달려오는 택시를 향해 마주 달려갔다.

휘청이던 그의 몸은 중앙선 가까이에서 허공으로 떠올랐다. 그리고 내려오기가 무섭게 건너편에서 달려오던 차에게 한 번 더 토스를 받았다. 부서진 그의 몸을 마지막으로 택시가 급정거를 하며 깔고 지나갔다.

그녀는 자신을 저주했다. 이사만 가지 않았어도 그가 죽지 않았을 거라고 생각했다. 슬픔이 생기면 사람은 다 어리석어진다.

전날 이삿짐 정리를 도와주러 온 사촌언니는 계속 혀를 찼다. 일이 한도 끝도 없겠다. 아무리 평일에 이사비용이 싸다고 해도 그렇지, 네가 뭐 과부니? 이사를 혼자 하게? 그래, 네 남편은 가장이라고 집은 제대로 찾아왔디? 뭐? 내 집 장만하면 집에 정 붙이고 술도 덜 먹을 거라고? 아서라. 내가 보기엔 네 남편 평생 그 버릇 못 고친다. 두고 봐라, 내 말이 맞나 안 맞나.

그녀는 사촌언니가 정리해준 그릇장 속의 그릇을 죄다 꺼내고 다시 정리했다. 책장 배치도 다시 했다. 언니가 해주고 간 것은 하나도 마음에 들지 않았다. 걸레질까지 마친 뒤 겨우 다리를 뻗고 앉으니 자정이 넘어 있었다. 그렇게 원해왔던 내 집에 앉아 있는데도 시계 소리가 낯설었다.

화장대 서랍 안에는 이혼신청서가 들어 있었다. 인감을 떼러 동사무소에 갔다가 눈에 띄어 그냥 집어온 것이다. 오늘은 그것을 들이대며 기어코 각서라도 한 장 받아놓아야겠다는 작정이 들었다. 문득 그녀는 숨을 크게 들이쉬었다. 만약 그가 정말 이혼하자고 나오면?

'해버리지 뭐, 나도 이제 지긋지긋해.'

그 순간 전화벨이 귀청을 찢었다. 그녀는 날벼락이라도 맞은 것처럼 놀랐다.

그녀는 스물아홉 살이고 아들 재형이는 네 살이었다. 그는 너무 일찍 죽었다. 어머니한테 한번 다녀가라고 큰형에게 전화를 받던 날 말없이 담배연기를 뿜어대더니 어머니보다도 2년이나 일찍 죽었다. 두고 보자던 사촌언니를 단 하룻동안 의기양양하게 해주었을 뿐이었다.

그녀가 혹시 예상하고 각오했다면 그것은 이혼이었다. 그의 죽음은 결코 아니었다.

그럼에도 그녀는 그의 죽음에 철저히 대비한 사람 같았다. 그녀는 1억원짜리 생명보험의 수혜자였다. 28평짜리 새 아파트도 그녀 혼자만의 것이 되었으며 보상금도 처음 보는 큰돈이었다. 그녀의 인생은 여러 가지로 달라질 국면에 있었다. 누군가는 그것을 새출발이라고 말해주었다.

하지만 그녀는 저녁이면 여전히 복도의 발소리에 귀를 기울였다. 발소리가 집 앞에서 멎으면 화들짝 반가운 기분이 되었다가 다시 멀어져가면 그를 원망했다. 자기가 원망해야 할 것은 그의 늦은 귀가가 아니라 무정한 죽음이었다. 그것을 깨닫는 순간 그녀의 팔에는 촘촘하게 소름이 돋았다.

그녀는 욕실로 들어갔다. 칫솔꽂이에는 이제 칫솔이 하나뿐이었다. 입술이 찢어져라 우악스럽게 이를 닦았다. 그녀의 빨개진 눈은 빈 칫솔꽂이를 노려보고 있었다.

고무줄로 묶었던 긴 머리도 풀어서 득득 빗었다. 그녀의 시선이 손 안에 든 브러시에 멈춰졌다. 눈빛이 멍해졌다. 그녀는 빗살 사이사이에 손가락을 집어넣어서 그 속에 잔뜩 엉켜 있는 머리카락을 파냈다. 짧은 것만 가려내더니 그것을 가운뎃손가락에 둘둘 말았다. 죽은 사람의 머리카락은 너무 가벼웠다. 먼지처럼 힘없이 욕실 바닥으로 떨어졌다.

전화벨이 울릴 때마다 그녀는 깜짝 놀랐다. 이제 그가 전화를 걸어 그녀를 행복하게 해주는 일은 없었다. 그녀를 행복하게 해줄 수 없듯이 그는 다시는 그녀를 불행하게 만들 수도 없다. 그녀의 행복과 불행은 일단 둘 다 유보된 셈이었다. 하지만 그녀의 머릿속에는 그가 자신을 불행하게 했다는 기억이 하나도 남아 있지 않았다.

그는 문을 열어주지 않는 그녀를 미워하며 죽어갔다. 그녀가 그를 향한 문을 닫아건 적이 단 한번도 없는데도.

어느 밤인가 놀이터 벤치에 앉아 있는 그를 베란다에서 내려다보며 그녀는 울었다. 그가 다시 올라와서 벨을 눌러주기를 얼마나 기다렸는지 모른다. 3월인데도 꽃샘바람이 차가웠다. 그녀는 그가 내의를 벗어버리고 나간 것을 알고 있었다. 베란다 문이 덜컹거릴 때마다 등이 시려왔다. 아이를 들쳐업었다. 정말로 나갈 작정은 아니었다. 그의 손을 꼭 잡고 옆에 누워서 자고만 싶은, 깊은 밤이었다.

그를 잠시 살려내서 그 말만이라도 들려줄 수 없을까. 여보, 난 당신과 싸우기 싫었어. 그래서 더 화를 냈던 거야.

그가 죽은 다음달부터 그녀는 직장에 다니기 시작했다. 그의 회사에서는 사우의 미망인에게 일자리를 주는 관례가 있었다. 이력서의 빈 칸을 채우며 그녀는 중얼거렸다. 차라리 식물인간이라도 되어줬더라면…… 그렇게라도 그가 살아 있다면 보험 세일즈

나 학습지 방문교사를 해가면서라도 얼마든지 생활을 꾸려갈 수 있을 것 같았다. 대학동창 중에 그런 친구가 있었다. 남편이 암에 걸린 뒤로 암웨이라는 회사의 외판일을 하고 있었다. 그녀는 그 친구를 동정했던 자기를 비웃었다. 이제 그녀의 소원은 바로 그 친구처럼이라도 되는 거였다. 그가 살아 있기만 하다면 어떤 처지라도 견딜 수 있을 것 같았다. 그 없이는 세상이 다 두려웠다.

방학동에서 회사가 있는 서대문까지는 먼 거리였다. 지하철과 버스를 갈아탔다. 그녀는 전동차 안에서 두 번이나 외투단추를 뜯겼던 그의 출근길을 생각했다. 그녀는 운전학원에 등록했다. 면허를 따자마자 새 차를 샀다. 그녀는 그가 생각했던 것처럼 궁상스러운 여자는 아니었다.

그녀에 대한 그의 오해는 그것만이 아니었다. 그녀는 자신감이 없고 무능하지 않았다. 자료실 일에 쉽게 적응했다. 신착자료를 밀리는 법 없이 스크랩했고 열람이 잦은 자료는 따로 복사본을 마련해두었다. 분류를 할 때도 광고회사의 특성에 맞는 방법을 찾아냈다. 연애 2년 결혼생활 4년, 그녀는 언제나 캐묻기를 좋아했다. 사랑하는 사람의 모든 것을 알고 싶어했던 그녀의 성격은 그를 짜증나게 했다. 하지만 지금 그녀는 그녀의 직장이 된 그의 직장에 대해서 꽤 많은 것을 알고 있었다. 그의 그녀에 대한 오해의 절정은 그것이었다. 그녀의 관심이 누구나를 다 짜증나게 하는 것은 아니었다. 그녀의 업무 처리에는 가정식 백반처럼 정감 같은 게 있었다. 가을 인사 때 그녀는 비서실로 발탁되었다. 그녀는 자기가 아직은 이십대라는 데에 처음으로 주목했다. 컴퓨터를 배우고 향수를 사용하기 시작했다. 3년이 지나자 그녀는 승진했다.

그 동안 남자와 데이트 한번 하지 않았다. 일 이외에는 일곱 살 소년으로 자라난 재형이뿐이었다. 그녀가 매력적으로 변해 있었기 때문에 그것은 쉬운 일이 아니었다. 그녀의 주변에는 점심 한 끼 같이 먹는 것이 평생 소원이라고 농담을 하는 남자가 늘 서넛은 되었다. 지금 그녀의 눈을 볼 수 있다면 그도 그녀가 의안을 해박은 게 아니라는 것을 확신할 수 있을 것이다.

그녀는 비서실 안에서도 세련된 축이었다. 속옷까지 고급 브랜드를 걸쳤다. 쇼핑에 따라갔던 사촌언니에게 선뜻 투피스 한 벌을 사주기도 했다. 곳간에서 인심 난다더니 네가 웬일이냐, 하면서 언니는 벌쭉 웃었다.

회사 근처의 아파트로 이사했을 때 일이다. 앞서 살던 사람이 가스와 전기요금을 내지 않고 가버렸다고 사촌언니가 홍분했다. 신경쓰지 마, 그게 얼마나 된다고, 그녀가 말했다. 무안해진 사촌언니는 아니꼬운 표정을 지었다. 그게 다 어떤 돈인데, 너, 남편 몸값을 그렇게 헤프게 쓰는 거 아니다, 라고 난데없이 생전의 그와 가까웠던 척했다.

그녀의 씀씀이가 크게 헤픈 것은 아니었다. 저축을 하지 않을 뿐이었다. 보험에도 들지 않았다. 설명할 순 없지만 미래를 계획한다는 것이 어쩐지 죄를 짓는 기분이었다. 그러나 사촌언니에게는 아무 대꾸도 하지 않았다. 오래 전부터 걸레를 빨지 않아 매끄러워진 자기의 손마디만 내려다보고 있었다.

엘리베이터 안에서 그녀의 손을 유심히 쳐다보는 남자가 있었다. 남자는 9층에서 내렸다. 새로 이벤트 회사가 들어선 층이었다. 며칠 후에 또 남자를 엘리베이터에서 만났다. 그녀는 묵묵히 엘리베이터의 숫자판만 보고 있었다. 남자도 아무 말 없이 그녀의 손만 쳐다보았다.

나중에 남자가 말했다. 손이 예뻐서 그런 줄 알았어요? 당신이 들고 있는 서류파일에 씌어 있는 부서명을 읽으려고 그런 거죠.

어느 부서인 줄 알아야 꼬셔볼 거 아녜요.

남자는 예술공연 팀의 차장이었다. 그녀와 공통점이 많았다. 동갑인 서른둘에다 모짜렐리아 치즈를 넣은 스파게티를 좋아하고 직장생활에서의 어려움은 영어를 잘 못한다는 점 등.

그리고 둘 다 일곱 살 난 아들을 키우고 있었다.

처음 함께 술을 마시던 날 남자는 이혼한 애기를 털어놓았다. 군대에 있을 때 안 여자였다. 임신을 하는 바람에 복학하자마자 식을 올렸다고 했다. 남자는 스물일곱 살에 아들 딸린 이혼남이 되었다. 이제 여자를 만나면 잘해줄 것 같아요. 늙어서야 겨우 철이 든 홀아비처럼 말했다.

그녀도 그의 애기를 들려주었다. 비오는 날이었다. 전철 안에서 그녀는 손잡이를 잡고 서 있었다. 자리에 앉은 남자가 자꾸만 쳐다보았으므로 여간 신경이 쓰이지 않았다. 그 바람에 우산을 두고 내렸다. 아차 하고 돌아보니 문은 거의 닫히고 있었다. 그 순간 문을 빠져나오고 있는 남자, 그녀를 계속 흘끗거리던 그였다. 손에 그녀의 우산을 들고 있었다.

그때 남편도 그랬어요. 예뻐서 쳐다본 줄 아냐고. 내 우산이 자꾸 쓰러져 자기 바지가 젖었나봐요. 세상에는 짐작하고 다른 일들이 참 많아요.

짐작과 다른 일은 많았다. 결혼 후에도 그녀는 버스나 전동차에 우산을 두고 내리기 일쑤였다. 하지만 그녀의 우산을 갖고 따라내리는 남자는 더이상 없었다. 그리고 그는 그녀가 칠칠찮다고 투덜댔다.

남자가 웃음을 터뜨렸다. 재미있는 분이었나봐요. 당신이 좋아할 만한 남자군요.

그녀는 안심했다. 돌아오는 길에 생각했다. 그 동안 남자들에게 관심이 없었던 것은 그 아닌 다른 남자를 사랑할 수 있다는 사실을 알기가 두려웠던 게 아닐까 하고.

모든 것이 빨리 진행됐다. 이틀에 한 번꼴로 저녁을 같이 먹었고 주말마다 영화나 공연을 보러 갔다. 두세 시간씩 체증에 시달릴 것을 알면서도 차를 몰고 교외로 나갔다. 그 무렵 남자는 독일에 살고 있는 세계적인 한국인 작곡가에 대해 많은 얘기를 했다. 조국으로 돌아올 수 없는 노작곡가. 남자는 그 작곡가가 감방에서 썼던 오페라를 곧 한국무대에 올릴 거라고 흥분했다. 그것은 이번 시즌 남자의 회사가 기획한 가장 큰 이벤트이기도 했다. 그녀는 다음날로 그 작곡가의 씨디를 사러 갔다.

국내 레이블로는 단 한 개가 나와 있었다. 오페라 〈심청〉 중 두 개의 아리아. 1막 2장중 〈친절한 젊은 분에게〉. 1막 5장중 〈지금 나는 떠나야 해〉 1막 5장중. 그녀는 두 제목을 붙여서 읽어보았다. 친절한 젊은 분에게 지금 나는 떠나야 해.

남자가 청혼한 날 처음으로 그들은 차 안에서 입을 맞췄다. 남자의 입술은 그의 입술보다 부드럽고 침도 더 많았다. 그의 입술에서는 언제나 고소한 담배 냄새가 났다. 담배를 피우지 않는 남자에게서는 입냄새가 약간 났다. 그게 싫지는 않았다. 낯선 키스라서 몰두할 수가 없었을 뿐이다. 그녀는 고개를 돌리고 남자 몰래 손등으로 침을 닦았다. 그러나 다시 남자가 키스해주기를 기다렸다.

집에 들어갈 거야? 남자가 그녀의 귓불에 대고 속삭였다. 그녀는 애매하게 웃기만 했다. 차에 시동을 걸고 나서 남자는 다시 한번 그녀 쪽으로 몸을 기울였다. 오늘밤 같이 있고 싶어.

결혼 전 그도 꼭 그렇게 말하곤 했다. 들어갈 거야? 같이 있고 싶어. 그때마다 그녀는 대답했다. 결혼하면 늘 같이 있을 텐데 뭐.

그때나 지금이나 그녀는 그런 실랑이가 싫지는 않았다. 조금 우쭐한 기분까지 들었다. 그가 살아 있던 시간으로, 아니 그와 결혼하기 전의 시간으로 세월이 거슬러올라간 것 같았다. 자기의 낡은 삶이 다시 처녀성을 회복하여 복원되는 듯한 희열. 그것을 느끼는 순간 그녀의 눈빛에 처녀의 교태가 스쳐 지나갔다.

그녀의 집 앞에 도착할 때까지 남자는 한마디도 하지 않았다. 차를 세우고도 운전대를 잡은 채 앞만 보고 있었다. 그녀는 키스를 기대했지만 그냥 내려야 했다. 그녀가 내리자마자 차가 출발했다. 집을 향해 발걸음을 옮기며 그녀는 속옷이 젖어 있다는 걸 알았다.

잠든 재형이는 남편과 너무나 닮았다. 모로 누워서 한쪽 다리를 직각으로 세우고 잠들어 있다. 정수리께가 부스스 일어난 머리카락, 납작한 뒤통수며 구부정한 등. 그녀는 잠든 아들을 천천히 쓰다듬었다. 귀에 입을 대고 가만히 불러도 보았다. 재형아, 재형아. 아들은 꿈쩍도 하지 않았다.

곤드레가 된 그는 그녀가 말을 붙일까봐 들어오자마자 이불 위에 쓰러져버리곤 했다. 꿀물을 타서 갖고 가보면 코를 골고 있었다. 그녀는 몇 번인가, 여보, 이것 좀 마시고 자, 하고 흔들었다. 발이라도 씻고 자라니까, 할 때는 목청이 좀 높아졌고, 어유 지겨워, 하면서는 그의 몸을 힘껏 밀쳤다. 그래도 꿈쩍 않던 잠이었다.

그녀는 아들의 등을 가만가만 다독여주었다. 지금쯤 남자는 집에 도착했을 것이다. 그녀의 손길은 한결 조심스러워졌다. 죽은 그의 잠을 깨울까봐 두려워하기라도 하듯이.

다음날 남자의 전화 목소리는 밝았다. 좋은 생각이 있어. 저녁에 나올 거지?

오페라 연습이 막바지에 이르렀다고 했다. 〈나비의 꿈〉이라는 그 오페라에는 장례행렬을 따라가기만 하는 아역이 있었다. 당신 아들하고 우리 훈이를 출연시키는 거야. 자연스럽게 친해질 수 있 잖아. 망설이는 그녀의 잔에 남자가 콸콸 시원스레 맥주를 따랐 다. 유리컵 주둥이로 거품이 맹렬히 기어올랐다. 그의 입가에도 거품이 달려 있었다.

오페라 얘기를 꺼내자 재형이는 눈빛이 불안해졌다. 안 하면 안 돼? 하고 물러섰다. 낯가림이 심해서 자라면 애비처럼 술을 좋 아할 거라던 사촌언니의 말이 생각났다. 그녀는 청국장찌개 속의 두부를 집어 재형이의 숟가락 위에 놓아주었다. 남자를 만나기 시 작한 후 처음으로 동화책도 읽어주었다.

훈이의 유치원으로 가는 도중 그녀는 재형이 생각에 두 번이나 급브레이크를 밟았다. 유치원 교사가 훈이를 데리고 왔다. 그녀가 어색하게 인사를 하는 동안 훈이는 차 쪽으로 달려가고 있었다.

조수석에 앉은 훈이는 안전벨트 고리를 소리나게 채웠다. 아줌 마, 이 차에 우리 아빠도 탔었죠? 당황하는 그녀에게 훈이가 명랑 하게 말했다. 아줌마 차가 아빠 차보다 더 좋아요. 그러고는 유치 원에서 병원놀이한 이야기를 조잘대기 시작했다. 그녀는 옆눈으 로 계속 훈이를 힐끔거렸다. 훈이의 손은 남자의 손과 똑같았다. 쌍꺼풀진 눈매며 내민 뒤통수, 벌리고 앉은 허벅지 사이의 각도도 비슷했다.

훈이가 손등을 불쑥 그녀의 눈앞에 가져왔다. 아줌마, 이거 볼 래요? 이 흉터 말예요. 놀이터에서 병조각 갖고 놀다 다친 거예 요. 할머니가 물어봤을 때는 끝까지 말 안 했어요.

재형이는 아파트 1층 현관에서 기다리고 있었다. 엄마 옆자리 에 앉은 훈이를 보고 눈을 두어 번 끔뻑거렸다. 훈이가 얼른 안전 벨트를 풀더니 뒷자리로 옮겨탔다. 그녀는 조수석에 앉으려는 재형이를 훈이 옆자리에 앉혔다.

뒷자리에서 얼마 안 가 얘깃소리가 들려왔다. 훈이의 쾌활한 목소리가 날 때마다 그녀는 안심하는 표정이 되었다. 재형이가 어리무던하게 몇 마디 대꾸할 때는 얼굴을 찌푸렸다.

차가 유난히 막혔다. 점심 먹을 틈도 없이 예술의 전당으로 가야 했다.

재형이와 훈이의 연습은 간단했다. 무대 한쪽에서 걸어나와 반대쪽 끝까지 지나가기만 하면 되었다. 그러나 한 시간을 넘게 대기실에서 차례를 기다렸으므로 꽤 지쳤다. 예술의 전당을 나오며 그녀는 점심부터 먹어야겠다는 생각이 들었다.

훈이는 남자와 식성도 비슷한 모양이었다. 스파게티를 먹겠다고 했다. 훈이의 말에 갑자기 그녀도 허기가 느껴졌다. 집 앞에 재형이를 내려놓자마자 차를 출발시키려고 기어를 변속했다. 재형이는 가지 않고 그대로 서 있었다. 창문을 내리자 우물우물 이렇게 말하는 것이었다. 엄마, 나도 스파게티 먹을래. 뭐? 나도 밥 안 먹었다구. 자, 아줌마한테 시켜달라고 해. 그녀는 지갑에서 돈을 꺼내주었다. 재형이를 데리고 함께 식당에 간다는 데까지는 생각이 미치지 않았다. 그때 그녀의 머릿속에 입력된 동반자는 훈이였다.

저녁은 남자와 함께 먹었다. 늦은 점심이 꺼지지 않았다고 하는데도 남자는 계속 그녀의 접시에 새우튀김을 옮겨놓았다. 혼자 와인을 두 병이나 비운 남자는 화장실에도 세 번이나 들락거렸다. 그때마다 그녀의 어깨를 한 번씩 감싸쥐었다. 그녀도 예술의 전당에서 있었던 일을 재잘거렸다. 어쩐지 떳떳하고 모든 게 제대로 갖춰진 기분이었다.

남산으로 올라가는 길은 상쾌했다. 9월 밤 숲에서 신선한 냄새가 났다. 길 옆에 차를 세워놓고 그들은 야경이 내려다보이는 벤치에 앉았다. 그날 남자의 입술에서는 향긋한 술냄새가 났다. 뺨을 비빌 때 끈끈하게 닿는 살의 감촉도 좋았다. 남자의 겨드랑이에 머리를 기대고 그녀는 달을 보았다.

제주도에서 호텔 창으로 저런 보름달을 본 적이 있었다. 그녀의 잠옷 단추를 벗기는 그의 손은 떨리고 있었다. 신혼여행 첫밤까지 2년을 기다렸다는 것이 스스로를 감동시킨 듯했다. 그가 감동하는 모습을 보고 그녀는 만족했다. 재형이는 허니문 베이비였다.

그녀는 눈을 감았다. 자기 생애에 한 사람 이상의 남자와 같이 자게 되리라는 것은 짐작하지 못한 일이었다.

그녀의 눈동자에 깃들기 위해 다가왔던 두 개의 달이 닫힌 눈꺼풀 앞에서 망설이다가 마침내는 눈꺼풀 속으로 스며들었다.

호텔 방에 들어서자마자 그녀는 중앙등부터 껐다. 한사코 시트 끝을 끌어당겨 가슴께로 가져갔다. 그러나 남자의 뜨거운 입술이 젖가슴에 닿자 그녀의 몸은 온순하게 젖어들었다. 입술에서 따뜻한 신음이 새어나왔다.

달빛이 들어와 그녀의 벗은 몸을 하얗게 비췄다. 시간이 옷자락을 끌며 느리게 밤길 위를 지나가고 있었다. 시간은 창 앞에서 잠시 멈춰섰다. 그러고는 발꿈치를 들고 그 방의 정적을 가만히 들여다보았다.

정적을 깬 것은 옆방에서 나는 소리였다.

으응, 소리는 불현듯 짧게 시작되었다. 못갖춘마디 형식이었다. 그 다음은 바로 쉼표였다. 방 안이 잠잠해졌다. 난데없는 여자의 앓는 소리에 눈을 반짝 떴던 그녀는 도로 눈을 감았다. 그러나 쉼표가 끝나자 연주는 고음부에서 시작하게 되어 있었던 모양이다.

아악, 하고 소리가 올라가는가 싶더니 도돌이표가 있었던지 아악, 아악, 아악, 세 번을 반복했다. 그리고는 일정한 소절의 반복이 계속 이어졌다. 끊어질 듯 이어지는 것이 특히 기교적이었다.

어둠 속에서 그녀는 얼굴을 붉혔다. 남자 쪽은 조용했다. 틀림없이 소리를 듣고 있는 듯했다. 소리는 허억허억 비탈을 오르고 있었다. 더는 참을 수가 없었다. 텔레비전이라도 켜야 할 것 같았다. 그러나 그녀의 손가락이 전원 버튼에 닿기 직전에 남자가 말했다. 켜지 마. 의아하게 돌아보는 여자에게 남자가 다시 말했다. 듣기 좋은데 뭘.

혼자서라면 그녀도 아무렇지 않게 그 소리를 들을 수도 있었다. 그런 소리는 동참하고 있는 상대에게만 자연스러운 소리이다. 익명의 누군가가 되어서 혼자 엿들을 수는 있다. 그러나 둘 이상이 함께 듣는다면 그 소리는 사적인 자연스러움을 잃게 된다. 구경거리로 공개된 섹스나 마찬가지이다. 그녀는 자기가 무대에서 발가벗고 정사를 벌이는 기분이었다.

그녀는 벌떡 일어나 다시 텔레비전으로 팔을 뻗었다. 남자가 그녀의 손목을 잡았다. 놔두라니까. 손을 뿌리치려는 그녀를 남자는 갑자기 침대에 쓰러뜨렸다. 거칠게 입술을 더듬는 것이 꽤 흥분해 있었다. 그녀는 남자를 힘껏 밀쳐냈다. 내 생각은 조금도 안 해주는 거예요? 조금 전 옆방에서 낯선 남자가 내가 내는 소리를 듣고 있었다는 생각은 안 해요? 남자는 그녀를 더욱 세게 끌어안았다. 왜 신경을 써. 다들 자기 볼일 보러 온 건데. 볼일이라고요? 그녀는 발끈했다.

옆방의 신음은 론도형식으로 세번째 주제부를 연주하고 있었다. 유장하다 못해 거의 비통한 연주였다. 그녀는 일어나 옷을 입기 시작했다. 대체 왜 그래? 남자의 목소리는 불만스러웠다. 미안해요. 당신이 결혼 전에 함부로 여자를 품에 안는 남자라는 걸 깜빡 잊고 있었어요. 뭐라구? 이번에는 남자가 벌떡 일어나 앉았다. 난 실수를 책임지라는 식으로 내 인생을 떠맡기고 싶지 않아요. 당신을 비난하는 건 아녜요. 어쨌든 만만하게 보인 것은 내 잘못이니까.

그녀가 방문을 닫고 나갔다. 그때까지도 남자의 앞부분은 불룩 솟아 있었다. 눈치없는 부교감 신경이라니.

남산의 고갯길을 내려가며 그녀는 자주 브레이크를 밟았다. 상쾌하던 밤 숲이 음산하기 짝이 없었다. 기분 나쁜 달빛이었다. 남자들은 누구나 좋아하는 여자를 안고 싶어한다. 그런 한편 자기에게 안겨오는 여자의 정숙을 의심한다. 그녀의 눈에는 눈물이 넘쳐났다. 남자가 그녀를 그녀로서가 아니라 한 사람의 여자로 안았을 뿐이라는 것은 생각할수록 의심의 여지가 없어 보였다. 한 사람의 여자일 뿐이라면…… 그녀는 입술을 깨물었다. 그렇다면 남자에게 그녀는 바람난 과부였을지도 모른다.

그녀는 남자 때문에 울었다. 눈물이란 철저히 이기적인 현상이며, 불편한 죄의식을 떼버리기 위해서 스스로가 택한 통과의례의 한 방식이란 것을 그때의 그녀는 모르고 있었다. 사람들은 울 때 대부분 자기가 왜 우는지 진정한 이유를 알지 못한다.

다음날 그녀는 오페라 연습에 재형이를 데려가지 않았다. 그러는 한편 남자가 먼저 전화하기를 애타게 기다렸다.

이틀이 지나자 남자 없는 삶이 두려워지기 시작했다. 다시 퇴근길에 주차장에 차를 세우고 자기 집의 불빛을 쓸쓸하게 올려다봐야 한다. 전화벨이 울릴 때 기대 없이 송화기를 들어야 하고, 신문 레저난의 「맛있는 집, 멋있는 집」을 읽지 않고 넘겨야 한다. 주말 텔레비전에서 '오늘도 고속도로는……'으로 시작되는 가족

행락인파의 화면을 해외토픽처럼 뉴스거리로만 쳐다봐야 한다. 누군가의 마음에 맞춰 옷 색깔을 고르는 기쁨, 그 선택이 그의 마음에 들었을 때의 정답을 맞춘 기쁨도 없다.

옷 색깔만이 아니었다. 그녀는 뭐든지 남자가 원하는 대로 맞출 수 있었다. 그날 밤 당장 호텔에 가서 숨을 죽이며 옆방의 소리를 함께 기다려줄 수도 있었다.

남자에게서는 전화가 오지 않았다. 나흘이 지나자 그녀는 남자를 기다리는 대신 경멸하기로 결심했다. 그녀는 점심 한 끼 같이 먹기가 평생 소원이라고 농담을 하는 남자 중 하나인 영업부의 신차장과 함께 오페라의 마지막 공연을 보러 갔다.

남자의 모습은 보이지 않았다. 그녀는 실망을 참고 극장 안으로 들어갔다. 오페라에는 전혀 관심이 없었다. 줄거리조차 알지 못했다. 신차장이 건네주는 팜플렛에서 '나비의 과부'라는 글씨를 읽는데 불이 꺼졌다. 막이 올랐다.

어둠 속에서 합창소리가 들려왔다.
　—백년의 빛과 어둠은 한갓 나비의 꿈일 뿐, 돌아다보면 지나간 세월은 허무일 뿐, 오늘은 봄날, 그러나 내일은 시든 나뭇잎이 구른다. 마시자, 밤의 등불이 꺼지기 전에.

불이 켜지자 오두막집 앞에 앉아 있는 장자와 노자의 모습이 보인다.
　—안과 밖은 하나. 빛과 어둠도 하나.
　—그렇소.
　—나비와 사람도 하나!
　—과연!
　—궁궐 중의 어떤 방은 바늘에 꿴 나비로 가득 차 있지.

다음 장면에서는 소복의 과부가 흰 부채를 새 무덤에 부치고 있다.

　―부채는 슬픔의 물건! 이젠 내게 기쁨의 꽃을.

과부는 무덤에 장식된 꽃 중에서 한 송이를 집어 머리에 꽂는다.

　―저럴 수가, 벌써 새서방을! 더러워.

흥분하는 아내 앞에 부채를 던진 뒤 장자가 쓰러진다.

　―당신도…… 부채로…… 내 무덤에…… 곧…….

그녀는 그 장면에서부터 울기 시작했다. 신차장이 옆눈으로 쳐다보았다.

장자의 아내가 후왕자에게 술상을 내온다. 소복 위에 울긋불긋한 천을 걸치고 화려한 화장을 한 모습이다. 장자의 관 앞에 장식된 꽃 중에서 한 송이를 골라 머리에 꽂는다. 갑자기 왕자가 쓰러진다. 장자의 아내가 도끼를 가져와 시종에게 준다.

　―젊고 잘생긴 왕자가 죽을 염려는 없지요. 이 시체는 더이상 필요없다오.

그녀가 너무 많이 울었으므로 신차장이 손을 꼭 잡아주었다.

관에서 나온 장자가 흰 수의의 소맷자락을 펄럭이며 천천히 춤을 춘다.

　―이젠 항상 꿈속. 난, 나비 되어. 난, 큰 고운 오색나비 되어. 난, 날고 날아, 날개를 펼쳐. 낮에도 날아서 따뜻한 바람을 타고. 난 나비 되어 꽃들 사이를 날아서, 자유롭게 멀리, 저 멀리…….

그녀는 손수건으로 얼굴을 가리고 오페라 극장을 나왔다. 예술의 전당 뜰의 외진 벤치에 앉아서 또 울었다. 신차장은 그녀의 어깨를 다독이며 아무것도 묻지도 않고 아무 위로의 말도 하지 않

았다. 원래 말솜씨가 없는 탓이었지만 어쨌든 매우 이해심 깊은
행동을 보인 것이었다. 그녀는 자기가 왜 우는지 알지 못했다. 더
욱이 왜 그도, 남자도 아닌 신차장에게 안겨 우는지 이해할 수 없
었다. 그것을 이해하지 못한 채 그녀는 신차장과 결혼했다.

3

남자가 출장에서 돌아온 뒤 두 달 만에 그녀는 신차장과 결혼
했다.

그것도 벌써 2년 전 일이다.

남자는 다른 날보다 일찍 출근했다. 자판기에서 커피를 뽑아
들고 남자는 거리를 내려다보았다. 저녁에 약속이 하나 있었다.
그런데 그 일에 대해 자기의 마음을 잘 알 수가 없었다. 남자는
아무도 없는 사무실로 돌아와 신문을 집어들었다.

한 작곡가의 죽음이 실려 있었다. 그 작곡가의 오페라 공연을
기획한 적이 있는 남자는 작은 슬픔을 느꼈다. 일흔아홉 살이니
뜻밖의 일은 아니었다. 그러나 아무리 예정된 것이라도 죽음은 언
제나 놀라운 소식이다.

남자는 오전 내내 기분이 우울했다.

점심으로는 스파게티를 먹었다. 모짜렐리아 치즈를 얹은 스파
게티를 만들지 않는 식당이었다. 대신 치즈가루를 듬뿍 쳐야 했
다. 포크로 스파게티를 말아올리면서 남자는 깨달았다. 자기의 우
울에 작곡가의 죽음이 차지하는 부분은 오분의 일 정도밖에 되지
않음을. 오페라를 떠올린 이후 줄곧 남자의 머릿속을 차지하고 있
었던 것은 그녀였다.

이제는 그녀의 얼굴도 잘 기억나지 않았다. 그녀를 안았던 일

이 하룻밤 꿈인가 싶었다. 그녀를 이해할 수 없어 미칠 것 같던 시간이 있었다. 하지만 그 시간도 이제 제자리로 돌아간 지 오래이다. 다른 시간들과 마찬가지로 흘러가버렸다.

두시에 남자는 브로드웨이에서 갓 돌아온 연출가와의 약속 장소로 갔다. 연출가는 자기의 제안에 상업적 성공을 약속했다. 남자는 흥미를 느낄 수가 없었다. 다음에 한 번 더 만나죠, 대충 이야기를 마무리지었다. 연출가와 헤어진 뒤 카페를 두 군데 더 들렀다. 한 군데에서는 다행히 창가 자리에 앉을 수 있었다. 두번째 간 곳에는 손님이 많아 스피커 아래에 앉아야 했다. 누구와 얘기할 일은 없으니 상관없었다. 그녀가 앉아 있곤 하던 창가 자리를 조금 쳐다보다가 카페를 나왔다.

회사로 돌아온 남자는 전화기를 끌어당겼다.

네번째 발신음이 갈 때쯤 송화기를 든 남자의 손이 잠깐 귀에서 떨어졌다. 아마 송화기를 내려놓으려고 했던 것 같다. 그 순간 거기에서 목소리가 흘러나왔다. 네, 영업붑니다. 상대가 전화를 받자 남자는 되레 난처한 표정을 지었다. 시험을 망친 수험생이 전화로 합격문의를 하고 결과를 기다릴 때의 표정 같기도 했다. 불리한 소식을 굳이 확인하고자 하는 자기 자신에 대한 불만이 곁들여져 남자의 표정은 복잡했다.

상대는 쾌활하게 말했다. 한 건물에 있으면서 얼굴 보기도 힘드냐. 시간 괜찮으면 생각난 김에 지하에서 좀 볼까? 왜, 무슨 일 있어? 그런 건 아니고, 서로 바쁘니까 이렇게 통화가 됐을 때 잠깐 보자구.

대학동창인 황대리는 지하다방에 먼저 와 있었다. 남자가 앉자마자 몇몇 친구들의 승진 소식을 전했다. 자기 회사 인사의 부당함에 대해서도 떠들어댔다. 남자는 황대리가 하는 말을 몇 시간

전 연출자의 경우처럼 건성으로 들었다.

그녀가 회사를 그만두었다는 말을 처음 들었을 때도 그랬다. 무슨 뜻인지 귀에 잘 들어오지 않았다. 그게 무슨 말이죠? 전화를 받는 여자는 웬일인지 남자를 미워하는 것 같았다. 결혼한다니까요. 그래서 그만뒀어요, 하고는 전화를 끊어버렸다. 남자는 오해가 있는 거라고만 생각했다. 그날 밤 회식자리에서는 술을 많이 마셨다. 새벽에 목이 타서 잠을 깼다. 타는 목마름 속에서 그제서야 그녀가 떠나버렸다는 것을 깨달았다.

그녀와 만나지 못한 한 달이 남자에게는 말할 수 없이 바쁜 시간이었다. 행사란 항상 준비할 때보다 끝났을 때 번거로운 일이 더 많았다. 또 오페라 공연은 끝났지만 그 작곡가의 관현악과 실내악 연주는 지방공연도 있었다. 사정이 생겨서 남자는 생각지도 않게 열흘 동안이나 부산과 광주에 따라다녀야 했다. 돌아와서는 다시 그 뒷정리에 매달렸다. 그 동안 몇 번인가 그녀에게 전화를 했다. 그러나 공교롭게도 통화가 되지 않았다. 그뿐이었다. 남자는 그 한 달이 그녀를 되찾기 위한 마지막 시한이었음을 알지 못했다. 아무리 강렬하다고 해도 그리움이란 얼마나 한가하고 무력한 감정인 것인지.

남자는 그녀가 떠난 이유를 알 수 없었다. 거기에 가장 큰 괴로움이 있었다. 여잔 다 그래. 그런 말로 일반화할 수가 없었다. 남자에게 그녀는 한 사람의 여자 이상의 존재였다.

그날 그녀가 호텔을 나간 뒤 남자는 그대로 잠이 들었다. 작곡가를 조국으로 부르려던 계획이 무산되려 하고 있었다. 여러 부처를 뛰어다니고 문화인사를 찾아다니느라 남자는 녹초가 되었다. 오후 늦게 무대에서 작은 사고도 있었다. 중앙에 매달렸던 장자의 관이 떨어져서 연습하던 합창단 한 사람이 다쳤다. 몹시 피곤한 날이었다.

남자가 눈을 뜬 것은 여덟시쯤이었다. 물을 마신 다음 곧바로 전화기로 눈이 갔지만 그녀가 출근하기에는 아직 이른 시각이었다. 택시 안에서도 몇 번이나 손목시계를 쳐다보았다. 그럼에도 출근하자마자 폭포처럼 쏟아져내리는 일에 휩쓸려버렸다. 급류에 휩쓸려가면서도 남자는 이따금 전화기를 찾아 두리번거렸다. 그러나 당연한 일이지만 급류 속에는 전화기가 없다. 게다가 이 또한 당연한 일이지만 남자는 여자와 달리 한 가지 생각을 오래 하고 있질 못하는 법이다.

종업원이 와서 주스잔을 치워갔다. 그제서야 남자는 황대리를 똑바로 쳐다보았다. 참, 요새 신차장네는 잘 사나? 황대리의 말소리가 낮아졌다. 모르고 있었어? 이혼한 지 한참 됐잖아.

남자는 한 손으로 물컵을 빙글빙글 돌렸다. 황대리의 시선이 남자가 돌리는 물컵으로 떨어졌다가 다시 얼굴로 올라갔다. 신차장이 회사 그만두고 사업한다고 할 때부터 사이가 나빠졌다나봐. 결국 다 말아먹고 집까지 날렸잖아. 근데 이혼은 신차장 쪽에서 하자고 했다던데.

남자는 잠자코 고개만 끄덕였다. 그만 일어나야겠다고 생각하는데 황대리가 담배에 불을 붙였다. 담배 한 개비가 탈 동안은 그냥 앉아 있어야 했다. 그녀를 만났던 마지막 날이 생각났다. 그날 남자는 그녀가 완전히 제 것 같았다. 서로의 알몸이 남자의 태도를 흉허물없이 만들었다. 남자는 방심했고 어쩌면 장난스러웠다. 남자가 담배를 피웠다면 그녀가 떠나지 않았을까. 담배 한 개비가 타는 시간 정도면 그 순간 그녀에게 함부로 굴고 싶어졌던 남자의 기분을 이해할 수 있지 않았을까.

황대리가 길게 연기를 내뿜으며 덧붙였다. 우리 부 여직원한테

들었는데 말야. 그 여자 요즘은 암웨인가 하는 다단계 판매 있잖아. 거기서 외판을 한다고 하더라구. 사람 일이 참. 비서실 있을 때는 분위기 있고 괜찮은 여자였는데. 나도 왜, 점심 한 끼 같이 먹는 게 소원이라고 농담하고 다녔잖아. 황대리는 쓰게 입맛을 다셨다.

한 번도 아니고 두 번이나 실패했다면 어쩐지 께름직한 여자라는 생각이 들더라구. 애비가 다른 아들이 둘이나 딸려서 재혼하기도 쉽지 않을걸.

아들이 둘이라고? 남자는 불현듯 뭔가에 속은 기분이 들었다. 보름달이 스며들던 그날 밤 호텔의 창문이 생각났다. 남자는 고개를 가볍게 끄덕였다. 그러다가 깊게 두어 번 더 끄덕였다. 우리는 모두 삶에 속는다. 그러나 굳이 속지 않으려고 애쓸 이유도 없다. 유한한 앎을 가지고 무한한 삶을 어떻게 알 것인가. 알려고 하면 더욱 위태로워질 뿐이다.*

자리로 돌아오자 훈이에게서 전화가 왔다. 오늘 엄마 오는 날인데 잊어버린 거 아니죠? 헤어진 아내가 집에 오는 것은 오늘로 겨우 세번째이다. 그런데도 훈이는 엄마 소리를 무척 자연스럽게 한다. 지금은 남자가 듣기에도 자연스럽다.

전화를 끊고 남자는 잠시 멍하니 앉아 있었다.

얼마 안 있어 또 전화벨이 울렸다. 남자는 몹시 놀랐는지 몸을 흠칫 떨었다. 전화기로 뻗는 손이 긴장돼 있다. 마치 조금 전 합격소식을 들은 수험생이 그 전화를 끊자마자 다시 울리는 전화벨을 불안하게 쳐다볼 때의 표정 같았다. 여보세요. 여자의 목소리

---

* 吾生也有涯 而知也无涯 以有涯隨无涯 殆已 已而爲知者 殆而已矣(『莊子』, 안동림 역 주)

였다. 저예요. 지금 왔어요. 훈이하고 나가서 저녁 먹을 테니 신경쓰지 말고 일 보세요. 우리 얘기는 천천히 해요. 이번에는 저도 서두르고 싶지 않아요.

남자는 화장실에 가기 위해 일어났다. 문 앞에 이르렀을 때 복도에서 들어오던 후배와 부딪쳤다. 가벼운 접촉이었다. 문이 흔들리는 바람에 벽에 걸려 있던 포스터 패널 하나가 바닥으로 떨어졌을 뿐이었다. 후배가 그 패널을 집어올렸다. 2년 전 기획했던 공연의 포스터였다. 무덤 두 개를 배경으로 젊은 여자가 노래를 부르고 있었다. 〈나비의 꿈〉 1막 3경.

남자는 포스터 속에 있는 두 개의 무덤을 물끄러미 쳐다보았다. 손으로는 그 포스터에서 떨어졌을 어깨 위의 먼지를 털어내고 있었다. 남자는 그 먼지를 아주 천천히 구석구석 털어냈다.

(『창작과 비평』 1996년 가을)

빈처

나는 그녀가 일기를 쓴다는 걸 몰랐다.

뭘 쓴다는 것이 그녀에게는 도무지 어울리지 않는 일이었다. 자기반성이나 자의식 같은 것이 일기를 쓰게 하는 나이도 아니었다. 그렇다고 학생 때 무슨 글을 써봤다는 소리도 듣지 못했다. 내게 쓴 연애편지 몇 장도 그저 그런 여자스러운 감상을 담고 있을 뿐 글재주 같은 건 없었다.

그날 나는 낮시간에 집에 있었다. 간밤에 초상집에 갔다가 새벽에 들어와서 열두시가 넘도록 늘어지게 잤던 것이다. 자고 일어나보니 집에는 아무도 없었다. 그녀는 아이들을 데리고 시장에라도 간 모양이었다. 물을 마시려고 자리에서 몸을 일으키던 나는 화장대 위에 웬 노트가 놓여 있는 걸 보았다. 당연히 가계부인 줄 알았다. 그런데 일기장이었다.

6월 17일

나는 독신이다. 직장에 다니는데 아침 여섯시부터 밤 열시 정도까지 근무한다. 나머지 시간은 자유이다. 이 시간에 난 읽고 쓰고 음악 듣고 내 마음대로 할 수 있다. 외출은 안 되지만.

대체 이게 무슨 소리야. 내 마누라가 독신은 웬말이며 집에서 애 둘을 키우는 여자가 직장이라니? 다른 사람 노트인가? 허나 다른 사람 일기장이 그녀의 화장대 위에 놓여 있을 리가 없다. 글씨를 봐도 그녀가 틀림없다. 이응을 크게 쓰는 것이며 비읍을 둥글게 말아 쓰는 것이.

직장일 외의 시간에 난 애인을 만날 수도 있다. 스테디한 애인이 없기 때문에 또 열애에 빠지지 않았기 때문에 매일같이 애인을 만나지는 않는다. 일 주일에 서너 번 정도이다. 일 주일 내내 한번도 못 만나는 적도 있다. 그런 때 나는 생각한다. 이십대에도 애인 없던 시절이 있었는데 뭘. 그러면 쓸쓸함이 조금 줄어드는 것도 같다.

처음엔 웬 애인인가 싶어 의아했다. 그러나 여기까지 읽었을 때 나는 알아챘다. 그녀가 애인이라고 표현한 것이 바로 나라는 것을. 물론 그녀는 그것을 애틋한 의미로 쓴 것은 아니다. 내가 밖으로 도는 시간이 많기 때문에 잘 만날 수 없다는 뜻에서 그렇게 표현한 것이다. 그녀 말이 맞다. 남편이긴 하지만 그녀 자신이 거칠게 표현한 대로 '스테디한' 관계라고는 할 수 없을지 모른다.

나는 거의 매일 술을 마셨고 집에 안 들어오는 날도 종종 있다. 자정이나 새벽에 들어오는 게 습관이 되어서 이제는 그런 일과가 피곤한 것도 거의 모른다. 언젠가 그녀가 말했다. 나는 인생에서 두 가지 일밖에 하지 않는데, 하나는 술 마시는 일이고 하나는 술 깨는 일이라고.

하지만 그녀는 그럭저럭 참아왔다. 내가 가정적이지 못한 것이 불만이긴 하겠지만 그것이 그녀의 인생에 결정적으로 심각한 그늘을 드리운다고는 생각해본 적이 없다. 물론 신혼 때는 바가지를 좀 긁었다. 이혼을 합네 마네 투닥거리기도 했다. 그러나 요즘은 살림하고 아이들 키우기 바빠서 나한테 매달릴 여유가 없다. 작년인가부터는, 난 당신 포기했어, 라고 스스로 공언하기까지 했다. 이웃 아줌마들하고 물건 싸게 산다고 마을버스 타고 연금매장 같은 데에 다니는 일에 재미도 붙은 모양이던데…… 그런데 포기했다고 하는 게 이런 거였나? 자기를 과부나 독신으로 여기고 사는 거? 나는 입맛이 썼다.

나의 직장일이란 아이 둘을 돌보고 한 집안의 살림을 꾸려가는 일이다. 아빠 없는 어린애는 생겨날 수 없으므로 그 아이들은 물론 아빠가 있다. 하지만 사정이 있어 아빠와는 같이 살지 못하는 아이들이다. 나는 그 아이들을 사랑한다. 결혼도 안 했으면서 마치 내 아이 같은 느낌이다. 그 아이들을 사랑한 나머지 아빠와 함께하는 즐거움을 알게 해주고 싶어서 고통스러울 때도 있다. 때로 아빠를 찾는 그애들에게 '아빠는 너희와 함께 계시지 못한단다'는 말이 불행한 느낌을 줄까봐 조바심난다. 하지만 세상살이에 이런 어려움은 얼마든지 있으니(내게뿐 아니라 아이들에게도) 이런 직업적 고충을 오래 생각할 필요는 없다.

애인이 오지 않는 날 애타게 기다리기도 한다. 하지만 오지 않은들 그게 무슨 큰일이랴. 남편이라면 내게 오지 않는 것이 상처를 주겠지만 애인이니 조금의 쓸쓸함만을 남길 따름이다. 신통하게도 아주 변심하여 영원히 안 와버릴 애인은 아니니 그나마 다행 아닌가.

제기랄, 글솜씨는 투박했지만 나는 그녀가 하려는 말을 충분히 알 수 있었다. 그녀는 그러니까, 불행한 것이었다.

다음 페이지를 넘기려는데 밖에서 문 따는 소리가 들려왔다. 그녀가 아이들을 걸리고 업고 들어왔다. 손에는 검은 비닐이 여러 개 들려 있다.

"언제 일어났어요?"

그녀의 목소리는 정답다. 나에게 주려고 샀을 주스병 주둥이가 검은 비닐봉투 밖으로 비죽이 나와 있다. 그것이 어쩐지 무거워 보인다. 나는 그녀의 손에서 엉거주춤 비닐봉투를 받아든다. 익숙하지 않은 동작임을 스스로도 깨달으며.

그녀에게 어젯밤 초상집에서 만난 친구들 얘기를 꺼냈다. 고등학교 동창의 아버지 상이었는데 친구들이 꽤 모였다. 그녀도 거의 아는 친구였다. 결혼하기 전 내 친구들은 생일이다 뭐다 하면서 애인을 데리고 배밭에도 가고 북한산의 두부집에도 곧잘 다니곤 했다. 언젠가 초파일에는 화계사에 놀러갔는데 돌아오는 길에 친구들이 "야, 니가 집이 제일 멀구나"라고 나를 놀리던 기억이 난다. 그때 나는 화계사 바로 앞동네에 살았는데 그녀의 집이 잠실이었던 것이다. 그들이 놀리는 대로 과연 나는 잠실에 그녀를 데려다주고 집까지 되돌아오는 데에 차 타는 시간만 세 시간 가까이 걸렸으니 친구들 말이 틀린 건 아니었다.

"다들 잘 있어요? 동구씨는 결혼했대요? 민석씨네는 이제 아기 있겠네?"

내 친구들의 안부를 물으며 그녀는 목소리가 밝다. 자기의 처녀적 생각이 나는 거겠지. 나는 결혼한 뒤로는 친구들 만나는 자리에 그녀를 데리고 가본 적이 없다. 우리끼리 마시는 게 훨씬 편했다. 집에서 듣는 것만도 지겨운데 밖에서까지 그만 마시라는 잔소리 들어가며 술맛을 축내고 싶지는 않으니까. 또 카페 같은 데에서 아가씨와 몇 마디 주고받는 게 아무 일도 아니련만 그녀가 보면 신경을 쓸 게 뻔하다. 내 속을 떠보려고 귀찮은 시비를 걸어올지도 모른다. 달리 이유가 있는 것은 아니다. 자꾸 이렇게 변명 비슷한 말을 늘어놓다보니 왠지 아내를 집 안에 팽개쳐두고 혼자 나가 재미본 기분이다. 오늘따라 왜 이리 마음에 걸리는 게 많은지, 망할 놈의 일기장.

사실은 어젯밤에도 나는 기분이 별로 안 좋았다.

언제부터인지 고등학교 동창을 만나도 불알친구라는 다정함이 없다. 학교 다니던 때 등교길이며 선생님이며 철봉이며에 대해 다퉈가며 기억을 더듬을 때까지는 좋다. 그런데 각자의 사는 이야기로 들어서면 좀 각박해진다. 은근한 과시와 견제, 무력감, 그런 것들이 나타난다. 어제만 해도 그렇다. 특히 두 친구가 거들먹거렸다. 하나는 아버지가 물려준 못나빠진 야산이 돌산이라 떼부자가 되었다. 또 하나는 세무사 사무실에서 요령만 는 친구인데 이번에 여차저차해서 세번째 아파트를 샀다고 한다.

나 같은 월급쟁이 친구들은 애써 웃으며 들으려 한다. 허나 얼굴근육이 유연하지 않다. 사촌이 논을 사서가 아니라 거들먹거리는 품이 아니꼬워서이다. 쟤들은 학교 다닐 때 공부도 못하고 늘

선생님한테 야단이나 맞던 애들이다. 대학 문턱도 밟아보지 못한 녀석들이고. 바로 그 점 때문에 대학물이나 먹은 우리 앞에서 더욱 돈 자랑을 하는 것이다. 모르는 건 아니지만 그래도 위축감이 든다. 내가 한 달 내내 스트레스 받아가며 버는 돈의 열 배를 재들은 부동산 같은 걸로 앉아서 번다.

다 못난 소리다. 사실 학교 다닐 때 공부를 잘하고 모범생이었다는 게 무슨 내세울 일이나 되는가. 제도교육의 커리큘럼이 사람을 구별하는 절대적인 잣대가 되는 것은 아니다. 또 우열을 판단하는 선생들의 평가기준이 꼭 공정했던 것만도 아닐 것이다. 그러니까 그때 영어나 수학 따위를 좀 잘했다고 해서 그러지 못했던 친구들의 물질적 성공을 부당하게 생각하는 것은 또 하나의 불공정함일 뿐이다.

누군가가 이민 얘기를 꺼냈다. 야, 미국은 좀 그렇고 캐나다가 좋다더라. 맨날 이렇게 살면 뭐하냐. 지겹다. 더 늙기 전에 이민을 가든지 그것도 안 되면 시골 가서 농사나 짓든지 무슨 수를 내야지 매일 아침 회사 들어가기가 죽기만큼 싫다.

그러는데 한 친구가 자기는 벌써 이민 신청을 하고 인터뷰까지 마쳤다고 한다. 우리 이야기는 그 친구를 둘러싸고 한참이나 이어졌다. 나는 그녀에게 그 이야기를 했다.

"여보, 태원이 있잖아."

"예, 생각나요. 당신 고등학교 친구 중에서 제일 먼저 결혼했잖아요."

"걔 이민 간대."

"왜요? 좋은 직업 놔두고?"

"방송국 피디가 보통 정신없는 게 아니잖아. 사람답게 살고 싶대. 그리고 이번에 애가 학교 들어갔는데 촌지 안 줬다고 담임이 이유없이 벌 세워갖고 개 딸이 학교 안 간다고 울고 난리래. 그걸 보니까 이 나라에 남은 마지막 미련까지 사라지더라고 그러드만."

그녀는 대꾸를 안 한다. 부러웠나? 하지만 아니었다. 그녀는 시금치를 다듬고 있었는데 말없이 손놀림이 거칠어졌다. 그러더니 이렇게 말했다.

"그 정도도 안 힘들고 어떻게 살아요? 싫다고 그렇게 쉽게 떠나버리면 거기 가서는 뭐 주인 행세 하고 살 수 있대요? 힘들어도 내 땅에서 사는 게 낫지."

이건 또 무슨 소리인가. 이럴 때 마누라들은 무턱대고 "어머, 좋겠다" 하거나 아니면 "외국 가서 살면 외롭지 않을까, 몇 년 갔다오는 것은 몰라도" 식의, 여우와 신포도 우화 같은 반응을 보일 줄 알았더니 그녀답지 않게 웬 신랄함일까? 그녀가 언제부터 이렇게 자기 생각을 갖고 산다는 걸까. 좀 뜻밖이었다. 그녀는 아이를 키우고 집안일을 하는 데 소질이 있는 편이었다. 나는 그녀에 대해 그 정도로 알고 있었다. 물론 연애시절에는 잔디밭에 앉아 문학토론도 하고 포장마차에서 소주잔을 기울이며 시국에 대한 막연한 의분을 토로하기도 했지만 그것은 어디까지나 아줌마가 되기 전 일이다. 결혼 이후에는 그녀가 책을 들치는 것조차 본 적이 없는데…… 하긴 그녀와 길게 얘기를 나눠본 것도 꽤 오래되긴 했다.

"그럼 당신은 내가 가자고 우겨도 이민 안 갈 거야?"

그녀는 나를 힐끗 보았다. 손으로는 시금치에 이어 파를 다듬으면서.

"난 내가 태어난 곳에서 죽을 때까지 살 거예요. 연애나 하면서."

"뭐, 연애?"

그래서 나는 다음날 다시 그녀의 일기장을 훔쳐보지 않을 수 없었다. 일기장을 앞뒤로 뒤지다가 드디어 '연애'라는 글자를 발견한 나는 정색을 하고 그 페이지를 읽기 시작했다.

9월 4일

나는 연애하고 싶다. 남자에게 심각한 얼굴로 헤어지자고 한 뒤 술을 마시고 싶다. 같이 자자고 요구하는 남자에게 눈물만으로 사랑을 확인해달라며 폼잡고 싶다. 누구든 애태우고 싶다. 누구도 내 환심을 사려들지 않을 뿐더러 나 때문에 마음 졸이지 않는다. 나는 하찮은 존재다. 나는 소박만 맞는다. 그이는 이제 내 얼굴을 똑바로 쳐다보는 일조차 별로 없다. 어떤 때는 이렇게 말해주고 싶다. 이렇게 안 쳐다보고 살걸 남자들은 왜 그렇게들 예쁜 여자와 결혼하려고 안달인지 몰라, 나는 이제 얼굴을 밀어버리고 그냥 남들과 구별만 가게 '마누라'라고 써붙이고 있을게, 라고.

어휘력이 떨어지는 탓이겠지만 소박이 뭔가, 소박이. 그녀는 여전히 내게 소중한 아내인데. 그 소박이란 말이 내 마음을 무겁게 한다. 난 그냥 좀 바쁠 뿐인데. 정보도 얻어야 하고 부탁도 해야 하고 친해두어야 할 사람도 있고, 그래서 술도 좀 먹고 모임에도 자주 얼굴을 내밀고 또 가끔씩 매운탕집에서 화투도 치고 그러는 것뿐인데. 사실 영업부 일이라는 게 다 그런 거 아닌가.

연애를 하고 싶다는 그녀 말의 속뜻은 어쨌든 확실했다. 즉 나와 많은 시간을 함께하고 싶다는 뜻이다. 그리고 그것은 내 예상에서 그다지 빗나가지 않은 그녀의 속마음이었다. 그녀가 다른 남자에게 관심을 가진다는 건 잘 상상이 가지 않았다. 언젠가 내 생일에 그녀는 이런 말까지 하지 않았던가. 오늘은 당신 생일이지만 내 생일도 돼. 왜냐하면 당신이 오늘 안 태어났으면 나는 태어날 이유가 없잖아.

설령 그녀가 진짜로 다른 남자와 새 연애를 하고 싶어한다고 치자. 그렇다고 한들 어디를 보나 살림사는 아줌마일 뿐인 그녀에게 무슨 기회가 오겠으며 그럴 능력이나 있겠는가…… 이것이 또 새 연애를 하고 싶다는 아내의 말에 내가 긴장하지 않는 이유였다.

8월 25일

허리가 아프다. 작년에 그이가 출장을 가게 돼 사흘에 걸쳐서 나 혼자 이삿짐을 푼 적이 있다. 그때 소파를 옮기다 허리가 삐끗했다. 침을 맞아서 다 나았나 했는데 피곤하다 싶으면 영락없이 도진다. 어제부터 그 허리가 다시 아프기 시작했다. 그런데도 아침에 그이가 출근하며, 무슨 일이 있어도 오늘은 일찍 들어와 쉬어야겠는데, 몸이 영 안 좋아, 라고 하기에 그이가 좋아하는 음식을 만드느라 좀 부산을 떨었다. 다섯시에 시작했는데 아홉시에야 끝났다. 민영이가 너무 보채고 민후도 오늘따라 말썽만 피웠던 것이다.

칭얼대고 보챌 때마다 참기름이며 달걀이 묻은 손을 씻고 방에 데리고 들어갔지만 좀처럼 자려고 하지 않는 민영이. 그래서 부엌으로 데리고 나와 다시 칼질을 하다보면 어느새 애가 도마 끝을 위태롭게 잡고 있다. 멀찌감치 데려다놓아도 다시 기어오곤 하더니 급기야는 식탁의자를 넘어뜨려 발가락 살이 벗겨졌다. 한참을 울고, 울다가 저녁 무렵 애써 먹인 달걀과 우유 한 통을 깡그리 토해버렸다. 그것을 겨우 치우고 나서 손을 씻고 황급히 싱크대로 돌아와 끓고 있는 기름에 새우를 집어넣으려는데 이번에는 민후가 똥을 누겠다고 한다. 화장실에 앉혀놓고 정신없이 부엌으로 뛰어간다. 가스불을 줄여놓았는데도 벌써 프라이팬에서 연기가 올라오고 있다. 서둘러 프라이팬을 내려놓는데, 손에 물기가 남아 있었는지 프라이팬을 잡자마자 뜨거운 기름이 파팍, 하고 팔목으로 튀어오른다. 금세 팔목이 부풀어오른다. 바셀린을 바르고 오니 민영이가 식탁 위에 놓여 있던 밀가루통을 하얗게 뒤집어쓰고 있다.

전화가 왔다. 늦는다는 걸 알리는 그이의 목소리. 그 목소리가 끊겨버린 뒤에도 전화기를 한참 동안이나 들고 있었다. 나는 대체 몇 시간 동안 무슨 짓을 한 걸까.

허리를 다쳤다는 말을 들었을 때 나는 이렇게 말했던 것 같다. 미련스럽게 그걸 혼자 했어? 라고만. 만약 그녀가, 그럼 어떡해요 당신도 없는데, 했다면 나는, 사람을 좀 쓰지, 했을 거고 그러면 그녀가, 이사 비용도 빠듯한데 어떻게 사람을 불러요, 라고 항의했을 거고 나는 그때부터 듣기가 싫어져, 알았어 알았으니 당신이 다 알아서 하라구, 라고 그쯤에서 말을 돌려버렸겠지. 그러면 그녀는 한숨을 쉰 다음 입술을 한번 깨물고 또 어떻게든 꾸려나갔을 것이다. 그것이 남편과 아내의 판에 박은 대화법이니까.

내가 나쁜 놈일까. 별로 그런 것 같진 않다. 바람을 피운 것도 아니고 월급을 안 갖다주는 것도 아니다. 세상에 자기 아내와 자식 귀하지 않은 놈 있겠는가. 밖에서 술을 먹고 돌아다니는 게 내 아내나 자식새끼가 싫어서 집에 안 들어가려고 버팅기는 게 아님은 모든 술꾼들이 다 안다. 그리고 그건 누구보다도 그녀가 잘 알고 있다. 그것을 그녀는 이렇게 적고 있었다.

하긴 살뜰하고 다감하여 지겨운 아내, 귀하고 기특해서 조바심나는 자식들, 남들처럼은 행복해야 하기 때문에 번거로운 가정사, 그런 것들로 이루어진 집이라는 일상에 갇혀 살기에는 그는 너무나도 자유에 익숙해졌다. 그리고 그 자유가 이 척박한 세상에서 그라는 사람이 무너지지 않고 살아갈 수 있는 한 방법이라는 것을 나는 인정해야 한다.

그녀는 지금 깊이 잠들어 있다. 고단한 잠이라서 입에서 단내가 난다. 이마 위로 부스스한 머리카락이 몇 가닥 내려와 있다. 나는 머리카락을 쓸어올려준다. 그녀가 문득 눈을 뜬다. 내가 자기를 바라보고 있다는 사실이 믿기지 않는 듯 한동안 의아하게 쳐다보더니 다음 순간 '설마, 꿈이겠지' 하는 표정으로 다시 스르르 눈을 감는다.

8월 29일

난 그이가 매일 일찍 들어오는 것도 싫다. 일찍 오는 것이 가정에 충실한 거라는 편견도 갖고 있지 않다. 자기 시간을 갖지 않는 인간은 고여 있는 물처럼 썩는다고 생각한다. 그런데, 그런 나도 못 견딜 외로움이라니!

분명히 사랑해서 결혼했는데 사랑을 이루고 나니 이렇게 당연한 순서인 것처럼 외로움이 기다리고 있다. 이루지 못한 사랑에는 화려한 비탄이라도 있지만 이루어진 사랑은 이렇게 남루한 일상을 남길 뿐인가.

이루어진 사랑의 남루한 일상이라.

하기는 지금 잠들어 있는 얼굴을 보니 확실히 예전에 연애하던 때의 그녀는 아니다. 얼굴은 잡티와 마른 살갗으로 덮여 있고 입 내도 난다. 손을 가져다가 쓸어본다. 어젯밤 김치를 썰었었나? 손톱 밑에 고춧가루가 끼어 있다.

그녀를 얻기 위해 나는 서너 명의 연적을 물리쳐야 했다. 그녀가 나를 택한 것은 솔직히 나의 과감한 감투(敢鬪) 덕이다. 나는 한 학기 내내 그녀만 쫓아다녔다. 그녀의 강의실 앞에서 강의가 끝나기를 기다려 점심 먹는 데까지 졸졸 따라갔다. 새벽같이 도서관 자리를 맡아주는가 하면 그녀의 리포트를 위해 남의 학교 도서관까지 뒤졌다. 미장원에서 잡지를 보며 그녀의 파마가 끝나기를 기다리기도 했다. 그때 내게 한심하다고 충고하는 친구도 있었다. 그러면 나는 용감한 자만이 미인을 얻는다며 짐짓 비장해했다. 몇 달을 그렇게 하자 그녀는 감동했다. 그러고는 내가 평생 변함없을 줄 알고 나와 결혼했다.

갑자기 그녀가 뒤척인다. 내가 일기장을 읽느라 켜놓은 식탁의 불빛이 눈을 찌르는지 한쪽 소매로 눈을 가리는데 그 소매끝이 허옇게 닳아 있다. 얼굴을 가까이 대보니 어깻죽지에서 아들녀석의 젖 토한 냄새가 비릿하게 스친다. 불현듯 그녀가 안쓰럽고 소중한 것이 가슴에 품고 싶어진다. 그녀의 잠옷 아랫도리를 벗겼다. 그녀가 눈을 뜬다. 그대로 나는 그녀의 속으로 들어갔다.

그날 나는 초저녁에 집에 들어갔다. 나를 보고 그녀가 반색하며 하는 첫마디가 "당신, 술도 안 먹었네?"였다. "그렇지 그럼" 나는 약간 무뚝뚝하게 대꾸하며 웃도리를 그녀에게 내주었다. 마음은 전혀 그렇지 않은데도 그녀가 들떠하는 것이 이상하게 못마땅했다. 그녀는 오늘따라 반찬이 없다는 둥 설마 당신이 진짜로 일찍 들어올 줄 몰랐다는 둥 말을 많이 한다. 나도 웃기는 놈이다. 왜 이렇게 생색이 나고 당당해지는 걸까. 소작인에게 겉보리 한 말을 빌려주며 연신 절을 받고 있는 지주처럼 숫제 거만한 마음까지 들고.

저녁을 먹고 나서 나는 텔레비전을 보고 그녀는 어쩐지 서두르며 설거지를 하고 있었다. 그때 전화벨이 울린다.

"어, 네가 웬일이냐? 그래 오늘 좀 일찍 들어왔다. 야 임마, 그런 날도 있지 그럼. 가정적인 남편 아니냐, 내가."

건너편 아파트 단지에 사는 친구녀석이다. 지방대에 전임으로 있기 때문에 가족들과 떨어져서 혼자 사는데 서울 올라오면 이렇게 가끔 내게 전화를 한다. 그녀는 불안한 얼굴로 내 쪽을 계속 흘깃거리면서 설거지를 한다. 무슨 말을 하는지 들으려고 물소리도 작게 해놓았다. 그러다가 내가 전화에 대고 "그래, 얼굴이라도 봐야지?" 하자 결국은 낙망한 표정이 된다. 전화를 끊고 나서 나는 일부러 괜한 한숨을 한번 쉬고는 어쩔 수 없는 일이라는 듯이, 나가봐야겠는데, 라고 작게 말한다. 웃옷을 걸쳐 입고 신발을 신는 동안 그녀는 아무 말이 없다. 나는 일부러 그녀의 얼굴을 쳐다보지 않고, 금방 갔다올게, 하고는 밖으로 나갔다. 나가니 바람이 시원했다.

나는 취해 들어와서 잤다. 생맥주 집에서 무슨 얘기를 그렇게 떠들어대고 그걸로 모자라 결국 친구의 집에 가서 양주병을 따고 …… 나는 그에게, 그래도 너는 지방에 내려가 사니 이놈의 서울 생활보다 여유가 있지 않냐고 부러워했고 그는, 요즘은 지방 인심도 예전 같지 않다, 근처에 스키장이 개발되는 바람에 사람들을 다 버려놨다, 그런 데다 어쩌다 서울 올라오면 다른 놈들은 십 년 앞서가고 나만 촌놈 다 된 것 같아 마음이 초조해진다, 대충 그런 식의 얘기를 네댓 시간 떠들어대니 목이 타서라도 술을 안 마실

수가 없었다.

사흘인가 나흘 뒤 나는 새벽에 목이 말라 잠이 깼다. 냉장고에서 물을 꺼내 마시고 있는데 식탁 위에 놓여 있는 그녀의 일기장이 눈에 띄었다. 나는 또 식탁 불을 켜고 그것을 읽기 시작했다.

9월 16일

나는 왜 이렇게 쉬운 여자인가.

새벽에 파고드는 그이를 안는데 이상하게 눈물이 핑 돌면서 사는 게 다 안쓰럽기만 하였다. 아침에 그이는 다정하다. 일찍 들어올게, 하더니 정말로 일찍 들어왔다. 나는 그만 감격해서, 저는 당신이 얼마든지 주무르고 어를 수 있는 여자여요, 하듯이 다소곳해져갖고 그이를 맞았다. 그런데 그이는 다시 나간다. 나는 왜 이렇게 쉬운 여자인가. 그이에게 나는 왜 이렇게 하찮은가.

열한시가 넘도록 들어오지 않는데 오늘만은 참을 수 없는 기분이 들었다. 화가 난다기보다 모욕감 같은 것이 들었다. 그렇다, 이것은 아내에 대한 사랑이 있고 없고를 떠나서 먼저 인간에 대한 예의가 아니다. 민후가 깊이 잠든 것을 확인하고 나서 민영이를 들쳐업었다. 나의 분한 마음을 알 리 없는 민영이는 등에 업히자 발을 대롱거리며 좋아한다.

포장마차를 다 뒤졌다. 우리 아파트 단지를 다 훑고 건너편 아파트 단지까지 가봤는데 그이는 없다. 내가 민영이를 업고 포장을 비죽 들고 들어가니 주인인 듯한 아저씨가 나를 술집에 선뜻 들어설 수 없어 머뭇거리는 아줌마라고 생각했는지 "들어오세요."라고 부추겼고, 부인인 듯한 아줌마가 남편을 쿡 찌르며 "누구 찾아왔어"라고 했다. 손님들이 일제히 나를 쳐다봤다. 오줌 누러 나왔던 한 중년남자는 "아줌마, 뭘 기웃거려. 멱살을 잡고 끌어내라구"하면서 슬쩍 다가왔다. 내 뺨으로 술냄새가 확 끼쳤다.

등뒤에서 민영이는 잠이 들었는지 자꾸만 묵직하게 내려앉는다. 몇 번이나 포대기를 풀어 아이를 단단히 업어야 했다. 가게에서 소주 한 병을 샀다. 나는 한 손으로는 자꾸 미끄러지는 아이를 받치고 한 손으로는 소주를 병째 마시면서 집으로 돌아왔다. 단숨에 건너편 아파트 단지까지 갔다 오고도 나는 피로한 줄도 몰랐다. 술 덕분이었을 것이다. 그러나 그 따위 술기운이 내 꼴을 내가 보는 자괴감을 마비시켜줄 리는 없었다.

사방이 어두웠다. 나는 어떤 집인지 모를 불켜진 창을 올려다보며 까닭없이 그 불빛에 대고 그리움을 느꼈다.

갑자기 명치께가 아팠다. 가슴을 무엇인가 둔중한 것으로 얻어맞은 듯이 한동안 숨쉬기가 거북했다. 이윽고 긴 한숨을 내쉼으로써 호흡은 조절했지만 이번에는 머릿속이 한없이 복잡해졌다.

언제부터 그녀가 술을 마셨나. 그녀는 술을 못 마신다. 술도 못 마시면서 연애시절 소주집으로만 끌고 다니는 내게 불만을 말한 적은 없다. 그런 그녀가 혼자 술을 마시고 있을 줄은 몰랐다. 나는 일기장을 거슬러 넘겨가며 또 술 이야기가 없나 찾아보았다. 가슴이 아픈 것 같기도 하고 화가 난 것 같기도 하고, 그때부터는 내 마음을 종잡을 수가 없었다.

4월 7일

소주를 한 잔 따랐다. 첫모금을 혀에 대니 좀 세다. 가슴이 지르르하다. 하지만 밥이나 빵이나 과일이 아닌, 술을 마신다는 것이 즐겁다. 이것도 손쉬운 방법이나마 일상의 탈피니까. 머릿속에서 그이의 생각도 차츰 아련해진다. 술이 나더러 여편네 아니라고 한다. 대신 혼자 술 마시는 외로운 여자 하라고 한다.

5월 27일

아이들은 낮잠을 자고 나는 목욕을 한다. 며칠 만인지 모른다. 피곤해서 내 몸을 돌볼 여유가 없다. 사실 내 옷은 빨기도 싫고 나 먹을 반찬은 만들기 싫다. 내 것은 뭐든지 대충이다. 꼭 해야만 하는 가족의 시중에 밀려 나 자신의 시중은 뒷전인 것이다.

샤워를 한 다음 세면대 앞에 한참 동안 서서 거울 속의 내 알몸을 본다. 거울에 바짝 붙어 서 있으려니 젖꼭지가 세면대에 닿는다. 차갑고 단단한 도기에 닿는 젖꼭지의 감촉이 싫지 않다. 이런 섬세한 느낌을 가질 수 있다는 게 여자된 즐거움인 듯도 하다.

하지만 욕조를 닦기 시작하면서 그런 기분은 깡그리 사라진다. 수세미에 세제를 묻혀서 욕조 안의 기름때를 박박 문지르고 있는 나. 조금 전까지 이 몸이 어떻게 여자의 몸으로 의식되었던가? 지금 다시 거울에 비친 나는 머리가 헝클어진 채 고개를 욕조에 깊이 처박고는 엉덩이를 들썩대며 씩씩하게 욕조를 닦고 있다.

그때 벨이 울린다. 외판원인가 보다. 대충 누르다 갈 줄 알았는데 끈질기다. 이러다가 아이들이 깰 것만 같다. 서둘러 옷을 꿰고 문을 여니 역시 외판원.

"사모님, 방송 보셨습니까?"

나는 그의 얼굴이 잘생겼다는 생각을 한다.

"아침 프로 안 보신 모양이죠? 우리나라 문화수준이 낮다고 좀 높여보자고요."

책인 모양이군, 팔려는 것이. 수준 어쩌구 하면서 나처럼 살림만 하고 살지만 무식해지기는 싫은 아줌마들을 주눅들여 책을 팔려는 얄팍한 상술이다. 그런데도 나는 그와 얘기하는 게 괜찮아서 귀담아 듣는 척한다. 계속 얼굴을 보면서. 언젠가 텔레비전에서 까만 터틀 스웨터를 입고 빙긋 웃는 안성기를 보고서 갑자기 가슴이 찌르르해지던 그때 기분 같기도 하다.

그가 돌아간 뒤 나는 다시 목욕탕으로 돌아와 욕조를 닦는다. 욕조와 벽 사이의 실리콘에 곰팡이가 잘 닦이지 않는다. 가계부의 '살림힌트'란에서 그것을 지우는 방법을 본 것 같아 가계부를 들춰보는데 갈피에 끼워두었던 고지서가 한꺼번에 떨어진다. 아이들이 깨면 데리고 은행에 갈 생각을 하며 나는 서둘러 쌀을 씻었다.

"여보, 새벽에 불 켜고 뭐해요?"

열린 방문 안에서 그녀의 목소리가 들린다. 지금은 그녀의 목소리가 다정한 것도 귀에 거슬린다. 일기장을 제자리에 두고 방으로 돌아오니 그녀는 밥을 지으러 나가려는지 윗도리를 걸치는데 스웨터 가슴께에 눌린 밥풀 몇 개가 허옇게 말라붙어 있다. 칠칠찮기는.

나는 일기장 속의 그녀에게 화가 나 있었다. 하지만 그게 아닌지도 모른다. 꼭 그녀에게 화가 난 것은 아니었다. 어쩐지 산다는 게 다 울적했다.

다음날 술자리에서는 이런 이야기가 화제에 올랐다.

"요새는 한강 내려다보이는 고급 아파트들 인기가 떨어진다고 하데?”

“글쎄 말야. 신문 보니까 아줌마들이 강을 내려다보고 있노라면 삶을 비관하고 자살충동까지 생겨서 그렇다며? 그래서 집을 복덕방에 내놔버린다고 말야.”

“팔자좋은 얘기지. 죽을 시간도 없는데 인생 비관할 시간이 어디 있어?”

“남편들은 이 눈치 저 눈치 봐가며 뼈빠지게 벌어다주면 마누라들은 한가하게 인생 타령이나 하고, 수준들 높다니까. 우리 마누라가 뭐라는 줄 알아. 자기도 자유가 필요하다나? 집안일이 지겹고 힘들다는 거야 나도 알지. 하지만 처자식 먹여 살리겠다고 더러운 꼴 참아가며 죽으나 사나 이놈의 회사에 모가지 붙들려 있는 것에 비하면 자기야 근무여건이 좋은 편이지, 안 그래?”

“그래서, 그렇게 말했어?”

“맞아 죽게?”

화제는 자연스럽게 간 큰 남자 시리즈로 이어졌다. 누군가가 여자들은 먹는 일에 자기 돈의 절반을 쓰고 다시 빼는 일에 나머지 반을 쓴다는 재담으로 한바탕 웃음을 자아냈다. 지글지글 익어가는 돼지갈비를 뒤집으며 소주맛 좋다, 하면서 밤을 보내고 있었지만 나는 어쩐지 기분이 끝내 유쾌해지지가 않았다.

집에 들어가니 그녀도 그날따라 기분이 안 좋다. 문을 따주고는 등뒤에 가만히 서 있는 품이 발언권을 얻겠다고 단단히 작정한 눈치다. 왜 그래? 내 목소리는 그지없이 당당한 나머지 짜증까지 섞여 있었다. 그렇게 매일같이 마셔야만 해요? 그래, 매일 마셔야 해. 술 안 마시고는 사회생활이 안 돼요? 그래, 술 안 마시고는 사회생활이 안 돼. 간암 환자 빼고 그런 놈 있으면 나와보라고 그래. 내가 야유조로 대꾸하자 그녀는 입술을 지그시 깨문다. 잠깐 침묵이 흐른다. 나는 어쩐지 좀 미안해지려고 한다. 그런 내 마음을 붙들어매놓기 위해서라도 내 표정은 더욱 유들유들해질 수밖에 없다. 그녀는 한참을 그냥 그대로 서 있다. 나를 똑바로 쏘아보며. 그러다가 얼핏 고개를 옆으로 돌리는데 눈에 물기가 비친다. 내 귀에 그녀의 낮게 중얼거리는 소리가 들린다. 인생을 좀 진지하게 살 수 없어요? 그런 식으로 인생을 다 보내버릴 거예요? 이게 무슨 소린가. 나는 갑자기 귀가 다 먹먹하다.

그 뒤로 며칠 동안 그녀는 말이 별로 없다. 밤늦게 들어오는 나를 맞아들이는 태도도 전처럼 다정하지 않고 아침 출근 때도 현관까지 따라나오지 않는다. 좀 허전한 마음이 드는 것이 그제서야 그 동안 그녀가 내게 꽤 살가웠구나 싶어진다. 평소에는 느끼지 못했던 기분이다. 하지만 그렇다고 내 일상이 불편해지거나 지장을 받는 것은 아니다. 회사에서나 집에서나 내 일과는 다를 바가 없다. 집에서 밥도 잘 먹지 않고 얘기를 나눌 시간도 별로 없는 나로서는 설령 그녀에게 무언가 강한 의사표현을 해야 할 때가 오더라도 단식이나 침묵시위 같은 것은 애초에 성립될 수조차 없는 일인 것이다.

내가 그녀에게 먼저 말을 붙인 것은 '사우(社友) 아내를 위한 교양강좌'에 마누라들의 적극적인 참여를 끌어내라고 차장이 지시를 내렸기 때문이다. 강좌 제목을 보니 '남편 기 살리기'. 강사는 오랫동안 '사랑받는 아내교실'을 운영해온 여성 사회운동가와 '남편이여, 아내를 사랑하라'라는 캐치프레이즈를 내걸었던 여성지의 사장이었다. 나는 분명 사생활에 속하는 문제를 이래라 저래라 하는 이런 종류의 강좌보다는 차라리 꽃꽂이나 서예강좌가 낫다고 생각했다. 하지만 머리회전이 빠르고 세상 돌아가는 것을 앞서 파악한다는 기획팀에서 대외 홍보와 사원복지 차원에서 마련한 사업을 트집잡을 배짱은 없었다. 사우 아내를 위한 교양강좌는 전에도 몇 번인가 열린 적이 있다. 그때마다 나는 그냥 무심코 지나쳤다. 그러나 이번에는 지나가는 말로라도 그녀에게 강좌가 있다는 것을 말해줄 마음이 들었다. 그것이 그녀에게 '바람이라도 쐬라'는 말로 들려주기를 기대한 건지도 모른다. 어쨌든 내게도 그녀가 도로 살가운 모습이 되어주기를 바라는 마음이 없다고는 할 수 없으니까.

나는 그날 아침에야 출근하면서 넌지시 운을 뗐다.

"참, 오늘 회사 강당에서 사우 아내들한테 교양강좌를 한다던데."

"……."

"당신, 가볼 거야? 두시라는데."

"……무슨 내용이래요?"

"'남편 기 살리기'라나봐."

그녀가 얼굴을 천천히 들더니 나를 빤히 쳐다본다. 눈속이 투명하여 아무 생각도 없는 듯이 보이는 표정이다. 그렇게 나를 뚫어져라 쳐다보니 죄없이 내 얼굴만 붉어질 참이다. 역시 말 안하는 게 나을걸 그랬다고, 나는 속으로 떨떠름해한다. 그 순간 그녀가 입을 연다.

"시간 봐서…… 애들 맡길 데 있으면 가볼게요."

오랜만에 현관까지 따라나오며 그녀는 말을 잇는다.

"민후 감기 때문에 병원 가야 되니까, 좀 힘들 텐데……."

"누가 꼭 가야 한댔어?"

어이없게도 내 목소리는 퉁명스럽게 나왔다. 차라리 그녀가 비꼬거나 불평을 했다면 기분이 그렇게 형편없이 구겨지진 않았을 것이다.

그날 밤도 나는 자정이 다 되어서야 집에 왔다. 그런데 아무리 벨을 눌러도 그녀가 문을 열어주지 않는다. 아들녀석 감기 치다꺼리에 피곤해서 잠이 깊이 든 모양인가? 할 수 없이 열쇠로 문을 따고 들어갔더니 과연 그녀는 일기장을 펼쳐놓은 채 그대로 엎드려 잠들어 있다. 워낙 고단했는지 오늘은 날짜만 써놓고 빈 칸이었다. 그런데 펼쳐진 일기장의 왼쪽 페이지가 갑자기 내 눈에 확 들어온다.

때때로 나는 똥을 보고 놀란다. 저 흉칙한 것이 내 몸에서 나왔다고 인정할 수 없다. 그러나 똥은 엄연하다. 우리 관계는 부인할 수 없다. 그래서 한참을 보니 신기하게도 저것이 더러운 똥이라는 생각이 안 든다. 이제 막 궂고 수고로운 일을 마친 가족 같기도 하다. 나는 똥을 자세히 본다. 내 똥을 자세히 보는 나를 거울로 보니 참 정답다.

아들녀석이 칭얼거린다. 아까 5분 넘게 벨을 눌러도 끄떡 않던 그녀의 잠은 아이의 뒤척이는 소리에 민감하게 깨어난다. 그녀는 황급히 아이 곁으로 다가가더니 이마 위의 물수건을 내려놓고 아이를 품에 끌어안는다. 그러고는 졸린 눈을 감은 채 아이의 뺨에 자기 뺨을 대고 앞뒤로 몸을 흔들며 등을 토닥거린다. 그러나 잠이 덜 깬 탓에 등을 토닥이다가 뒤통수를 토닥이다가, 손놀림이 일정하지 않다. 그녀의 앉은 엉덩이께에는 약봉지며 체온계며 대야, 수건 같은 것이 어지럽게 널려 있어 지금 아이를 안는 그녀의 동작이 몇 시간 동안이나 반복된 것임을 말해준다.

아이를 안은 채 눈을 꼭 감고 있는 그녀의 얼굴은 피곤에 절어 있다. 뒤로 묶은 머리가 머리핀 사이로 잔뜩 빠져나와 어수선하다.

나는 손에 펴들고 있던 그녀의 일기장을 가만히 덮어준다.

살아가는 것은, 진지한 일이다. 비록 모양틀 안에서 똑같은 얼음으로 얼려진다 해도 그렇다, 살아가는 것은 엄숙한 일이다.

(『현대문학』 1996년 1월)

열쇠

열쇠가 없다. 머릿속이 아뜩해지며 온몸에 힘이 빠져나간다. 또?

그러고 보니 딱히 어딘가에 차 열쇠를 집어넣은 기억이 없다. 황급히 주머니로 손을 가져가보지만 얇은 가을 재킷 주머니 안에 두툼한 열쇠고리가 들어가리라는 생각부터가 무리이다. 차 지붕 위에 책과 핸드백을 올려놓고 나서 청바지 뒷주머니까지 하나하나 뒤져가기 시작한다. 없다.

서둘러 핸드백을 끌어내린다는 게 몸피를 잡지 않고 긴 끈을 잡아당기는 바람에 핸드백은 여지없이 땅으로 끌려 떨어진다. 다짜고짜 지퍼 고리를 세워잡고 잡아당기니 지퍼도 억지로는 입을 벌리지 않겠다는 듯 고집스럽게 뻑뻑하다. 지그재그로 몇 번 거칠게 밀어붙이고 나서야 불만스럽게 직, 소리를 내며 마지못해 입을 벌린다. 그러나 핸드백 속을 들여다보니 또 한 번 난감해지지 않을 수 없다. 핸드백 안은 온갖 잡다한 것이 뒤죽박죽 뒤섞여서 마치 쓰레받기 속 같다.

영신에게는 긴장을 하면 용무도 없이 화장실에 가는 버릇이 있다. 아까 박 피디를 만나기 전에도 그녀는 어김없이 화장실에 가야 했다. 화장실 거울 속에 비친 자신의 모습이 딱하리만큼 경직돼 있는 걸 보고 창백한 표정을 조금이라도 가려볼까 해서 립스틱을 꺼내 발랐는데, 그러고 나서 화장품이 든 조그만 지갑을 완전히 닫지 않았던 모양이다.

그 화장지갑이 급하게 핸드백을 끌어내릴 때 뒤집어져버렸는지 뚜껑이 열린 콤팩트와 립스틱이 볼펜이며 수첩이며 속에 뒤섞여서 핸드백 안은 엉망이 되어 있다. 기름진 붉은 립스틱 덩어리가 머리빗의 빗살과 볼펜 깍지, 전화카드 모서리에 죄다 묻어 있다. 게다가 오늘 아침 나오는 길에 우편함에서 꺼내 급하게 쑤셔넣은 서너 개의 고지서들까지 절취선이 아닌 곳에서 제멋대로 접힌 채 뒤섞여 있는 걸 보면 그 핸드백 안에서 뭘 찾겠다는 생각부터가 어이없이 여겨질 정도이다.

영신은 우선 화장지갑부터 꺼낸다. 화장지갑을 꺼내고 보니 그 밑에 한동안 보지 못했던 패이즐리 무늬의 손수건이 꼬깃하게 깔려 있다. 이게 여기 있었구나. 여름장마가 지루하던 어느 날 레코드 가게에 갔다가 산 손수건이다. 저녁나절에 콩나물을 다듬는 내내 자신이 차 안에서 들었던 음악을 계속 흥얼거리고 있음을 깨달은 영신은 저녁 설거지를 마치고 아파트 상가에 내려갔었다. 주인여자는 어떤 젊은 남자가 고른 레코드를 포장하려는 참이었다. 무심코 그 재킷을 내려다보던 영신은 시선을 그대로 들어 젊은 남자를 힐끗 쳐다보았다. 바로 영신이 사려고 한 베토벤의 첼로 소나타였던 것이다. 아무도 상관하지 않을 일일 텐데도 남이 사간 것과 똑같은 레코드를 곧바로 사는 일이 어쩐지 거북해서 레코드 대신 가게 한쪽의 비닐 바구니에서 손수건을 한 장 골라갖고 나와버렸던 그때, 그 손수건이었다.

'그렇지 참, 차 열쇠를 찾는 중이었어.'

핸드백 안의 것을 다 꺼내놓고도 무엇을 하려고 이렇게 서 있는 건지 손수건만 내려다본 채 잠시 망연해졌던 영신은 다시 급하게 핸드백 안에 손을 집어넣는다. 그 안에도 열쇠가 없다는 사실을 확인하는 것과 거의 동시에, 차 쪽을 향해 몸을 구부린 그녀의 눈 속으로 애타게 찾고 있던 물건이 성큼 들어온다. 열쇠는 핸들 옆 열쇠구멍에 어엿하게 꽂혀 있다. 분명 시동은 껐는데 왜 열쇠가 저기 그대로 매달려 있는 것일까…….

그녀가 열쇠를 차 안에 그대로 꽂아둔 채 문을 잠그고 나와 버리는 일은 어제 오늘 일이 아니다. 그런 일은 약속시간에 늦었거나 혹은 어떤 한 가지 생각에 골몰해 있을 때 흔히 있어왔던 일이다. 언젠가는 동료의 방송원고를 잠깐 맡았다가 돌려준 적이 있었는데 남의 원고라서 절대 잃어버리면 안 된다는 강박이 너무 강해 긴장한 나머지 그때도 차 속에 열쇠를 꽂아둔 채 내려버렸다. 늘 큼직한 숄더 백을 갖고 다니다가 조그만 정장 핸드백을 들고 나왔다거나 자꾸만 흘러내리는 스타킹, 어색해 보이는데도 시간이 급해서 갈아입지 못하고 그냥 입고 나온 새 블라우스 같은 것도 그녀의 신경을 교란시켜 주변을 제대로 살피지 못하게 만든다.

옆자리에 누군가가 타고 있을 때는 더욱 심하다. 그 사람이 창턱의 먼지를 쳐다보거나 음악 테이프의 제목을 읽는 것에 신경을 쓰느라고 무턱대고 앞 차를 뒤따라갔다가 유턴을 해서 돌아오는

가 하면, 늘 아무 탈 없이 차를 세우곤 하는 익숙한 주차장에서도 엉뚱하게 벽을 들이받는 일까지 있었다. 그런 날은 꼭 열쇠를 차 안에 두고 나오는 것이었다.

영신은 자신의 머릿속에 입력된 대로 무심코, 그러니까 습관적으로 실행할 수 있는 익숙한 수순에만 의지하여 살고 있었다. 그 낯익은 수순을 깨뜨리는 새롭고 낯선 뭔가가 돌출되면 그만 정신을 놓치고 허둥지둥할 수밖에 없었다.

오늘도 적잖이 긴장된 상태였다. 스크립터에서 구성작가로 이름이 바뀌어가면서 방송국을 드나든 지도 8년 가까이 되었으니 이제 이력이 붙을 때도 됐건만 영신은 여전히 사람 만나는 일에 서툴렀다. 더욱이 오늘처럼 새 프로그램을 맡게 되어 새로운 스태프들과 처음 인사를 나누는 자리에서는 얼굴빛이 질려 어디 아프냐는 소리를 듣기 일쑤였다. 그런 자리에서 그녀는 말까지 더듬었다.

"왜 그래요? 차 문이 잠겼어요?"

아까부터 영신을 흘깃거리던 방송국의 경비가 이 상황에 참견할 권리를 더는 억누르지 못하겠다는 듯 그녀 곁으로 다가선다.

"그러길래 준비성 있게 키 하나를 더 갖고 다녀야죠. 요즘은 차 밑에 붙이는 열쇠고리도 나왔던데."

경비는 그쯤에서 훈시를 마치고 정작 의도했던 용건을 꺼낸다.

"그나저나 문을 따야 이 차를 뺄 텐데……."

"저, 죄송하지만…… 아저씨가 좀 따주실 수 없으세요?"

"글쎄요. 해보긴 해보지만, 이거 사람 부르면 3만원은 달라고 할 텐데."

차 열쇠를 따주는 데 출장비가 2만원이란 걸 알지만 영신은 가만 있는다. 흥정이나 실랑이는 세상일 가운데서도 가장 자신없는 부분이다. 그래서 손해라거나 손해가 아니라거나 하는 것을 알아차리는 분별이 없진 않지만 손해를 보지 않으려고 어떤 적극적인 시도를 해본 일은 없다. "만원만 주시우" 하면서 꼬챙이를 가지러 가는 경비의 발걸음이 가볍다.

주차장을 빠져나오며 영신은 그제야 한숨을 내쉰다. 그녀에게는 차 안이야말로 자기의 방 다음 가는 방심의 공간이다. 영신이 처음 운전을 배우겠다고 할 때 영신을 아는 사람들은 다들 의아해했다. 덤덤하고 소극적인 데다가 유행이나 첨단 문물 따위에 호기심이라곤 없는 고지식한 영신이 차를 갖고 다닌다는 것은 도무지 어울리지 않는 일이었다. 그러나 영신이 단 한마디 "혼자 있고 싶어서"라고 대답하자 그들은 쉽게 이해를 했다. 차를 갖고 난 뒤 영신은 기대만큼은 아니어도 세상의 시선에서 차단된 듯한 안도감을 어느 정도 얻을 수 있었다. 영신의 용모는 평범하기 그지없었다. 세상의 시선을 의식해야 할 만큼의 특이한 매혹도, 또 세상의 시선을 피해야 할 어떤 흉도 갖지 않았다. 그러므로 누군가가 자기를 유난히 눈여겨볼 이유가 전혀 없는데도 영신은 무심한 시선들이 가득 들어차 있는 버스나 지하철 안에서 누군가의 그 무심한 시선 한끝이 자기를 스쳐가는 것에도 괜스레 불편해하곤 했었다.

'여기가 어디지?'

문득 지금 가고 있는 길이 낯설게 느껴진다. 백미러를 통해서 조금 전 자기가 지나쳐온 길을 돌아본 영신은 난처한 표정이 된다. 집으로 가기 위해서는 아까 교회를 끼고 우회전을 해야 하는데 거기서 차를 꺾지 않고 그냥 지나쳐버린 것이다. 잠깐 생각에 잠긴 것뿐인 듯한데 차는 벌써 신호등을 두 개나 지나쳐 와 있다. 영신은 얼굴을 찡그린다. 지금 자신이 왜 또 이렇게 마음의 평정을 잃고 딴 생각에 골몰해 있는지 스스로 잘 알고 있기 때문이다.

아까 박 피디를 만나 회의를 하는 자리에서부터였다. 박 피디가 방송 콘티를 설명하며 말했다.

"다음주 수요초대석 출연자는 문희영이에요."

문희영이란 이름을 듣는 순간 영신이 좀 뜨악한 표정을 지었던 것일까. 박 피디는 그런 영신의 반응을 문희영이란 사람을 잘 몰라서 짓는 애매한 표정이라고 해석했다.

"왜 저번에 여성지에서 자기 결혼에 대해 멋대로 썼다고 법정 싸움도 불사하겠다 어쩌겠다 좀 시끄러웠던 소설가 말예요. 요즘 『내게도 사랑이』라고 베스트셀러 아녜요. 몰라요?"

작년에도 함께 일을 해봐서 익히 알고 있었지만 박 피디는 시시콜콜 설명이 좀 많은 편이었다. 특히 자기가 영신을 끌어와서 새 프로그램을 맡긴 자리이므로 다른 사람들에게 영신과의 유대감을 보이려고 유난히 더 친절했다. 그래서 굳이 하지 않아도 될 말까지 했다.

"그 뒤부터 매스컴 기피증이 생겼는지 잘 안 나오려고 하더라구요. 솔직히 우린 섭외하기 어려운 사람은 처음부터 제껴놓고 시작하잖아요. 근데 개편되고 나서 첫방송이고, 또 작가도 바뀌고 했으니까 문희영 정도는 내놓아야겠다 싶어서 몇 날 며칠 귀찮게 굴어갖고 겨우 약속을 받아냈죠. 그것도 보통 일이 아니더라구요. 다음 회부터는 섭외를 이영신 씨가 좀 맡아주세요."

박 피디의 수다스러운 입술을 보며 영신은 그가 스캔들을 좋아할 뿐 아니라 일을 요령있게 시키는 약빠른 사람이란 사실을 새삼 실감했다. 참고하세요, 하면서 그가 밀어놓는 책을 보니 한 문예지의 가을호였다. 문희영의 얼굴이 몇 사람인가의 얼굴 사이에 섞여 웃고 있었다. 영신의 시선이 여러 사람의 사진 중에서 망설임 없이 문희영에게로 바로 가 꽂히는 것을 보고 박 피디는 '그게 아니었나' 싶은 표정을 지었다.

"아는 사인가요?"

"아뇨."

영신은 천천히 고개를 저으며 문희영의 얼굴을 쳐다보았다. 그 얼굴이 자신을 모멸의 눈으로 쳐다보던 때를 기억하는 영신은 그 때와는 전혀 다른 부드러움을 담고 독자들을 보고 있는 그녀를 마주보았다. 영신은 거짓말을 한 것은 아니었다. 딱 한 번 마주친 적이 있을 뿐 그녀는 문희영을 잘 알지는 못했다. 그녀가 아는 것은 문희영이 아니라 그녀의 남편, 한때 자기의 남편이었던 그 남자였다.

박 피디가 영신을 향해 한참이나 궁금한 눈길을 던졌지만 고집스럽게 다물어진 영신의 입술은 끝내 열리지 않았다. 그리고 그때부터 회의시간 내내 내장이 다 긁어내진 채 다소곳이 쟁반 위에 얹힌 닭백숙처럼 그렇게 덤덤하고, 또 고통스럽게 앉아 있었던 것이다.

203동 앞에 차를 세우고 영신은 약간 마음이 놓여난다. 영신이 자동차말고도 호감을 갖는 신문물이 있다면 바로 아파트라는 구조물이다. 언제나 시선을 피해 숨을 곳만을 찾아 살아왔다고 할 수 있는 영신에게 아파트는 익명성을 지켜주고 틈입의 시선을 막아주는 고치와 같았다.

아파트 문 앞에 서서 열쇠를 찾으며 영신은 마른침을 한번 삼킨다. 완강하게 닫힌 문 위에 조그만 입을 벌리고 있는 열쇠구멍. 그것을 보면 순간 머릿속이 하얗게 비면서 아차 싶어지는 게 영신의 딱한 버릇이다. 현관 열쇠가 없을지도 모른다는 생각 때문에 지금도 주머니께로 손을 가져가며 영신은 지레 가슴이 서늘해진다. 참, 아까 차 열쇠는 뺐던가?

다행히 현관 열쇠는 차 열쇠와 함께 묶인 채 핸드백 안쪽의 작은 칸 속에 얌전히 들어 있다. 그것을 꺼내면서 영신은 안도의 한숨을 쉰다. 그러나 언제 그 지퍼 속에 열쇠고리를 단속해 넣었는지는 기억이 나지 않는다. 자기만의 세상 속으로 숨어들기 위한 마지막 장치에마저 영신의 안간힘은 이처럼 힘이 달렸다.

아파트 안은 언제나처럼 커튼이 드리워져 실내가 어둑하게 가라앉아 있다. 영신은 의식적인 동작으로 열쇠를 신발장 위에 소리 나게 올려놓는다. 내일 아침 나갈 때 잊지 말아야지, 열쇠는 신발장 위에 있어. 그 사실을 깊이 각인하기 위해 영신은 잠시 신발장 위의 열쇠를 뚫어져라 쳐다본다.

옷을 갈아입고 소파에 앉자 영신의 입에서 비로소 긴 한숨이 내쉬어진다. 눈을 감는다. 머릿속의 생각이란 건 참 이상하다. 입 밖에 내서 말을 하려 하면 더 애매해지면서도 눈을 감으면 되레 훨씬 더 또렷한 상을 맺는다.

그 사람. 비누거품처럼 허술하기 짝이 없게나마, 그래도 세상으로부터 그녀를 가려주마던 그 사람. 그는 영신 자신조차 사랑하지 못하는 그녀를 한때 사랑하려고 애썼었다. 그때 그 미혹의 한 시절에.

늘 혼자 되기만을 꿈꾸던 영신이 결혼을 했다는 것은 자신의 해석처럼 정말 미혹이었는지도 모른다. 삶이란 때로 그렇게 엄청나게 의외적인 것이다.

'어차피 난 누군가를 행복하게 해줄 수 없게 돼 있어. 그 사람은…… 많이 노력한 거야.'

영신의 움츠린 마음속으로 들어오려고 그는 수없이 문을 두드렸다. 영신이 어머니의 얘기를 했을 때, 영신의 앞이마에 몇 가닥

달라붙어 있는 축축한 머리카락을 넘겨 땀을 닦아주며 그가 말했었다. 이제 내가 너를 다시 시작하게 해줄 거야, 유년에서부터.

어머니는 목련을 좋아했다. 감나무도 좋아했다. 봄이면 목련의 큰 꽃송이가 나뭇잎과 사이좋게 어울려 있지 않고 꽃만 덩그러니 가지에 통째로 매달려 있는 것을 즐겁게 바라보곤 했다. 또 잎이 다 지고 난 뒤 열매들만 알몸으로 매달려서 색스럽게 아래를 내려다보는 늦가을 감나무 밑에 앉아 있기를 좋아했다. 잎보다 먼저 달려와서 성급히 가지에 얹히는 봄꽃, 잎을 후딱 다 보내버리고 혼자서 끝내 남아 파란 가을 하늘에 박히는 가을 열매…… 영신은 그것들이 어머니를 닮았다고 생각하곤 했다. 그리고 어머니가 혼자만 두드러지기를 바라는 그 꽃과 열매라면 자신은 그것들의 거추장스럽고 누추한 잎일 거라고. 여름 뙤약볕 길을 갈 때도 어머니는 영신에게 모자를 씌워 저만큼 떨어져서 걷게 하고 혼자 분홍색 수양산을 쓰고 자태를 뽐내며 걸었다. 하긴 그 자태가 청상과부로 스러져가기에는 너무 고왔고 누구보다 어머니 자신이 그것을 잘 알았기 때문에 어머니는 여자로서의 삶에 집착할 수밖에 없었을 것이다.

어머니와 함께 자던 솜이불에서는 언제나 향긋한 분냄새가 났다. 어머니가 늦게 들어오는 밤에도 영신은 혼자 솜이불에 코를 박고 어머니 냄새를 느끼면서 잠이 들곤 했다. 어린 영신의 잠은 편안하고 깊었다. 언젠가 한밤중에 허전함과 한기를 느끼고 잠이 깨기 전까지는.

눈을 떠보니 영신의 몸 위에 덮여 있던 솜이불이 다 어머니 쪽으로 가 있어 그렇게 추운 거였다. 영신은 솜이불의 귀퉁이를 잡고 끌어당겨보았다. 그러나 어머니의 몸이 한쪽 끝을 누르고 있는지 이불은 꼼짝도 하지 않았다. 몇 번이나 낑낑대며 이불깃을 잡아당겨보던 영신은 아예 일어나서 이불을 끌어오려고 몸을 일으켰다. 그때 영신의 눈 속에 들어온 것. 어머니는 낯선 남자와 나란히 솜이불을 덮고 잠들어 있었다. 잠든 어머니의 모습은 목련처럼 화사하고 붉은 감처럼 색스러워 보였다. 그리고 마치 자기와 솜이불을 함께 덮을 권리는 그 남자의 것이지 영신의 것이 아니라고 말하는 듯 만족스러운 표정이었다. 영신은 재빨리 등을 돌리고 제자리에 누웠다. 발도 시리고 온몸이 오돌오돌 떨렸지만 지금 그 자리에서 필요없는 틈입자는 바로 자기라는 생각이 태아처럼 몸을 꼬부리고 웅크린 영신의 숨소리까지 죽이게 만들었다. 영신은 그대로 자기의 몸이 꺼져버렸으면 싶었다. 흔적도 없이 사라져버리고 싶었다. 어머니에게뿐 아니라 자신에게도 자기의 존재는 거추장스러웠다.

영신이 솜이불과 그 솜이불 속의 어머니를 낯선 남자에게 빼앗기고 오돌오돌 떨면서 잠을 설친 밤은 꽤 많았다. 하지만 요에서 나는 어머니의 분냄새를 맡으며 웅크린 영신은 새벽녘에 남자가 떠난 뒤 어머니의 손길이 다시 자기의 몸 위로 솜이불을 끌어당겨주는 순간을 기다리며 그런대로 잠이 들 수 있었다. 그나마가 영신에게는 평화였다. 그러나 그 평화마저 오래가지 못했다.

"너, 말할 때 입 안에서 어물거리면 안 된다. 인사도 또박또박하고, 알았지? 공부 잘한다고 말했으니까 똑똑하게 보여야 해."

그날 영신은 새옷을 입고 어머니에게 손목을 잡힌 채 처음 보는 남자를 만나러 갔다. 안경을 쓰고 머리가 조금 벗어진 남자였다. 그가 영신을 바라보는 첫 눈길에서 벌써 영신은 자기에게 호의적인 사람이 아니라는 것을 눈치챘다. 영신이 똑똑하기보다는 그렇지 않기를 더 바라고 있는 듯한 그의 눈길은 영신의 머뭇거리는 속마음을 꿰뚫어보기 위해서 차가운 빛을 내뿜었다. 영신은 인사할 때 이미 말을 더듬고 있었다. 그때부터 영신은 내내 자신이 우유잔을 엎지르는 상상, 엎질러진 우유가 남자의 옷을 더럽히는 상상, 깨진 유리잔에 손을 벤 어머니가 비명을 지르는 상상, 다방 아줌마가 달려와서 물어내라고 소리치는 상상 따위로 얼굴이 하얗게 질린 채 앉아 있었다. 행여 우유잔을 떨어뜨릴까봐 두 손으로 잔을 꼭 쥐고 있는 영신의 손은 부들부들 떨렸다. 어머니가 눈꼬리를 한껏 치켜올리며 매섭게 눈을 흘겼다. 그날 저녁 어머니는 영신의 등짝을 연신 때려가며 외갓집 식구들이 모두 듣도록 울부짖고 한바탕 신세한탄을 늘어놓더니 얼마 안 가 영신을 남겨두고 혼자 시집을 갔다.

"이제 내가 너를 유년부터 다시 시작하게 해줄 거야."

하지만 그 말을 하던 그도 영신 곁을 떠났다. 영신은 누구도 미워해본 적은 없다. 특히 자기를 버린 사람들에 대해 언제나 너그러웠다. 밤마다 혼자 벽장에서 무거운 솜이불을 내려 깔며 어머니를 그리워는 했지만 원망은 하지 않았다. 그가 떠난 뒤에도 현관문을 닫고 들어와서 혼자 침대에 누운 영신은 중얼거렸다. 이제 다시 혼자야. 영신은 그 말을 마치 이제야 마음이 놓인다는 듯이 발음했다.

벌써 저녁이 되어 방 안이 꽤 어두워진 것을 영신은 그제서야 깨닫는다. 전등 스위치를 누르자 형광등이 파르르 떨더니 깜박깜박하다가는 이윽고 환한 빛을 내쏜다. 영신도 형광등을 따라서 몇 번 눈을 깜박거린다. 마치 자신도 몸 속으로 빛을 돌게 하여 불을 켜려는 듯이.

거실이 환해지는 것과 함께 불현듯 서툰 관악기 소리가 실내에 들어찬다. 얼마 전부터 아침 저녁으로 끈질기게 들려오는 소리이다. 처음에는 호른 소리인가 했는데 꽤 소리가 높은 걸 보니 클라리넷인가도 싶다.

　며칠 전 욕실에 들어갔다가 영신은 그 클라리넷 소리가 바로 위층에서 난다는 것을 알았다. 방음이 제대로 되어 있지 않아서 욕실 안에서는 이따금 위층의 물소리와 두런거리는 남자의 목소리가 들려오곤 했는데 그날 영신이 욕실로 들어가자 방금 전에 끊겼던 클라리넷의 가락을 허밍하는 남자의 목소리가 어렴풋이 들려왔던 것이다.

　꽤나 열심인데도 도통 실력이 늘지가 않아 클라리넷 소리는 보통 신경에 거슬리는 게 아니었다. 지금도 똑같은 소절을 계속 틀리게 불었고 그래서 열 번 가까이 같은 부분을 되풀이하고 있다. 영신의 입가에 쓴웃음이 떠오른다. 언제나 같은 소절을 반복하던 피아노 소리에 대한 기억이 났기 때문이다.

　그는 영신을 아침에 안는 것을 좋아했다. 옆집 꼬마가 바이엘 하권 연습을 시작할 시간에 그는 영신의 잠옷 단추를 벗겨내곤 했다. 그의 조급한 손놀림을 물끄러미 쳐다보는 영신의 몸은 언제나 그렇듯이 차가웠다. 영신이 생리를 시작한 것은 국민학교 6학년 때였다. 영신의 흰 체육복 바지에 묻어난 붉은 얼룩을 보고 선생님이 큰 소리로 그것을 깨우쳐주자 드리블을 연습하던 남자애들이 일제히 영신을 힐끔거렸다. 그렇지 않아도 체육시간이 싫어 구석에 숨어 앉아 있곤 하던 영신은 그 일로 인해 더욱더 육체는 물론 여자라는 본능마저도 끔찍이 여기게 되었다. 그런 그녀가 육체를 통해 이루어지는 교감을 얻기 위해서는 배려가 필요했다. 그러나 그는 영신에 대한 불타는 열정은 있었지만 인내심까지 갖추지는 못했다. 점점 그들의 침실에서 화음을 기대할 수는 없게 되어갔다.

　영신은 그의 손에 몸을 맡기고 머릿속으로는 늘 엉뚱한 생각을 하고 있었다. 아니 다른 생각을 한다기보다는 아무 생각을 하고 있지 않다는 것이 정확한 표현일 것이다. 그러므로 텅 빈 그녀의 머릿속으로 꼬마의 피아노 소리는 쉽게 파고들었다. 피아노 소리가 꼬마가 늘 틀리는 소절로 들어갈 때면, 이번에는 제대로 칠 수 있을지 어떨지 해서 영신은 자기도 모르게 귀를 쫑긋 세우곤 했다.

한번은 그런 식으로 피아노 소리를 듣다가 문득 자신의 몸 위에서 움직이고 있던 그의 벗은 어깨에 머리카락 하나가 떨어져 있는 것을 발견했다. 딱히 다른 할 일이 없는 사람처럼 그녀는 그 머리카락을 즉시 집어냈다. 그러자 그의 동작이 뚝 멈추었다.

"지금 뭐 생각하는 거야?"

"아니……."

"좀 열중할 수 없어?"

목소리가 차가웠다. 한참 동안 그대로 엎드려 있다가 갑자기 벌떡 몸을 일으켜 담배를 피워무는 그의 허전한 등에 대고 영신은 뭐라고 말을 해야 한다 싶었지만 가슴이 답답할 뿐 아무 말도 할 수가 없었다. 그때 꼬마가 처음으로 그 소절을 맞게 치는 소리만 귀에 들어왔을 뿐이었다.

헤어지자는 말을 그는 이렇게 했다.

"지쳤어. 난 도대체 모르겠다. 한번도 네가 내 옆에 있어본 적이 없는 것 같아. 너를 가졌다고 느껴본 적이 없어, 단 한번도. 넌 대체 어디 있는 거니?"

물그림자처럼, 만지려고 손을 대보면 물살이 퍼지면서 흐려져 없어져버렸다가 손을 떼고 한참 기다리면 또 홀연히 나타나서 자기를 보고 있는 영신의 모습 때문에 미칠 지경이라고 하면서 그는 그 얘기를 하는 동안 셔츠 단추를 세 개나 풀어헤쳤다. 도대체 아무 실감도 들지 않고 문제도 던지지 않는 이런 흔적 없는 관계에 난 지쳤다, 아주 완전히 지쳤어, 할 때는 아예 셔츠를 벗어붙여서 방바닥에 메치기까지 했다.

'꼭 딱지치기하는 애들 같았어.'

그는 자기의 딱지로 상대방의 딱지를 뒤집으려는 어린애처럼 그렇게 영신이라는 벽에 자기의 절망을 패대기치던 거였다.

벽시계를 보니 일곱시가 넘어 있다. 저녁을 지을까 하다가 먼저 커피를 마셔야겠다는 생각이 들어 커피메이커에 물을 채운다. 향긋한 커피향이 퍼져나오며 커피가 유리주전자 속으로 떨어지기 시작한다. 머그잔에 가득 커피를 따라들고 소파로 돌아온 영신의 눈길이 언뜻 탁자 위에 멈추는데, 거기 문희영의 얼굴을 담은 책이 그대로 던져져 있다. 영신은 목차에서 문희영의 이름을 찾아 그 페이지를 펼쳐든다. 문희영의 소설은 이렇게 시작되고 있었다.

그 꿈은 가는 해의 마지막 밤에 시작되어 새해 첫날 새벽까지 이어졌다. 햇수로만 친다면 나는 2년에 걸쳐 꿈을 꾼 셈이다. 시간이라는 약속이 얼마나 도식적인 것인가를 다시금 실감한다. 도식적인 약속은 때로 진실과는 아무런 관계도 없다. 내 곁에서 잠들어 있는 당신만 해도 그렇다. 그 전에는 이렇게 함께 자는 것이 다른 사람들 보기에 그처럼 펄쩍 뛸 일이더니 결혼식을 올린 뒤부터는 똑같은 일을 하는데도 전혀 나쁘게 보이지 않는다. 나쁘게 보이기는커녕 이제는 정반대로 같이 자지 않으면 그 전에 같이 자는 것만큼이나 펄쩍 뛸 일로 여긴다. 변한 것이라고는 30분에 걸친 결혼식이라는 의식이 있었다는 사실 하나뿐인데. 어쨌든 이제는 당신을 얻기 위해 통과해야 할 세상의 절차도 모두 치르고 온전히 당신을 소유했다는 실감에 새삼 애틋해진다.

당신이 눈을 뜬다.

"알아요? 새해 첫날이야."

내 말에 당신은 눈을 몇 번 깜박이더니 하품을 하고는 늘어지게 기지개를 켠다. 그런 뒤 나를 바라본다. 아무 말 없이. 그 눈길에서 나는 두번째로 당신과의 동반을 실감한다. 마치 그 실감을 놓치지 않겠다는 듯이, 팔짱을 낀 내 양손은 가볍게 잠옷을 움켜쥐고 있다.

커피를 끓이러 침대에서 몸을 일으키던 나는 갑자기 몸의 균형을 잃는다. 그러고는 뒤에서 허리를 껴안는 당신의 품속으로 그대로 쓰러진다.

문희영이 소설 속에 묘사한 '당신'——아침 잠에서 깨어나 눈을 깜박이는 버릇, 팬스레 사람을 벅차게 하느라 말없이 쳐다보는 눈길, 일어서려고 하면 으레 뒤에서 허리를 껴안곤 하는 장난기, 그것을 영신은 남다른 실감을 갖고 읽는다. 그럴 수밖에 없다. 그 모습은 바로 영신의 남편이었던 그 남자의 것으로, 지금도 그려보라고 하면 얼마든지 그려 보일 수 있을 정도로 영신의 눈 속에 생생하게 살아 있는 모습이었다.

영신은 문희영이 그와 함께 침대에 누워 있던 바로 그 시각에 자신은 무엇을 했는지 새해 첫 아침의 기억을 되살려본다. 그때 그녀는 창문이 밝아지는 것을 보면서 누워 있었다. 혼자 새해를 맞으며 영신은 이렇게 중얼거렸던 것도 같다. 서른두 살로 맞는 첫 아침이야. 나는 앞으로 이런 식의 첫 아침을 몇 번이나 더 맞아야 할까. 아침이 밝는 것을 더이상 보지 않으려면 이런 낯선 아침을 몇 번이나 더 맞아야 하는 걸까. 참 지리한 반복이구나……

문희영이 커피를 끓이러 일어섰을 때쯤 영신도 몸을 일으켰었다. 다른 점이 있다면 문희영은 허리를 껴안는 '당신'에 의해 도로 침대에 누웠고, 영신은 그대로 부엌으로 나가서 유리주전자에 물이 떨어지는 적요로운 소리를 혼자 듣고 있었다는 점이었다.

영신은 마치 그 소리가 지금 들리기라도 한다는 듯이 두어 번 가볍게 고개를 젓는다. 그러고는 불현듯 차가워진 커피잔을 집어 들어 입술에 댄다. 커피는 한 방울도 남아 있지 않았다. 클라리넷 소리도 들리지 않는다.

다음날은 영신이 맡은 라디오 프로그램의 녹음이 있는 목요일이다. 몇 회분의 원고를 한꺼번에 넘기곤 했으므로 녹음이 있는 날이라고 꼭 방송국에 갈 필요는 없었지만 엠씨가 출연자의 개인 신상에 대한 자료를 부탁했기 때문에 스튜디오에 나가야만 했다. 영신은 어젯밤 써두었던 오프닝과 클로징을 챙겨 쇼울더백에 넣는다.

현관에서 구두를 신다가 신발장 위 거울 속에 비친 자신의 모습을 발견하고 영신은 잠깐 멍해진다. 검은 폴라스웨터에 유행이 지난 바바리코트를 걸쳐 입은 자신의 모습을 뚫어져라 바라본다. 언제 이 옷을 꺼내 입었을까. 자기 스스로가 옷장에서 그 옷을 꺼내 입은 기억이 나지 않았던 것이다. 언젠가 영신은 그 바바리코트 속에 스커트를 입지 않고 스타킹 바람으로 외출했던 일이 있었다. 자신을 믿을 수 없는 기분이 얼마나 한심한 것인지 진저리나게 실감을 하면서 영신은 바바리코트를 조금 들쳐본다. 다행히 종아리 위에 낯익은 주름 스커트의 치맛단이 헐렁하게 드리워져 있다.

현관문을 열고 나가려다가 영신은 또 걸음을 멈춘다. 가스불을 껐는지 안 껐는지 생각이 나질 않는다. 지금 막 신었던 구두를 벗고 다시 부엌으로 가서 가스의 잠금장치를 확인한다. 그러고는 또 다시 구두를 꿰어신고 어제 신발장 위에 놓아두었던 열쇠를 들고 나가서 현관문을 잠근다.

엘리베이터를 향해 걸음을 옮기던 영신은 그러나 채 1분도 지나지 않아서 종종걸음으로 다시 현관에 되돌아와야 했다. 현관문이 완전히 잠겼는지 확인해보지 않았다는 불안함 때문이다. 영신은 자기 집 앞으로 돌아와 현관문의 손잡이를 잡다가 이상하게 손잡이가 낯설다는 느낌을 받는다. 고개를 들어 숫자를 보니 영신의 옆집이다. 엘리베이터 앞에서 거슬러 오자면 세번째 집이 그녀의 집인데 영신은 네번째 집의 문 앞에 서 있는 것이다. 안에서 기척을 듣고 행여 누가 나올세라 영신은 황급히 자기 집 쪽으로 걸음을 옮긴다. 거기서 영신은 자기 집 현관문의 손잡이에 꽂혀 있는 열쇠를 발견한다. 아까 현관문을 잠그고는 열쇠를 거기 꽂아 둔 채 빼지 않았던 모양이다. 아니 어쩌면 이 열쇠는 어제 저녁 영신이 문을 따고 들어올 때부터 구멍에 그대로 꽂혀져 있던 것인지도 모른다. 집에 들어올 때 현관문을 따고는 열쇠를 빼지 않고 그냥 들어와버리는 바람에 지나가던 옆집 사람이 벨을 눌러서 알려준 적도 여러 번 있지 않았는가. 하지만…… 그건 확실히 아니다. 어제 신발장 위에 열쇠를 올려두었다는 것만은 분명히 기억할 수 있으니까.

열쇠구멍에서 열쇠를 빼내 핸드백에 넣으며 영신은 입술을 깨물고야 만다.

"당신, 열쇠 어쨌어?"

외출할 때마다 그가 묻곤 하던 말이다. 지하도에 들어서면 으레 방향을 잃고 마는 영신은 자신의 목적지와 정반대 쪽에 있는 버스 종점에서 더듬거리는 목소리로 그에게 전화를 거는 일도 한두 번이 아니었다. 그때마다 그는 다그쳐 물었다. 당신, 열쇠는 갖고 있는 거지?

엘리베이터 앞에 서 있던 영신은 엘리베이터 문이 열리자 무심코 그 안에 발을 들여놓는다. 그러나 엘리베이터는 올라가고 있는 중이었는지 영신이 탄 6층에서 한 층 올라가 7층에서 멈춘다. 거기에서 한 남자를 태우고 그제서야 엘리베이터가 아래로 내려가기 시작한다. 영신은 하마터면 6층에서 내릴 뻔했다. 문이 열리자 무심코 발을 내딛다가 7층에서 탄 남자가 "여, 여긴 6층인데요" 하고 상기시켜준 덕분에 내밀었던 발을 황급히 거둔 것이다. 영신은 남자의 얼굴을 쳐다보지도 않고 제 얼굴에 고마워하는 표정만 간단히 떠올려 보인다.

영신은 경비실 옆의 우편함 앞을 지나다가 밖으로 비죽이 내민 흰 봉투를 발견하고 다가가 함을 열어본다. 겉봉에 아무것도 씌어 있지 않은 것이 무슨 광고전단인 것 같다. 그것을 아무렇게나 핸드백 안에 넣고 영신은 203동 앞에 세워져 있는 자기의 차로 다가간다. 핸드백 안에서 열쇠를 찾는 영신의 얼굴이 어김없이 찡그려진다. 손에 들고 나오다가 어쨌더라, 주머니에 넣었었나…… 영신은 아까 차 열쇠를 주머니에 넣으려다가 주머니 없는 옷임을 알고 그냥 왼손에 들었던 데까지 기억을 해낸다. 그럼 핸드백 안에 있어야 하는데…… 영신이 다시 핸드백 지퍼를 열려고 고리를 젖히는데 한 남자가 불쑥 다가선다. 여, 열쇠 찾으시죠? 남자의 손안에 든 열쇠를 보자 그제서야 영신은 아까 우편함을 열어볼 때 손에 들고 있던 열쇠를 잠깐 그 위에 올려놓는다는 것이 깜빡 잊고 두고 와버렸음을 깨닫는다.

"저, 전에 뵈, 뵌 적 있죠?"

열쇠를 건네주며 남자가 더듬는 말로 알은 체를 한다. 마지못해 영신은 숙였던 고개를 들어서 남자의 얼굴을 쳐다본다. 본 적이 있는 듯도 싶은데 정확히 기억은 나지 않는다. 긴한 용건도 없이 모르는 남자와 말을 나누는 것이 내키지 않았지만 열쇠를 가져다준 데 대한 고마움의 표시로라도 상대에서 부드럽게 대해야 했기에 영신의 이마는 생각 안 나는 상식 문제를 대답해야 하는 면접생처럼 찡그려진다.

"기, 기억 안 나세요? 하, 하긴 그냥 이 근처에서 자, 자주 마주친 것 뿐, 뿐이니까. 저야, 기, 기억하지만 그, 그쪽에서는 기억을 못하……."

남자는 그 더듬는 말조차 다 마치지 못하고 에취, 하며 재채기를 터뜨린다. 그러더니 죄, 죄송합니다, 라고 하면서 손수건을 꺼내더니 거기에 코를 박고 다시 한 번 마음껏 재채기를 한다. 영신의 것과 비슷한 페이즐리 무늬의 손수건, 그리고 그 손수건에서 막 떼어져 나오는 남자의 내리깐 시선…… 영신은 비로소 그 남자를 본 기억이 난다. 바로 지난 여름 레코드 가게에서 첼로 소나타를 사가던 그 젊은 남자다.

"6층 사, 사시죠? 에, 엘리베이터를 함께 타, 탄 적도 많은데 그, 그렇게 기억을 못 하세요?"

"글쎄요……."

남자의 더듬거리는 말을 듣고 있기가 딱하기도 하려니와 무엇보다 그 남자와의 대화가 길어질까봐 난처할 뿐인 영신의 대꾸는 성의가 없다. 그 남자의 설명에 따르면 며칠 전에도 그는 엘리베이터를 타고 올라가려다가 영신이 아파트 현관의 계단을 올라오는 걸 보고 열림 단추를 눌러 엘리베이터를 잡고 있었다고 한다. 영신이 엘리베이터 안으로 들어오자 그녀가 내릴 층을 알고 있다는 것을 보이려고 자기가 먼저 6자를 눌러주었는데도 영신은 끝내 그것을 알아채지 못하고 무심히 내리더라는 것이다.

그 말을 듣는 동안 영신은 차 열쇠만 만지작거린다. 그러자 남자도 더는 말을 이어갈 구실이 없는지 가벼운 인사말을 던진 뒤 놀이터 쪽으로 걸어가버린다. 트레이닝 바지 차림인 것을 보면 직장에 다니지 않는 모양이다.

차 열쇠로 문을 따며 영신은 불현듯 자신의 손 안에 있는 그 열쇠가 아까 그 남자의 손 안에 들어 있었다는 생각이 떠오른다. 열쇠의 순결한 영역이 훼손당한 듯해 기분이 나빠진다. 그것은 제 삶으로 들어오려는 모든 새로운 것에 대한 저항이었다. 그녀도 알고 있다. 낯가림이란 장치의 작동임을.

차가 아파트 단지를 빠져나와 대로로 들어갈 때까지 영신은 얼굴이 굳어 있다. 그 남자가 어디선가 자신을 엿보는 것만 같아 자기의 손동작 하나하나가 거북하게 느껴진다. 자신이 필요 이상으로 남을 의식한다는 것을 잘 알고 있었지만, 누군가가 자신을 보고 있다는 생각만으로도 자기 자신의 모든 것이 어색해져버리는 것은 영신으로서도 어쩔 수 없는 일이다.

학교 다닐 때 소풍날이 그렇게 싫었던 이유도 게임 같은 것을 하면 어쩔 수 없이 모두가 자기를 주목하는 순간이 오기 때문이었다. 코카콜라 게임이란 것이 있었다. 빙 둘러앉아서 한 사람씩 코, 카, 콜, 라,를 연속하다가 갑자기 스톱! 하고 소리를 치면 그때 마침 차례가 왔던 사람이 얼른 다른 사람을 지목해야 하는 게임이었다. 그 게임을 할 때면 그녀는 언제 자신이 지목을 받을지 몰라 가슴이 두근거리고 얼굴이 창백해지곤 했다.

짝짓기 게임도 그녀가 제일 싫어하는 놀이 중 하나였다. 둥글게 맴을 돌다가 갑자기 호루라기 소리가 들리면서 리더가 '다섯!'

하고 소리치면 다섯 명씩 짝을 짓고, '여덟!' 하고 소리치면 여덟 명씩 그 지시대로 짝을 짓는 놀이였다. 지시가 떨어지면 순간 아이들은 서로 짝을 만드느라 '아무개야, 이리 와!' '누구야, 여기 붙어' 하고 아우성을 치면서 우왕좌왕해야 했다.

짝을 짓다보면 모자랄 때도 있지만 숫자가 남을 때도 있었다. 다섯 명씩 짝을 지어야 하는데 여섯 명이 된 경우는 한 명을 떼어내야 나머지 다섯 명이 살아남기 때문에 다들 나 아닌 다른 아이가 떨어져나가 주기를 바라며 서로서로 눈총을 주었다. 영신은 그런 놀이를 할 때마다 아우성도 싫었지만 짝을 맞추기 위해 이리저리 휩쓸리며 우왕좌왕하는 자신이 그렇게 쑥스럽고 바보스러울 수가 없었다. 짝을 짓지 못할 경우 버림받은 아이처럼 이리저리 헤매야 하는 것이 특히 싫었다. 그래서 언제나 게임이 시작되자마자 스스로 열을 벗어나버리곤 했는데, 한 번은 첫번째 탈락자에게 노래를 시키는 바람에 그녀로서는 평생 잊지 못할 끔찍한 수치심을 맛보아야 했다.

영신에게는 남과 다르게 행동한다는 것도 다른 사람의 시선을 받는다는 점에서 몹시나 거북한 일이었다. 그녀는 한번도 거지에게 돈을 줘본 일이 없었다. 사실은 버스나 지하철 안에서 구걸하는 사람을 보면 그녀는 저 멀리에서 그가 사연을 늘어놓을 때부터 이미 지갑에서 돈을 꺼내 주머니 안에 준비를 해놓고 있었다. 그러나 막상 구걸하는 이가 가까이 오면 대부분의 다른 사람들처럼 창밖을 보거나 부러 냉정한 표정을 지어버리고 마는 것이었다.

딱 한 번 돈을 준 일이 있긴 있었다. 버스 정류장 앞이었다. 칠십이 다 돼 보이는 할머니였는데 소맷부리가 허옇게 닳은 스웨터 속의 팔을 힘없이 내저으며, 자식들에게 버림받은 자기가 얼마나 불쌍한 처지이며 이렇게 살아가는 것이 죄인 줄은 알지만 목숨이 모질어 명줄조차 안 끊어지니 어떡하겠느냐, 불쌍한 노인네 차비 좀 보태줘서 나중에 천당 가라는 얘기를 처량하게 늘어놓았다. 그 할머니는 다중을 향한 호소로 별 효과를 거두지 못하자 그때부터는 버스 정류장에 있는 사람 앞으로 일일이 다가가서 매번 자신이 구걸에 나서게 된 사연을 처량하나 유장하게 늘어놓으며 손을 내밀었다.

그 할머니가 영신의 앞에 섰을 때 영신은 할머니가 입도 떼기 전에 마음먹고 천원짜리 지폐를 그 손에 놓아주었다. 그러자 할머니는 "어이구 고맙소. 아가씬지 아줌만지 천당 갈 거여!" 하면서 다른 사람들 들으라는 듯 노파다운 샛소리로 크게 호들갑을 떨었다. 영신의 얼굴은 확 달아올랐다. 옆에 서 있던 젊은 남자가 한심하다는 듯 영신을 힐끗 쳐다보았는데 그 남자처럼 노골적은 아니더라도 노파를 모른 척했던 버스 정류장 주변의 사람들이 알게 모르게 다들 그녀를 힐끔거리고 있었다. 그들의 시선은 미덕을 베푼 사람에 대한 어떤 종류의 호의도 들어 있지 않았다. 영신에게는 그것이 자기들과 같은 행동을 하지 않음으로써 자기들을 동정심 없는 사람으로 만들어버린 이단자에 대한 싸늘한 비웃음으로 보였다. 영신은 어디로든 숨어 버리고만 싶은 심정이었다. 마침 정류장에 들어와 멈춘 버스를 향해서 영신은 번호도 보지 않은 채 급히 걸음을 옮겼다.

그 무렵 같이 일을 하던 박 피디에게 그 얘기를 했다가 핀잔을 들은 기억이 난다.

"이영신씨 같은 사람 때문에 신촌 할머니가 알부자가 됐지."

박 피디가 말하는 그 신촌 할머니는 칠십이 다 된 뚱뚱한 노파인데 신촌의 카페 같은 곳을 돌아다니며 초콜릿과 껌을 판다고 한다.

"마음 약해 보이는 사람을 점찍어서 껌을 살 때까지 막무가내로 지켜 서 있는 거예요. 그것만이면 말도 안 해. 천식이 심한 건지 뭔지 그 할머니 숨소리는 열차 지나가는 소리라구요. 금방이라도 숨이 넘어갈 것 같아 듣는 사람이 얼마나 불안한지 몰라요. 그렇게 금방 넘어갈 듯이 식식거리다가도 껌을 팔고 나면 또 얼마나 날렵하게 사라지는데. 그게 글쎄, 내가 본 것만도 10년째예요 10년째. 그 할머니, 아마 한재산은 모았을 거야. 그러게 사람이 다 자기 재주껏 사는 건데 누가 누굴 동정해요. 앞으로는 절대 돈 주지 말아요."

구걸꾼들이 영신의 앞에 서 있다는 것은 영신을 마음 약하게, 그러니까 허술하게 본다는 뜻임을 지적받은 이후 그녀는 자기 앞으로 다가오는 구걸꾼들에게 약간의 적의까지 느끼게 되었다. 그들을 대하는 영신의 태도는 더욱 굳고 부자연스러워졌다.

그렇게 일부러 독한 마음을 먹었다가 크게 무안을 당한 적도 있었다. 좌석버스 안이었다. 통로 쪽 의자에 앉아 있는 영신 앞으로 오십대 후반으로 보이는 한 아주머니가 대여섯 살 된 아이를 데리고 와서 섰다. 슬그머니 둘러보니 빈 자리가 없었다. 아주머니는 영신이 양보할 것을 바라고는 거친 숨을 몰아쉬며 "아이고, 다리야. 아가, 너도 다리 아프지?"라고 떠들어댔다. 영신은 그 아주머니가 원하는 대로 자리에서 일어나주고 싶기도 했지만 아주머니가 버스에 올라탈 때부터 누구 앞으로 가서 서 있을지 짐짓 옆눈으로 주목하고 있는 주변의 시선들에게 바보스럽게 보이고 싶지 않았기에 마음이 무거운 채로 그냥 눌러앉아 있었다. 차가 그다지 흔들리지 않는데도 아주머니와 아이는 계속해서 앞뒤로 몸이 쏠렸고, 신호등 앞에 멈추자 급기야는 영신의 무릎 위로 거의 앉다시피 넘어졌다. 영신의 옆자리에 창 쪽으로 앉은 여자가 잠에서 깨난 것은 그때였다. 여자는 눈을 휘둥그렇게 뜨더니 영신을 향해서 뱉았음직한 "세상에!"를 외치며 얼른 아이를 끌어다 자기 무릎에 앉혔다. 아이만을 끌어다 앉힌다는 것을 생각도 못한 영신은 그녀의 아이디어에 감탄하고만 있었다. 그런 영신을 그녀는 힐끗 보면서 들으라는 듯이 큰 소리로 말하는 것이었다.

"아이고, 할머니도 좀 앉으셔야 할 텐데……."

할머니 대접을 받기에는 한참 젊은 그 아주머니는 그때만은 할머니 소리도 싫지 않은지 "난 괜찮수"하면서 기운 없는 목소리로 대꾸했다.

다시 주위 사람들이 영신을 쳐다보기 시작했다. 견딜 수 없어진 영신은 다음 정류장에서 내려버렸다. 새삼스레 자리를 양보하고 나서 그 앞에 서서 목적지까지 갈 배짱이 없었기 때문이었다. 버스에서 내리는 영신의 등뒤로 옆자리 여자의 목소리가 따라왔다. 어유, 저렇게 금방 내릴 거면서 버티고 앉았었나.

그런 비난은 외판원에게도 들은 적이 있다. 자연식품의 효능이 얼마나 우수한지 열심히 설명을 늘어놓는 외판원의 말을 차마 중간에 끊어버릴 수가 없어서 영신은 그가 내민 카탈로그를 아무 뜻 없이 내려다보며 서서 듣고 있었다. 그리고 마지막에 어렵사리 거절을 하자 그는 왈살스럽게 영신을 노려보며 말했던 것이다. 그럼 진작 안 산다고 말할 일이지. 끝까지 설명을 늘어놓게 만들어. 참, 누구 놀리나. 안 살 거면서 저렇게 버티고 듣고 있었나봐.

영신의 차는 교회 앞 대로로 꺾어들고 있다. 멀리 신호등이 눈에 들어온다. 파란불이었지만 교차로까지 들어가려면 꽤 먼 거리라서 가는 동안 신호가 바뀔지도 모른다. 영신은 다음번 파란 신호 때 가는 것이 안전하겠다 싶어서 차의 속도를 줄인다. 그녀의 차가 횡단보도 앞에 이르자 신호가 노란불로 바뀐다. 영신은 여유

있게 브레이크를 밟는다.

그러나 다음 순간 그녀의 몸은 급하게 앞으로 기울어진다. 뒤차가 와서 범퍼에 부딪친 것이다. 노란불이 빨간불로 바뀌기 전에 빨리 교차로를 지나가려고 속력을 냈던 뒤차는 영신의 차가 서버리자 미처 제동을 하지 못해 그대로 접촉사고를 내버린 것이었다. 얼른 백미러를 보니 뒤차의 운전자가 벌게진 얼굴로 차에서 내리는 중이다. 그 남자는 영신의 차로 다가오더니 다짜고짜 운전석의 지붕을 주먹으로 내리친다. 영신이 창문을 내리자 열린 틈으로 욕설이 파편처럼 퍽퍽 날아든다.

"야, 운전 똑바로 못해! 거기서 서면 어떡하자는 거야?"

영신에게는 잘못이 없다. 교통법규로 따지더라도 잘못은 전방 주시를 하지 않은 뒤차에 있다. 그런데도 영신의 목소리는 기어들어간다.

"저기, 노란불로 바뀌어서……."

"운전 너 혼자 하는 건 줄 알아? 뒤차를 봐야지, 뒤차를. 눈깔이 없어?"

"죄송해요."

영신이 한마디 항의도 하지 않고 순순히 자기 말을 받아들이자 남자의 말투는 약간 기세가 눅는다.

"아, 노란불이 되면 신호가 바뀌기 전에 빨리 건너가야지 그렇게 답답하게 운전을 하면 어떡해요."

영신이 꽤나 딱하게 보였는지 그는 충고까지 해준다.

"아가씨 혼자 교통법규 지킨다고 사고 안 나는 게 아녜요. 운전이란 흐름을 타야지. 남들 하는 대로 하지 않고 혼자만 고지식하게 차 몰다가는 욕 들어먹기 딱 알맞다구."

어떻게든 자기 과실이 아니라고 잡아떼려고 부러 거칠게 나갔던 남자는 뜻밖에도 일이 쉽게 풀리자 그쯤에서 말을 마치고 자기 차의 범퍼를 손으로 한번 쓸어본 뒤 차로 돌아간다. 묵묵히 유리창을 올리는 영신의 얼굴엔 아무 표정도 없다. 그러나 파란 신호를 보고 차를 출발시키는 그녀의 눈빛은 한순간 신호등 위에 멈추었는데, 심하게 흔들리고 있었다.

자료실에 먼저 들러서 엠씨가 부탁한 자료를 복사한 영신은 시계를 본다. 엠씨가 스튜디오로 나오기까지는 시간이 꽤 남아 있다. 자료를 박 피디에게 전해주고 돌아가는 편이 나을 것 같아서 영신은 라디오 제작부 사무실로 올라간다.

영신이 들어서는 것을 보자 박 피디가 다짜고짜 얼굴을 찡그린다.

"초대석 말예요. 귀찮게 됐어요."

"왜요?"

"문희영이 못 나온다고 전화했더라구요. 원 참."

"……."

"아, 글쎄. 기어코 하겠으면 자기 집에 와서 녹음으로 떠가라는 거예요. 뭐 자기는 바깥 출입을 못 한다나?"

"언제부터 그렇게 귀하신 몸이래?"

옆자리에서 누군가가 거들자 박 피디는 바로 그 질문을 기다렸다는 듯이 본격적으로 목소리를 높인다.

"임신했대요, 임신. 뭐 특이체질이라서 링거만 맞고 누워 있다나 어쨌다나."

"경사났구만. 그 여자 나이가 사십 다 됐지?"

"사십은 무슨. 이십대 초반부터 소설가 행세를 좀 유난하게 하고 다녀서 그렇지 사실은 서른 넘은 지 얼마 안 됐을걸."

"지난번 신문에 난 여성지 광고 보니까 그 여자 기사 제목이

연하의 유부남 어쩌구 하는 것 같던데?"

"그런가? 재주도 좋네."

"아, 이름도 있고 돈도 있는데 누군들 마다할까. 당신이라면 생각 없겠어?"

"어떤 유부남인지 그쪽이 재주 좋은 거네, 그럼?"

"남편 뺏긴 여자만 억울하지 뭐."

"문희영이 돈 좀 있다면서 한 밑천 안 줬을까?"

영신이 더는 듣지 못하겠어서 그쯤에서 일어나 나가려는데 박 피디가 불러세운다.

"이영신씨. 잠깐만요. 얘길 다 듣고 나가야죠."

남의 뒷얘기를 함부로 늘어놓던 때의 신명은 간데없고 이제 박 피디의 얼굴은 다시 찡그려져 있다.

"그래서 말인데, 이영신씨가 좀 갔다 와야겠어요."

"예?"

"아, 임신중이라는데 아무래도 여자가 한 사람 따라가야 일하기가 부드럽죠. 이영신씨가 같이 가서 문희영이 녹음 좀 뜨자구요."

영신은 입을 벌린 채 멍하니 서 있다. 어떻게든 거절을 해보려고 하지만 머릿속에서 단어들이 다투어 나가려고 서로 얼켜드는 바람에 무슨 말부터 해야 할지 쉽게 소리가 되어 나오지를 않는다. 겨우 말을 시작하려고 마른 입술을 축이는 영신에게 박 피디의 마지막 한마디가 비수처럼 와 박힌다.

"이영신씨는 잘난 여자한테 피해의식 같은 거 없죠?"

피해의식이라고? 영신이 당황하여 머뭇거리는 사이에, 일의 지시는 물론 영신의 동의까지 받아냈다고 생각한 박 피디는 아까의 화제를 이어가기 위해서 다시 옆자리로 몸을 돌린다.

"여자들은 이상해. 남의 남편 뺏긴 것 갖고도 자기 일같이 열을 내더라고? 우리 마누라 말야. 문희영이 소설 열심히 읽더니 이번에 남의 남편 뺏어서 결혼한 거 보고는 싹 돌아섰어. 피해의식이겠지? 행여 자기 남편도 어떻게 될까 싶어서?"

"그래도 책만 잘 나가더라. 남편 듣는 데서나 그렇게 욕하지 여자들도 자기들끼리 만나면 부럽다고 야단일걸. 피해의식이 아니라 배 아파서 그러는 거야."

듣지 않을 순 없을까. 영신은 머리가 지끈거린다. 복도로 나와서 차디찬 벽에 머리를 대고 있던 영신은 반대편에서 오는 사람들의 흘끔거리는 시선을 느끼고 휴게실 문을 연다. 오늘따라 휴게실에 사람들이 많아서 앉을 곳도 없다. 영신은 눈에 띄는 대로 공중전화 부스 안으로 들어간다. 두 손을 전화통에 올려놓고 거기에 머리를 대고 있는데 정말이지 머릿속이 뜯겨나갈 듯이 지끈거린다.

"전화 안 하실 거예요?"

화려하게 차려 입은 여자가 동전으로 부스 칸막이를 톡톡 두드리며 서 있다. 스튜디오 밖에서 출연시간을 기다리고 있던 가수의 일행인 듯하다. 매니저 아니면 코디네이터일 그 여자는 뭐 이런 촌스러운 여자가 방송국에 다 있나 싶은 시선으로 영신의 차림새를 훑어본다. 언제나의 습관대로 고개를 숙인 채 공중전화 부스를 나오는 영신의 눈에 상대 여자의 화려한 부츠가 들어온다.

영신은 자판기 앞으로 가서 멈춰선다.

자판기 앞에 서서 동전을 찾으려고 주머니 쪽으로 손을 가져가다가 참, 주머니가 없는 옷이었지, 하고 중얼거린다. 영신이 핸드백의 지퍼를 열려고 하는데 한 젊은 남자가 영신의 뒤로 와서 줄을 만든다. 그때까지 동전을 찾지 못한 영신은 그에게 앞의 자리를 내주고 어정쩡하게 남자의 뒤로 물러난다. 누가 주변에 있다고 생각하니 동전지갑이 잘 찾아지질 않는다. 겨우 동전을 찾아서 고개를 들어보니 젊은 남자는 몇 잔인가의 커피를 뽑아서 자판기 위에 올려놓고 또 동전을 넣고 있다. 그러더니 지금 자판기 앞으로 다가서는 여자에게 알은체를 한다. 나는 아직 몇 잔 더 뽑아야 하니 먼저 뽑아요. 고마워요, 저도 다섯 잔 가져가야 해요. 영신은 그들의 말을 들으며 그렇게 작정이라도 한 사람처럼 뿌연 유리창 너머 고층빌딩을 바라보며 서 있다.

밤이 깊어지면서 아파트의 불빛이 하나둘 꺼지고 적요가 서서히 아파트 단지를 내리누르기 시작한다. 영신은 낮에 고층빌딩을 바라볼 때처럼 피사체를 투과시켜버리는 의미없는 시선으로 베란다 밖을 내려다본다.

가을밤 특유의 축축한 공기가 가로등에 비쳐서 부옇게 뿜어져 나오고 있다. 바람이 불 때마다 흔들리는 검은 나뭇잎의 스스거리는 소리. 검은 숲의 음영으로 덮여 있는 놀이터가 영신에게는 숨어 앉아 있기 좋은 장소로 보인다. 바람을 쐴 양으로 영신은 천천히 슬리퍼를 꿰어신는다.

으슥한 장소가 다 그렇듯이 놀이터에서는 습한 밤 냄새가 난다. 슬리퍼 속으로 자꾸만 기어들어오는 모래를 밟으며 영신은 놀이터를 가로질러 걸어간다. 놀이터는 텅 비어 있다. 그녀는 아무 뜻 없이 놀이터를 한번 둘러보고는 그네에 가서 앉는다. 싸늘한 기운이 엉덩이로 올라온다. 그것이 싫진 않다. 영신은 조금 전까지 자기가 서 있었던 203동의 베란다를 올려다본다. 지금 그 동에 불이 켜진 곳은 세 곳뿐이었다. 2층은 방 쪽의 창문에 불이 켜져 있었는데 한 남학생이 창 쪽으로 놓인 책상에 앉아 고개를 숙이고 있다. 5층에도 불이 켜진 곳이 있다. 손님이 왔는지 거실 쪽에 사람들 모습이 움직인다. 그로부터 대각선 방향으로 두 층 위에도 불이 켜져 있다. 가려진 커튼 사이로 텔레비전의 화면인 듯한 푸른색이 희미하게 떨며 빛을 발하고 있다. 영신은 그곳이 바로 자기의 윗집인 703호란 것을 알았다.

아침에 차 열쇠를 갖다주던 남자가 어떻게 생겼었는지 기억은 잘 나지 않는다. 남의 얼굴을 똑바로 쳐다보지 못하는 영신으로서는 남자의 얼굴을 자세히 기억할 턱이 없다. 그러나 이마로 몇 가닥 흐트러져 내려와 있던 소년 같은 머리 스타일과 한 단어를 말하고 나서 입술 끝을 바르르 떠는 더듬거리는 입매의 특징 따위는 그런대로 떠올릴 수가 있다. 그 남자는 그때 샀던 첼로 소나타를 잘 듣고 있을까.

바람이 꽤 스산하다. 영신은 그네의 차가운 쇠줄에 머리를 기댄다. 그넷줄이 영신의 무게중심을 옮기느라고 삐걱 소리를 내며 둔중하게 흔들린다. 한밤중에 들리는 삐걱 소리에 제풀에 으스스해진 영신은 그네에서 내려와 벤치로 옮겨 앉는다. 그때 영신은 얼핏 놀이터 구석의 벤치 쪽에서 뭔가 움직이는 것을 본 것도 같았다.

불안해진 영신은 얼른 아까까지 몇 개 불이 켜져 있던 203동 건물을 올려다본다. 수험생의 방과 손님을 치르던 거실은 이미 불이 꺼져 있다. 703호의 커튼 뒤에 있는 텔레비전 화면만이 희미하게 움직이고 있을 뿐이다. 그 순간 영신은 놀이터 반대편에 있는 벤치에서 천천히 일어나는 검은 그림자를 똑똑히 보았다.

그림자는 영신을 향해서 똑바로 걸어오고 있다.

"가, 같이 앉아도 되, 될까요?"

위층의 남자이다. 더듬거리는 그의 말을 듣자 영신은 괜스레 안심이 된다. 말없이 옆으로 조금 비켜 앉아 자리를 내주는 영신의 얼굴에 경계심이 걷힌다. 그러나 남자는 아침에 보았을 때와는 달리 어딘지 흥분되고 정신이 나가 있는 것 같다. 앉자마자 이 말저 말 두서없이 마구 늘어놓는 품이 불안해 보이기도 한다. 얘기를 늘어놓을수록 수줍어하던 기색이 점점 사라진다 싶더니 나중에는 말조차 더듬지 않는 것이었다.

그의 얘기는 주로 컴퓨터 게임과 음악에 관한 것이었다. 새로 나온 게임팩과 씨디를 몇십 종, 몇백 장 갖고 있다는 얘기며 그것들이 자기 삶에 얼마나 위로를 주며 그렇기 때문에 그것들이 없는 인생은 상상할 수조차 없다는 말을 열띤 목소리로 늘어놓는다.

"게임 해본 적 있어요? 우, 우리 집에 가서 같이 해볼래요?"

영신은 검은 나뭇잎이 흔들리는 것만을 물끄러미 쳐다보며 천천히 고개를 젓는다.

방송국 동료들과 어울리는 자리에서 그녀도 마지못해 두어 번 미사일을 쏘아 떨어뜨리는 게임을 해본 적이 있었다. 왼손으로 방향을 움직여가며 오른손으로는 미친 듯이 총알만 쏘아대는 게임이었다. 적인지 동지인지, 그러니까 뭘 피하고 뭘 먹어야 하는지 생각할 시간은 몇십 분의 일 초나 될까. 귀를 때리는 전자음도 그렇거니와 무엇보다 그 속도감에 질려서 영신은 두 번 다시 할 생각이 들지 않는 게임이었다. 오락실에서 나와 술집에 들어갔는데 몇 잔 마시고 난 뒤 거나해진 박 피디가 영신을 붙잡고 무슨 심각한 진실이라도 말한다는 듯이, 평소의 그와는 전혀 어울리지 않는 감상적인 말로 장광설을 늘어놓았었다.

"전자게임은 생각을 동원하는 게 아니라 감각을 적응시키는 거예요. 눈앞에 뭔가가 닥쳐오기 때문에 무조건 쏘는 거라구. 이영신씨처럼 여러 각도에서 생각하고 의미까지를 저울질하고 그런

넋빠진 짓을 하다가는 몇 초 지나지 않아서 인생이라는 모니터에 게임오버 메시지가 나타날 뿐이야. 뭘 선택할까 생각을 깊이 하거나 뒤를 돌아보면 안 돼요. 조금 전까지 사랑했던 것들이 왜 폐기되어야 하는지 생각할 틈 없이 이미 쓰레기로 변한 그 과거를 탄피처럼 질질 흘려가면서, 어느 방향에서 갑자기 나타날지 모르는 미확인 물체를 향해 순간적으로 총을 쏘면서 겨우 한 발짝 앞으로 딛는 것, 그것이 이 세상이란 말예요."

"저 그렇게까지 심한 금치산자는 아녜요."

"아니야. 이영신씨는 안 돼. 당신 같은 사람이 어떻게 그런 속된 세상에 장단을 맞추겠어. 이영신씨 낯가림 심하죠? 나도 지난번 주부프로 하면서 알았는데 낯가림은 9개월 무렵의 아기들이나 하는 거랍디다. 어머니를 알아보기 시작하면서 남이라는 존재에 대한 두려움을 함께 깨닫기 시작하는 아기들 말예요. 혹시 이영신씨 낯가림하는 거 갖고 누가 순수하다 어쩐다 하면서 수작 걸어오면 절대 넘어가지 말아요. 분명히 바람둥이일 거라구."

그때의 박 피디처럼 말문이 터진 위층 남자는 역시 그때의 박 피디처럼 횡설수설 한없이 말을 이어가는 것이 쉽게 그칠 기세가 아니다. 영신은 그만 일어나야겠다고 생각한다. 그녀는 슬리퍼 속에 깊숙이 발을 집어넣는다. 그때였다. 검은 덩어리처럼 웅크리고 앉아 있던 남자의 어딘가에서 갑자기 팔이 뻗어나오더니 영신의 스웨터 속으로 빨려들어가듯 사라진다. 남자의 손은 불덩이처럼 뜨겁다. 뜨거운 뱀이 있다면 바로 그런 느낌일 것이다. 뜨거운 뱀은 영신의 배를 더듬어 올라가더니 젖가슴에 이르자 그것을 허겁지겁 움켜잡는다. 그러고는 머리가 영신의 어깨 쪽으로 기울어지는가 싶더니 마침내 '헉!' 소리를 내며 그대로 가슴팍에 기대버리는 것이었다. 머리를 영신의 가슴에 기댄 채 남자는 불덩이 같은 손으로 젖가슴을 마치 제 것처럼 당연하게 움켜쥐고 그대로 있다.

나뭇가지 사이로 다시 바람이 갈퀴처럼 스며들자 검은 잎들이 스르륵 소리를 내며 몸을 튼다. 영신은 그냥 가만히 앉아 있다. 검은 나무들을 바라보고만 있다.

그때 불현듯 영신에게 좋은 생각이 떠오른다. 그래 참, 그러면 되는구나.

'그만둬버리면 되는 거잖아. 그 프로그램 일을 그만둬버리면 임신한 문희영을 찾아갈 일도 없고 그리고 박 피디와 마주칠 일도 없다. 아, 그러면 쉽게 해결될 것을 왜 여지껏 그 생각을 못했을까⋯⋯.'

영신은 자기 앞에 완강하게 버텨선 닫힌 문에서 열쇠구멍을 찾아낸 기분이다. 그 닫힌 문이 조금 전까지도 영신의 마음을 얼마나 무겁게 짓누르고 있었는지를 그제서야 깨닫고 영신은 약간 놀란다.

703호에서는 여전히 희미한 불빛이 새어나오고 있다. 그것은 오랫동안 그 자리에 꽂혀 있던 무슨 깃발처럼 빛바랜 파란색으로 심하게 떨리며 나부낀다. 영신에게 기댄 남자의 몸도 흔들리고 있다. 언뜻 가슴팍에 축축한 기운을 느끼고 남자 쪽으로 고개를 돌린 영신의 콧속으로 스며드는 비릿한 냄새.

다음날 영신은 커튼을 뜯어 빨고 냉장고 청소를 하느라 오전을 다 보낸다. 오후로 접어들자 창으로 스미는 빛이 눅진해지는데 그 흐린 기운을 타고 또 클라리넷 소리가 들리기 시작한다. 외출 준비를 마치고 현관 거울에 모습을 비쳐보며 영신은 분명히 자기 손으로 골라 입은 블라우스의 깃을 매만진다.

엘리베이터 안에 들어서야 현관문을 잠그지 않았다는 것을,

아니 잠갔는지 잠그지 않았는지 모른다는 사실을 깨달았지만 그냥 닫힘 단추를 누른 영신은, 차 안에 들어가서 놀이터 쪽으로 후진을 하다가 벤치에 앉아 있는 위층 남자를 발견하고도 그다지 당황하지 않는다. 영신의 차가 남자가 앉아 있는 벤치 옆을 천천히 지나쳐가자 남자는 그제서야 차 안에 있는 영신을 알아보았는지 가볍게 고개를 숙인다. 소년처럼 찰랑거리는 머리카락이 남자의 이마 위로 잘게 쏟아져내리는 것을 남자가 한 손으로 쓸어올린다. 남자의 손은 유난히 희다.

방송국에 가서 박 피디에게 일을 그만두겠다는 말을 한 다음 영신이 평창동의 언덕에 닿은 것은 해가 기울 무렵이다.

어머니의 집은 평창동의 한 유명한 갈비집 앞에서 꺾어들어가 언덕바지를 올라가는 산자락에 있었다. 처음 이곳으로 이사올 때 마지못해 한 번 온 적이 있었으므로 영신에게는 두번째 걸음이다. 그러나 내키지 않는 걸음이었던 데다가 두 번 다시 올 곳이라고 생각하지 않아서 건성으로 다녀갔기 때문에 그렇지 않아도 길눈이 어두운 영신은 집 찾기가 수월하지 않다. 초소를 지나고 두번째인가 세번째 집인 것은 생각이 나는데 집들이 다 거창하다는 데에 압도되어서인지 각 집의 개별적 특징은 하나도 떠오르지 않는다.

'그래, 참. 차고 옆에 감나무가 있었어.'

차고 옆에 감나무가 있는 집을 찾기도 쉽지 않다. 영신은 벌써 성채 같은 집 사이의 같은 골목을 세 바퀴째 돌고 있다. 아무래도 이 길이 아닌 것 같다는 생각이 들면서 영신은 어쩐지 이보다는 더 높이 올라갔던 것도 같다고 기억을 되살려본다. 영신은 언덕 쪽으로 더 올라가볼 작정이 든다. 영신이 천천히 액셀러레이터를 밟자 그녀의 소형차는 그르렁 소리를 내며 그 너머가 보이지 않는 언덕을 향해 올라가기 시작한다.

그러나 언덕 위에 올라서자 영신은 차를 멈춘다. 길이 거기서 끊겨 있다. 넘어갈 수 없는 언덕인 것이다. 여러 사람이 영신과 같은 생각으로 이곳까지 올라왔다가 길이 끊긴 걸 알고서 차를 돌려나갔는지 언덕 위의 평평한 공터에는 바퀴자국이 많이 나 있다.

공터에 차를 대놓고 차 밖으로 나온 영신은 나무 몇 그루가 성글게 덤불을 이룬 숲 쪽으로 걸어간다. 마치 고향집 뒷동산에 올라온 것처럼 익숙한 걸음걸이다. 나무 밑동에 걸터앉는 영신의 얼굴은 노을을 바라보고 있어서인지 붉은 빛이 도는데 그것이 늘 창백하기만 한 영신의 인상을 조금 바꿔놓는다.

어디에 바람이 있었던가. 귀 뒤로 묶여 있던 머리카락 몇 올이 핀에서 빠져나와 영신의 뺨을 가볍게 만진다. 눈앞에 드리워져 있던 잔 나뭇가지 끝이 가볍게 떨리는 게 보인다. 영신은 무심코 팔을 뻗어 그 흔들리는 가지를 붙잡는다. 그때 또 한 번의 바람이 불어와 가지를 흔들었고 그 흔들림은 영신의 팔과 그 팔을 매단 그녀의 가슴으로 약하게 스며든다. 사방이 고요한 속에서 해가 지고 있다. 그리고 영신은 혼자 언덕 위의 나무 밑동에 앉아서 흔들리는 나뭇가지를 잡으려고 팔을 뻗는 중이었다.

영신은 문득 언젠가 꿈에서 이런 장면을 보았다는 생각이 든다. 그게 아니라면 어린 시절의 기억 속에 있던 한 장면인지도 모른다. 지금 영신은 꿈 속에서 혹은 어린시절 속에서 손을 뻗어 나뭇가지를 잡으려는 것이었다. 그래, 이것이 누군가의 꿈이라면, 이것이 누군가의 다른 유년이라면.

'그런지도 몰라……'

영신은 잡고 있던 가지를 놓쳐버린 채 한참을 망연히 앉아 있는다.

천천히 어둠이 내려온다. 갑자기 영신은 바로 자기가 앉아 있는 발 아래 집의 담장 밖으로 뻗어나온 감나무 가지를 발견한다. 잎 하나 없는 맨 가지에 빨간 감이 도드라지게 달려 있다. 그러나 이미 저녁 어스름이 내려서 그다지 색스럽게 보이지는 않는다.

벌떡 일어서는 영신의 몸짓 속에 감나무를 향한 과장된 감정이 있었던지, 그녀가 몸을 일으키자 주머니 안에 있던 열쇠가 쩔그럭 소리를 낸다.

(『당신들의 황야』, 들녘미디어)

타인에게 말 걸기

등뒤에서 남에게 말을 걸 때 우리는 이름을 사용한다. 이름은 그래서 필요하다. 이름이라는 공용어가 없다면 서로 다른 언어를 가지고 있는 수많은 타인 가운데 그 자신이 불렸다는 것을 어떻게 알게 할 것이며, 더욱이 어떻게 그의 눈길을 자기에게로 끌어당길 수 있을 것인가. 처음 만나는 사람들이 관계를 맺는 첫번째 단계로서 가장 먼저 하는 일이 상대방에게 자기의 이름을 대는 일인 것도 다 그런 이유에서이다. 그런데 그녀는 좀 이상하다. 남을 부를 때 모든 사람이 하듯 이름을 부르지 않는다. 하다 못해 자기가 부르고자 하는 사람이 알아들을 만한 그 사람 방식의 언어로도 부르지 않고 제멋대로 제가 지어낸 별명이라든지 저만 아는 언어로 부르는 것이다. 등을 보인 자에게 아예 말 걸기를 포기하는 나처럼 게으른 사람은 잘 이해가 가지 않는 일이지만 어쨌든 내가 보기에 그녀에게 늘 불운이 따라다니는 것은 바로 타인을 대하는 그녀의 그 이상한 소통방식 때문이 아닌가 싶다.

나는 시월 그믐날 술시에 태어났고 별자리는 전갈좌이다. 하지만 그런 것에 내 운명을 결정지어버리는 각별한 의미가 있으리라고 생각하진 않는다. 사주나 점성술에 나는 별로 관심이 없다. 다만 어떤 공교로운 일이 생겼을 때 그것이 내게 좋은 일인지 나쁜 일인지를 가려 그날의 운수를 점쳐보는 버릇은 있다. 이를테면 외출에서 돌아왔을 때 내 집에서 나오는 전화벨 소리가 복도까지 울려퍼지고 있는 경우 말이다. 서둘러 주머니에서 현관 열쇠를 찾아 끼워맞추고 돌리고 문을 열고 나서 신발을 벗고 전화기가 놓인 탁자 앞으로 급히 걸어갈 때까지도 끈질기게 울려대는 전화. 누구에게나 그런 일은 있다. 전화벨 소리가 끈질기면 끈질길수록 점점 상대가 궁금해지게 마련이다. 그러나 가까스로 송화기를 드는 순간 끊어져버리는 경우도 있다. 그런 때는 그처럼 애타게 찾았으나 끝내 나와의 교신을 이루지 못한 상대가 누구일까 하고 그와의 어긋난 인연에 대해 잠시 생각하게 된다. 반면 금방이라도 끊어질 것 같은 전화를 아슬아슬하게 받아서 "여보세요"하는 목소리를 듣는 순간에는, 이토록이나 나와 모진 인연을 가진 상대가 누구인지 괜히 ·의미를 두고 싶어진다. 내가 점을 치는 것은 바로 그런 때이다. 이런 심상치 않은 인연으로 나와 소통이 된 사람이니만큼 그가 반가운 사람이라면 오늘 운이 모조리 좋은 것이다, 하지만 내 수고를 보상해주지 않는 쓸데없는 전화였다면 오늘은 무조건 일진이 나쁘다 하는 식으로.

그 일요일에도 그런 전화가 걸려왔다. 나는 현관문을 그대로 젖혀놓은 채 숨차게 송화기를 들면서 나와 모진 인연을 가진 상대가 행운 쪽일지 불운 쪽일지 벌써부터 점을 치고 있었다. 그리고는 그녀가 입원해 있는 병원이라는 말을 듣자 무심코, 정말 무심코 창밖으로 고개를 돌렸던 것이다. 하늘이 파랬다.

한동안 소식을 알 수 없던 그녀가 병원에 있다는 것도 난데없긴 했지만 내가 멍해졌던 것은 그보다는 그녀가 왜 하필 내게 연락을 부탁했는지 알 수 없어서였다. 나로 말하자면 그녀와 전혀 가까운 사이가 아니며 위급한 상황에서 찾아야 할 각별한 관계는 더욱 아니었다. 각별한 관계라면 그녀가 어디가 아픈지 그리고 상태는 얼마나 위중한지조차 묻지 않았다는 것을 전화를 끊은 후에야 깨달을 만큼 무신경할 수는 없는 노릇 아닌가. 나로서는 금색의 말과 왕관이 있는 붉은 담뱃갑에서 마일드세븐 한 대를 꺼내 물며 내 마음속의 동요가 망설임인지 귀찮음인지를 가늠해보는 정도가 그녀에 대한 관심의 전부였다. 나는 그렇게 생각하고 있었다.

내가 그녀를 처음 만난 것은 몇 년 전 일요일, 우이동 8번 버스 종점에서였다. 사내 등산 동호회가 만들어지고 세번째인가 네번째의 모임이었다. 등산 동호회를 만든다는 안내문이 엘리베이터 옆 게시판에 나붙은 지 사나흘 후 홍보실 박대리가 찾아와서 동호회장을 맡으라고 할 때 나는 노골적으로 얼굴을 찡그렸다. 그러나 고등학교 때 같은 산악반이었던 그가 "우리 회사에서 너만큼 산을 아는 사람도 드물 거다"는 뻔한 소리를 해가며 산행 때 종종 참석이라도 해달라고 청해오는 데는 여러 번 거절하기가 번거로워 하는 수 없이 참석한 자리였다. 평소에도 혼자 있는 것을 좋아하는 데다 특히 산행에는 동행을 싫어하는 내가 그 모임에서 기대하는 것이 있다면 빨리 파하는 것 정도였다. 그러나 그날 내

일진은 좋지 않은 듯했다. 한 여자가 시간을 지키지 않는 바람에 열대여섯 명이 버스 정류장에서 모두 담배를 피우거나 껌을 씹으며 한 시간이 넘도록 기다려야 했기 때문이다. 나는 약속을 잘 지키는 편이었다. 물론 남에게 폐를 끼치기 싫어서이기도 하지만 무엇보다 인상을 남기기 싫어서이다. 나는 돌출된 행동을 좋아하지 않았다. 그러므로 미리부터 그 여자를 경원할 마음이 들었다.

그러나 뒤늦게 나타난 여자는 미안한 기색이 전혀 아니었다. 담벼락에 기대거나 폐타이어 위에 쭈그려앉아 있다가 자기를 발견하고는 담배꽁초를 다소 멀리까지 거칠게 던지며 일어서는 사람들 몸짓이 분명 화난 모습인데도 오히려 그녀는 그녀가 입은 흰 후드점퍼만큼이나 환하고 눈부시게 웃어 보였다. 그러고는 잰걸음으로 박대리 앞에 다가가서 산타클로스나 된 듯이 무슨 보따리 같은 것을 눈앞으로 쳐들며 자못 당당하고 들뜬 목소리로 말하는 것이었다. 자아, 제가 여기 맛있는 김밥을 만들어왔습니다.

박대리는 기가 막혔지만 모임을 순조롭게 진행시키는 것이 회장의 할 일이었으므로 "어쨌든 왔으니 됐어요, 빨리빨리 출발하자구요"라고 그녀의 등을 떠밀며 짐짓 한시름 놓은 척해 보임으로써 다른 사람들의 짜증을 정돈했다. 그러나 정회원도 아닌 내게만은 사과를 해야겠다고 생각했는지 내 곁에 바짝 붙어 걸으며 이런저런 너스레를 떠는 것이었다.

"저렇게 누가 바라지도 않는 일을 해준답시고 오히려 남을 곤란하게 만드는 게 저 여자 특기야. 사무실에서도 그래. 시키지도 않은 책상 정리를 해준다고 기안서류 몇 개를 쓰레기통에 처넣었는지 몰라."

별로 관심없다는 나의 표정을 박대리는 화가 풀리지 않은 거라고 해석하고 있었다.

"지난달에 우리 부서로 옮겨왔거든. 처음에는 다들 입이 벌어졌지. 싹싹하고 또 얼굴도 이쁜 편이잖아."

나는 눈을 들어 두어 사람 건너에서 걷고 있는 그녀를 쳐다보았다. 그녀는 자기로 인해 일행 전체가 늦어진 사실 같은 데는 아랑곳없이, 그녀를 기다리는 동안 유난히 짜증을 내던 한 여직원의 자주색 점퍼 소매를 다정하게 붙잡고 약간 과장되게 깔깔대고 있었다. 얼굴빛이 창백하고 입술선이 뚜렷하여 고집 세어 보이는 점은 있었지만 어디에서나 흔히 볼 수 있는, 목소리 큰 사람이 강력하게 예쁘다고 주장하면 그런대로 예쁜 듯싶게도 보일 평범한 얼굴이었다. 그녀가 모든 일을 앞질러 생각할 만큼 영리하고 발상이 창의적이어서 곧잘 신선한 제안을 내놓아 기획회의를 즐겁게 만들곤 한다는 박대리의 말이 귓가로 흘러들어왔다. 그와 동시에 그녀가 고개를 젖히고 웃다가 자주색 점퍼의 어깨 사이로 해서 얼핏 내 쪽으로 시선을 돌렸다. 눈이 마주치는 짧은 순간 어디선가 본 듯한 여자라는 생각이 들었다. 뜨고 있다기보다는 벌리고 있다는 느낌이 드는 크고 깊숙한 눈이 그랬다.

"그런데 요즘은 인기가 별로야."

"왜?"

"글쎄, 모르겠어. 딱 뭐라고 꼬집어 말을 할 수는 없는데 어쩐지 사람을 질리게 만드는 여자야."

한번은 사소한 실수를 지적했다가 그녀가 뜻밖에 발끈하는 바람에 덩달아 언성을 높여버린 일이 있다고 한다. 나중에 생각해보니 별일 아니다 싶어서 언제 기회 있을 때 사과해야겠다 했는데 다음날 출근하자마자 그녀 쪽에서 먼저 자기 자리로 찾아와 정도 이상으로 간곡히 사과를 하더라는 것이다. 하루 종일 마주칠 때마다 용서를 비는 것만으로도 모자라서 다음날 아침에 눈이 마주치자 또 "저, 그때 말예요" 하고 말을 붙여오는 그녀를 보고 지겹다 못해 갑자기 묘한 적의까지 생기더라면서 박대리는 졌다는 듯이 고개를 내저었다. 그리고는 낮은 목소리로 이렇게 덧붙였다. 오늘만 해도 그래. 우린 산 중턱에 있는 밥집에서 점심 사먹을 계획인데 말야. 참 내, 시간 맞춰 오는 게 도와주는 거지. 김밥이 뭐야 김밥이. 제깐에는 분명 잘 한다고 한 일일 거라구.

　너무 늦게 출발하다보니 김이 다 새버린 산행이었는데도 새로 조직된 동호회의 회원답게 일행이 모두 적극적이었던 덕분에 그런대로 분위기는 활기를 띠어갔다. 산행을 마치고 평창동 원조 할머니 두부집에 자리를 잡고 앉았을 때는 모두들 기분이 좋았고 모처럼 시키는 일에서 벗어나 스스로가 원하던 일을 마쳤다는 만족감에 술잔 돌리는 속도도 점점 빨라졌다. 남자들은 동동주를 마시고 여자들의 잔에는 맥주가 부어졌다. 그녀는 술을 잘 마시는 편인 듯했다. 다른 다섯 명의 여직원들은 맥주 한 잔을 대여섯 번에 나누어서 홀짝이는 데 반해 그녀는 잔을 제법 깊은 각도로 기울였다. 술자리가 점점 거나해졌다. 윗사람들의 이름이 줄줄이 불려나와 인물평을 당하고 있었다. 또 어느 술자리에서나 있기 마련인, 서로의 눈물과 콧물을 묻힌 감정의 찌끼를 교환해가며 의기투합하는가 싶더니 돌연 칼을 뽑아들고서 하다 못해 무라도 벨 듯이 기세등등하다가 다음 순간 어이없이 허물어지면서 서로 부둥켜안고 한통속임을 확인하며 그 비애스러운 결속을 위해서 눈물을 흘리는 짓이 지루하게 반복되었다. 내가 이따금 그녀에게 시선을 주었던 것은 그녀를 어디에서 봤는지 생각해내기 위해서이기도 했지만 더 큰 이유는 술자리의 지루함을 덜고 또 그 두부집의 비닐장판 위에 붙인 엉덩이의 차가운 감촉을 조금이나마 잊어보기 위해서였다. 취기가 오른 그녀의 얼굴은 아무리 봐도 기억이

226

나지 않는 얼굴이었다. 나는 마지막으로 한 번만 더 그녀를 관찰해볼 셈으로 그녀 쪽으로 시선을 돌렸다.

그녀는 자리에서 일어나고 있었다. 그러더니 약간 비틀거리는 걸음으로 상에서 물러나와 신발을 꿰어신었다. 끈이 복잡하게 얽힌 등산화의 뚜껑을 젖히고 제대로 뒤꿈치를 집어넣기 귀찮았던지 그녀는 신발을 불안하게 질질 끌고 주방 쪽으로 가서는 기세좋게 맥주 네 병을 주문했다. 참, 술은 홀수로 시키는 거지, 라고 중얼거린 뒤 다시 다섯 병으로 정정하기까지 했다. 아줌마가 주방 안에서 곧바로 맥주병이 가득 올려진 커다란 쟁반을 들고 나와 탁자에 내려놓았다. 쟁반이 무거워서 아줌마의 걸음도 그녀처럼 약간 비틀거렸다. 이리 주세요, 제가 들게요, 그녀가 말했다. 아이고 기운 센 남자분도 많은데 왜 아가씨가 들라고 그래요. 그러자 취한 그녀는 최대한 목소리를 작게 낸답시고 아줌마에게 이렇게 속삭였는데 그 소리는 헤드폰을 낀 채 이야기를 하는 경우처럼 자기에게나 작게 들릴 뿐이지 우리 자리까지 똑똑히 들릴 만큼 컸다.

"저기 기둥 옆에 앉은 체크 모자 쓴 남자 있죠? 그 사람을 제가 좋아하거든요. 그래서 그 앞으로 들고 가서 술 한 잔 따라보려고 그러는 거예요."

하지만 그녀는 자기가 좋아한다는 체크 모자 박대리 앞에 가서 술을 따를 수는 없었다. 왜냐하면 몇 걸음 옮기자마자 오른발이 왼쪽 등산화 끈을 밟아서 휘청한다 싶더니 기어코 쟁반이 기울어지면서 맥주병이 와장창 바닥 위로 떨어져내렸던 것이다. 그녀의 손에서 미끄러진 양은쟁반의 요란한 굉음이 떨림음으로 바뀌어 사라질 때까지 큰 원을 그리며 수선을 피웠다. 우리 일행은 물론 다른 자리의 손님들까지 일제히 그녀를 돌아보았다. 박대리와 자주색 점퍼가 급히 몸을 일으켰다. 하지만 그녀는 괜찮아요, 전 괜찮아요, 하면서 깊이 숙인 머리 위로 손을 휘휘 내젓기만 했다. 신경쓰지 말고 어서 술이나 드세요, 라고 애써 쾌활하게 말하며 스스로 병조각을 치우려고 쭈그리는 그녀를 보고 나는 어이가 없었다. 미끄러지는 맥주병을 마지막까지 놓치지 않으려고 엉덩이를 뒤로 빼면서 쟁반 위로 고개를 숙이는 순간 깨진 병 주둥이가 그녀의 얼굴 쪽을 향한 것을 나만은 분명히 보았기 때문이다. 그녀가 필사적으로 붙들고 있던 쟁반을 놓친 것은 쟁반이 무거워서가 아니라 바로 깨진 유리조각이 살을 찢는 통증 때문임은 너무나 명백했다.

군이 괜찮다고 우기면서 그녀는 혼자 화장실 쪽으로 사라졌다. 우연히 모든 것을 다 보아버린 탓에 나라도 뒤따라가보지 않을 수 없었다. 세면대 거울 속에서 나를 발견한 그녀는 숙였던 머리를 쳐들고 내 쪽으로 몸을 돌렸다. 그러더니 그 순간 도대체가 당치 않은 다소 애교스러운 목소리로 "아이, 괜찮다니까요" 하고 말하는 것이었다. 손가락의 벌어진 틈 사이로 벌써 피가 서너 줄기 새어나오고 있는 손으로 한쪽 뺨을 가린 채 말이다.

그때 갑자기 나는 그녀를 어디에서 봤는지 기억이 떠올랐다.

얼굴을 가린 손을 밀치고 보니 그녀의 뺨은 눈밑에서 입술 옆까지 세로로 찢어져 있었다. 벌어진 살갗 속에서 피에 젖은 작은 유리조각이 마치 음험한 장소에 숨어 있는 도망자처럼 몸을 웅크린 채 희미하고 수상한 섬광을 내쏘았다. 피가 작은 파장을 이루며 계속 솟아났다.

내가 그녀를 부축하여 데리고 돌아오자 자리가 술렁였다. 박대리는 회장으로서의 책임감에 놀라기도 했지만 내게 기대 있는 그녀의 모습을 보자 뭔지 자극을 받은 모습이었다. 그도 조금 전 그녀가 아줌마에게 속삭인답시고 말한 공개 고백을 들은 게 틀림없었다. 설령 그렇지 않다 하더라도 내가 알기로 어쨌든 그는 여자한테 친절한 편이었다.

응급실에서 박대리는 그녀 옆에 꼭 붙어 지성스러운 보호자를 자처했다. 산에 오르며 나한테 그녀를 시답잖게 말하던 때와는 딴판이었다. 당직 의사가, 보호자 한 분만 들어오세요, 라고 말하자마자 벌떡 일어나 그녀를 따라 들어가면서 나에게 아주 미안하다는, 그런 한편 경쟁에서 이기기라도 한 듯한 의기양양한 표정을 얼마간 지어 보이기도 했다. 그러나 그런 것은 나의 관심 밖이었다. 내가 말보로를 세 대째 피워문 것은 그녀와는 아무런 관계가 없는 일이었다. 응급실에 와서까지도 그녀는 한쪽 얼굴을 싸쥔 채로 오히려 제 쪽에서 나와 박대리를 안심시키려고 애쓰며 쉴새없이 지껄여댔다. 방금 술병 조각에 찢어진 살을 꿰매려고 두부집에서 병원으로 실려온 등산객이 아니라, 위험을 무릅쓰고 끝까지 호위를 자처하는 두 청혼자가 앞다투어 말하는 사랑의 고백을 이쪽저쪽 고개를 돌려가며 듣고 있다는 듯한, 뺨이 찢어진 것은 마술에 걸렸기 때문인데 이제 막 왕자의 키스를 받아서 그 마술이 풀리기를 기다리는 공주처럼 행복하게까지 보이는 그녀가 무엇에 도취됐든 나와는 상관없었다.

나는 타인이 내 삶에 개입되는 것 못지않게 내가 타인의 삶에 개입되는 것을 번거롭게 여겨왔다. 타인을 이해한다는 것은 결국 그에게 편견을 품게 되었다는 뜻일 터인데 나로서는 내게 편견을 품고 있는 사람의 기대에 따른다는 것이 보통 귀찮은 일이 아니었기 때문이다. 타인과의 관계에서 할 일이란 그가 나와 어떻게 다른지를 되도록 빨리 알고 받아들이는 일뿐이다. 술을 마시지 않았다는 이유로 사람들에게 떠밀렸다고는 하지만 그런 내가 박대리와 함께 병원에까지 그녀를 따라왔다는 점은 도무지 어이없는 일이었다. 나는 어깨에 힘을 주어 담뱃불을 비벼 껐다. 내키지 않은 자리에 가게 되면 반드시 내키지 않은 일에 휘말리게 된다는 것을 전에도 몇 번 경험하지 않았던가.

그녀는 열세 바늘을 꿰맨 뒤에 반창고를 붙이고 약을 받았다. 박대리가 나를 구석으로 부르더니 병원비가 많이 나왔는데 그녀는 버스 토큰 몇 개와 천원짜리 서너 장밖에 없다며, 어떡하지 나도 집에 갈 택시비뿐인데, 라고 말했다. 지갑을 꺼내며 나는 생각했다. 나쁜 일이란 한번 생기면 끝장을 보게 마련이다. 박대리는 나에 대한 배려도 잊지 않았다. 저 여자한테는 말 안 하는 게 좋겠지? 지긋지긋하게 따라다니면서 고맙다고 하면 귀찮기만 할 테니까 말야.

택시 정류장에서 박대리는 마치 희대의 재판에 판결을 내리는 판관처럼 엄정한 표정으로 그녀에게 말했다.

"어떡할래요. 몸이 그러니 혼자는 못 갈 테고 어차피 우리 중 누구랑 같이 가는 게 좋을 것 같은데…… 택시를 먼저 잡는 사람하고 같이 타고 가는 게 어떻겠어요."

"그럼 두 분 중에 누가 먼저 택시를 잡느냐에 따라서 제 운명이 결정되는 거네요?"

술냄새를 풍기며 그녀는 필요 이상으로 재미있어했다.

물론 택시를 먼저 잡은 것은 박대리였다. 내 뜻과는 전혀 관계없이 내가 질투의 소품으로 소용된 덕분에 불현듯 결속력이 강해진 그들은, 적극적인 사람이 택시를 먼저 잡는다는 당연한 사실을 마치 자기들에게 주어진 축복된 운명이라도 되는 듯이 제멋대로 해석하며 다정하게 사라졌다. 박대리의 주머니에 그날 밤 그녀와 저녁시간을 함께 보내는 데에 쓸 돈이 충분하리라는 짐작은 어렵

230

지 않았다. 그리고 그의 시간에 기꺼이 동참할 그녀는 반창고 끝을 요령껏 일그러뜨려가며 여전히 깔깔거릴 것이다.

돌아오는 차 안에서 나는 한 여자를 생각하고 있었다. 통유리를 통해 밖이 훤히 내다보이는 카페에서였다. 여자는 얼굴이 도톰하고 귀여웠다. 크게 쌍꺼풀진 눈에는 감정이 풍부한 처녀다운 약간 들뜬 표정이 들어 있었는데 그 눈을 들어서 자주 창밖을 내다보았다. 여자는 핸드백에서 콤팩트를 꺼내 열고는 거울을 수도 없이 들여다보았다. 분첩으로 가볍게 얼굴을 두드려보기도 했고 립스틱을 꺼내 입술선을 고쳐 그리기도 했다. 턱을 이쪽저쪽으로 돌려 거울 속의 자기의 모습을 확인한 다음 다 됐다는 듯이 탁, 소리를 내며 콤팩트를 닫고 다시 창밖을 보는가 싶더니 얼마 안 가서 안심이 안 된다는 표정으로 다시 콤팩트를 꺼내는 것이었다. 아무튼 내가 영화 상영시각을 기다리느라고 혼자 그 카페에 들어가서 두 종류의 신문을 샅샅이 읽는 동안 그녀는 쉴새없이 거울과 창밖을 번갈아 보았다. 그리고 거울을 보든 창밖을 쳐다보든 어쨌든 그녀가 하는 일은 단 한 가지, 누군가를 애타게 기다리는 일이었다. 읽고 있던 신문에서 간간이 고개를 쳐들 때마다 마주치게 되는 그녀의 기다림이 하도 지루하고 간절했기에, 그럼에도 불구하고 전혀 지칠 줄 모르는 달콤한 기대가 깃들어 있기에 문이 열릴 때마다 입구 쪽으로 시선을 돌리는 데 있어 어느새 나도 여자와 거의 속도가 일치하게 되었다.

기다리는 사람이 온 것은 그러고도 한참이 지난 뒤였다. 그 사람이 내가 앉아 있는 자리를 지나쳐 여자의 앞자리에 가서 앉았기 때문에 나는 그의 얼굴을 똑똑히 볼 수가 있었다. 어쩐지 그는 피곤한 표정을 짓고 있었다. 여자가 그렇게나 반가운 눈빛으로 바라보는데도 그는 시선조차 마주쳐주지 않은 채 묵직해 보이는 엉덩이를 소파 깊숙이 묻는가 싶더니 다음 순간 무척 중요한 일을 깜빡 잊을 뻔했다는 듯이 한쪽 팔을 소파 팔걸이에 그대로 짚은 채 엉덩이 한쪽만을 약간 쳐들고 양복 저고리에서 돌돌 말린 잡지를 꺼내 탁자 위에 놓았다. 그러고는 고개를 숙여서 여자의 재잘거리는 말을 머리카락이 성기게 둘러쳐진 정수리 위로 흘러가게 자세를 취한 다음, 돌돌 말린 잡지의 표지를 느릿느릿 문질러 폈다. 두터운 입술을 짜증스럽게 다물고 있는 품이 한 시간도 넘게 기다린 여자에게 변명이라도 한마디 해야 한다는 상식적인 생각은 떠오르지 않는 모양이었다. 잡지에만 시선을 둔 채 여자의 말에 성의 없이 고개만 몇 번 끄덕이던 남자는 웨이터가 주문받은 음식을 가지고 오자 그제서야 딱 한 번 고개를 쳐들었다.

여자는 남자를 기다리느라고 혼자 늦은 점심을 먹는데 남자는 커피만 한 잔 마신다. 커피를 다 마시고 남자는 주머니를 뒤지더니 그의 주머니에서 나올 법한 이쑤시개 하나를 꺼내서 이 사이에 끼우고 여전히 잡지만 보았다. 드디어 화를 참지 못하게 된 여자가 거의 원형을 유지하고 있는 오무라이스 접시 위로 소리나게 포크를 놓아버렸다. 그래도 남자는 여자를 쳐다보지 않는다. 여자의 빠른 목소리가 높아지다가 갑자기 멈추는가 싶더니 식탁 위의 포크와 접시들이 짤그랑 소리를 냈다. 엎드려 있는 모양을 보니 여자는 울고 있었다. 남자는 한번 힐끗 볼 따름으로 자기의 독서에 전혀 영향을 받지 않는다. 눈물로도 남자의 시선을 끌어내지 못한 여자는 약 5분쯤 작게 흐느끼더니 주섬주섬 핸드백과 겉옷을 챙겨들었다. 그 손길이 느리기 짝이 없었다. 그러나 그보다는 남자의 독서속도가 훨씬 더 느렸다. 시선이 잡지의 아랫줄께에 가 있느라 더욱 깊이 숙여진 남자의 머리털 성긴 머리통은 위로 젖혀질 줄을 몰랐다. 앞으로 내려뜨렸던 스카프를 풀어서 뒤로 돌려 다시 매고 난 뒤 떠날 준비를 하는 데에 더이상은 할 일이 없어진 여자는 하는 수 없이 자리에서 일어났다. 내키지 않는 첫발을 아주 천천히 떼던 여자의 걸음은 그러나 문 쪽에 가까워지자 절망의 가속도가 실려 점점 보폭이 좁아졌다. 결국 여자가 문을 열고 나가는 동작은 그녀의 비통한 마음 그대로 격렬할 수밖에 없었다.

독서 속도가 형편없이 느린 남자는 여자가 문 밖으로 완전히 사라진 뒤에야 지금까지 코를 처박고 읽었던 페이지에서 눈을 떼고 다음 장을 넘겼다. 책장을 넘기기 전에 잠시 막간을 이용한다는 듯이 앞자리로 시선을 돌렸던 남자는 여자가 없다는 것을 보고도 다시 새로운 페이지 위쪽에 그대로 시선을 내려놓았다. 남자가 아주 짧은 순간, 숙였던 얼굴을 쳐들려는 순간이 있기는 했다. 앞자리에 아무도 없다는 것이 무엇을 의미하는지 알아볼 마음이 들긴 했던 모양이었다. 그러나 워낙 느린 남자의 독서 속도에 이번에는 중력까지 작용했던지 반쯤 들어올렸던 남자의 머리는 다시 잡지 위로 떨어졌다. 남자가 독서에 진정 흥미를 느끼고 있는 것인지는 확신할 수 없다. 왜냐하면 얼마 지나지 않아 남자는 여전히 잡지에 고개를 박은 채 손을 뻗어 습관처럼 커피잔을 들어서 입에 가져가더니 잔이 싸늘히 식어버린 것을 깨닫고 갑자기 꿈에서 깨어난 사람처럼 어리둥절한 표정을 짓고 주위를 둘러보았는데, 그 눈이 이제 막 글씨를 읽은 사람의 눈이라고 보기에는 지나치게 권태에 가득 차 있었던 것이다.

남자의 이 모든 동작을 여자는 창밖에 서서 낱낱이 보고 있었다. 혹시 뒤늦게라도 여자를 뒤따라가 달래서 데리고 들어올까 하는 기대로 그때까지 참을성 있게 남자를 쳐다보고 있던 내가 인간의 선의에 대한 잠시의 믿음을 포기하고 담뱃갑에서 마지막 말보로를 꺼내 불을 붙이려고 창 쪽으로 고개를 돌렸을 때였다.

남자를 쳐다보고 서 있었지만 기실 그녀의 시선은 아무것도 담고 있지 않은 듯이 보였다. 왜냐하면 여자의 눈은 떴다기보다 검고 깊은 구멍처럼 벌어져 있었으며 구멍 안은 텅 비어 있었기 때문이다.

병원 사건 이후로 나는 산악회의 행사에 참석하지 않았다. 회사 안에서 마주친 적은 한번도 없었지만 엘리베이터 옆의 게시판을 통해 그녀가 몇 달 안 가서 회사를 그만두었다는 것은 알고 있었고, 얼마 후 부서의 회식자리에서 그녀가 박대리와 사내연애를 하다가 결국은 헤어졌다는 뒷소문도 들은 적이 있다. 그러나 그뿐, 얼마 안 가 나는 그녀를 잊었다. 만약 그녀가 몇 달 뒤에 스스로 나를 찾아오지 않았다면 그녀를 다시 떠올리는 일조차 없었을 것이다.

그녀가 찾아온 때는 막 점심시간이 지나고였다. 손님이 기다린다는 메모를 보고 로비로 내려간 나는 잠시 두리번거렸다. 긴 부츠를 신고 머리를 와인 컬러로 코팅한 여자가 서 있긴 했지만 전혀 모르는 얼굴이었던 것이다. 그러나 로비에는 그 여자 혼자뿐이었기 때문에 나는 그녀에게 다가가 혹시 나를 찾아온 거냐고 말을 붙여보았다. 그녀는 쿡, 하고 웃음을 터뜨렸다. 내가 두리번거리는 동안 나를 쳐다보며 계속 참고 있었던 듯 여자의 웃음은 지나치게 높았다. 웃음이 조금 진정되자, 저예요 저, 하면서 그녀가 진한 색 에나멜이 칠해진 손톱으로 가리키는 왼쪽 뺨 밑에는 조그만 전갈 문신 같은 흉터가 있었다.

그녀는 십 년 전 못 이루었던 첫사랑의 남자라도 만난 듯이 반가워하며 저 혼자서 연달아 질문을 퍼부었다.

"그전 회사에 전화했더니 여기 전화번호를 가르쳐주데. 언제

옮겼어?"

"집은 그대로고? 전에 서초동 어디 오피스텔이라고 했잖아."

"지금도 혼자 살지?"

"산에 잘 가는 건 여전하구?"

그녀는 내게 반말투로 말하고 있었다. 더욱 언짢은 것은 그녀가 나에 대한 모든 것을 알고 있다는 점이었다. 사적인 얘기를 잘하지 않는 나로서는 그때 그녀가 알고 있는 것이 타인에게 제공하는 나에 대한 정보의 모든 것에 해당되었던 것이다. 나는 그녀가 귀찮았다. 더구나 그날은 부서 내에 자리 이동까지 있기 때문에 상당히 바쁜 날이었다. 어떻게 그녀를 따돌릴까 궁리하면서 나는 그녀의 출현이 나쁜 일진의 전조가 아니기를 바라는 마음에 벌써부터 짜증스러웠다. 그러나 바쁘다고 잘라 말하는 내게 그녀는 이왕 왔으니 기다리겠다고 우겼으며, 부서 전체가 책상을 옮겨야 하기 때문에 언제 끝날지 알 수 없다는 내 말에 갑자기 기뻐하며 그런 일이라면 자기도 돕겠다고 나서는 것이었다. 그녀가 곧잘 기발한 제안을 내놓는다는 박대리의 말은 옳았다. 기어코 그녀는 내가 탄 엘리베이터에 따라탔다. 거절 이상의 거친 의사표현을 할 줄 몰랐기 때문에 나는 이제 이 상황을 모면하기 위해서는 그녀를 모르는 척하는 수밖에 없겠다고 생각하고 있었다. 제풀에 지쳐서 돌아가주기를 기다리는 수밖에 없었다.

하지만 그녀는 지치지 않았다. 마치 끈기의 요정 같았다. 사무실 한쪽에 있는 소파에 앉아서 온갖 인쇄물을 뒤적거리기 시작했는데 그것을 충분히 외우고도 남을 시간이 흘렀는데도 여전히 그 일에 흥미를 잃지 않았다. 그런가 하면 때로 소파 옆에 놓인 커다란 관엽식물의 잎을 만지작거리기도 하고 복도에 나가 한번씩 창밖을 내다보기도 하는 식으로 변화를 주면서 기다림의 요령을 완전히 터득한 사람만의 경지를 과시했다. 책상 배치를 바꿔본다, 의자며 책 서류상자 파일박스 따위를 옮긴다, 전화선과 컴퓨터 선을 끊고 잇는다, 온통 사무실 안이 부산하고 북적대는데도 끄떡없는 것은 물론이고, 한동안 일에 몰두하여 잊고 있다가 문득 '설마이제는 갔겠지' 하고 그녀 쪽을 쳐다보면 오랫동안 나를 바라보고 있었던지 내 쪽을 향해 활짝 웃으며 한 손을 높이 쳐들고 손가락 끝을 까딱까딱하면서 자기의 존재를 증명해 보이기를 몇 번이나 되풀이했다.

결국 나는 그녀와 마주 앉게 되었다. 차분히 앉아서 보니 그녀는 얼굴이 무척 여위어 있었다. 커피가 다 식도록 한모금 마실 생각도 안 한 채 그녀는 이것저것 쓸데없는 말만을 늘어놓았다. 말을 많이 할수록 그녀는 왜 나를 찾아왔는지 오히려 점점 용건을 알 수 없게 만들었다. 용건을 먼저 묻는 쪽이 그 용건의 불리한 측면을 감당하기 일쑤라는 생각이 없지 않았지만 나는 왜 왔냐고 묻지 않을 수 없었다. 뜻밖에 그녀의 대답은 명쾌했다.

"산부인과에 따라가달라고."

그것이 무슨 뜻인지 헤아릴 틈도 주지 않고 그녀가 빠르게 덧붙였다.

"그리고 난 돈도 없어."

그러더니 갑자기 그녀는 더욱 빨라진 말씨로 변명 비슷한 말을 주섬주섬 늘어놓기 시작했다.

"그날은 미안했어. 그치만 할 수 없었잖아. 박대리가 먼저 택시를 잡았는데 어떡해. 사실은 나도 박대리보다……."

터무니없게도 그녀는 이 부분에서 얼굴까지 약간 붉혔다.

나는 찻잔을 들어 천천히 커피를 한 모금 마셨다. 기다림의 묘기를 보여준 것만 해도 그녀가 돈을 얻기 위한 대가는 어느 정도

치른 것이 아닌가 하는 게 내 생각이었다. 다른 묘기, 이를테면 과거의 인연을 부각시키기 위해 교태를 연출한다든지 하는 묘기까지는 내게 필요없었다. 나는 결코 너그러운 편은 아니지만 사람이 무엇을 필요로 할 때 그 절박함이 상당히 지저분한 포즈를 요구한다는 데 수치심을 느낄 만큼은 인간의 존엄을 지키고 싶어하는 축이었다. 내가 지갑을 꺼내며 그녀를 안심시키는 뜻으로 커피나 마시라고 말하자 그녀는 말 잘 듣는 어린애처럼 순순히 내게서 돈을 건네받으며 곧 수술을 받아야 하므로 아무것도 마실 수 없다고 얌전히 대답했다. 나는 찻잔에 남은 마지막 커피를 마저 마시고 자리에서 일어났다. 그러자 그녀가 소리쳤다.

"돈만 주는 거야? 병원에는 안 따라가고?"

거의 울듯이 부르짖는 그 목소리를 듣고 나는 내가 잘못 들은 거라고 생각했다. 그러나 그녀가 계속해서 보호자가 같이 가서 수술동의서에 서명을 해야만 한다는 둥, 게다가 자기는 수술이 처음이라 몹시 무섭다는 둥 떼를 쓰는 상대는 분명히 나였다. 카페 안의 손님들이 모두 우리, 즉 여자에게 임신을 시키고 수술비만 던져놓고 가버리려는 파렴치한 남자와 그 남자의 변심이 야속해서 울고 있는 가엾은 여자를 쳐다보고 있었다. 나는 그런 남자에게 꼭 어울릴 법한 비정한 냉소를 띤 채 카페를 나와버렸다.

그녀에게서 전화가 걸려온 것은 또 몇 달 뒤였던 것 같다. 이번에도 나는 그녀라는 걸 빨리 알아채지 못했다. 목소리도 낯설었거니와 무엇보다 내게 전화를 걸어올 여자로서 그녀의 존재가 머릿속에 입력돼 있지 않았기 때문이었다.

"나야. 그 동안 전화도 한번 안 하고 미안해. 궁금했지?"

"……."

"수술은, 중절수술 말야. 생각보다 간단했어."

비로소 상대가 누군지 알게 된 나는 이마를 찡그렸다.

"지난번에도 전화 한번 했었어. 은행에 보증 서줄 사람이 없어서 말야. 근데 자리에 없더라구."

"……."

"듣고 있는 거야?"

"……오늘은 왜 전화했지?"

내가 듣기에도 내 목소리는 겨울밤 얼음장 갈라지는 소리 같았다.

"저, 어제……."

그녀가 잠깐 말을 끊고 침 삼키는 소리를 들으면서 나는 이번에 또 어떤 묘기일지 몰라도 방어태세를 정비하겠다는 다짐에, 오른손으로 들고 있던 전화기를 왼손으로 바꿔 쥐었다.

"어제 엄마가 돌아가셨어."

그녀의 목소리는 가볍게 떨렸다.

"엄마하고 나뿐이었는데 이젠 정말로 나 혼자야. 막막하고 두렵고…… 아버지가 우릴 버렸을 때는 그래도 엄마가 곁에 있었는데…… 이제 마지막으로 엄마한테까지 버림받은 기분이야. 그래서, 그냥, 전화한 거야. 그냥, 목소리라도 듣고 싶어서."

전화는 거기에서 갑자기 끊어졌다. 기껏 왼손으로 바꿔 쥔 전화기를 오른손으로 다시 옮기며 조금 가까이 귀를 대봤지만 전화기 속에서는 뚜뚜, 하는 기계음만 들려왔다. 목소리라도 듣고 싶다는 그녀에게 내가 들려준 말은 '왜 전화했지'라는 단 한마디였던 셈이다. 나는 미궁에 빠진 사건의 단서를 찾으려는 수사관이 사건현장을 하나하나 떠올려보는 것처럼 잠시 그녀의 모습을 떠올리려 해보았다. 그러나 그녀의 모습은 잘 떠오르지 않았다. 내 눈앞에 떠오르는 것이라고는 카페 창밖에서 자기를 버린 남자를 쳐다보고 서 있던 한 여자의 겁게 벌려진 눈뿐이었다. 그날 나는 중요한 프리젠테이션에 실패하였다. 세 군데나 되는 회사 근처 은행의 현금지급기는 모두 다 고장이었고 저녁에 지하식당가에서 시켜 먹은 육개장 속의 숙주나물은 쉬어 있었다. 형편없는 날이었다.

그날 밤 밤늦게 빨간 말보로갑을 구기며 나는 생각했다. 어쩌면 카페에서 본 여자는 그녀가 아닐지도 모른다. 우리가 함께 다녔던 회사 근처의 카페였긴 하지만 이 세상에 눈이 큰 여자는 얼마든지 있으니까. 그게 맞을 것이다. 내가 꽤 오래 관찰했기 때문에 여자의 얼굴은 기억에 생생하다. 그 여자라면 북한산에서 못 알아봤을 리가 없다. 사람에게 여러 가지 얼굴이 있다고는 하지만 말이다.

마지막 담배의 마지막 연기를 길게 내뿜으며 나는 또 생각했다. 대체 카페의 여자가 그녀가 맞다거나 아니라거나 하는 것이 나와 무슨 상관인가 하고. 나는 천천히 담배를 끄고 옷을 벗고 불을 끄고 잤다. 어떤 식으로든 타인의 틈입은 내가 결코 바라지 않는 일이었다.

다음해에 나는 또 한 번 직장을 옮겼다. 월급도 많아졌고 직급도 올랐다. 앰프를 마란쯔로 바꾸었고 건강진단 때 간이 조금 나빠졌다 하여 말보로에서 마일드세븐으로 바꾼 것, 그리고 두 달 전부터 아침마다 실내 스포츠센터에서 수영을 하기 시작한 것이 또다른 변화라면 변화였다. 월풀 빨래방에서 내 영국제 버버리 머플러와 보세 이미테이션 머플러가 바뀐 일과 갑작스러운 출장 때문에 레닌 필 오케스트라의 내한공연 R석 티켓을 썩힌 것, 아래층 집의 배수관이 막히는 바람에 내 집까지 목욕탕 물이 넘쳐서 키스 해링의 화집이 다 젖어버린 것 등 몇 가지를 빼고는 모든 것이 대체로 단조로웠다. 단조로움이야말로 내가 원하는 최상의 생활이었다.

그녀를 다시 만나는 일은 생각지도 못했던 일이었다. 이번에는 그녀 역시 의도했던 바는 아니었다. 왜냐하면 굳이 내 눈앞에 나타날 이유가 없었던 것이, 새로운 사랑에 푹 빠져 있었기 때문이다. 그녀는 세일러복을 연상시키는 깃 넓은 블라우스에 주름치마를 입고 있었다. 퇴폐적으로 보이던 머리모양을 어느새 생머리로 길게 길러서 어깨 위로 내려뜨린 것이 나이에 어울리지 않는 문학소녀 티를 잔뜩 낸 모습이었다. 차림이 그래서인지 지난번에는 전갈 같아 보이던 왼쪽 뺨의 흉터도 갯지렁이 모양으로 약간 뭉개져 있었다. 과연 그녀가 사랑에 빠진 상대는 신문사에서 운영하는 문화센터의 문학창작 강사였다. 신문사 건물 앞에 있는 커피숍에서 내가 친구의 기사 마감이 끝나기를 기다리고 있듯이 그녀 역시 애인의 강의가 끝나기를 기다리던 중이었다. 그녀는 도저히 참지 못하겠다는 듯 새로운 애인 자랑을 늘어놓기 시작했다.

두 달 전 그녀는 뜻한 바 있어서 문화센터에 등록을 하러 왔는데 자기가 원하는 강좌에는 이미 수강생이 꽉차 있었다. 마침 사무실에 나타난 한 친절한 남자의 도움이 아니었다면 그냥 돌아갔을 것이다. 그러나 그녀의 해석처럼 운명적 사랑의 예감이 그녀가 돌아가도록 내버려두지 않았다. 원하는 강좌를 들을 수 있도록 융통성을 발휘한 그 친절한 남자가 바로 앞으로 들을 문학강좌의 강사라는 걸 알고 그녀는 곧바로 사랑에 빠졌다.

"그 사람은 나한테 책을 자주 빌려줘. 자기가 읽고 좋았던 책이라면 꼭 나도 읽어봐야 한다고 생각하나봐. 서로 사랑하면 그렇게 모든 걸 다 공유하고 싶어지는 거잖아."

그녀는 남자가 빌려주는 책을 읽는 것보다는 그 책 속에서 남자의 흔적을 찾는 일에 더 열심인 것 같았다. 책갈피에 떨어져 있는 그 남자의 머리카락이나 침 묻힌 자국은 물론이고 남자가 밑줄을 그은 곳, 읽다가 잠시 접었던 곳을 유심히 살피는가 하면 특히 여러 번 읽은 부분이 어디인가 하고 책 밑바닥의 짙게 더럽혀진 부분까지 샅샅이 탐색한다고 하였다. 그녀는 그 분석의 결과를 내게 알려주기도 했다.

"그 사람은 주로 소설을 많이 읽어. 섹스 장면에서 한번도 책장이 접힌 적이 없는 걸 보면 그런 데서는 절대 책장을 덮지 않는 거야. 강의 때도 그런 말을 하긴 했지만 그 사람은 허위의식 같은 걸 싫어하고 성을 억압하는 것은 옳지 않다고 생각하거든."

그녀의 분석에 따르면 남자는 리버럴할 뿐 아니라 지적이고 감수성이 뛰어난 남자였다. 양복을 자주 입는 대부분의 남자들이 양복에 붙어 있는 그 많은 주머니들을 마다하고 와이셔츠의 가슴 주머니에 담배를 넣는 데 반해 그는 양복 저고리 안쪽의 작은 주머니에 담배를 넣는 습관이 있었다. 평범한 것과 정형적인 것을 거부하는 남자이기 때문이다. 또한 자주 쓰는 펜은 검은 플러스펜인데 문장이 잘 이어지지 않을 때마다 펜 꽁지를 잘근잘근 깨무는 버릇이 있으며 그녀에 따르면 그것은 사랑에 결핍돼 있다는 단적인 증거였다. 아내와 사이가 좋지 않아서일 거라고 그녀는 단호히 말했다.

"결혼한 남자야?"

내가 묻자 그녀는 그렇게 중요치 않은 질문에는 길게 설명할 시간이 없다는 듯이 곧바로 다른 이야기로 넘어갔다. 바로 남자의 아내에 대한 험구였다.

"그 사람 와이셔츠 소매 같은 데를 보면 거무죽죽한 것이 손빨래한 옷은 아니야. 무식하게도 세탁기에 세제를 듬뿍 풀어서 대충

때를 벗겨낸 거라고. 그래도 다림질이 잘 돼 있는 걸 보면 게으른 건 아닌가봐. 하긴 분명히 못생겼을 텐데 게으르기까지 해봐. 아무리 그 사람처럼 인격적이고 참을성 많은 성격이라도 10년 넘게 데리고 살았겠어?"

10년 넘게? 그럼 남자 나이가…… 물론 나는 그 말을 입 밖에 내지는 않았다.

그녀는 남자를 위해서 하는 일도 많았다. 남자의 강의가 있는 날이면 언제나 이곳에서 남자를 기다렸으며 지난주에 강의를 마친 남자가 시장해하는 것을 보고 깊이 반성하여 오늘은 이렇게 샌드위치를 싸왔노라고 옆자리에 놓인 커다란 가방을 툭툭 쳐 보이기도 했다. 남자가 원하는 일이 아니라 원할지도 모른다고 생각되는 일을 앞질러서 하고 다니는 셈이었다.

그녀는 남자의 여자에 대한 취향도 다 조사해놓았노라고 말했다. 오전에 멀쩡했다가 오후 늦게 갑자기 비가 오는 날까지도 남자가 미리 우산을 챙겨온다는 점에 착안하여 그날부터 텔레비전에서 일기예보를 하는 여자 아나운서들을 모조리 체크하기 시작했는데 과연 다음 주일에 그 중 한 아나운서가 말했던 날씨에 대한 농담을 남자가 강의시간에 그대로 인용하더라는 것이다. 그때부터 그 여자 아나운서의 말투나 화장법을 집중연구하고 있다고 말하는 그녀의 얼굴은 득의만면했다. 혼자 신이 나서 떠들어대는 바람에 나는 그녀의 말이 논리에 맞는지 어긋나는지를 판단하기 위해 쉼표를 찍을 약간의 휴식조차 얻지 못하고 있었다. 기다리던 친구가 커피숍 입구에 모습을 드러내는 것을 보고서야 나는 겨우 그녀의 말을 끊을 수 있었다.

내가 일어서자 그녀는 내 소맷깃을 붙잡았다. 위를 올려다보는 큰 눈이란 자칫 슬퍼 보이기 쉬운데다 그녀의 간절한 표정이 그럴싸했기 때문에 나는 하마터면 그녀가 나와 가까운 사람인 듯이 느낄 뻔했다. 그녀가 말했다.

"찻값은 내가 낼게. 그냥 나가."

바라보고만 있는 나에게 그녀는 "나 돈 많아" 하더니 정 못 믿으면 할 수 없다는 듯이 짐짓 쾌활한 몸짓으로 가방의 지퍼를 열고는 그 안에서 지갑을 꺼내 흔들어 보였다. 그녀가 약간 과장되게 흔드는 바람에 지갑 안에서 공중전화카드 하나가 떨어졌다. 이상하게 그녀는 상당히 당황하는 눈치였다. 그 카드를 황급히 집어넣으려고 접힌 지갑을 펼쳤을 때 나는 그녀의 지갑 속에서 족히 너덧 개는 되어 보이는 공중전화카드를 보았다.

"그 사람한테 전화할 때 쓰려고. 통화하다가 끊어지는 게 싫어서 넉넉히 여러 장 갖고 다녀."

그녀가 변명했다.

"집이 시외인 모양이지?"

그녀는 돌연 멍한 표정으로 나를 빤히 쳐다보았다.

"몰라."

"모른다구?"

"아직 전화번호를 몰라."

"그럼……."

"아니야! 같이 자긴 했어."

그녀가 너무나 단호하게 발음했기 때문에 그 말은 마치 마땅히 치러야 할 의무는 다 치렀다는 뜻으로 들렸다. 순서에 의해서 자기 앞에 다가왔을 뿐인 검표원에게 무임승차가 아니라고 제풀에 발끈하는 기차 승객 같기도 했다. 먼 곳의 불빛을 향해서 온몸에 생채기가 난 채 밤새 산길을 더듬어가는 나그네가 있다면 그 순간 그녀 같은 표정을 짓고 있을 듯도 싶었다. 죽을 힘을 다해서 불빛을 향해 가고 있는 간절한 희망, 그 불빛이 허상이 아닐까 하는 생각이 불쑥불쑥 떠오르지만 밤길 속에서 불안이란 곧바로 절망을 의미한다는 것을 알기 때문에 그 나그네의 표정은 무엇보다 자기를 믿어야만 한다는 안간힘으로 단호해질 수밖에 없을 것이다. 그것이 내가 본 그녀의 마지막 모습이었다.

의식하든 의식하지 않든 시간이란 하루나 일 주일, 혹은 한 달을 단위로 하여 한 묶음씩 멈추지 않고 흘러간다. 나는 여전히 내가 원하는 단조로움 속에서 그런대로 잘 지내고 있다. 만날 수 없어 불안한 애인이나 이루지 못할까봐 조바심나는 희망 따위의, 나를 약하게 만드는 것들을 처음부터 포기했기에 가능한 일일 것이다. 이따금 외로움 비슷한 기분이 들 때도 있었지만 그것은 스포츠센터의 푸른 풀 속에 뛰어들거나 말러의 교향곡을 듣거나, 혹은 이튿날 아무런 뒷맛도 남기지 않는 그저 그런 여자친구와 밤을 보내는 정도로 쉽게 가셔졌다. 가끔 그녀를 생각했다. 담배를 꺼내며 언뜻 내 손이 와이셔츠 가슴 주머니에 있다는 것을 깨달았을 때 정도, 아주 가끔. 참, 나는 담배를 다시 말보로로 바꾸었다. 말보로에서 마일드세븐에서 다시 말보로로. 남들이 보기에는 대수롭지 않을지 몰라도 나는 그것이 사소한 아이디어로써 내 단조로움을 더욱 풍요롭게 해줄 수 있는 멋진 결정이었다고 생각한다.

얼마 전 나는 아침 이른 시각에 낙원상가 앞을 지나게 되었다. 가려고 하는 거래처의 정확한 위치를 몰랐기 때문에 나는 차를 인도 쪽으로 바짝 붙이고 액셀러레이터를 천천히 밟으면서 간판들을 살피고 있었다. 신호대기에 걸려 횡단보도 앞에 서 있을 때였다. 길가의 커피자판기 앞에 서 있는 한 여자가 무심코 눈에 들어왔다. 아마 골목 어딘가의 여관에서 밤을 보내고 나온 모양이었다. 여자는 앞을 보고 있었지만 사실 아무것도 보고 있지 않은 듯했다. 보행신호인데도 길을 건너지 않고 멍청하게 서 있는 것을 보면. 헐렁한 치마 위로 내놓아진 남방셔츠의 아래쪽 단추가 떨어져나가 옷자락이 배꼽 근처까지 벌어져 있었는데 그런 옷매무새나 다리를 벌리고 서 있는 흐트러진 몸가짐이 영 무신경하고 둔해 보이는 여자였다. 지난밤 저 여자의 몸을 더듬었을 남자는 아마 절박함이나 따스함과는 전혀 관계없는, 이를테면 상대가 저 여자가 아니라도 무방한 그런 종류의 배설에 가까운 정사를 치렀으리라는 짐작이 어렵지 않았다. 바람이 좀 부는 날씨라서 단추가 없는 여자의 남방셔츠가 자꾸 들쳐졌으므로 자기가 밟고 서 있는 휴지조각만큼이나 구겨지고 지친 모습인 여자는 느리게 한쪽 손을 들어서 남방셔츠의 앞섶을 붙잡았다. 그러다 문득 여자는 자기의 손을 내려다보았다. 손가락에 허연 휴지가 말라붙어 있었다. 손톱으로 긁어보려 했지만 지난밤 사랑 없는 남자의 정액으로 접착된 그 휴지는 쉽게 떨어지지 않았다. 여자는 손가락을 입으로 가져가더니 휴지가 붙은 손가락을 옥수수를 먹듯이 이빨로 긁어대기 시작했다. 누가 쳐다보고 있는 것이 느껴졌던지 잇몸을 드러낸 그 자세로 갑자기 내 쪽으로 몸을 돌렸는데, 차를 출발시키며 정면에서 보니 어디서 본 듯도 싶은 여자였다.

그날도 일진이 나빴다. 결국 거래처를 찾지 못해 전화를 두 번이나 해야 했고 힘들게 찾아가보니 만날 사람이 이미 자리를 비운 뒤였다. 거기에서 나와보니 내가 사이드 브레이크를 채우고 차를 세워놓았던지 누군가 타이어에 펑크를 냄으로써 화풀이를 해놓았는가 하면 자리를 비운 사이 새로 들어온 카피라이터 하나가 내 컴퓨터에서 작업을 하다가 파일 하나를 몽땅 날려버렸다. 담뱃가게에 말보로가 다 떨어져 하는 수 없이 마일드세븐을 사야 했다.

나는 담배를 끄고 옷을 갈아입었다. 어쨌든 그녀가 이렇게 병원이라는 예사롭지 않은 장소에서 불러내는 것을 마지막으로 더 이상은 나를 번거롭게 하지 않았으면 싶었다. 차에 시동을 걸고 라디오를 켰다. 여자 진행자의 목소리는 나긋하고 매끄러운 나머지 귓속에 들어오는 즉시 흘러나가버리고 있었으며 남자 초대손님의 목소리는 전문성과 소신에 가득 차서 웅웅거렸다. 여자 진행자는 우리나라의 교통사고 사망률이 세계 1위라고 고지할 때는 자못 침통한 목소리이더니 바로 다음 순간 "다행히 오늘의 교통사고 사망자는 열한 명밖에 되지 않네요. 선생님. 정말 다행이지요?"라고 할 때는 재빨리 기쁜 어조로 억양을 바꾸었다. 나는 '다행'이라는 말에 대해 잠시 생각해보았다. 대체 누구한테 다행이라는 뜻일까. 살아남은 사람, 이를테면 라디오를 듣기 전까지는 내가 교통사고로 죽지 않고 살아남았다는 사실을 의식조차 하지 못했던 나까지를 포함해서, 살아남은 사람에게는 다행이겠지만 그날 교통사고로 죽은 사람의 입장에서 보면 결코 그렇지 않을 것이다. 그러나 '타인의 목소리'라는 게 원래 아무 상관없는 대다수의 사람이 듣기에는 객관적으로 들리는 점이 있는 법이다. 그렇기 때문에 사람들은 때로 저 여자 진행자처럼 필요에 의해서 그런 목소리를 내도록 훈련을 받기도 한다.

그녀가 마침 고개를 오른쪽으로 기울인 채 잠들어 있었기 때문에 나는 왼쪽 뺨의 흉터를 보고 6인 병실 안에서도 쉽게 그녀를 알아볼 수가 있었다. 그녀의 병상 주위는 물주전자 하나 없이 썰렁했다. 내가 침대시트를 끌어올려서 그녀의 드러난 한쪽 발을 덮어준 것은 거의 무의식적인 동작이었다. 그녀가 눈을 떴다.

"올 줄 알았어."

나는 누가 나를 반기는 것은 질색이다. 그 반가움에 값할 일이 귀찮고 부담스럽기 때문이다. 그래서 언제나 차라리 실망시키는 쪽을 택하곤 하는데, 그녀에게 내뱉는 말 역시 퉁명스러울 수밖에 없었다.

"교통사고라니까 병원비 때문도 아니겠고, 나한테는 왜 연락했지?"

그녀는 기운 없는 가운데에서도 약간 깔깔 소리를 냈다.

"네가 곁에 있어줬으면 하고."

"무슨 소리야?"

"전에도 말했잖아. 난 수술이 무서워."

"무서워서 날 찾았다는 거야?"

나는 이 병실에 들어선 것을 이미 후회하고 있었다.

"아플까봐 무서워하는 게 아니야. 난…… 깨어나는 일이 무서워."

그녀는 멍한 눈으로 천장을 올려다봤다.

"마취에서 깨어날 때 느낌 알아? 어디선가 아련하게 소리가 들려. 기계 소리 아니면 발소리, 문소리, 사람의 목소리…… 그 중에 어떤 한 소리를 듣고는 깜빡 의식이 돌아오는 거야. 그때 정말 무서워. 꼭 아주 낯선 세상에 막 태어난 순간 같아. 생각해봐. 얼마나 두렵겠어. 아주 낯선 세상이란 말야. 아직 완전히 마취가 안 풀려서 온몸이 꽁꽁 묶인 것같이 꼼짝할 수가 없는데 간호사들은 그 낯선 세상에 어울리는 아주 낯설고 무심한 목소리로 자기들끼리 수다를 떨며 휴가날짜를 조정하고 있어. 미치도록 아파도 좋으니 빨리 마취에서 깨어나게 해달라고 외치고 싶은데, 나 혼자만 소리가 나오지 않는 거야. 왜 있잖아. 지금 꾸고 있는 악몽에서 빨리 깨어나려고 발버둥치는데 소리가 입 밖으로 나오지 않을 때,

꼭 그런 때 같아. 사실 난⋯⋯."

애써 말을 이으려고 하는 그녀의 목소리는 떨려나왔다.

"아침에도 그래. 아침마다 깨어나는 순간이 무서워."

그러더니 갑자기 그녀는 배시시 웃었다.

"그래서 누군가 곁에 있었으면 하는 거야. 만약 내가 결혼을
한다면⋯⋯."

순간 조금 전까지의 절박함은 간데없고 그녀의 웃음에는 언젠
가처럼 이 상황에서 도무지 얼토당토않은 교태가 떠올랐다. 그것
을 보자 나는 어쩐지 그녀의 다음 말이 분명 나에게 좋지 않은 말
이리라는 불길한 예감이 들었다. 그대로 자리를 털고 일어나는 내
동작을 따라 눈을 위쪽으로 치뜨며 그녀는 그러나 기어코 이렇게
말을 맺는 것이었다.

"그 상대는 너일 거야."

병실을 나오려던 나는 운 나쁘게도 그녀의 링거를 바꿔 끼우러
들어오던 간호사와 마주쳤다. 내게 전화를 걸었던 장본인인 듯 여
자는, 오셨네요, 하면서 알은척을 했다. 호기심이 많거나 수다스
럽거나 둘 중의 하나였던지 간호사는 나와 그녀를 번갈아 쳐다보
면서 그녀의 상태에 대해 원하지도 않은 설명을 늘어놓았다. 인대
가 끊어지고 무릎뼈가 으스러지긴 했어도 석 달쯤이면 깁스도 풀
고 목발에서도 해방될 거라며 교통사고를 담당하는 원무과 직원
을 한번 만나보는 게 좋을 거라고 친절하게 가르쳐주기도 했다.
간호사는 또 조금 전 라디오의 여자 진행자처럼 "그만하기 다행
이다"는 말을 몇 번씩이나 했다. 그러고 보니 매끄러운 말씨도
좀 비슷한 것 같았다. 마지막으로 간호사는 나와 그녀를 향해서
우리의 행복을 빌어주는 천사의 미소나 되는 듯한 의미심장한 웃
음을 던진 뒤 병실을 나갔다. 아까부터 내 머릿속에 들어차 있던,

왜 내가 이곳에 왔는지 나 자신에 대한 의구심과 후회를 더욱 강력한 것으로 만들어주면서.

내 등뒤에 대고 그녀가 말했다.

"내일 또 올 거지?"

"뭐?"

내 목소리에 충분한 짜증이 섞여 있음에도 아랑곳없이 그녀는 명랑했다. 오히려 내 표정이 일그러지는 것이 그녀를 더욱 즐겁게 하기라도 한 듯 그녀는 깔깔 웃었다.

"그때 말야."

그녀의 검은 눈이 점점 벌어지고 있었다.

"그때 산부인과에 따라가달라고 처음 찾아갔을 때, 왜 하필 너였는 줄 알아?"

"왜 그랬는데."

"네가 친절한 사람 같지 않아서야."

"……."

"거절당해도 상처받지 않을 것 같았어."

담배를 꺼내려고 주머니를 더듬다가 나는 그녀가 잘 관찰했듯 대부분의 남자들이 와이셔츠 가슴 주머니에 담배를 넣는다는 사실을 깨달았다.

"그리고 만약 병원에 따라가준다 해도 너한테라면 신세진 느낌이 적을 거라고 생각했지. 남의 비밀을 안 뒤에 갖게 되는 어쩔 수 없는 정 같은 것, 그런 것을 나눠주지 않을 만큼 차갑게 보였기 때문이야."

"……."

"난 네가 좋아. 아무것도 기대할 수 없게 만드는 그 냉정함 말야. 그게 너무 편해. 너하고는 뭐가 잘못되더라도 어쩐지 내 잘못은 아닐 것 같은 느낌이 들거든."

불을 붙이려던 나는 이곳이 병실 안이라는 것을 문득 깨닫고 담배를 도로 담뱃갑 안에 집어넣었다.

"너한테 물어보고 싶은 게 있어."

이제 보니 그녀의 벌어진 눈 속은 꽤 깊었다.

"어떻게 하면 너처럼 그렇게 냉정하게 살 수 있는 거지? 사실은 너도 겁이 나서 피해버리는 거 아니야?"

그녀의 입술이 움직이는 방향을 따라서 뺨 위의 흉터가 함께 끌려다니고 있었다. 어딘지 모르게 그 흉터는 몇억 년 전의 사암 속에서 발견된 연체동물의 화석처럼 이미 사라져버린 삶의 어렴풋한 흔적을 느끼게 했다. 그 순간 나는 그녀를 치었다는 택시가 사력을 다해 급정거를 함으로써 오히려 그녀가 원했던 죽음과 절망을 유보해준 게 아닌가 하는 생각이 들었다. 어쨌든 그 택시 운전사도 나처럼 그녀를 만나서 일진이 나빴던 것만은 틀림없다.

병원에서 집으로 돌아오니 전화벨 소리가 요란하게 울리고 있었다. 급하게 현관문을 열고 끊어지려는 순간 송화기를 들었다.

"여보세요."

그러나 저쪽에서는 깔깔대는 웃음소리만 들려왔다. 점을 쳐볼 필요도 없이 역시 잘못 걸려온 전화였다. 나는 소리나게 전화를 끊어버렸다. 그러고는 외출에서 돌아왔을 때의 습관대로 먼저 옷을 벗고 욕실로 들어가며 나는 샤워바스가 엎질러져 있지 않은지 타월이 바닥으로 미끄러져 젖어 있지나 않은지 살펴보았다. 샤워를 마치고 폴로 조깅복으로 갈아입고 나서 냄비에 정량의 물을 붓고 조심해서 가스레인지 위에 올렸다. 냉장고에서 저칼로리 우동을 꺼내 봉지를 찢을 때도 성급히 귀퉁이를 크게 찢어서 내용물이 쏟아지지 않도록 주의했다. 생각해보니 전화 속의 목소리가

250

그녀의 목소리였던 것 같기도 했다. 나는 끓는 물 속에 액상스프를 넣었다. 내가 그녀의 전화를 기다리는 것일까.

　냄비 안의 우동 스프가 뭔지 이상하다고 생각되었다. 간장색이 배어나오기 시작해야 하는데 건조된 파 부스러기가 둥둥 떠다녔다. 액상스프가 아닌 분말스프를 먼저 넣은 것이다. 나쁘게 정해진 일을 피할 수는 없는 모양이다. 하지만 상관없다. 언제나 내 머릿속에서는 '그럴 수도 있지' 하는 말이 떠오르는 데 그리 오래 걸리지 않는다. 나는 단조로움을 원한다.

（『문학동네』1996년 봄）

먼지 속의 나비

시동을 걸자 디지털 시계에 불이 들어왔다. 다섯시 삼십오분이었다. 그럼 대체 몇 시간이나 그 여자의 수다를 견뎌냈던 거야. 취재 약속은 세시였지만 그녀는 우아하게 한 10분쯤 늦게 도착했다. 그러니 꼬박 두 시간 반을 그 여자의 거들먹거리는 성공담과 향수 냄새와 그리고 나이에 전혀 어울리지 않는 은근한 여자 냄새까지 견뎌낸 셈이다. 성공한 여자들의 자전적 이야기를 담는다는 「워킹 우먼」 칼럼은 내가 끔찍하게 싫어하는 꼭지였다. 운이 나쁜 것인지는 몰라도 그 동안 내가 만난 성공한 여자들이란 하나같이 여자에게만 부당한 사회에 대해 지나친 전투복장이거나 아니면 반대로 여자로서의 의도적인 방심함을 은근히 노출하곤 했던 것이다.

이 칼럼은 김선배가 계속 맡아왔던 난이었다. 그러다가 신선한 시각이 필요하다며 몇 달전에 데스크가 나에게로 떠넘긴 것이다. 떠넘긴다는 것은 사실 맞지 않는 표현일 수도 있다. 그 칼럼은 우리 잡지 『쎄』에서 꽤 비중 있는 면이기 때문이다. 그 칼럼에 실리고 싶어 안달이 난, 걸어다니는 '워킹 우먼'이 늘어서 있는 덕분에 『쎄』의 사장은 여성지를 가진 보람을 수시로 확인할 수 있는 것이며 광고부에서는 손쉽게 광고 페이지를 채우는 것이었다. 어쨌든 오늘 또하나의 '로비의 여왕'을 성공적으로 수행한 탓에 내 머리는 무척 지끈거렸다.

낮에도 번번이 막히는 강남으로 통하는 이 길은 퇴근시간을 맞아 완전히 주차장이 되어 있었다. 신라호텔에서 약수동 터널을 지나는 데까지는 그런대로 몇 걸음 옮겼지만 동호대교 앞에 나서니 자동차들이 끝없는 점선을 이룬 채 꼼짝을 하지 않았다. 언제나 막히는 길이라서 차들도 포기한 듯 거의가 사이드 브레이크를 올려놓고 차라리 평온하게 서 있는 모습이었다.

담배를 피워 물었다. 아무래도 선희와의 약속에 늦을 것 같았다. 생각 같아서는 굳이 이 시각에 강을 건너 회사까지 들어갈 것 없이 바로 선희를 만나러 인사동으로 가고 싶지만 요즘 경쟁지가 많이 창간돼 신경이 날카로워져 있는 부장에게 쓸데없이 책을 잡히기는 싫었다. 전화로만 보고를 하려고 하면 부장이 자세한 얘기는 들어와서 하라고 재촉할 것이 뻔했다.

나는 두 대째의 담배를 피워 물었다. 선희를 생각하니 잠시 마음이 설레면서도 막막해왔다. 처음 그녀를 본 것이 언제였는지는 잘 기억이 나지 않는다. 몇 달 전까지만 해도 그녀는 내게 있어 이따금 들락거리는 자유기고가 몇 명 중 하나였을 뿐이었다. 그녀의 원고를 담당하던 김선배가 자리에 없을 때 원고를 대신 전해받은 적도 두어 번 있었지만 나는 그녀의 얼굴을 자세히 기억하지도 못했다. 수수하고 귀염성 있었지만 어디서나 볼 수 있는 흔한 얼굴이었다. 어찌 보면 그런 특징 없는 생김새가 누구에게나 거부감이 없고 친근하게 느껴진다고도 할 수 있을 것이다. 그런 그녀에게 왜 그렇게 뒷소문이 많은 것인지.

김선배가 「워킹 우먼」 칼럼을 넘기며 이렇게 말한 것이 내가 들은 선희에 대한 첫번째 악평이었다. 자유기고가한테 원고 맡기려면 최선희가 글은 제일 나아. 근데, 걔 독종이야.

"왜, 걔가 말을 잘 안 들어요?"

"걔 웃을 때 보조개 봤지? 생긴 건 야들야들하게 생겨갖곤 조목조목 따지고 드는 데는 말도 마. 고집은 또 얼마나 센지. 누군지 몰라도 걔 데려가면 밤마다 서서 외친 다음 잠자리 깔아야 할 거야. 하긴 그런 애들이 대개 밤에는 또 완전히 달라지는 법이지만 말야."

김선배의 어법은 언제나 그런 식이다. 말끝마다 모든 비유와 표현의 대부분이 성기, 잠자리, 뭐 그런 것과 연관되어 있다. 여자 기자들이 끔찍하게 싫어하면 할수록 김선배의 입심은 기승을 부린다.

"지난번에 마감날 닥쳐서 사장실 오더가 떨어져 갑자기 들어가게 된 인터뷰가 있었거든. 섭외까지 다 해놓고 기사 쓸 시간이 없어서 최선희한테 대신 맡겼지. 근데 걔가 뭐라는지 알아? 그 여자요? 유산 받고 아버지 배경으로 이름 냈는데 얘기 나올 게 있겠어요? 이러면서 못하겠다고 뻗대는 거야. 그냥 세간에서 짐작하는 것보다 소탈하고 인간적이더라는 식으로 초점을 맞춰보라고 했더니, 그런 뻔한 얘기를 왜 써요? 하고 복장을 지르더라구. 정말 속 썩이더구만. 제길, 누가 한코 달랬나? 튕기기는 왜 튕겨."

김선배는 옆자리의 방혜원이 들으라고 더 큰 소리로 떠벌리는 것이었다. 그녀는 그런 수작에 걸려들지 않는다는 듯이 열심히 모니터만을 쳐다보고 있었는데 내가 언뜻 보니 그것은 메뉴 화면이었다. 그리고 옆얼굴만 보더라도 방혜원의 예쁜 얼굴은 경직되어 있었다. 김선배는 선희가 얼마나 제멋대로인지에 대해 잠자리와 관련된 비유로 몇 가지 더 험담을 늘어놓더니 문득 목소리를 낮추면서 이런 말은 정말 하고 싶지 않지만 어쩔 수 없다는 듯이 이렇게 말했다. 근데 걔 걸레래. 바로 그 순간 방혜원이 발끈 일어났다.

나는 무슨 일인가가 벌어지려니 싶어 꼴깍, 마른 침을 삼켰다. 빈틈없고 깔끔한 성격의 방혜원이 자기가『쎄』에 처음 소개를 했던 대학동기 최선희의 험담을 그냥 넘어갈 리 없다 싶었다. 더욱이 이 험담이 여자한테 어디 보통 험담인가. 평소에도 편집국 안에서 은근한 성 대결이 생겨날 때마다 여성 쪽 대변인을 자처하곤 하는 방혜원이고 보면 도저히 그냥 넘어갈 사안이 아니었다. 그러나 그걸로 끝이었다. 뜻밖에도 방혜원은 자기와는 아무 관련 없는 이야기라는 듯 자신의 한 점 흐트러짐 없는 정돈된 마음을 과장하는 구둣소리를 또각또각 내며 화장실 쪽으로 사라져버렸다. 오히려 김선배가 뭔가 아쉽다는 표정을 지었으며 이젠 더이상 음담패설을 할 이유가 없다는 듯이 의자를 당겨 앉더니 복사자료를 들추기 시작했다. 「워킹 우먼」 칼럼이나 선희에 대해서는 더이상 이야기할 의사가 없는지 내 쪽은 쳐다보지도 않았다.

"김선배, 그럼 인수인계는 끝난 겁니까?"

"응."

조금 전까지의 화려한 묘사력은 어디로 보내버렸는지 그는 얼굴도 들지 않고 시큰둥하게 대답했다. 하긴 방혜원이 나가고 나니 지금 편집국 안에는 김선배의 얘기에 신경을 곤두세울 여자 기자가 하나도 없었다. 김선배가 신이 안 날 만도 했다.

잠시 후 화장실에 다녀오다보니 그 옆 휴게실에 방혜원이 보였다. 그녀는 뒷모습을 보인 채 자판기 앞에 서서 커피를 마시고 있었다. 나는 그녀에게 다가가 어깨를 가볍게 쳤다. 그녀는 무엇을 골똘히 생각하고 있었던 듯 조금 놀라며 내 쪽을 돌아보았다. 그러더니 정색을 하고 나를 불렀다.

"박주원씨."

내 이름을 딱딱하게 부르는 그녀의 얼굴에는 평소 내게 보이던 호감을 찾아볼 수가 없었다.

"박주원씨까지 그렇게 됐어?"

"뭐가?"

"그런 표현 쓰지 마. 걔가 어쩌고 하는 식 말야."

"……."

"생각까지 바뀌는 건 기대도 안 해. 하지만 남자들, 말버릇만 고쳐도 같은 편이 돼주는 사람이야, 난."

그녀답게 자신만만하고 딱 부러지는 말투에 나는 조금 얼굴이 붉어졌다. 그러나 정작 나를 당황하게 한 것은 그녀의 다음 말이었다.

"최선희 말야, 걸레는 걸레야. 순진하게 대할 필요 없어."

그것이 선희에 대해 들은 두번째 악평이었다.

부장 또한 그녀를 좋게 말하지 않았다. "거 지난번 점심 한 번 같이 했는데 그때 보니까 보통내기가 아니던데, 원고 맡기려면 처음부터 잘 잡아놔"라고 내게 말하더니 은밀하게 "아주 꽉 박아놓든지"라고 덧붙이며 김선배와 함께 입심계의 양대 거봉임을 과시했다.

김선배의 보충설명에 따르자면 그날 선희는 부장과 김선배가 막 점심을 먹으러 나가려던 때에 원고를 가지고 와서 그 자리에 동석하게 되었다. 김치찌개가 끓기를 기다리는 동안 김선배는 선희를 향해, 부드러운 분위기 조성을 빙자한 예의 그 싱거운 음담을 늘어놓기 시작했다.

"요샌 몸무게가 자꾸 줄어서 걱정이에요."

"운동 좀 해보지 그러세요."

"아, 바로 그 운동을 너무 해서 준다니까요. 어떻게 이 마누라는 갈수록 증세가 심해져. 숫제 암사마귀야 암사마귀. 야 이거 원, 무슨 수를 내긴 내야지 키로수 줄어서 말야."

"몸무게가 몇인데 그러세요? 겉으로 봐서는 별로 마른 것 같지 않은데."

건강 쪽으로 화제를 잡아두려는 선희의 물음이었다.

"제 몸무게 말입니까. 몸 중에서 어디 무게 말인지. 나는 좀 유난히 무게가 많이 나가는 부위가 있는데."

김선배는 이쯤에서 여자들이 낯을 붉히고 고개를 숙이면 희망봉을 점령한 듯이 의기양양해하며 남자임을 자만하는 남자였다. 그러나 선희는 뜻밖에도 김선배를 똑바로 보며 이렇게 대답했다. 항상 그렇게 무겁게 해가지고 다니나 보죠? 노련한 김선배는 아니죠, 최선희씨가 있을 때만이죠, 했고 선희는 조금 의아한 얼굴로, 그런가요? 저는 확인한 적 없는데요, 했다는 것이다.

선희는 『쎄』뿐만이 아니라 다른 몇 군데 잡지사에도 원고를 기고하고 있었다. 『쎄』에 있다가 다른 잡지사로 옮긴 친구와 회사 앞 카페에서 점심을 같이 먹다가 나는 또 선희의 이야기를 듣게 되었다. 선희가 그 잡지사에도 원고를 쓰고 있어 그녀에 대해 잘 안다고 하였다.

"원고가 좀 늦어서 그렇지 인터뷰 기사 하나는 기가 막혀. 기사의 가닥 잡는 것하고 감각적으로 말을 풀어가는 솜씨는 끝내준다구. 특히 사람 뜯어보는 재주는 타고난 애야. 개가 지난번 연극배우 김태섭 인터뷰 기사 썼는데 나중에 그 사람이 그러더라. 개 앞에서 아주 발가벗고 있는 기분이더라고. 그래서 그럴 바에야 어차피 마찬가지인데 아예 벗지 그랬냐고 해줬지, 하하."

벗는다는 말을 입에 담는 것만으로도 기분이 나는지 그는 제법 호방하게 웃었다.

"걔가 그렇게 소문이 안 좋다며?"

하다가 나는 재빨리 "최선희 말야"을 마침표처럼 덧붙였다. 여자 이야기를 할 때 쓰는 의례적인 비칭을 그렇게 정정한 것은 솔직히 방혜원의 말이 좀 마음에 걸려서였다. 내 말을 듣자 그의 얼굴에 모호한 회색 웃음이 스쳤다.

"너도 좀 아는구나?"

"뭘?"

이제 그의 회색 웃음은 약간 노골적인 빛을 띠고 얼굴 만면으로 퍼져 있었다.

"왜 그래? 나랑 무슨 일이라도 있었냐?"

"아니. 내가 잘 아는 작자하고."

"누군데, 나도 아는 사람이야?"

"아마 그럴걸."

"같이 잤대?"

나는 직설법을 썼다.

"어디 한둘이냐?"

"걔가 그 정도야?"

그녀에 대한 호칭도 당연히 다시 비칭으로 돌아와 있었다.

"그럼 너하고도?"

"흐흐, 그건 아니지만 술 먹고 좀 묘한 정도까지는 갔지."

"둘이 무슨 얘기하는데 그렇게 희희낙락해?"

방혜원이었다.

"어, 오랜만이야, 점심 먹으러 온 거야?"

그는 전 직장의 여자 동료에게 보여야 할 예의 이상의 과장된 반가움으로 표정을 수습했다.

"응, 근데 남자들 둘이 속닥속닥 무슨 모의를 하길래 얼굴이 그렇게 벌개?"

"방혜원씨는 그게 탈이야. 여자가 꼭 아무데나 낄려고 하더라"

그가 천연덕스럽게 받아치자,

"여자 끼어서 불편하고 켕길 일 같으면 애당초 시작을 않는 게 좋은 거야."

라며 그녀는 약간 한심하다는 표정으로, 그럼 밥 잘 먹어, 하면서 자기 일행에게로 갔다. 촬영을 나갔다 오는 길인지 남녀 모델 몇 명과 코디네이터가 그녀를 기다리고 있었다.

저 여자 여전하구나 이쁘고 똑똑하고, 그는 방혜원의 뒷모습을 눈으로 따라가며 중얼거리더니, 하지만 데리고 살려면 팍팍할 거야, 라고 토를 달았다. 나는 아무 대꾸도 하지 않고 그녀가 세련된 매너로 음식을 주문하는 것을 건너다보며 그의 계속되는 말을 듣고 있었다. 의상 백을 보니 수영복 찍은 모양이지? 하긴 5월이니까 찍을 때도 됐구나. 그나저나 저 남자 모델 물건 꽤나 실하겠는데? 야, 방혜원 같은 여자는 촬영할 때 남자들 거기 쳐다볼까 안 볼까. 아마 계속 거기만 봤을걸. 원래 똑똑한 여자들은 내숭도 잘 떨지만 밝히기도 되게 밝힌다더라. 발레 감상한다는 여자들도 말야, 남자 무용수 춤출 때 어디 보는 줄 알아? 그 순간 마치 방혜원이 그 말을 듣기라도 한 듯 우리 쪽으로 얼굴을 돌렸다. 내 얼굴은 나도 모르는 사이 조금 화끈거렸다.

우리의 화제는 다시 선희에게로 되돌아왔다.

"최선희 말야. 이런 소문도 있더라. 걔가 『섹스 잠언집』을 쓰고 있대."

그의 말로는 선희가 자기와 같이 잔 남자가 섹스중에 무슨 말을 했는지 낱낱이 적은 섹스 어록을 만들고 있다는 얘기였다. 그 말을 듣자 나는 불현듯 지금까지 우리의 대화가 한심하게 여겨졌다. 또 선희에 대해서도 어쩐지 미안한 마음이 들었다. 그녀가 도마 위에서 너무 많은 칼질을 당한다는 생각이 들었으며 그 칼을 건네받아서 몇 번의 토막질에 가세함으로써 은근한 재미를 누렸던 가해자로서 막연한 죄책감을 떨칠 수가 없었다.

"그만 하자. 그런 얘기."

"야, 누구누구 있을까. 걔가 인터뷰하는 취재원이 있겠고, 또 일하는 곳이 이 잡지 바닥이니 우리 아는 사람도 몇 있겠지? 그거 재미있겠는데, 연재하자고 한번 꼬셔볼까."

그게 석 달쯤 전의 일이었다. 이번 달부터는 선희가 「신세대 에스프리」라는 새 기획물의 필자가 되는 바람에 「워킹우먼」 칼럼을 내가 쓰게 되었지만, 그 동안 그 칼럼을 함께 진행하면서 선희와 나는 꽤나 가까워졌다. 악의적인 사전정보와 나의 소심하고 보수적인 성격에도 불구하고 선희는 내 마음을 사로잡았다. 마치 신세계의 요정처럼, 그리고 등뼈에 통증을 못 느낀다는 신화 속의 마녀처럼.

다시 시계를 보니 이미 여섯시가 훨씬 넘었다. 나는 세 대째의 담배를 꺼내 불은 붙이지 않은 채 물고 있었다. 차가 느리게 움직이기 시작했다. 그때 불현듯 차창 앞에서 무언가가 움직이는 것을 본 듯했다. 두리번거려봤지만 차창 앞에는 아무것도 없었다. 조도와 기울기가 약간씩 낮아지고 있는 하늘, 그 허공뿐이었다. 그러나 잠시 후 그것은 다시 모습을 나타냈다. 하얗고 조그만 점 같은 것이 허공 속에서 가볍게 움직이고 있었다.

나는 처음에 그것이 먼지인 줄 알았다. 하지만 먼지라면 차가 일으키는 바람을 따라서 같은 방향으로 날아가련만 그것은 애처로운 안간힘으로 악착같이 반대방향으로 되돌아오려고 하고 있었다. 자세히 보니 조그만 나비였다. 나비 한 마리가 저물어가는 도시의 허공 속에서 불안스러운 비행을 하며 자기의 생명을 증명하고 있었던 것이다. 나는 괜히 코끝이 아려왔다.

못 견딘다는 건 싫어, 선희가 말했다. 갖고 싶어 못 견디겠다, 먹고 싶어 못 견디겠다, 그리고 보고 싶어 못 견디겠다 따위.

그녀는 어릴 때 강아지를 키웠다고 했다. 푸들이었냐고? 천만에. 난 무슨 거품 같기도 하고 보푸라기 같기도 한 건 간지러워서 못 키워. 그냥 똥개였지. 코끝이 까맣고 귀가 축 처지고 어리무던한 그런 똥개 말야. 아버지가 시장통 해장국집에서 그 강아지를 데려오자 엄마는 잔소리를 하면서 하루만 키우고 보내버릴 거라고 임시로 '하루'라고 이름을 지었어. 그런데 '하루'는 하루가 지나자 이미 자신의 존재성을 증명해버린 거야. 이름이란 참 이상해. 우리가 이름을 지어주면서부터 이미 그 강아지는 지나가는 똥강아지가 아니라 우리의 무엇인가가 되어버리는 건가봐. 어제까지만 해도 시장바닥에서 굶거나 죽거나 아무 관심 없는 존재였고, 혹시 어제 그놈이 내 바짓단을 물었다면 발로 차버렸을 미물인 것이 오늘은 사랑의 대상이 된 거야. '하루'는 멍청한 짓을 많이 했기 때문에 내가 특히 귀여워했지. 그런데 5학년 땐가 여름방학이 시작되는 날 학교에서 돌아와 보니 쥐약을 먹고 죽어 있었어.

제 키의 두 배가 넘는 높은 창문을 뛰어넘어 방 안까지 들어와서는 장롱문을 할퀴어놓고 입가에 거품을 질질 흘린 채로 말야. 나는 울지도 않고 그것을 그대로 걷어차버려서 어른들한테 두고두고 독하다는 말을 들었지. 몇 년인가 후에 무슨 시를 보니 그런 얘기가 나오대? 강아지를 키워보니 이렇게 귀여운데 자식을 키우면 어떻겠나 싶어서 문득 자기가 두려워진다고 말야. 그제서야 내가 그때 왜 '하루'를 걷어찼는지 나 자신에게 설명이 되더라구.

그녀는 만년필을 잃어버린 이야기도 해주었다. 고2 때 생일선물로 받은 것인데 너무나 아껴서 언제나 몸에 지니고 있었다. 그런데 체육시간에 화장실에 갔다가 헐렁한 체육복 주머니에 넣어두었던 그 만년필을 그만 구멍에 빠뜨리고 말았다. 재래식 화장실이었던 것이다. 그녀는 남들이 오래 전에 배설한 삭은 똥을 팔목까지 잔뜩 묻혀가며 기어코 만년필을 꺼냈다. 그러고는 다시 그 자리에 그대로 퐁당 빠뜨려버렸다. 애써 그것을 꺼내느라 똥으로 범벅이 된 바로 그 손으로.

난 담배도 끊었어. 아니 끊은 게 아니라 상관없게 되었어. 있으면 피우고 없으면 안 피우니까. 생각해봐. 밤중에 담배가 떨어졌는데 자판기를 세 개나 찾아 헤맸지만 다 고장이었어. 그 미칠 것 같은 심정은 정말 당해보지 않고는 모를 거야. 그래서 그날부터 안 피워버렸지. '못 견디겠다'는 느낌은 정말 싫으니까.

—난 지금 너를 안고 싶어 못 견디겠는데?

차마 입밖에 내지는 못했지만 나는 사실 선희에 대한 갈망 때문에 고통받고 있었다. 선희가 강아지 이야기를 할 때부터 그리고 똥 이야기를 할 때조차 나는 아랫도리의 묵신한 괴로움을 어쩌지도 저쩌지도 못하고 있었다. 그녀를 쳐다보고 있자면 나는 어느 사이 갈증을 느끼면서 선희의 입술만 바라보게 되었다. 그녀는 분명 섹시하다거나 여자답다는 것과는 거리가 있었다. 보통 키에 좀 마른 편이고 젖가슴이 작다는 것, 그것말고는 정말이지 그녀의 육체에 대해 표현할 말은 아무것도 없었다. 더구나 묘사적인 수식어를 붙이기는 더욱 어려운 일이었다. 매력적인 점을 굳이 찾자면 발꿈치를 거의 붙이지 않는 도도한 걸음걸이 정도랄까. 그리고 늘 말라 있긴 하지만 선이 섬세한 입술?

그런데도 그녀에게는 사람을 끄는 힘이 있었다. 길에서 스쳐갈 때는 결코 아무 인상도 남기지 못할 특징없는 얼굴이었지만 일단 그녀에게로 시선을 주고 마주 앉아 있어본 사람은 결국 그녀의 매력에 동의할 것이다. 그녀가 말할 때, 볼 때, 웃을 때, 그러니까 육신이란 껍질에 자기라는 혼을 불어넣을 때 살아 있는 그녀의 표정은 이상한 매혹과 갈망을 불러일으켰으며 그만 그녀의 작은 몸에서 퉁겨져나오는 힘에 대책 없이 빨려들게 만드는 것이었다.

너를 안고 싶어 못 견디겠어. 내가 이렇게 말하면 그녀는 뭐라고 대답할까. 그래? 그럼 같이 자. 못 견디지 말고. 자고 나버리면 다음부터는 그 동안 못 견뎌했다는 게 우스워질 거야. 다 그런 거야. 못 견딜 때만 중요한 거라구. 그녀는 분명 이런 식의 말을 할 것이다. 아아, 그녀는 왜 그렇게 자신을 함부로 하는 것일까. 하지만 나로 말하자면 그러니까, 그녀를 함부로 안기에는 너무나 그녀를 아끼고 있었다.

그녀를 안고 싶은 마음이 강할수록 한편 그녀에 대한 지독한 사전정보가 나를 괴롭혔다. 그때 나는 어쩌자고 그렇게 성실한 취재를 했던 것인지. 처음부터 있는 그대로의 선희를 내 눈으로 바라보기 시작했다면 편견 없이 자연스럽게 그녀를 받아들일 수 있었을지도 모르는데…… 솔직히 나는 보통 남자였다. 선희를 둘러싼 소문에 대해서 연민과 너그러움을 품는 순간도 있긴 했지만 그보다는 질투와 불신이 언제나 먼저였다. 도대체 사실인지 알아나 보고 싶은 터질 듯한 답답함 속에서 사실일까, 아닐 거야, 사실이면 어때, 그래도 아닐 거야 하는, 내가 생각해봐도 못나기 짝이 없는 푼수 같은 독백을 되풀이하며 무엇에 대해선지 모르게 용서도 했다가 분노도 했다가 그러다 결국은 여전히 내가 그녀를 원하고 있다는 것을 어쩔 수 없이 확인하게 되어버리는 것이었다.

너, 남들이 너에 대해 뭐라고들 하는지 아니? 한번은 무심한 척 이런 말을 꺼내보았다. 비겁한 것 같긴 하지만 사랑하는 남자의 권리니까 라고 속으로 말하면서.

"뭐래, 걸레래?"

그녀는 내게 놀랄 틈도 주지 않고 이내 아무렇지도 않게 다른 이야기로 넘어갔다. 일부러 그런 척하는 것이 아닌 듯했다. 그녀에게는 평판 따위가 중요하지 않은 모양이었다.

"넌 그럼 정말 아무하고나 자니?"

……약간 떨려 나오는 내 목소리.

"너는 그럼 안 그러니?"

……아무런 적의도 호기심도 없는 그녀 목소리.

"넌 길음동이나 청량리 안 가? 남자들은 좋아하는 여자랑 자는 것과 창녀랑 자는 것을 꼭 구분하려고 하더라. 창녀랑 자는 것은 남자로서 얼마든지 있을 수 있는 일이니 논외로 하고, 자기는 좋아하는 사람하고만 자니까 아무하고나 자는 건 아니라는 거야? 난 그런 구별은 안 해."

"그것도 무엇에 얽매이지 않고 스스로도 집착하지 않는다는 너의 그 돼먹지 않은 철학과 관계가 있겠구나? 아무하고나 자고 그리고 잊어버리고, 그러면 섹스에 집착하지 않을 테니까 말야?"

갑자기 섹스 잠언집 얘기가 떠올라서 내 목소리는 몹시 거칠어졌다.

"주원씨. 왜 화를 내지? 난 다만 익명의 성기와는 자지 않는다는 뜻이야. 그리고 난 섹스를 하는 것이 아니라 섹스를 안 하는 것으로부터 자유롭기 위해 그러는 거야. 섹스를 안 하기 위해 겪는 실랑이처럼 의미없이 나를 지치게 하는 것은 없어. 아침에 잠에서 깨는 그 순간부터, 밥을 먹을 때도 길을 걸을 때도 물건을 살 때도 평화를 외칠 때까지도 온통 온 세상이 다 섹스에 대해 이야기하거나 그 이야기를 보여주거나 이용하거나 감추는 척하면서 강조하거나 하고 있는데 왜 혼자서 터무니없는 짐을 지고 제발 그것만은 안 돼요, 네? 하면서 설득력 없이 뒤꿈치를 땅에 박고 버팅겨야 하느냐구."

회사 주차장에 도착하니 거의 일곱시가 가까워져 있었다. 어차피 일곱시 반 약속시간을 지키기는 어렵게 되었다. 하긴 이 시각이면 선희는 명륜동의 자기 집에서 아직 출발하지 않았을 것이다. 나는 위층에서 내려오기 시작하는 엘리베이터의 숫자판을 보며 자리에 올라가자마자 선희에게 전화부터 해야겠다고 생각하고 있었다. 엘리베이터 문이 열리자 그 안에서 방혜원이 나왔다.

"어, 박주원씨. 퇴근 안 해?"

"해야지. 부장 있지?"

"아까부터 박주원씨 기다리는 것 같던데?"

그녀는 나가려다 말고 참, 하고 걸음을 멈추었다.

"아까 최선희한테서 전화 왔었어. 오늘 약속 못 지키겠다면서 내일 어차피 원고 갖다주러 우리 사무실 와야 하니까 그때 보자고 하던데? 내가 책상 위에 메모 남겨놨어."

말을 마치고 그대로 걸음을 옮기려던 그녀는 무슨 생각에서였는지 약간 과격한 몸짓으로 다시 한번 나를 돌아보았다.

"최선희가 뭐 『섹스 잠언집』? 그런 걸 쓴다며? 부장은 박주원 씨가 요새 최선희 자주 만나는 게 다 그 원고 빼오려고 그러는 줄 알더라구. 아까 내가 최선희하고 통화하는 걸 듣더니, 거의 다 꼬셨나? 박주원이가 사람이 순진해서 거꾸로 제가 넘어가는 건 아니겠지? 하고 한마디 하더라구."

"참 내. 몇 달 전 술자리에서 흘린 말을 아직도 기억하나? 그땐 최선희를 자세히 몰랐을 때라 그런 말을 한 거지."

내 얼굴에는 노골적으로 불쾌한 표정이 드러났다.

"어, 화까지 내고? 박주원 씨가 거꾸로 최선희한테 넘어가겠다는 부장 말이 맞나봐?"

"그만 해."

"내 충고 잊지 마. 최선희 걔 순진하게 대하면 안 된다니까. 대학 다닐 때부터 좀 삐딱하긴 했지만 걔가 그렇게까지 지저분한 앤 줄은 몰랐어. 섹스 잠언집이라구? 나도 이 바닥에서 물이 들만큼 들었지만, 정말로 싫다 싫어."

방혜원은 내 얼굴이 일그러지는 것을 똑바로 쳐다보며 말을 이었다.

"내 말이 지나치다고 생각해? 지나친지 아닌지 내가 힌트 하나 줄까? 오늘 선희가 왜 박주원씨 바람 맞힌 줄 알아? 아마 박영세 때문일걸? 왜, 인테리어 디자인하는 박영세, 오늘 그 사람 카페 오픈하잖아."

어쩌면 저렇게 말을 잘 할까. 나는 요즘 한창 광고에 나오는 섹시컬러 립스틱이 칠해진 그녀의 예쁜 입을 내 입으로라도 막아버리고 싶은 난폭한 기분이 들었다. 할 말을 마치자 그녀는 막스마라 수트의 앞자락을 여미며 단정한 구둣소리와 함께 멀어져갔다.

고상한 뒷모습이었다.

부장에게 적당히 인터뷰 결과를 보고하고 자리로 돌아온 나는 방혜원이 남겨둔 책상 위의 메모를 갈가리 찢어버렸다. 그러고는 책상 속을 뒤져서 박영세가 보냈던 카페 오픈 초대장을 찾기 시작했다. 집안에 돈 좀 있는 놈들은 놀 궁리에 인생이 바빠, 하면서 던져버렸던 그 초대장은 다행히 '박주원 기자님' 뒤에 '귀하'라는 복존칭을 달고 서랍 안에 들어 있었다.

그날 밤 일은 길게 기억하기도 싫다. 선희는 방혜원의 예상대로 그 카페에 나타나 박영세 옆자리에 앉았고 나는 그때부터 정신없이 술을 퍼마셨다. 마시다가 가끔씩 보면 선희는 웃기도 하고 박영세가 하는 얘기에 고개를 끄덕이고 있기도 했다. 그러면 또 나는 술 마시고, 선희 한 번 보고, 술 한 잔 마시고, 선희 한 번 보고…… 결국은 필름이 끊겨버렸다.

잠깐 정신이 들어서 보니 나는 신촌의 어느 골목에 깨질 듯한 머리를 싸안고 쭈그려 앉아 있었다. 내 앞에는 몇 시간 전 내 위장을 채웠던 일용할 양식들이 토사물이 되어 잘 차려진 상처럼 둥글게 펼쳐져 있었다. 상의 직경으로 보아 앉아서 토했는지 낙차는 별로 크지 않았다. 그리고 그 옆에 선희가 서 있었다.

박영세한테 안 가니? 내가 비꼬았다.

응 이제 가려고. 그녀의 말투는 심드렁했다.

내 말에는 상처도 안 받는구나. 그녀는 대꾸가 없다. 응? 그런 거야? 네 식대로 말해서, 난 너한테 존재증명을 할 수 없는 거냐구, 이렇게 언제까지 익명이냐고, 그러난 말야! 비어버린 내 위장 안에서 어쩐지 울컥, 소리가 올라온다 싶더니 이윽고 눈물이 한 줄 흘러내렸다. 그래, 난 못난 놈처럼 울고 너는 딴 놈하고…… 차마 다음 말을 잇지는 못했지만 그 말을 꺼내고부터 난 아예 엉엉 소리를 내며 울었다. 그녀는 저만치 떨어져서 아무 말 없이 서 있기만 했다. 아니 그냥 서 있었던 것은 아니었다. 내 토사물이 묻은 구두를 하수관이 조금 튀어나온 곳에다 비벼서 닦으며 서 있었다. 한참을 더 그렇게 울다가 돌아보니 선희는 그 자리에 없 었다. 꽃향기가 잔인한 5월 밤이었다.

다음날 선희가 약속대로 원고를 가지고 사무실에 나타난 것은 거의 퇴근시간이 가까워졌을 무렵이었다. 내심 종일토록 선희를 기다리고 있던 나는 그녀가 문을 들어설 때부터 온 신경을 그쪽 으로만 쏟고 있었지만 짐짓 못 본 척 자판만 두드리고 있었다. 옆 눈으로 보니 선희는 내 쪽을 쳐다보았지만 내가 눈을 마주치지 않자 방혜원에게만 가볍게 웃어 보인 다음 바로 부장의 자리로 갔다. 마침 책상 위에 펼쳐져 있던 신문기사를 아무 쓸데없이 건 성으로 쳐나가면서 온통 선희 쪽으로 열린 내 귓속으로 선희가 부장과 인사를 건네는 소리에 이어 원고를 넘기는 기척이 들리더 니 종이 넘기는 소리가 몇 번 나고, 원고 좋은데요? 아니, 벌써 다 읽으셨어요? 뭐 대충 대각선으로 읽으니까요, 하는 소리가 이어졌 다.

"가만 있자, 그러니까 제목이…… 여기 있구만. '섹스, 우리 삶 의 애틋함'이라. 역시! 역시 최선희 씨는 감각이 있어. 신세대 독 자를 끌려면 섹스 얘기부터 시작해야지, 안 그래, 박주원씨?"

나는 그제서야 선희를 돌아보며 언제 왔어요? 하며 약간 냉랭 하게 인사를 했다. 일부러 차갑게 쳐다보는 시선에도 아랑곳없이 선희는 나와 눈이 마주치자 환하게 웃었는데 그것이 나를 더욱 못마땅하게 했다. 부장이 읽어보라고 선희의 원고를 내 쪽으로 내 미는 것을 기화로 나는 매몰차게 선희에게서 등을 돌려 버렸다.

어제 새벽 나는 애인의 오피스텔에서 잠을 깼다.

소설적 이야기와 시적인 문체의 형식을 합해서 새로운 장르의 감각적인 에세이를 시도해보겠다는「신세대 에스프리」기획의 첫 번째 원고가 될 선희의 글은 이렇게 시작되고 있었다.

어제 새벽 나는 애인의 오피스텔에서 잠을 깼다. 그 전날 한 밤중에 나는 내가 가진 열쇠로 문을 따고 들어왔었다. 그는 아 직 들어오지 않았고 방안은 캄캄했다. 나는 그가 내게 양보한 이 적요로운 공간이 좋아서 그에게 고마워하며 불도 켜지 않은 채 차가운 마룻바닥에 오랫동안 누워 있었다. 그가 언제 들어왔 는지는 모르겠다. 나는 그대로 잠들어 버렸고 잠결에 눈을 떠보 니 그가 내 얼굴을 내려다보고 있었다. 내가 눈을 뜬 것을 보자 그가 키스를 했다. 그러고는 어둠 속에서 허리를 더듬어 내 청 바지의 지퍼를 내렸다. 그는 내가 이 집의 문을 열듯이 자기의 익숙한 열쇠로 내 몸을 열고 들어왔다. 한참동안 그는 자신만의 세상을 가꾸는 정원사의 정성스러운 손길로 내 속을 구석구석 어루만졌다. 너무 따뜻하고 편안하여 나는 정 붙이고 산다는 일 이 꽤 다정한 일임을 느꼈다.

어제는 또 새 애인과의 약속이 있는 날이었다. 오후가 되자 나는 애인의 오피스텔을 나와서 내 아파트로 돌아왔다. 뜨거운 물에 오랫동안 몸을 담그고 목욕을 한 다음 새틴 블라우스와 플 리츠 스커트를 꺼내 입었다. 시폰 스카프와 귀걸이, 그리고 귀 뒤에 오데코롱을 뿌리는 것도 잊지 않았다. 그는 약속장소에 조 금 늦게 나타났다. 그는 자기의 어린 시절에 대해 특히 많은 얘 기를 했다. 지금 그리고 있는 그림에 대해서도 얘기했고 자기

화실에서 가르치는 학생들, 그 중에서도 어떤 여학생 애기를 많이 했다. 그림 이야기를 할 때 그는 눈빛이 맑다. 사실 구상이 더 대중성이 있죠, 하지만 내가 비구상을 택한 것은 바로 그것 때문이에요. 난 도대체가 남들에게 뭘 설명해주질 못해요. 그냥 내 세계를 표출하는 것뿐이죠. 그러기에 나의 내면을 이해해줄 수 있는 사람만이 내 그림을 인정해주는가봐요. 그 말을 할 때 그는 나를 똑바로 쳐다봤다. 마치 자기의 내면을 이해해줄 수 있는 그 사람이 바로 나라는 듯이. 순간 내 가슴에 전율 같은 것이 찌릿하고 스며들었다. 내 뺨이 가볍게 상기되었다. 어두운 골목을 걷다가 그가 갑자기 나를 벽돌담 쪽으로 밀어붙였다. 첫 키스처럼 날카로운 입맞춤. 우리는 몸을 떨었고 그날 밤을 어떻게 보낼 것인지 이미 서로에게 동의를 얻은 거나 마찬가지였다.

어색하고 조심스럽고, 그래서 감동을 줄 수 있는 섹스. 나는 그에게 어떻게 다가가야 할지 몰라 가슴이 두근거렸다. 그에게 무슨 의미로 비칠 것인지 몰라 몸짓 하나, 말 한마디에도 긴장했다. 사실 만족감 같은 것은 그다지 상관없었다. 그와 한몸이 되고 이로써 각별한 관계가 되었다는 사실, 그리고 지금 이 순간 그가 완전히 나만의 것이라는 기쁨, 그런 것이 감격스러웠을 뿐이다. 그 감격이 너무 벅차고 서정적이라서 나는 섹스의 아름다움을 느꼈다.

나는 집으로 돌아오자마자 커피 생각이 간절했다. 그런데 여과지에 아이리시 가루를 넣으려던 순간 엉뚱하게도 인스턴트 커피가 먹고 싶어지는 것이었다. 싱크대를 뒤져보니 다행히 지난 겨울 친구와 스키장에 갔을 때 그곳 콘도미니엄의 수퍼에서 샀던 커피믹스가 남아 있었다. 오랜만에 마시는 인스턴트 커피는 불현듯 내가 처음 커피를 마시기 시작하던 무렵의 젊은날을 떠올려주었다. 추억이란 그런 것이다. 기억을 붙잡는 강렬하고 짧은 영상, 소리, 냄새와 맛…… 그것이 추억이다. 의미는 없는 것이다. 섹스도 마찬가지이다. 왜 굳이 의미를 가려내야만 하는가. 섹스에 대한 정의를 내리고 유형을 나누고 문제점을 제시하고 바람직한 기준까지 만드는 일은 마치 각자의 화장실 가는 횟수와 양과 그 순간 원하는 쾌적 환경이 무엇이며 그때 주로 무슨 생각을 하는지, 소리를 듣거나 냄새를 맡는지, 그렇다면 그 소리 및 냄새에 대해서는 어떤 견해를 갖고 있는지 따위를 조사하는 격이다.

진실하다면 누구든 섹스로부터 자유롭다. 그리고 만약 인생에 애틋함이란 게 있다면 바로 그런 섹스의 진실에서 비롯되는 것이리라. 자유로워지고 싶은 것이 삶에 저항하는 것처럼 보인다면 내 잘못이 아니다. 틀을 만든 세상의 잘못이다.

원고를 다 읽은 것과 거의 동시에 갑자기 부장의 목소리가 귀에 들어왔다.

"저 원고, 최선희씨 경험담인가요?"

굳이 그럴 필요가 없는데도 부장의 목소리는 어쩐지 컸다. 선희는 가볍게 웃으며 대꾸 없이 그냥 창 쪽으로 고개를 돌렸다.

"하루에 두 남자하고 잤다, 경험담이 아니면 저런 글은 나올 수가 없을 텐데……."

목소리가 높은 탓에 저 건너의 미술부와 사진부에서도 기자들이 일제히 이쪽을 쳐다보았다. 평소의 온건한 나답지 않은 분연한 태도로 내가 부장을 향해 입을 뗀 것은 그때였다. 그러나 나보다 한 박자 앞서서 방혜원이 부장 쪽으로 소리나게 의자를 돌려 앉는 게 보였으므로 나는 입을 다물었다.

방혜원의 입에서 나온 말은 뜻밖에도 전혀 내가 기대하던 말이 아니었다.

"최선희! 섹스 잠언집 언제 넘길 거야? 우리 박주원씨 애 그만 태우고 이제 그만 넘기지 그래."

물끄러미 창밖을 보고 있던 선희가 고개를 돌려 방혜원을 쳐다 보았다. 하지만 금방이라도 벌어질 듯한 입술을 끝내 굳게 닫고 그녀는 아무 말도 하지 않았다. 다만 다음 순간 고개를 돌려 천천히 내게로 시선을 돌리는데 그때만은 정말 무슨 말인가를 할 듯이 조금 입을 벌렸었다. 그것마저도 하릴없이 여겨졌던지 이윽고 섬세한 입술선을 유지한 채 그냥 다물어버리고 마는 그녀의 입술은 비너스 석상의 입술처럼 단아하기만 했다.

내가 얼마나 당황했는지는 설명할 필요도 없다. 손사래를 치면서라도 그게 아니라고 부정하고 싶었지만 선희가 의자에서 일어난 뒤 우리 쪽을 향해 어설프게 고개를 까닥여 보인 뒤 사무실을 나가는 모습을 보면서도 어쩐지 목이 아프도록 침만 삼킬 뿐 꼼짝도 할 수가 없었다. 문을 빠져나가는 선희의 뒷모습은 가뿐하게도 보였고 위태롭게도 보였다.

어제 오후 차창 밖으로 보았던 나비가 생각났다. 악착같이 바람을 거슬러서 위태로운 비행을 하던 작은 나비. 그때 나는 왜 그것이 방향을 거슬러가려 한다고 생각했을까. 가고자 하는 제 방향이 있으리라고는 생각하지 않았던 걸까. 물론 처음에 착각한 대로 나비가 아니고 먼지였다면 그냥 바람을 따라갔을 것이다. 그랬다면 나는 제대로 바른 방향을 가고 있다고 생각했겠지. 바르다거나 거스른다거나 그런 방향은 다 그 나비의 생각과는 상관없이 내가 멋대로 짐작한 것일 뿐인데도. 그리고 자기가 원하는 방향으로 간다는 것은 살아 있는 것과 죽은 것의 준열한 차이인데도.

그제서야 나는 자리를 박차고 일어나 선희를 뒤쫓기 시작했다. 밖으로 나오니 이미 해가 진 뒤라서 어둑어둑했다. 선희의 연회색 바바리는 마악 지하철로 통하는 계단 앞을 지나치고 있었다. 발끝을 땅에 거의 붙이지 않는 듯한 그녀의 도도한 걸음걸이가 울컥 내 마음속의 그리움을 건드렸다. 지나가는 사람들이 쳐다보는 데에도 아랑곳없이 나는 선희에게로 뛰어갔다. 그런데 다음 순간 선희가 보이지 않았다. 마주 오던 누군가와 어깨를 부딪치는 바람에 "죄송합니다"라고 말하면서 아주 잠깐 고개를 돌렸을 뿐인데 바로 그 순간 선희를 놓쳐버리고 만 것이었다. 지하철을 탔겠지 하고 급히 계단을 내려가봤지만 선희의 모습은 아무데도 보이지 않았다. 승차권을 사가지고 전동차 타는 곳에도 가보고 다시 반대편 승강장까지 찾아보았지만, 화장실까지 뒤졌지만 소용없었다.

　　나는 다시 거리 밖으로 나와서 지하철 계단과 반대방향에 있는 골목 속으로 들어갔다. 봄날 저녁 골목에는 어제 못지않은 진한 꽃향기가 가득 들어차 있었다. 2년째 바로 앞에 있는 건물 안에서 일해왔지만 가까이에 이런 골목이 있다는 것은 처음 알았다. 골목 안은 뜻밖에도 복잡했다. 비스듬히 언덕을 이룬 골목 안으로 다시 세 갈래의 작은 골목이 갈라져 있었으며 그 작은 골목은 또 두어 갈래씩 샛길을 만들고 있었다. 선희를 발견한 것은 그 복잡한 골목 안을 거의 20분이나 헤맨 다음이었다. 마지막 골목이 끝나는 곳쯤에서 선희는 바탕색이 어두운 캔버스 속의 희끗한 그림자처럼 담벼락에 기대서 있었다. 내가 다가가자 힐끗 쳐다만 볼 뿐 이런 때 있어도 좋을 격렬한 포옹 같은 것을 원하는 기색은 아니었다. 그러거나 말거나 나는 거칠게 숨을 몰아쉬며 선희를 애틋하게 안았다. 다리가 너무 뻐근한 탓에 그녀를 안은 채로 내 몸이 조금 비틀했다.

우리는 사랑의 시험을 통과한 연인이 되어 취하도록 술을 마셨다. 골목 안의 허름한 술집 분위기도 분위기려니와, 모퉁이에 있는 화장실에 가려고 골목으로 나설 때마다 얼굴을 뒤덮어버리는 독한 꽃향기로 나는 다른 날보다 더 취했던 게 틀림없다. 그날 나는 선희를 여관으로 데려갔다. 방에 들어서자마자 선희는 지친 나그네처럼 침대머리에 몸을 기대더니, 오줌을 누고 나와보니 벌써 잠이 들어 있었다. 그 얼굴이 너무 천진하고 평화로워서 나는 팔베개를 해준 채 한참이나 그녀를 내려다봤다. 이틀 연이어 술을 마신 탓이었을까. 그러다가 어느 순간 나마저 깜빡 잠이 들어버렸다.

　새벽에 잠을 깨보니 이번에는 선희가 나를 내려다보고 있었다. 내가 깬 것을 보고 선희는 제 쪽에서 도리어, 주원씨 자는 얼굴이 너무 천진하고 평화로워, 이러는 거였다.

　나는 선희의 옷을 벗기고 그녀의 눈을 한번 본 다음 그 실감이 감격스러워 품에 꼭 안았다. 그러고는 그녀를 아기처럼 들쳐업고 창가로 가서 함께 새벽거리를 보았다. 저 색깔 좀 봐, 온 세상이 푸른 물감으로 덮인 것 같지, 라고 내가 감상적으로 말했다. 푸른 물감과 투명한 바람으로, 하고 등뒤에서 선희가 대단한 오류를 잡아준다는 듯이 거만하게 덧붙였다. 나는 그녀를 업은 채 침대로 갔다. 떨어뜨릴까? 응, 아주 세게. 내가 정말로 자기를 팽개치듯 침대에 떨어뜨리자 선희는 깔깔 웃었다. 우리는 나란히 누웠다. 누운 채로 선희는 뭔지 골똘히 생각한다. 무슨 생각 해? 어떤 체위가 좋을까 하는 생각. 그래 결정했어? 응. 뭔데? 여러 가지 아주 많은 길고긴 체위. 그 말을 하며 선희는 또 깔깔 웃었다. 그제서야 나는 선희가 수줍어하고 있다는 것을 깨달았다. 선희의 몸속은, 따뜻했다.

운동을 한 뒤에 피우는 담배의 맛은 언제나 좋다.

"피울래?"

피우던 담배를 입술에 대주자 선희는 한 모금 들이마신 뒤에 벗고 있는 내 가슴 쪽으로 연기를 길게 내뿜었다. 그러고는 거기 늘어져 있는 내 목걸이를 장난스레 만진다. 남녀가 상대에게 열정을 느끼는 것은 서로 결합하는 그 순간이겠지만 정이 드는 것은 이처럼 모든 것이 끝난 뒤 다정하게 바라보고 만지는 순간일 것이다. 그러고 보니 사랑이란 섹스가 아니라 섹스 후에 함께 잠드는 일이라는 말을 어디선가 읽은 기억도 났다. 갑자기 섹스 잠언집을 떠올린 것은 어쩌면 평화가 주는 이완이나 혹은 만족감이 야기시키기 마련인 소유욕 때문인지도 모른다. 어쨌든 나는 이렇게 물어보고야 말았다.

"그 원고 말야. 진짜 경험담이야?"

선희가 내 가슴을 쓰다듬던 손을 거두더니 천천히 침대에서 몸을 일으켰다. 화장실에 가려는 모양이었다.

"말해봐. 그럼 지금 애인은 박영세겠고, 새 애인은 또 누구지?"

막상 말을 꺼내고 보니 궁금해서 견딜 수가 없었다. 아니 그 정도가 아니었다. 그냥 알아보기나 할 셈이었는데 입 밖에 말을 뱉아놓고 나자 제풀에 불쾌해지는가 하면 왠지 화까지 조금 나려고 했다. 그녀를 안고 난 지금 당연히 그것은 내게 중요한 문제일 수밖에 없었다. 나는 윗몸을 일으켜 침대에 기대 앉았다. 내 말투 속에는 여자를 소유한 뒤 남자가 가지기 마련인 여유로움도 없지 않았다. 그녀가 이제 내게만은 모든 것을 흔쾌하게 털어놓고, 어쩌면 약간의 후회를 표시하며 나에 대한 사랑을 맹세해야 할 순간이 아닌가도 싶었다. 그러나 선희는 화장실에 가는 게 아니었던지 침대맡에서 옷을 입고 있었다. 내 말을 들었는지 못 들었는지 아무 대꾸도 없다. 스타킹까지 다 신고 가방을 드는 선희의 뒷모습을 보고 나는 황급히 몸을 일으켰다.

"가는 거야?"

선희가 핸드백의 지퍼를 열어 손지갑을 꺼낼 때까지 나는 아무 눈치도 채지 못하고 있었다. 묵묵히 지갑에서 돈을 꺼내 내게 내미는 그녀를 어리둥절하게 쳐다볼 뿐이었다. 그녀가 왜 내게 돈을 주는 것인가.

"매춘으로 하자"

"그게 무슨 소리야?"

"돈 받기 싫으면, 성폭행으로 치든지."

선희의 말에는 아무 감정도 들어 있지 않았다.

"박주원씨, 외박했군?"

역시 방혜원은 눈치가 빠른 여자였다. 여관에서 샤워를 하고 면도까지 마쳤으므로 내 모습은 다른 날 출근 때와 그다지 다르지 않았다. 그러나 오늘처럼 맑은 날에 어제 아침 출근길에 들고 온 우산이 여전히 가방 모서리에 끼어 있다는 사실이 바로 외박을 의미한다는 것을 방혜원은 놓치지 않았던 것이다. 혼자 여관을 나오면서 놓고 가는 짐이 없나 하고 둘러본 뒤에 우산 손잡이가 비죽 비어져나와 있는 가방을 별 생각없이 들쳐멨던 나는 방혜원에게 변명할 마음이 전혀 없었으므로 그 가방을 책상 위에 소리나게 내려놓았다.

"섹스 잠언집에 드디어 이름을 올린 소감이 어때?"

비꼬는 방혜원의 목소리는 약간 떨려 나왔다. 그러더니 갑자기 뺨이라도 얻어맞은 사람처럼 격하게 몸을 일으켜 복도 쪽으로 나가버렸다.

황사현상은 지나갔다지만 먼지 바람이 꽤 부는 날씨였다. 창밖 가득 버드나무의 허연 먼지솜털이 수없이 날리고 있었다. 먼지 속에 또다른 무엇이 있지 않을까. 자세히 들여다보려고 했지만 갑자기 바람이 불어와서 허공 속에 버드나무 솜털을 한꺼번에 흩어놓는 바람에 시야가 흐려졌다.

방혜원이 다시 들어오며 혼잣말을 했다. 봄은 딱 질색이야, 먼지가 너무 많아.

(『샘이 깊은 물』1996년 4월)

이중주

굳이 갈비집이 많은 팔달로까지 나가자고 한 것은 정순이었다. 고향에 내려온 딸에게 손수 밥을 지어 먹이지는 못할망정 아무 식당에나 들어가 양념이 덜 들어간 희멀건 김치를 뒤적거리게 하고 싶지가 않았던 것이다.

더구나 오늘은 딸 인혜의 생일이다. 인혜가 결혼한 지 7년, 그 동안 서울 살림에 쪼들리고 남편과 자식에 치여서 제 생일인들 한번 제대로 챙겨먹었을까. 먼길을 와서인지 오늘따라 인혜의 얼굴에는 삶에 지친 삼십대 여자의 표정이 고스란히 드러나 있다. 서른넷이 결코 적지 않은 나이이긴 해도 정순에게 인혜는 언제까지나 맛난 것을 배불리 먹이고 싶은 '딸년'이었다.

인혜는 인혜대로 정순에게 몸보신이 될 만한 저녁을 사드려야겠다는 생각을 줄곧 하고 있었다. 몇 달 전 손녀가 보고 싶다고 인혜네 서울 집에 올라왔을 때에 비해 정순의 얼굴은 형편없이 축이 나 있었다. 그래서 정순이 갈비집에 가자고 했을 때 인혜는 두말없이 따라나서 택시를 잡았던 것이다.

택시비를 치르고 정순보다 한 발 늦게 차에서 내린 인혜는 잠시 가볍게 몸서리를 친다. 12월 밤바람이 차가웠다. 정순의 모습을 찾으니 벌써 저만큼 앞서서 걸음을 옮기고 있다.

'아무튼, 엄마 저 걸음걸이는 여전하셔……'

어린시절 장에 따라다니던 때가 생각난다. 정순의 몸놀림이 재고 바지런해서 인혜는 잠깐 한눈파는 사이에 정순의 뒷모습을 놓치기 일쑤였다. 사방을 두리번거려도 엄마가 보이지 않아 덜컥 겁이 나던 그때, 입술을 실룩실룩 울먹이고 있으면 어디선가 나타나 "왜 그리 해찰이 심하냐"고 머리를 쥐어박으며 인혜의 가느다란 손목을 덥썩 감아쥐던 정순. 그 손아귀 힘이 어찌나 억세게 느껴지던지 인혜는 손목을 잡힌 채 질질 끌려가듯이 종종걸음을 치면서 정순이 계모가 틀림없다고 마음속으로 의심을 하곤 했는데……

인혜는 어린 시절 그때처럼 정순의 뒷모습을 쫓아 종종걸음을 친다. 그러나 갑자기 인혜의 발걸음이 멈칫, 기운을 잃는다. 정순의 뒷모습에 이젠 더이상 꼿꼿함이 없음을 느꼈기 때문이다. 언제 저렇게 등이 굽어버렸을까. 그녀의 고동색 반코트 깃 위에 떨어져 있는 흰 머리카락 한 올이 너무 선명해서 그래 보이는 것일까. 정순의 등은 세월의 등짐이 얹혀져 있는 듯 쓸쓸하게 굽어 있다. 그것은 어린 시절 인혜가 '계모가 아닐까' 의심했던 젊은 어머니의 날렵한 등이 아니라 그 어머니와 홍정을 하기 위해 나무땔감이 차곡차곡 쟁여진 무거운 지게를 끙, 하며 내려놓던, 지게를 내려놓고도 그 무게에 대한 기억에서 벗어나지 못해 그대로 계속해서 구부정하게 구부리고 있던 늙은 초부의 등이었다.

인혜는 입술을 깨문다. 삼십 넘은 딸이 늙어버린 어머니를 바라보며 느끼는, 세월에 대한 공감에서만은 아니다. 그 세월 속 어머니의 등짐에 무게를 더했던 자식으로서의 송구스러운 마음만도 아니다. 얼마 안 가 겪게 될 어머니의 외로움 때문이었다. 정순의 저 등은 이제 세월의 등짐을 오직 혼자서, 동반하는 이 없이 혼자서 짐져야 할 늙은 여인의 등이었던 것이다. 인혜는 어느 쪽 슬픔이 자기를 더욱 슬프게 하는지 잘 알 수 없었다. 지금 병실에 누워 있는 아버지의 죽음인지, 아니면 남아서 혼자 살아내야 할 어머니의 삶인지.

아버지가 암 선고를 받은 것은 꼭 두 달 전이었다. 아버지가 정밀검사를 받기 위해 입원했다는 어머니의 전화를 받고 다음 주말에는 내려가봐야겠다고 생각하고 있는데 며칠 되지 않아 정순이 한밤중에 전화를 했다.

"인혜야⋯⋯."

"엄마세요? 웬일이에요. 이렇게 늦게?"

"니 아버지가 죽게 되었구나."

"예?"

"암이란다."

인혜는 머릿속이 텅 비어버린 듯 아무 생각도 나지 않았다. 전화기를 들지 않은 한 손으로 한참 동안 전화선만 꼬다가 뭐라고인지 의미없는 말 몇 마디를 더듬거리며 전화를 끊었던 기억뿐이었다.

이튿날 출근한 뒤에 교무실 앞 공중전화로 다가가서도 인혜는 한참을 멍하니 서 있었다. 아버지 병실로 전화를 하기 위해 전화기 앞으로 간 것이련만 불현듯 그녀는 지금 왜 자신이 거기 서 있는지 분별이 안 서기도 했다. 그녀의 눈빛은 어딘지 제정신을 놓쳐버린 사람처럼 허전했다.

전화를 받은 사람은 정순이었다.

"인혜냐? 안 그래도 아버지하고 나하고 지금 너 국민학교 들어가던 때 얘길 하던 중이다. 다른 애들은 다 자기 이름 정도는 쓰고 들어가는데 너는 기역니은도 모르고 들어갔거든. 원, 그렇게 늦되던 것이 언제 커서 애어미가 되었냐고…… 바쁘냐? 언제 한번 안 내려올래? 인호한테 연락해서 인호 차 타고 같이 내려오든지."

정순의 목소리는 의연했다. 바로 그것이 인혜로 하여금 아버지가 정말로 암에 걸렸다는 사실을 실감하게 한다. 눈물 한 방울이 자기의 턱끝에서 툭 떨어져 왼쪽 신발코에 둥근 얼룩을 만드는 것을 내려다보던 그녀는 오른쪽 신발 끝으로 그 얼룩을 두어 번 문지르고는 수화기를 놓았다.

수업 시작 차임벨이 울렸다. 그녀는 천천히 출석부를 옆구리에 끼었다.

인혜는 어머니 성격을 그대로 닮았다는 말을 귀에 못이 박이도록 들으며 자랐다. 그 말을 했던 사람들이 인혜를 본다면 아마 또 "으이그, 딸년이 모질기도 하지. 아버지가 돌아가시게 되었다는데 곡은 못 한다 해도 어쩜 저리 태연해. 아주, 내찬 성격이 지 에미를 빼다박았어" 하면서 입방아를 찧을지도 모른다. 하지만 속으로 마음이 갈가리 찢겨나갈수록 호들갑을 내보이지 않는 것이 그들 모녀가 슬픔을 이겨내는 방법이었다. 그러므로 전날 밤에 인혜에게 전화를 한 것만으로도 정순의 슬픔이 얼마나 견디기 힘든 것인지 짐작할 수 있었다.

그 다음주 월요일인가, 주말에 아버지한테 다녀왔다며 남동생 인호에게서 전화가 걸려왔다. 비난 섞인 목소리였다.

"뭐가 그렇게 바빠? 아버지 저러고 계신데 가보지도 못할 정도야?"

"미안하다. 전화는 자주 하고 있어. 아버지…… 많이 안 좋으시지?"

"너무 약해지셨어. 얼굴을 똑바로 뵙기 민망할 정도야. 우리 어릴 때 얘기만 하시고…… 내 손을 꼭 잡으시면서……."

인호는 말을 잇지 못한다. 인혜가 어머니를 닮았다면 인호는 아버지 쪽을 닮아 허세가 많은 대신 다감한 성격이다.

"담당의사는 만나봤니? 그러니까, 저…… 앞으로, 4개월이라며?"

인혜의 말에 인호는 더이상은 참지 못하고 울음을 터뜨려버린다. 인호의 막혔던 울음은 한번 출구를 찾자 다시는 밑바닥으로 되돌아가지 않겠다는 듯이 엉엉 소리까지 내며 솟구쳐올라왔다. 인혜는 가만히 전화기를 내려놓으며 고개를 쳐들어서 금방이라도 떨어질 듯한 눈물을 눌러 담았다. 그런 다음 자신의 감정에 애써 마침표를 찍듯이 훅, 하고 짧게 숨을 들이마셨다.

'그게 두 달 전 일이니, 그럼 이제 아버지의 생명은 넉 달뿐인 것인가?'

오늘 겨울방학이 시작되자마자 인혜는 전주행 고속버스를 탔다. 그녀는 전주에 도착하기까지 세 시간 동안을 줄곧 차창 밖만 내다보고 있었다. 어젯밤에도 어김없이 불면에 시달리느라 눈꺼풀이 무거웠지만 머릿속에서 수많은 생각이 끊임없이 풀려나오는 바람에 잠깐도 눈을 붙여보지 못한 것이다.

아버지의 죽음, 어머니의 남은 생, 서로 다른 사람이 35년을 함께 산다는 일, 그리고 헤어진다는 일.

자기 자신의 손발처럼 익숙한 존재였던 사람이 어느 날 지상에서 영원히 사라져버렸을 때 그것은 어떤 두려움일까. 함께한 시간이 길수록 헤어짐의 상처도 커지는 것이겠지. 그렇다면 7년을 함께 산 자신과 남편의 헤어짐, 그 상처는 과연 얼마만한 크기일까.

정순은 '벽제가든'이라고 쓰인 붉은 네온 글씨 아래에 멈춰서서 딸을 기다리고 있다. 길안내하는 셈 치고 자신이 몇 발짝 앞서서 걸어온다는 요량이었는데, 막상 걸음을 멈추고 뒤돌아보니 인혜는 한참을 뒤처져서 오고 있다. 정순이 기다리고 있는 것을 보고는 걸음을 빨리해서 오는 인혜의 코끝이 빨갛다. 그녀에게는 너무나 눈에 익은 딸의 표정이었다.

인혜는 자랄 때 두 살 터울인 남동생 인호와 곧잘 다투었다. 서로 유난스레 아껴주어도 남매 둘뿐이라 형제 많은 집에 비해 세(勢)가 달릴 텐데도 허구한 날 티격태격하니 그것처럼 속상하는 일이 없었다. 그래서 인혜 남매가 싸울 때마다 정순은 곧잘 회초리를 들곤 했는데, 인호는 닭똥 같은 눈물을 흘리며 잘못했다고 빌었지만 인혜 저것은 끝내 용서를 빌지 않고 입을 꾹 다문 채 코끝만 빨개지곤 하였던 것이다.

'인호처럼 병실 복도에 나가 눈물이라도 흘려버릴 일이지……'

지난주에 인호가 내려와서 한참을 울던 기억이 떠올라 정순은 혼자말을 해본다.

인혜가 다가와 정순의 반코트에서 흰 머리카락을 집어낸다. 그녀는 갈비집의 네온간판을 올려다본다. 어머니를 모실 생각에 오긴 왔지만, 죽음을 기다리는 아버지를 두고 나와서 고기를 뜯는다 생각하니 고기냄새가 진동하는 갈비집 현관으로 선뜻 발이 내딛어지지가 않는다.

그런 마음이 드는 것은 정순도 마찬가지이다. 초췌해 보이는 딸이 안쓰러워 생일을 차려줄 심산으로 이곳에 데리고 왔지만 죽어가는 남편을 버려두고 잔칫집에 온 듯한 죄책감이 자꾸만 든다. 혹 아는 사람이라도 마주치면 정순을 뭐라고 생각하는지 걱정도 된다. 정순은 그런 생각을 떨쳐내려는 듯이 갈비집 문을 세게 밀치며 인혜에게 말한다.

"너 옷이 좀 얇은 거 아니냐? 추워 보이는구나."

"뒤에서 보니 엄마 흰머리 많이 생겼네?"

자리를 잡고 앉자 인혜는 고기는 그만두고 술을 마시고 싶어진다. 요즘 들어 그녀는 부쩍 술이 늘었다. 집에서도 혼자 늦게까지 술을 마시는 날이 많아져 다음날 아침이면 여섯 살 난 딸의 잔소리를 들어야 했다.

아파트 베란다에 내놓은 맥주병들을 가리키며 딸은 이렇게 묻곤 한다. 엄마, 이거 술병이죠? 응. 근데 이 술 누가 다 먹었어요? 엄마가. 또요? 그래. 왜요? 마시고 싶으니까. 왜 마시고 싶어요? 생각할 게 많아서. 술 마시면 생각이 잘 돼요? 그렇다고 할 수 있지. 그럼 아빠도 그래서 술 마시는 거예요? 그럴 거야. 그런데 술 마시면 왜 싸워요?…… 이런 식이었다.

오늘 시누이집에 맡기러 갔을 때도 딸은 고자질을 했다. 고모, 엄마는 어제도 술 먹었어요, 생각할 게 많다면서요. 그 말을 듣고 시누이는 이게 무슨 말이냐고 묻는 듯 동그란 눈으로 인혜를 보더니 이내 짐작이 간다는 표정으로 이렇게 말했다. 언니, 애 걱정은 하지 말고 친정아버님 병세나 잘 살펴드리고 오세요, 라고.

종업원 아가씨가 주문을 받으러 왔다. 인혜는 고개를 아가씨 쪽으로 향한 채 정순을 보며 묻는다.

"엄마, 술도 좀 시켜도 되죠?"

인혜의 뜻밖의 말에 정순은, 아까 낮에 인혜 딸의 고자질을 들던 시누이처럼 눈을 동그랗게 뜬다.

"인혜 너, 술 마시냐?"

"가끔요."

정순은 인혜 시누이처럼 그렇게 호락호락하지가 않다. 아니 정확하게 말해서, 인혜 시누이처럼 인혜의 인생에 적당히 무심할 수는 없는 일이다. 맥주를 주문하는 인혜의 옆얼굴을 정순은 심상치 않은 눈으로 보며 아버지 문제말고도 인혜를 지쳐 보이게 하는 무엇이 있다고 느낀다. 자고로 어머니의 눈은 빈틈이 없는 법이다

고기와 술이 날라져왔다. 끝이 오돌도돌한 집게를 능숙하게 놀리며 종업원 아가씨가 이리저리 고기를 뒤집어 익힌다. 하지만 불판에서 갈비가 지글지글 익어가는 속도에 비해 모녀의 젓가락질은 형편없이 느리다.

술기운 탓일까. 인혜는 지금 그녀답지 않게 약간 감상적인 기분에 젖어 있다. 내 생일날 갈비라니! 엄마가 아니면 생각할 수 없는 일이다. 정순의 짐작대로 인혜가 결혼 후 제 생일을 챙겨 먹는 것은 이번이 처음이었다. 정순이 전화를 걸어오거나 가르치는 제자 중에 선생의 생일을 기억해주는 아이가 있으면 그제서야 '아 참, 오늘이 내 생일이구나' 하며 지나가는 게 결혼 후 자기 생일에 대한 기억의 전부였다.

그래, 어머니에게만은 여전히 내가 소중한 존재인 거야. 부모 자식 관계는 남편 아내 관계와는 달라. 부부야 갈라서면 그만이지만 태생의 인연은 끊을래야 끊을 수 없는 거거든. 언제까지나 나는 어머니의 자식이고 그러기에 평생 변함없이 어머니의 소중한 존재인 거지. 어려울 때나 병들 때나, 죽음이 서로를 갈라놓은 뒤까지.

이런 생각을 하자 인혜는 자신이 어머니의 딸자식일 뿐이었던

시절에 대해 향수를 느꼈다. 자신의 유년, 자신의 사춘기, 청춘······ 그런 것들이 눈물나게 그리웠다.

"엄마. 34년 전 오늘, 나 낳고 나서 좋아하셨어요?"

"좋아하기는. 너는 쳐다도 안 보고 이불 뒤집어쓰고 울었지."

"왜?"

"딸이라서."

딸이라서 정순은 처음에 인혜를 안아보지도 않았다. 아니 안고 싶어도 시어머니 눈치가 보여서 살갑게 안아줄 수가 없었다. 시어머니는 딸을 낳았다고 해서 음력 11월 혹한에 산모 방에 불도 넣어주지 않았다. 자기의 몸조리는 둘째 치고, 겨우 손가락을 꼬물락거리는 조그만 아기가 잇몸을 덜덜 부딪치며 떠는 소리에 정순은 말 그대로 맨살을 저미는 듯한 고통을 느꼈다. 솜이불로 인혜를 둘둘 감아 가슴에 꼭 껴안고 누워서 정순은 차가운 갓난애의 뺨에 그보다 더 차가운 자기의 얼굴을 부비며 이렇게 중얼거리기도 했다. 이렇게 태어나면서부터 서러움 견디는 방법부터 배워야 하는 게 딸이란다.

그 무렵 정순의 남편은 토목 공사장의 현장감독으로 객지에 나가 있었다. 그는 공사판을 따라다니는 철새 같은 처지라 아내가 몸을 풀었다는 소식을 듣고도 와보지 못하다가, 콘크리트를 치고 어느 정도 현장 일이 자리를 잡자 첫딸을 보려고 고향에 내려왔다. 그날 아침 정순은 갑자기 방바닥이 뜨거워지는 바람에 놀라서 잠을 깼다. 아들이 내려온다는 소식을 듣고 시어머니가 장작 한 단을 풀어서 한몫에 군불을 때 넣었던 것이다. 며칠 동안 어렵사리 냉골에 익숙해졌던 정순의 몸은 녹아내리면서 뼈마디가 흐물흐물해지는가 싶더니 다음날부터 아래가 짓무르기 시작했다. 아이를 내보낸 뒤 아직 아물지 못한 그곳은 벌겋게 살이 헐면서 진물이 배어나왔다. 그 고통은 기대고 앉아 있기도 힘들 정도였다.

시어머니는 인혜가 세 살 나던 해 겨울에 돌아가셨다. 논에서 돌아오다 실족하여 그 자리에서 숨이 끊어졌다. 동네에서는 독한 양반이라 명줄도 단 한 번에 독하게 잘랐다고 입방아를 찧었지만 정순은 칠일장을 치르고도 시어머니의 죽음이 실감나지 않았다. 인혜를 무릎에 앉힌 채 아궁이 앞에 쭈그리고 불을 때다가도 시어머니가 당장 정지문을 열고 들어와 '아무짝에도 쓸모없는 딸년 끼고 있지 말고 텃밭에 거름이라도 주라'고 호통을 칠 것 같아 제 풀에 얼른 인혜를 바닥에 내려놓은 적이 한두 번이 아니었다. 그렇게 무서웠지만 시어머니가 돌아가시고 나니 남편이나 정순은 적막강산을 만난 듯 허전했다. 정든 내 집이 서먹하기까지 했다. 정순 남편이 바람을 피우기 시작한 것도 그 무렵이었다.

"엄마, 내가 딸인 게 그렇게 섭섭하셨어요?"

"그랬지."

"난 안 그렇던데? 딸이 있으니까 애를 더 안 낳은 거지, 만약 아들이면 이렇게 하나 낳고 끝내버리진 않았을 거예요."

인혜의 얼굴은 제법 술기운이 번져 있다. 정순은 인혜 부부에게 아무래도 무슨 일이 있는 듯싶어 넌지시 떠본다.

"여자 팔자가 뭐 좋다고 딸타령이냐? 그리고 딸로 끝내다니, 그런 말 하는 게 아니다. 박서방은 아들 안 기다려? 나이도 젊은데 어떻게 딸 하나 낳고 말겠냐. 아들 하나 더 낳아야지."

"애를 또 낳는다고요? 엄마! 나는요⋯⋯."

인혜는 무슨 이유인지 발끈하다가 슬그머니 말꼬리를 흐려버린다. 그리고 애써 화제를 돌린다.

"그럼 아버지도 나 태어났을 때 딸이라 싫어하셨어요?"

"아니다. 아버지는 너를 정말 예뻐하셨지. 너라면 아주 꼼짝을 못하셨어."

"어떻게요?"

"네 덕분에 아버지 바람도 잡았지."

이렇게 대답해놓고 정순은 좀 머쓱한 마음으로 딸을 쳐다본다. 그러나 그 얘기가 더 계속될 줄 알고 어머니의 다음 말을 기다리고 있는 인혜의 표정은 자연스럽기 그지없다. 정순은 새삼 인혜의 얼굴을 찬찬히 뜯어본다.

인혜는 성격은 어머니를 닮았는데 얼굴만은 아버지를 많이 닮았다. 아니 시어머니를 닮았다는 표현이 더 정확할 것이다. 인혜가 시어머니 모습을 닮은 것을 두고 뒷집 할머니는 "애는 뱃속에 있을 때 미워하는 사람 닮는 법인데……"라고 뼈있는 말을 던졌었다. 하긴 시어머니를 닮았기에 남편이 인혜를 그렇게 예뻐했는지도 모를 일이다.

할머니를 닮아 인중이 긴 편인 인혜의 입가에는 지금 잔주름이 자리잡기 시작했다. 홍조가 사라진 뺨에는 마치 그녀가 살아온 세월의 먼지가 앉은 듯이 거뭇거뭇한 기미가 엷게 퍼져 있고, 탄력을 잃은 눈시울 끝으로 삼십대 중반 여자의 공허감이 묻어 있다. 이마 위에 내려와 있는 머리카락 몇 올이 생활인으로서의 인혜의 모습을 한층 더 실감나게 해준다. 딸도 이제 늙어가고 있는 것이다.

그리고 남편은, 34년 전 오늘 저 딸을 낳았을 때 그렇게 좋아하던 남편은 이제 죽음을 기다리고 있다. 사라지는 세대, 늙어가는 세대, 자라나는 세대…… 모든 것은 순서대로 이루어지는 것이겠지만 남편에게는 죽음의 순번이 너무 빨리 주어졌다.

인혜는 "엄마도 한잔 하세요" 하고 아까부터 정순 앞에 엎어진 채로 놓여 있던 유리컵을 뒤집어 그 안에 맥주를 따른다. 술을 거의 입에 대지 않는 정순이지만 딸이 따라놓은 맥주를 보자 한 모금 마셔볼 생각이 든다. 고기 익는 냄새를 하도 맡아 속도 느끼했고, 그리고 무엇보다 술이라는 걸 마시고 싶다는 기분이 들기도 했던 것이다. 정순은 내친 김에 얼굴을 잔뜩 찡그리고 맥주 한 컵을 한꺼번에 다 마셔버린다. 그런 어머니를 보며 인혜는 또 말없이 정순의 잔을 채운다. 그러면서 아까 코끝이 빨개진 인혜에게 정순이 느꼈던 것과 비슷한 생각을 한다.

'아버지 저렇게 되셨어도 엄마는 마음놓고 울어본 적이 단 한 번도 없을 거야.'

저녁시간이 이윽해져서인지 손님들이 빠져나간 갈비집 안은 조용하다.

"아버지 바람 피울 때 생각하면 지금도 미운 마음이 없지 않죠? 그렇죠, 엄마?"

"밉기야 하지. 하지만 그런 게 다 미운 정 아니냐."

"엄마도 참! 미우면 미운 거지 정은 또 뭐예요."

"우리 때는 다 그렇게 살았어. 그때 네가 죽을 병에 걸려서 네 아버지는 달포 만에 집으로 돌아왔다만 그 시절에는 남자들 딴살림 차리는 게 뭐 별쭝난 일이라도 됐다더냐?"

마음 약한 사람이 한번 모질어지기 시작하면 그렇게 미쳐돌아가는 것일까. 남편이 정순을 일단 모로 보기 시작하는데, 정말이지 정을 떼려면 그렇게 떼는 것인지 혹독하고 차갑기가 한겨울 대숲 바람은 저리 가라였다.

객지의 어느 공사현장에 있는 줄로만 알았던 남편이 달포가 넘도록 다른 여자 집에 들앉아 있다는 소문을 전해듣고 정순은 하늘이 무너지는 것 같았다. 남편이 살림을 냈다는 여자의 집으로 찾아갔다가 정순은 문간에서 물벼락을 맞았다. 그 여자는 사람이 있는 줄 모르고 물을 버린 것이라고 호들갑을 떨며 남편을 찾는 정순에게 그런 사람은 모르노라고 시치미를 뗐다. 댓돌 위에 남편의 신발이 보란 듯이 놓여 있는 것을 보면서도 정순은 얼굴이 홧홧거려 더이상 입이 떨어지지 않았다.

그렇게 면박을 당하고 돌아와서 싸고 누웠는데 이튿날부터 인혜가 시름시름 앓기 시작했다. 어미의 사랑이 소홀하면 어린애란 본능적으로 아픈 시늉을 하기 마련이다. 정순은 자기가 남편을 찾아 헤매는 동안 알뜰히 보살피지 못해 어린것이 어미를 받치느라고 그러는 거겠지 하였다. 한데 인혜는 사흘이 넘도록 목구멍으로 아무것도 넘기지 못하고 온몸이 불덩이였다. 그제서야 병원에 데리고 가니 의사가 말없이 고개만 저었다. 버선목이 새카매지도록 물어 물어서 병원을 두어 군데 더 가보았지만 거기서도 그냥 데려가라는 말뿐이었다.

정순은 실성한 사람같이 다시 남편을 찾아갔다. 인혜가 아프다는 말에 남편은 그 길로 한달음에 집으로 돌아왔다. 인혜는 일주일 만에 겨우 열이 내리고 얼굴색이 돌아왔다.

"병원에서는 다 죽는다고 했어. 모래내에 용한 한약방이 있다고 해서 너를 들쳐업고 갔더니 약을 지어주더라. 세 첩을 먹였더니 열이 내렸지."

인혜는 그 얘기를 전에 아버지에게 들은 적이 있다. 병원에서도 못 살리는 애를 한약방에서 살리더라며 아버지는 그때부터 병원을 불신하여 일절 걸음을 하지 않았던 것이다.

인혜는 문득 자식이란 부부가 함께 산 세월에 대한 가장 뿌듯한 추억이기도 하지만, 가장 정직한 상처라는 생각을 한다. 흔히 자식 때문에 이혼 못한다는 말들을 한다. 그 말은 자기 자식을 이혼한 가정에서 살게 할 수 없다는 뜻이기도 하겠지만, 자식에게 고스란히 투영돼 있는 공동의 추억을 차마 저버릴 수 없다는 뜻일지도 모른다. 그러나, 다만 그렇게 '차마 저버릴 수 없는' 희미한 사랑의 기억을 지키기 위해 미래가 남아 있을 뿐이라면, 그 부부의 삶에 무슨 희망이 있겠는가. 과거에 사랑했던 기억만을 되씹으며 앞으로의 삶을 사랑 없이 살아가야 된다면 누가 이십대에에서 결혼을 하겠는가.

인혜의 얼굴이 일그러진다. 어머니 앞에서 표정을 감추기 위해 고개를 숙이는데 얼핏 남편 영세의 얼굴이 따라와 탁자 밑으로 스쳐간다. 당신은 그게 탈이야. 그냥 좀 넘어가주면 안 돼? 꼭 그렇게 앞뒤 따지고 시시비비를 가려야 똑똑한 줄 알아? 똑똑한 여자 모시고 사는 거 이제 정말 피곤하다, 피곤해.

딸의 얼굴에 곤혹스런 표정이 지나가는 것을 보면서 정순은 마지막 남은 술을 마저 따라준다. 그러다가 갑자기 무슨 생각이 난 듯 딸을 부른다.

"아 참, 인혜야!"

아까부터 말없이 술잔만 만지작거리던 인혜가 고개를 든다.

"너, 현석이 기억하지?"

"현석이?"

"그 왜, 너 어릴 때 뒷집 살던 애 있잖아. 걔가 아버지 계신 병원 원무과에 있더라."

그래 참, 이현석. 어린 시절 그애는 정말 막무가내로 인혜를 따라다녔다. 계집애하고 논다고 친구들한테 별의별 놀림을 다 받으면서도 아침이면 어김없이 인혜네 양철대문을 두드리며 "오인혜, 학교 가자!"를 외쳐댔던 것이다. 새침한 인혜가 갈래머리를 어깨 뒤로 넘기며 휭하니 앞서 걸으면 어느 틈엔가 따라와서 넌지시 인혜의 책가방 끈을 잡아당겨 제 책가방에 겹쳐들고 가곤 하던 이현석. 그러니 학교 변소 벽에는 이현석 오인혜 연애대장 어쩌구 하는 낙서가 지워질 날이 없을 수밖에.

5학년 때던가, 현석이 이사가던 날은 장마비가 추적추적 내렸다. 이삿짐을 나르느라 부산한 뒷집의 기척을 다 들으면서도 인혜는 방에 처박혀 꼼짝을 하지 않았다. 이윽고 트럭이 부르릉 시동 거는 소리가 들려오자 자기도 모르게 가슴이 철렁하여 인혜는 골목 쪽으로 난 창문을 황급히 열어젖혔다. 그러자 바로 거기에, 비를 맞으며 현석이 인혜네 창문을 올려다보며 서 있었던 것이다. 늘 뻣뻣이 일어서 있던 머리카락이 비에 젖은 탓인지 현석의 표정은 어린애답지 않게 우수가 어려 있었다.

인혜는 화들짝 놀라 창문을 닫아버렸고 "현석아, 빨리 타라니까" 하는 목소리에 이어서 부웅 하고 트럭 떠나는 소리가 들려왔다. 얼마 안 있어 정순이 방문을 열고 들어오며 "현석이네 방금 떠났다. 인사라도 좀 할 것이지 나와보지도 않고 왜 그러니, 넌" 하고 말하는데 인혜는 귀가 웅웅거려 아무 소리도 들리지 않았다.

"근데, 현석이 걔 아직까지 결혼을 안 했다더라."

인혜는 무덤덤한 표정으로 정순의 말을 듣고만 있다.

"너하고 한학년이었으니 서른넷일 텐데 결혼을 안 해서 그런가 아직 서른 안쪽으로 보이더라. 환자명단에 네 아버지 이름이 있어서 혹시나 하고 와봤다고 병실로 찾아왔는데, 처음엔 못 알아봤지. 한참 보니까 눈매며 입가에서 어릴 적 모습이 나오더구나. 네 소식을 묻길래 서울서 선생 하는데 안 그래도 방학하면 내려올 거라고 했더니……."

정순은 말을 끊고 인혜의 표정을 살핀다. 자기만 인사를 나누고 말 것이지 반가운 마음에 인혜가 내려온다는 소식까지 콜콜히 전한 자신이 문득 주책스럽게 여겨져서이다. 그러나 현석에게 괜한 말을 전했다고 싫은 기색을 할 법도 한데 인혜는 별로 표정이 없다.

"내려오면 원무과에 한번 들러달라고 하더구나. 어릴 적 친구 사이이니 잠깐 인사나 나누려무나."

인혜는 그 말을 귓가로 흘려듣는다.

종업원 아가씨가 계산서를 갖다놓는 것이 문 닫을 시간이 된 모양이다. 벽을 짚고 일어나면서 정순은 어지러움을 느낀다. 카운터로 계산을 하러 가는 인혜를 만류해야 한다면서도 몸이 말을 듣지 않는다. 기분이 좋은 건지 나쁜 건지조차 종잡을 수가 없다.

인혜가 부축을 하느라 정순의 팔을 끼는데 모녀는 둘 다 상대쪽 팔이 너무 가벼워서 슬퍼진다.

"엄마 그새 많이 여위셨나봐. 팔에 뼈만 잡히네."

"먹기는 제대로 챙겨먹는 거냐. 이렇게 약해빠져서 애들 가르칠 때 목소리나 나오겠냐 어디?"

바깥으로 나오니 차가운 바람이 달려든다. 상기된 뺨에 스치는 겨울바람이 시원하다. 인혜가 밤하늘을 올려다본다. 총총이 별이 박혀 있다.

"엄마, 저 밤하늘을 보니 큰집에 가서 할머니 제사지내고 돌아올 때 생각이 나. 한밤중에 꽁꽁 언 논길을 질러오는데 잠도 오고 춥기도 춥고…… 인호가 칭얼대면 엄마가 그랬잖아요. 어깨 펴고 별을 보면서 걸어보라고, 그럼 안 춥다고."

"너는 제법 걸음이 빨랐는데 인호는 어려서 항상 뒤처졌지."

"인호가 뭐가 어려요. 덩치는 나보다 컸는데. 그리고 내가 뭐 걸음이 빨랐나? 엄마한테 손목을 잡혀서 억지로 끌려간 거지."

"그랬던가?"

"내 발에 선풍기가 달렸거니 생각하자 하고 속다짐을 하면서

숨이 차게 종종걸음을 쳤다구요. 엄마한테 잡힌 손목이 어찌나 아
프던지 눈물을 찔끔거리면서."

"눈물까지? 너도 참, 미련스럽기는."

"근데도 엄마는 가다가 한 번씩 인호는 업어주면서 나는 한 번
도 안 업어줬잖아요."

"그거야, 넌 한번도 불평을 안 했으니까 그랬지."

"딸이라서 그런 거 아니고?"

"나는 너 그런 마음으로 안 키웠다."

"아버지도? 아버지는 나 서울에 있는 대학 안 보내주셨잖아
요."

"얘가 이제 보니 속에 흉물이 들앉았네. 그게 안 보낸 거냐? 아
버지가 서울서 원서까지 사오셨는데 마다고 한 건 너잖아. 장학금
받으면서 지방대학 다니는 게 더 낫다고 고집 부릴 때는 언제고."

"그거야 집안 형편 생각해서 그런 거죠. 2년 뒤면 인호도 대학
생이 될 텐데 걔는 꼭 서울로 가고 싶어했잖아요. 둘이나 서울서
대학 가르칠 형편 아닌 줄 뻔히 알면서 어떻게 서울 가겠다고 해
요."

"그래도 내 마음으로는 네가 공부를 더 잘 하니 어떻게든 너도
서울로 보내고 싶었다."

"알아요. 알아, 엄마. 내가 왜 그걸 모르겠어."

부축을 하는 건지 서로 껴안은 건지, 한데 엉켜 걸어가는 모녀
의 뒷모습에서는 계속 하얀 입김이 뿜어져나온다.

병원 로비에서 엘리베이터가 내려오기를 기다리며 정순은 손수
건으로 몇 번이나 입을 닦는다. 오늘밤은 자기가 아버지 곁에 있
겠다고 우기는 인혜를, 되레 아버지가 불편해하신다고 달래서 집
으로 보내놓고 혼자 병원 로비에 앉아 자판기 커피까지 한 잔 마

294

셨지만 입에서는 여전히 술냄새가 가시질 않는다. 영락없이 병실에 술냄새를 풍기고 들어가야 하게 생겼다. 입을 닦다가 손수건에서 갈비냄새를 맡고는 정순은 옷소매를 들어올려서 킁킁거려본다.

다행히 남편은 잠이 들어 있다. 자면서 고개를 돌렸는지 가습기가 남편의 뒤꼭지에 허연 습기를 내보낸다. 남편의 코끝을 향해 가습기 주둥이를 돌려놓으며 정순은 그 얼굴을 찬찬히 내려다본다. 깊게 팬 주름과 검버섯들, 그 하나하나가 생겨나던 순간마다 자신은 남편 곁에 있었다. 그것들이 생기기 전의 말끔한, 그러니까 백지와 같은 순간부터 저런 삶의 연륜이 그려지기까지 자신은 그 세월을 남편과 함께해왔다. 그런데 이것으로 그만인가. 정말 남편이 이 세상에서 없어진다는 것인가. 저녁이 되고 또 저녁이 되고 아무리 시간이 흘러도 이 사람은 이제 영영 내 집 대문을 열고 들어설 수가 없다는 말인가. 정말 이 사람을 관에 넣고 못을 친 다음 흙으로 덮는가. 땅속에 묻은 채 버려두고 와서 나는 혼자 밥을 먹고 말을 하고 웃고…… 어떻게 그런 일을 견뎌낼 것인가, 어떻게.

정순은 보호자용 간이침대를 펴고 눕는다. 눈가가 좀 거북살스럽다 싶더니 기어이 젖어들기 시작한다. 오늘따라 등뒤가 허전하다. 모든 것이 다 술 탓이지 싶다.

다음날 인혜는 아침 일찍 밥을 싸가지고 왔다. 찬합을 열어보니 반찬을 만든 사람의 정갈한 솜씨가 한눈에 보인다. 정순의 짐작으로 두 시간은 족히 걸렸을 것 같은 제대로 만든 찬이었다. 애도 참 바지런하기는…… 아직 시침이 여덟시를 가리키고 있는 시계를 힐끗 보고 난 정순은 의자를 끌어다가 밥 먹을 자리를 만든다.

"인혜 너도 같이 먹자."

"전 아침 생각 없어요. 엊저녁에 잘 먹었더니."

인혜는 이렇게 말해놓고 아차 싶어서 아버지 쪽을 본다. 그러나 "그러지 말고 회진 나오기 전에 어서 한술 떠라" 하며 의자를 가리키는 아버지는 그 말에 신경을 쓰는 것 같지 않다. 오히려 그는 모녀가 마주 앉아 젓가락을 드는 모습을 보며 조금 부드러운 표정을 짓는다. 겨울 햇살이 길게 들어오는 병실 창가에서 그렇게 모녀는 아침을 먹기 시작한다.

젓가락을 들려다 말고 인혜는 문 쪽을 바라본다. 물주전자나 대야를 든 보호자, 화장실 가는 환자, 차트를 체크하는 간호사들. 환기도 시킬 겸 아침시간이라 병실 문을 열어놓았더니 문 밖 복도로 지나다니는 사람들이 꽤 많다.

"엄마, 밥 먹을 동안이라도 문 닫을까요?"

"놔둬라, 우리만 있는 병실도 아닌데. 난 익숙해져서 아무렇지도 않다."

정순은 무심히 말하며 까만 김이 얌전하게 골을 이루고 있는 계란말이를 입에 넣는다.

바로 그때였다. 맞은편 병실에서 갑자기 "아이고!" 하는 통곡 소리가 터져나온다. 여러 사람의 발소리로 복도가 부산해지는가 싶더니 여기저기서 수런거리는 소리가 일어난다. 무슨 영문인지 나가보려는데 간호사가 병실로 들어온다.

"아무 일도 아니니 신경쓰지 마세요. 그리고, 잠깐 병실문 좀 닫아놓을게요."

간호사가 문을 닫고 나간 뒤에야 그들은 깨닫는다. 방금 전 맞은편 병실에서 누군가가 죽었다는 것을.

그것을 안 순간 병실 안은 대번 무거운 침묵에 잠겨버린다. 짧은 순간 모든 소리와 동작이 정지된다. 이곳에서는 누군가가 죽었다는 소식은 자기의 순서가 가까워졌다는 암시이기도 했다. 인혜는 아버지의 손끝이 떨리는 것을, 그리고는 이내 그 손끝이 가운데로 모아지면서 주먹이 쥐어지는 것을 본다. 간호사가 닫아놓은 문을 그대로 쳐다보고 앉아 있는 아버지의 표정은 분명 공포, 그것이었다. 이럴 때 아버지를 위로하는 너스레라도 떨 수 있다면 얼마나 좋을 것인가. 인혜는 주변머리없는 자신을 원망하며 아버지를 보지 않으려고 괜한 취나물을 들었다놓았다 허튼 젓가락질만 하고 있었다. 그런데 문제의 그 문이 열리며 이번에는 한 남자가 들어왔다. 바로 현석이었다.

그는 좋지 않은 때에 왔다. 하지만 십 년 가까이 병원을 직장으로 삼아온 사람답게 그는 들어서자마자 병실 안의 분위기를 알아챘다. 더군다나 그는 원무과 직원이었다. 죽음뿐 아니라 죽음에 얽힌 온갖 추악한 이면을 보아오는 동안 그는 환자나 그 가족의 마음을 너무 잘 헤아리게 된 듯했다. 그는 설득력 있는 말로 인혜 아버지의 마음을 위로하는 한편 적당히 가벼운 농담으로 경직된 분위기를 풀어준다.

그가 경쾌하게 몇 마디 풀어나가자 그 자리의 모두는 마치 그런 계기를 기다리고 있기라도 했다는 듯이 기꺼이 그의 화술에 끌려가주었다. 인혜의 부모는 인혜와 현석의 어릴 적 이야기를 하면서 잠시 웃기까지 한다. 그러나 현석은 병실을 나갈 때까지 인혜와는 단 한마디도 나누지 않는다.

현석은 병실을 나가면서 정순을 향해 이렇게 말한다.

"그럼 저는 가보겠습니다. 뭐 불편한 거 있으면 아무 때나 절 찾아오세요.. 그리고 저, 인혜하고 점심 같이 해도 되죠?"

"그거야 뭐……."

"점심시간이 열두시부터니까요. 제가 그때 또 올라오죠."

그러고는 인혜 쪽은 쳐다보지도 않고 뚜벅뚜벅 걸어 나가버리는 것이었다.

멍한 표정으로 그 뒷모습을 쫓다가 인혜는 어머니를 돌아본다. 어머니도 저게 무슨 생뚱한 짓이냐는 듯 시선을 마주쳐왔다. 아버지 혼자만 재미있다는 표정이다.

"그 녀석 참 시원시원하다. 하긴 그렇게 욕을 먹으면서도 줄기차게 우리 인혜 책가방 들고 다닐 때부터 뚝심은 있다 싶더라니."

"공부는 좀 처졌지만 어디 내놔도 제구실은 할 애라고들 했지요. 근데 인사나 나누면 됐지 인혜하고 점심까지 먹자는 건 뭔지, 원. 아직 결혼도 안 했다면서."

"아직 결혼을 안 했어? 우리 인혜는 벌써 했는데 야단났네?"

아버지는 오랜만에 농담을 한다.

어제 갈비집에서 그녀는 자신의 유년을 그리워했다. 자기 자신은 어디론가 사라지고 가족 단위의 삶에 갇혀버린 서른넷의 여자, 그 역할이 고달파서 그녀는 차라리 어머니의 딸일 뿐이었던 유년 시절이 그립다고 생각했다. 그렇다면 자신이 그리워한 그 유년 속에 현석도 들어 있었을까. 그 그리움이 현석을 과거로부터 불러낸 것인가?

현석은 정확히 열두시에 왔다. 역시 인혜에게는 아무 말 없이 인혜 부모에게만 쾌활하게 인사를 하더니 앞장서서 걸어나가는 품이 따라오라고 하는 모양이었다. 인혜는 하는 수 없이 현석을 따라나가지만 걸음은 가볍지가 않다. 남자와 단 둘이 자리를 같이 한다는 데 대한 경계심 때문이기도 했지만, 현석에 비해 어쩐지 자신이 초라하게 느껴져서라는 게 더 솔직한 이유였다.

가까운 식당에 가겠지 했는데 그게 아니었다. 현석은 주차장으로 가서 자주색 승용차에 키를 꽂는다. 그러고는 처음으로 인혜를 똑바로 쳐다보는데 눈빛이 너무 강렬하여 인혜는 당황한다. 하지만 속으로는 이렇게 중얼거리고 있다. 그래, 내가 네 차를 타고 네 옆자리에 앉아 네가 가자는 데로 갈 것 같애? 인혜는 반말도 존대말도 아닌 어정쩡한 투로 입을 뗀다.

"저기, 멀리 갈 수는 없을 것 같은데."

"인혜야!"

대뜸 이름을 부르는 현석의 목소리는 완강하다. 도저히 거절할 수 없는 친근과 그리고 절실함이 느껴지는 목소리였다. 인혜는 자신이 이제는 어린시절의 그 쌀쌀맞던 인혜는 될 수 없음을 깨닫는다. 고개를 숙인 채 한쪽 발로 다른 쪽 신발을 지그시 누르고 있는 인혜의 목덜미 위로 현석의 다음 말이 들려온다.

"너 아직도 신발 문대는 버릇 못 고쳤구나?"

픽 웃으며 인혜는 차에 올라타고 만다.

현석은 병원에서 사람을 대하는 방법에만 능숙한 것이 아니었다. 여자를 편하게 해주는 면에 있어서도 충분한 경험이 쌓인 듯했다. 인혜를 데리고 간 음식점의 분위기만 해도 그렇고, 단단히 닫혀 있는 인혜의 마음을 서서히 열어가는 솜씨에도 무리가 없다. 이십 분쯤 같이 있으니 인혜는 어린시절 그때처럼 현석에게 친밀감을 느끼게 되었다.

현석은 주로 어린 시절 인혜가 자기한테 얼마나 못되게 굴었는지를 얘기하며 유쾌하게 웃는다. 이사간 뒤 인혜를 몹시 보고 싶어했다는 얘기도 하긴 했지만 "못된 기집애, 실컷 패주고 왔으면 이렇게 보고 싶지 않을걸" 하고 욕을 했다면서 구김없는 웃음을 터뜨리는 것이 인혜가 듣기에 부담스러운 은밀함 따위는 없다.

"중학교 국어책에 「소나기」라는 글이 나오잖아? 그거 배우면서 네 생각을 얼마나 했는지 몰라. 거기 나오는 서울 소녀가 꼭 너 같고 시골 머슴애가 나 같다는 생각이 들었거든."

"서울로 이사간 것은 너잖아."

"그래도 나한테는 언제까지나 내가 촌놈이고 너는 귀하디귀한 그 소녀 같은 존재로 남아 있어."

귀하디귀한 소녀. 그 새침했던 갈래머리, 입술을 꽉 다문 거만한 표정, 깨끗이 손질된 원피스 자락을 날리며 연단 위까지 올라가 교장 선생님에게 상을 받던 소녀. 현석은 그 시절 인혜를 너무나 자세히 기억하고 있었다. 강당에서 학년 대표로 시를 낭송하던 일, 예방주사를 맞으며 조그만 이마를 찡그리던 일, 청소시간에 운동장 청소를 하다가 죽은 개구리를 발견하고 질겁하던 일, 탱자나무 울타리를 따라 걸어가며 구구단을 외우던 일, 세 잎짜리 탱자잎을 따서 머리 뒤로 던져 앞면이 나오나 뒷면이 나오나 점을 치던 일, 그때 입었던 프릴 달린 흰 블라우스와 자주색 체크무늬 주름치마…….

현석에게 있어 인혜의 존재는 행복했던 어린날과 평화로운 고향, 바로 그것이었다. 지금 눈앞에 앉아 있는 인혜가 비록 잔주름과 흐트러진 머리모양이 삶에 지친 30대 여자의 모습인 것은 부인할 수 없지만, 앞으로 내민 도도한 이마와 단정한 입매에서 그는 소녀 때의 인혜를 그대로 느낄 수 있었다.

"인혜, 네 남편 얘기 좀 해봐. 어떤 사람이야?"

"회사 다녀."

"회사원? 나는 네가 작가나 교수 같은 사람하고 결혼할 줄 알았는데."

"그건 왜?"

"고상하잖아."

고상하다구? 남편 영세는 분명 고상하다는 것과는 거리가 있다. 아니 숫제 정반대라는 쪽이 정확할 것이다. 광고회사의 카피라이터라는 직업 자체가 고상해서는 안 되는 직업이기도 하다. 대신 영세는 감각적이다. 음식, 옷, 영화, 그리고 여자…… 그러니 인혜의 고지식함과 맞부딪치지 않을 수 없다. 아침 먹는 습관이나 텔레비전 채널을 결정하는 따위의 사소한 데서부터 아이 기르는 문제, 돈 문제 등 결코 사소하달 수는 없는 일에 이르기까지 사사건건 영세는 인혜와 의견이 달랐다. 그들은 서로 너무나 달랐다. 나쁜 것은 점점 서로의 의견을 묻지조차 않게 됐다는 사실이었다. 특히 영세는 인혜와는 상관없이 자신이 내키는 대로 행동했다. 고지식함보다는 감각적이라는 게 더 행동력이 있기 때문이기도 했지만 영세에게는 본래부터 이기적인 구석이 있었다.

'사랑이 있을 때는 서로 다르다는 것이 커다란 매력이었지. 하지만 사랑이 사라지고 난 뒤에는 그것이 더욱 증오를 키울 뿐이야.'

결혼 전 영세가 자신의 바로 그 고지식한 면을 얼마나 추켜세웠는가를 떠올리며 인혜는 쓴웃음을 짓는다. 당신은 정말 반듯한 사람이야, 당신을 만나고 있으면 막 세례를 받은 것처럼 깨끗하고 편안해져, 이렇게 말하던 영세.

지금 현석이 인혜를 보는 눈은 어릴 때와는 사뭇 다르다. 훨씬 상승된 위치에서 오인혜를 당당히 바라볼 수 있게 된 것이다. 현석은 인혜의 혈색 없는 얼굴을 보며 여유있게 말한다.

"인혜 너 건강이 안 좋은 거 아니냐?"

"어릴 때부터 약한 편이잖아. 별로 신경 안 써."

"무슨 소리야, 신경을 안 쓰다니. 그러다 큰병 나면 어쩌려고."

현석은 마음속으로 내일 당장 손을 써서 종합검진을 받아보게 해야겠다고 생각한다. 물컵 안에 남아 있던 물을 마저 마시고 일어나며 현석은 지나가는 말처럼 말한다. 내일 그 시간에 병실로 올라갈게. 인혜가 무슨 말인가 하려고 눈을 동그랗게 뜨는데 현석은 카운터로 성큼성큼 걸어가버린다.

돌아오는 차 안에서 현석은 인혜에게 종합검진 받으라는 말을 꺼낸다. 그리고 계속 유쾌한 화제로 인혜의 기분을 느긋하게 해준다. 병원 건물이 눈에 들어오자 인혜는 벌써 다 왔나 하고 생각하다가, 다음 순간 귓불이 조금 붉어진다. 그녀는 창밖으로 고개를 돌린다.

한참동안 창밖만 보고 있던 인혜의 눈가가 성마르게 일그러지는가 싶더니 다시 무거운 표정이 돌아와 자리를 잡는다. 정에 굶주린 강아지처럼 길가는 이가 한번 쓰다듬어주기만 해도 그 사람의 바짓단에 더러운 털을 부벼대는가, 나는. 지금 그녀의 눈에는 결국은 발로 차이고 마는 강아지의 캥캥대는 비명소리가 보인다.

병원 주차장에 도착하자 아까 그곳에 처음 들어섰을 때처럼 인혜의 태도는 딱딱하다. 그럼, 이라고 딱 한마디를 인사삼아 내뱉더니 차문을 소리나게 닫고 나가버리는 인혜. 그대로 휑하니 가버리는 그녀의 뒷모습을 현석은 운전석에 앉은 채 어린 시절 그때와 같은 갈증으로 한참 동안 바라본다.

병실로 들어서는 인혜에게 정순은 입술에 손가락을 대며 조용히 하라는 시늉을 한다. 아버지가 잠이 든 모양이다. 발소리를 죽이며 다가오는 인혜에게 정순이 속삭이듯 말한다. 어디까지 갔길래 이리 늦었냐. 인혜는 그냥, 그렇게 됐어요, 라고 하는데 아버지가 눈을 뜬다.

"나 안 자니까 마음놓고 얘기들 해."

아버지는 아예 침대에서 몸을 일으킨다.

"그놈의 잠이 오는가 싶더니 도로 가버리네. 근데, 인혜 넌 점심 잘 먹고 왔냐?"

"네."

인혜의 대답은 짧다. 아버지는 그 화제에 미련이 있어 몇 번 더 떠보다가 인혜가 별 반응을 보이지 않자 그만두어버린다. 없는 이야기라도 만들어서 아버지를 즐겁게 해드려야 할 마당에, 자신이 하고 싶지 않은 이야기라고 해서 아버지의 물음에 성의껏 대답을 하지 않는 자기의 융통성 없는 성격. 인혜는 침대 곁에 앉아 시트의 모서리를 잡아당기고만 있다.

인혜가 일어난다. 뚱하니 앉아 있을 바에는 집에 돌아가서 요즘 들어 미처 어머니 손길이 미치지 못한 집 안이나 구석구석 치워놓는 게 나을 것 같다. 병실을 나가는 인혜에게 정순은, 저녁에 올래? 하고 묻는다. 인혜는 원무과의 반대쪽에 있는 엘리베이터를 타야겠다고 생각하며, 봐서요, 하고 대답한다. 아버지가 갑자기, 서울엔 언제 올라가봐야 하냐? 라고 묻자 인혜는, 방학 내내 여기 있어도 돼요, 라고 말해놓고 비로소 자신의 대답에 약간 만족한다. 방학 내내 있기는…… 안 될 말이라는 듯이 볼을 부풀리지만 인혜의 말이 아버지에게도 만족스러운 대답이었던 것은 틀림없다. 인혜의 코끝이 빨개진다.

다음날 오후가 되어서야 인혜는 병실에 나타났다. 남편의 팔을 주무르고 있다가 정순이 반갑게 딸을 맞는다. 전날 밤 전화로 안 온다는 말을 듣고도 혹시나 해서 밤까지 딸을 기다렸던 정순이었다. 그런 정순에게 인혜는 어머니에게도 아버지 못지않게 위로가 절실히 필요하다는 걸 깨닫는다. 그리고 또다시 생각한다. 어느 쪽이 나를 더 슬프게 하는가. 아버지의 죽음인가, 혼자 살아가야 할 어머니의 남은 삶인가.

저녁 먹을 때 펴보자는데도 정순은 인혜가 싸들고 간 찬합을 굳이 열어본다.

"유부초밥을 싸왔구나?"

"엄마가 좋아하시잖아요."

"너, 그거 알고 있었니?"

"엄마도 참, 왜 모르겠어요?"

하지만 35년을 함께 살았어도 정순 남편은 정순이 유부초밥을 좋아한다는 걸 모른다. 남편이 초밥을 싫어했기에 정순은 거의 만들지 않았고 어쩌다 음식점에 함께 가서도 그것을 주문하는 적이 없었다. 식성도 따라가는 것이려니 하면서 남편이 좋아하는 칼칼한 대구탕만 시켰던 것이다. 같은 걸로 하죠 뭐…… 이것이 음식점에서 정순이 메뉴를 결정하는 방법이었다.

유부초밥을 보고 감동하는 정순에게서 인혜는 어제 현석의 친절에 감동하던 자신의 모습을 본다. 인혜는 그것을 지치고 약해진 사람의 미혹된 감정이라고 해석해본다. 남들은 그들 모녀를 차다고 말하는데 어쩌면 겉으로 차고 안으로 뜨거운 그런 성격 때문에, 일단 그 차가움을 뚫고 들어온 사람에게 어이없이 뜨거워져버리는 게 바로 그 미혹의 정체일 거라는 생각도 한다.

"참, 현석이하고 만날 약속 했냐? 아까 너 찾아왔던데."

인혜는 대답이 없다.

"만나기 싫으면 약속을 하지 말 것이지 괜한 사람 헛걸음을 시키고."

생각이 복잡할 때 인혜는 뜻없이 창이나 문 쪽으로 고개를 돌리는 버릇이 있다. 한쪽 신발 끝을 다른쪽 신발로 문지르는 버릇만큼이나 오래된 버릇이다. 인혜가 버릇대로 문 쪽으로 시선을 돌리는 순간 공교롭게도 그 문이 열리면서 현석이 인혜의 눈 속으로 들어온다. 그는 어른들에게 인사를 한 뒤 아무렇지도 않게 "인혜야, 잠깐 보자"하며 먼저 복도로 나간다.

인혜가 나가니 현석은 들고 있던 서류 몇 장을 내민다.

"얼굴색도 그렇고, 내가 볼 때 넌 분명 환자야. 어제 점심 때 보니까 거의 먹지도 않던데. 검사 받아봐. 내일 바로 받을 수 있도록 억지로 밀어넣어놨어."

인혜는 얼결에 받아든 서류를 내려다보다가 뭐라고 거절의 말을 하려고 고개를 든다. 그러나 그녀는 항상 한 박자 늦다. 이번에도 현석은 자기 할 말을 다 한 뒤 성큼 뒷모습을 보이며 멀어져가고 있다. 할 수 없이 그 서류를 손에 들고 인혜는 병실로 돌아온다.

그것이 현석이 주고 간 종합진단 접수서류라는 걸 알고 정순은 고마워하는 빛이 역력하다. 사실 그가 자꾸 인혜 곁을 도는 게 마뜩치 않았는데 그것이 다른 뜻이 아니라 병원에 한 자리 갖고 있는 사람으로서 옛친구에게 도움을 주려는 거였다고 생각하니 고마운 마음에 정순은 인정이 많다고 현석을 칭찬한다. 인혜는 그것이 오직 자식을 염려하는 어머니들의 보편적 감정임을 알면서도, 내일 검진을 안 받았다가는 정순이 꽤나 실망을 하리라는 짐작에 이마를 찡그린다. 검진이란 게 번거롭기도 했지만 현석의 특별한 호의를 받아들이기에는 마음도 개운치 않았던 것이다. 속이 답답해진 그녀는 잠깐 바람을 쐬겠다고 말한 뒤 병실을 나온다.

병원 뜰은 텅 비어 있다. 누런 잔디 위에 다 말라버린 나뭇잎 몇 개가 떨어져 있을 뿐이다. 나무가 제법 많아 지난 계절에는 아름다웠을 것도 같은 뜰이지만 지금은 겨울바람만 윙윙거려 황량하기 그지없다. 인혜는 차가운 바람 속을 가로질러 벤치 쪽으로 걸어간다. 바람이 얼굴을 따끔따끔할 정도로 혹독하게 갈겨댄다.

엉덩이를 내려놓기에는 나무벤치가 너무 싸늘하다. 그러나 인혜는 자기의 체온을 나눠줘가며 그 벤치에 한참을 앉아 있다.

마른 이파리 하나가 앙상한 나뭇가지에 위태롭게 붙어서 바람을 견디고 있다. 인혜의 발치에 버려져 있던 검은 비닐봉지도 푸드덕 소리를 내면서 바람에 날아가지 않으려고 안간힘이다. 그러나 얼마 안 가 이파리는 바람을 이기지 못하고 떨어진다. 비닐봉지도 날려가버린다. 인혜 혼자만 마지막까지 바람을 견뎌본다.

12월의 살풍경 안으로 걸어들어가 정물처럼 앉은 인혜. 멀리서 보니 그 풍경은 쓸쓸하다 못해 청승맞다. 정순은 그것을 병실 창가에 서서 처음부터 다 내려다보고 있다.

"뭘 그렇게 한참동안 내다봐?"

남편이 묻는다.

"인혜요."

"인혜가 거기 있어? 이 추운데 밖에서 뭐 하길래?"

"글쎄 말예요."

그렇게 중얼거리며 정순은 창가를 떠나 남편 곁으로 다가간다. 그런데 이번에는 남편이 부스스 일어나 앉더니 아까의 정순처럼 창밖을 멍하니 본다. 병실 안에는 무거운 정적이 드리워진다. 겨우 다섯시를 넘겼을 뿐인데 벌써 병실 안까지 어둑어둑해지는 겨울 날씨 탓에 그 정적이 더욱 무겁게 느껴지는 건지도 모른다. 이윽고 남편이 입을 뗀다.

"여보, 저 말야…… 정리를 좀, 해야 할 텐데……."

"……."

"당신이 나보다 경우가 밝으니 다 알아서 해주구려. 특별히 당부할 말은 없고 다만…… 이제 와서 생각하니 잘못한 일이 왜 그리 많은지. 무엇보다……."

남편은 여기서 말을 잇지 못하고 정순을 바라본다.

"당신 고생시킨 것……."

"그만해요."

"사업밑천 대려고 당신이 패물까지 팔았는데 나는 그 돈 가지고……."

"알고 있어요."

"동업자 찾겠다고 서울서 석 달 있을 때 그 여자하고……."

"알고 있다니까요."

그만하세요, 하는 정순의 목소리가 갈라져 나온다. 그 일들이 정순에게 고통을 주었던 것은 사실이다. 젊었을 때 남편이 이른바 풍류남아로 사는 동안 자신이 꾸려가야 했던 삶이 얼마나 지난한 것이었는지는 새삼 말할 필요도 없다. 어찌 보면 남편의 사업이 이만한 것도 정순의 공이 크다. 땡전 한푼 없이 공사현장의 경험만 갖고 남편이 처음 조그만 토건회사를 차리겠다고 할 때 친정에서 돈을 빌려나온 것도, 60년대 '증산 수출 건설'의 역군으로서 남편이 기생집에서 호방하게 관리들을 접대할 때 그 술값을 메울 궁리에 밤잠을 이루지 못한 것도 정순이었던 것이다. 박수무당 말대로 아홉수를 이기지 못한 탓인지 남편은 서른 아홉과 마흔 아홉에 두 번이나 부도를 냈다. 그때마다 인생이 끝장난 듯이 방구석에서 소주병만 불어대는 남편이 다시 일어난 것도 정순 덕분이었다.

정순은 절대 나서서 설치는 성격은 못 되었지만 매사에 빈틈없고 사려가 깊었다. 그녀가 알뜰히 보필하지 않았다면 배포만 크고 뒤가 무른 남편의 삶은 보나마나 훨씬 더 고생스러웠을 것이다.

남편은 돈 잘 쓰고 호방해서 여자들에게 인기가 있었다. 사업상 술자리를 벗어날래야 벗어날 수 없는 처지이기도 했다. 그 때문에 정순이 겪은 마음고생으로 말하자면 돈고생은 댈 바가 아니었다. 여자문제가 생길 때마다 겪은 수모와 배신감은 정순의 가슴에 꾹꾹 못자국을 남겼다. 하지만 지금 와서 그게 다 무슨 소용인가. 죽어가는 사람이 용서받지 못할 죄가 대체 무엇이겠는가. 더욱이 다른 사람도 아닌, 35년을 같이 살아온, 남편인데.

자기의 말허리를 잘라버리는 정순의 기세가 하도 단호해서 정순 남편은 더이상 말을 잇지 못한다. 그리고는 망연히 정순을 본다. 남편의 시선을 피하느라 괜스레 침대시트를 잡아당겨 모서리를 펴는 정순의 모습은 어제의 인혜와 너무나 비슷하다. 갑자기 의자에서 일어나더니 "지금 가야 뜨거운 물을 받아오지"라고 중얼거리면서 짐짓 바쁜 척 주전자를 들고 나가는 뒷모습까지 영락없이 인혜 모습이다. 인혜처럼 불면 날아갈 듯 가냘퍼 보인다.

정순 남편에게 정순이 약해 보인 적은 그다지 없었다. 어머니가 돌아가신 뒤로 그는 정순을 어머니 의지하듯 의지해왔다. 그러나 이제 자기가 떠나가는 세상에 홀로 남겨두어야 할 사람이기에 그런 것인가. 지금은 아내가 안쓰럽기만 하다.

'뭘 바라고 그렇게 힘들게 살았는지, 미련한 사람…….'

그는 자기의 남은 시간을 꼽아본다. 4개월쯤이라고 했다. 하지만 더 짧을지도 모른다. 되도록 정순에게 고통을 보이지 않으려고 애쓰고 있지만 그는 요즘 죽음을 너무 가까이에서 느낀다. 사신(死神)이 벌써 도착해 어디선가 자기를 겨누고 있는 듯한 공포 때문에 육체의 고통이 더 심해지는 것만 같다. 이렇게 마음이 약해지면 쉽게 명줄을 놓친다는데…… 그는 갑자기 통증이 심해져 가만히 돌아눕는다.

다음날 인혜는 결국 병원에 가지 않았다. 종합진단도 받지 않았다. 현석이 접수서류를 주었던 날로부터 이틀 후에, 그것도 밤에야 인혜는 병원으로 향했다.

지금 출발한다는 인혜의 전화를 받고 정순은 로비로 내려간다. 남편이 잠든 뒤 그렇지 않아도 바람이나 쐴까 해서 복도로 나가려던 참이었는데 전화를 받고는 인혜도 마중할 겸 1층까지 내려간 것이다. 불은 환히 켜져 있었지만 로비에는 사람이 별로 없다. 텔레비전 앞에 장기입원 환자인 네댓 명이 모여앉아 연속극을 보고 있을 뿐이다. 정순은 그 사람들 뒷자리에 다가앉아 잠깐 동안 텔레비전 화면에 눈을 준다.

오래지 않아 저쪽 현관문을 열고 들어오는 인혜의 모습이 보인다. 정순은 의자에서 몸을 일으킨다. 그러나 다음 순간 엉거주춤한 채로 그대로 서버렸다. 현관 바로 앞에 있는 의자에서 한 남자가 정순보다 먼저 몸을 일으켜 인혜에게로 다가가는 것을 보았기 때문이다. 남자가 가로막아 서자 인혜는 조금 당황하는 듯했지만 이내 그대로 병실로 올라가는 엘리베이터를 향해 걸어간다. 그러자 남자가 뒤따라가더니 엘리베이터에 타려는 인혜의 팔을 붙잡고 뭔가 간곡하게 얘기를 하고 있다.

한참 실랑이를 한 뒤에야 인혜는 남자를 따라나선다. 현관 앞에서 그녀의 걸음이 잠깐 뒤처치자 남자는 조바심이 나는지 뒤를 돌아본다. 그때 남자의 얼굴이 정면으로 보이는데 짐작했던 대로 현석이었다. 바깥날씨가 꽤 추운 듯 현관을 나가자마자 인혜는 옷깃을 여몄고 현석은 그런 인혜의 어깨를 감싸듯이 해서 주차장 쪽으로 데려간다. 그들이 함께 어둠 속으로 사라져 보이지 않을 때까지 정순은 꼼짝않고 그 뒷모습을 지켜보고 있었다.

정순은 다시 의자에 앉는다. 텔레비전 화면 속에서 쉴새없이 흐느끼고 있는 한 여자를 한참이나 멍하니 쳐다보고 나서야 그녀는 천천히 몸을 일으킨다. 병실로 올라가기 위해서 엘리베이터 쪽으로 걸어가는 정순의 슬리퍼 끄는 소리가 로비 저쪽까지 퍼져나 간다.

인혜를 키우면서 정순은 실망이란 것을 그다지 해본 적이 없었 다. 인혜는 학교에서는 모범생이었고 집에서는 일찍부터 맏딸 노 릇을 톡톡히 했다. 말수가 적어서 대체 머릿속에 무슨 생각이 들 어 있는지 답답할 때는 좀 있었지만 그것말고는 흠잡을 데가 없 는 아이였다. 정순의 주위에는 인혜가 참하게 자라는 것을 눈여겨 보는 어머니들이 적지 않았다. 인혜가 사범대학을 졸업하고 서울 에 있는 사립학교에 교편을 잡자마자 중매쟁이들도 뻔질나게 드 나들었다. 그러나 인혜는 결혼 문제에서만은 정순의 뜻을 따르지 않았다. 그녀는 끝내 선을 한번도 보지 않더니 한 남자를 집에 데 려왔다. 인혜가 정순을 실망시킨 것은 그것이 처음이었다.

지금 사위가 되었지만 그때 영세의 첫인상은 건실해 보이지가 않았다. 인물이 훤하고 차림새가 깔끔하다는 것이 흠은 아닐 텐데 도 그 때문에 어딘지 사람이 가벼워 보이는 점이 영세에게는 있 었다. 잡기에 능해서 어느 자리에든 끼지 않는 데가 없고 또 농담 을 잘해 누구에게든 인기가 있다는 것도 정순은 마음에 들지 않 았다. 정순 남편은 달랐다. 영세를 '유쾌하고 멋진 녀석'이라며 좋아했다. 영세의 직업인 카피라이터라는 게 뭐하는 거냐고 묻는 정순에게 남편은 '영세처럼 무조건 똑똑하고 재주 많은 놈들만 할 수 있는 일'이라고 만족스럽게 대답하는 것이었다.

영세는 결혼하기까지 몇 번 인혜네 집에 들렀지만 자주 얼굴을 내미는 편은 아니었다. 그 점도 정순은 못마땅했다. 남자란 경우 에 따라서는 번거로운 일도 자청할 줄 알아야 가정사에 자상한 법인데…… 영세가 제 한 몸 편할 곳만 찾는 이기적인 남편이 될 지 모른다는 짐작에 정순은 이맛살을 찌푸리곤 했다.

그녀는 도무지 알 수 없었다. 인혜는 사려깊은 아이다. 영세 같은 진중하지 못한 남자가 눈에 들 리 없는데, 어떻게 해서 그를 택하게 되었을까. 그런 게 바로 곰보자국도 보조개로 보인다는 사랑이라는 것인가? 엄마를 고생시킨 아버지의 허랑방탕한 성격이 싫다고 말하곤 하더니, 미워할수록 닮아간다는 옛말처럼 미워하다 보니 아버지 같은 허랑한 사람을 그만 좋아하게 된 것인가?

　　그것은 사실이었다. 그때 인혜는 자기와는 전혀 다른 영세의 감수성, 그 유쾌함과 다양성을 사랑했다. 아버지를 무책임한 가장으로 만들었던 아버지 시대 남자들의 호방함을 싫어하긴 했지만, 자신과 똑같은 종류의 고지식한 사람에게는 또 어쩔 수 없이 갑갑함을 느꼈던 것이다. 그러나 자신과 다른 종류의 사람에게서 느끼는 신선한 매력 따위가 어디 그렇게 지속성 있는 감정이던가. 다만 그것뿐이었다면, 인혜 자신의 표현대로 미혹일 뿐이었다면 인혜는 균열을 느끼기 시작했을 때 곧 그 감정에서 빠져나와야 했다. 그러나 인혜는 그러지 않았다. 왜냐하면 영세와의 결혼을 결심하게 되는 결정적인 일이 생겼기 때문이다. 그것을 정순은 인혜의 결혼식날 알았다.

　　인혜는 너무 말라 보일까봐서 가슴이 파인 디자인을 피하고 목이 올라오는 단순한 드레스를 입었었다. 내 딸이라서 하는 말이 아니라 정말 선녀다 선녀, 하고 감탄하는 남편의 말에 정순 역시 아무런 이의가 없었다. 날씨도 화창했고 하객도 많아 그만하면 결혼식 분위기도 괜찮았다.

　　정순은 자기 쪽 친지들이 신랑 영세를 뭐라고 평가할까 하는 신부 어머니로서의 조바심으로 영세의 모습을 찾았다. 그런데 아무 데도 영세가 보이지 않자 정순은 신부 대기실로 가보았다. 짐작대로 영세는 거기 있었다. 신부를 중심으로 한바탕 사진을 찍어대던 인혜 친구들은 인사를 마치고 다 나갔는지 그곳엔 신랑과 신부 둘뿐이었다. 둘은 정순이 대기실 문을 열고 들어가자 몹시 당황하는 눈치였다.

"곧 식이 시작될 텐데. 자네, 손님들한테 얼굴 좀 보여야 하지 않겠나?"

"지금 막 나가려던 참입니다."

정순의 말이 끝나자마자 영세는 황급히 대기실을 나갔다. 영세가 나가고 난 뒤 정순은 인혜가 손에 무슨 약봉지 같은 것을 들고 있음을 보았다. 의아하게 바라보는 정순에게 인혜가 아까의 당황스러움을 다 가라앉힌 듯 담담하게 말했다.

"긴장 풀라고 진정제를 사다주길래, 안 먹겠다고 얘기하던 중이었어요."

"왜 안 먹어?"

"임신중이라서."

밖에서 인호가 뛰어들어오며 식이 시작되었으니 빨리 나오라고 재촉을 하는 바람에 모녀의 대화는 거기서 끊어졌다. 정순은 자기가 어떻게 대기실을 나와 식장을 가로질러서 신부 어머니 자리에 가 앉았는지 기억할 수 없었다. 좀처럼 흐트러지는 성격이 아니었지만 그때만큼은 흰 장갑 속에서 자꾸만 떨리는 두 손을 감추지 못해 정순은 구슬백 끈을 몇 번이나 고쳐쥐고 고쳐쥐고 했던 것이다.

"신랑 정말 욕심나게 잘 생겼네."

"인혜엄마 눈이 좀 까다로운 눈인가?"

"하긴 인혜가 빠지는 데가 있어야 말이지. 딸이 고우니 사위도 맞춰서 맘대로 고르는 거지, 안 그래?"

정순은 뒷자리 하객들의 덕담을 멍한 기분으로 듣고 있었다.

아무 의미가 없는 줄 뻔히 알면서도 인혜의 배 쪽으로 자꾸만 눈이 가는 것을 어쩔 수 없었다. 지금 결혼식을 올리는 마당에 영세의 아이를 가진 것이 무슨 큰일이 되는 것은 물론 아니었다. 그런 일이 들판에 구르는 자갈돌처럼 흔하고 흔한 것이 요즘 세상 아닌가. 다만 정순은 그 장본인이 다른 사람도 아닌 고지식하기 짝이 없는 인혜라는 것에 놀랐고, 또한 바로 그 고지식함 때문에 인혜가 영세와의 결혼을 서둘렀다는 것을 깨달았기에 그만 마음의 평정을 잃고 만 것이었다. 그때 정순은 처음으로 이런 생각을 했다. 내가 인혜를 잘못 키운 것은 아닌가. 저렇게 고지식하게 키운 것이 인혜의 인생에 과연 좋은 일일 것인가.

식을 마치고 공항으로 가는 승용차에 오를 때, 인혜는 신혼여행을 떠나는 모든 신부들이 그렇듯이 행복해 보였다. 엄마, 나 잘 살게, 하면서 웃는 모습은 사랑하는 남자와 이제 막 평생을 같이 살아도 된다고 공인받은 신부의 표정으로 손색이 없었다. 신랑 신부를 태운 승용차가 저 멀리 사거리에서 길을 꺾어들어 눈앞에서 완전히 사라지자 마침내 정순은 참고 참았던 긴 한숨을 내쉬었다.

인혜는 성실하게 결혼생활을 꾸려나갔다. 양가 부모의 도움 없이 3년 만에 제 집을 장만했고, 딸 하나만 낳아 서운한 마음은 있지만 어쨌든 자식도 반듯하게 잘 키워놓았다. 직장생활하면서 시댁이나 친정이나 식구들 생일이다 명절이다 다 챙기기가 쉽지 않을 텐데도 한번도 경우를 잊는 법이 없었다. 씀씀이가 작지 않은 영세의 그늘에서 인혜 자신은 변변한 옷가지 하나 없었어도, 무슨 요량으로든 절대 남의 눈에 궁색해 보이게는 하지 않았다. 정순의 짐작대로였다.

또한 영세가 자상한 남편이 아님은 이미 정순 혼자만의 짐작이 아니라 엄연한 현실이었다. 제 식구 먹여살리는 일이 점점 힘들어지는 세상이라 그렇게 바쁜 것인지 영세는 집에 안 들어오는 날도 많은 모양이었다. 정순이 인혜네 집에 가는 것이 일 년에 서너 번 걸음인데도 딸네 집에서 사위 얼굴 본 것이 몇 번 되지 않았다. 정순은 마치 자신의 젊은 날처럼 지친 얼굴에 애쓴 웃음을 지어보이는 딸을 볼 때마다 가슴속으로 무두질이 지나갔다.

하지만 정순이 인혜를 보는 마음에는 측은함과 함께 깊은 신뢰가 있었다. 제 몫에 남편 몫을 얹어 삶이 더욱 고달파지긴 하더라도 인혜는 삶을 지켜갈 것이다. 그것이 정순의 인혜에 대한 믿음이었고 정순이 아는 한 삶을 수긍할 줄 아는 여자의 지혜였다. 그런데…….

아까 현석을 따라나가던 인혜의 뒷모습을 떠올리고 정순은 고개를 젓는다. 결코 보기 좋은 모습은 아니었다.

인혜는 앞자리에 앉은 현석의 시선을 애써 외면하며 커피잔에 설탕을 넣고 있다. 이곳까지 따라오기는 했지만 막상 늦은 시각에 마주 앉아 있으려니 거북하기 짝이 없었고, 현석은 현석대로 무슨 생각을 하는지 아까 그렇게 절박하게 잡아끌 때가 언제냐 싶게 조용하기만 하다.

"할 얘기라는 게…….”

할 얘기가 있다는 말이 상투적인 구실이라는 걸 잘 알면서 인혜는 빨리 돌아가고 싶은 마음에 먼저 침묵을 깰 수밖에 없다. 그런데 그 말을 하는 인혜를 보며 현석이 갑자기 픽 웃는다. 인혜는 난데없는 그의 웃음에 어리둥절한 표정이 되었다.

"지금 네 얼굴이 꼭 그때 같다. 3학년때 선생님이 회충약 나눠주니까 네가 그랬잖아. 약을 쳐다보고 있으면 몸속에 회충이 있다는 생각이 나서 징그러우니까 빨리 먹어버리자고. 꼭 그때 같아.”

현석은 별걸 다 기억한다. 인혜는 기억을 더듬어본다. 현석이

구충제라고 하지 않고 회충약이라고 그때 식으로 말하는 걸 들으니 어렴풋이 생각이 나긴 한다. 학교에서 나눠주던 구충제는 카라멜 같은 달콤한 맛이었다. 현석이 몸을 인혜 쪽으로 굽혀오며 이렇게 묻는다.

"너, 그때처럼 징그럽니?"

"……."

"내가 싫어서, 할 얘기가 뭔지 빨리 그 말만 듣고 돌아가고 싶어?"

현석이 약간 은근하게 말하는 바람에 인혜의 마음속에는 예의 꿋꿋함이 되살아난다. 인혜는 소꿉친구라는 미명으로 그에게 이런 자리를 허락한 자신에게 화가 나기 시작한다.

인혜의 말투는 냉랭하다.

"병실에서 어머니가 기다리셔. 그리고 나, 몇 달밖에 못 사시는 아버지 뵈러 이곳에 내려온 거야."

"그래서, 나하고 한가한 옛날 이야기나 나눌 처지가 아니란 말이지?"

"이제 그거 안 모양이니 난 일어날게."

"인혜 너, 잘난 척은 여전하구나. 그래, 가라. 어차피 올 마음도 없는 너를 억지로 데리고 와서 미안하구나. 하지만 갈 때 가더라도 내 말 한마디는 듣고 가. 나는 너한테 그 말을 하기 위해서 20년을 기다렸단 말이야."

인혜는 현석을 빤히 보며 마음속으로 중얼거린다. 너야말로 여전하구나. 우리가 장독대 옆에서 소꿉놀이하던 시절인 줄 아니? 아니면 네가 좋아했다는 「소나기」에서처럼 개울가에서 좋아하는 여자애한테 자갈이나 던지는 그런 나이인 줄 알아? 우린 어른이야. 더욱이 난 지쳐 있다구. 그렇지 않아도 불안하게 흔들리는데 내 인생과 아무 상관없는 너까지 왜 묵은 감정을 과장하여 나를 흔들려고 하는 거니. 그리고 똑바로 봐. 넌 나한테서 지금 유년의 기억을 찾고 있을 뿐이지 나를 여자로 보고 상대하는 게 아니잖아. 넌 아직도 어렸을 때 그때처럼, 되지도 않은 미욱한 소리만 하고 있구나.

인혜의 눈에는 현석이 지금의 그로 보이지 않고 어린 시절의 그 딱한 머슴애로 비쳐진다. 그러느라 인혜의 표정은 조금 누그러진다. 그것을 현석은 어떻게 해석했는지 인혜에게 짐짓 여유를 보인다.

"넌 내가 하겠다는 말만 들으면 그대로 일어서서 가버릴 거지? 그러니 그 얘기는 되도록 나중에 하고…… 우리 다른 얘기부터 좀 하자. 내가 어떻게 다시 전주에 오게 됐는지 너 안 궁금해?"

현석은 자기가 전문대를 졸업하고 한 중소기업에 취직한 이야기며 거기서 얼마 안 가 대리를 달았던 이야기, 몇 년 다녀서 지겨워지던 참에 전주에 살던 팔촌쯤 되는 형에게 그 동네에 새로 들어서는 병원에서 직원 공채를 한다는 소식을 들었고 단지 근무처가 전주라는 것에 강한 매력을 느껴 곧바로 원서를 내서 합격했다는 이야기 등을 늘어놓는다. 전주 하면 언제나 너부터 생각이 났어, 라는 말도 빼놓지 않는다. 네가 백일장 대회 나갈 때마다 가던 다가공원 있잖아? 처음 이 병원에 취직해 내려왔을 때 아침에 가끔 거기로 운동을 하러 갔지. 어렸을 때는 아카시아가 그렇게 많았는데, 너 거기 언제 가보고 안 가봤니? 하나도 안 변했더라. 네가 거기 있는 울타리에 걸려 넘어져서 흰 타이즈에 구멍이 났잖아. 피까지 나고. 그때 내가 바로 달려가서 선생님을 불러왔지. 그 울타리도 여전해.

공부는 못하더니 어쩌면 저렇게 기억력이 좋은 건지, 인혜는 현석이 시시콜콜한 것까지 기억하는 게 신기할 정도다.

"내가 언제 울타리에 걸려 넘어졌었나?"

손목시계를 힐끗 본 인혜는 그의 말을 끊기 위해 이렇게 대꾸한다.

그러나 현석의 말은 인혜의 대꾸 한마디로 끊어지진 않는다.

"그럼! 그때가 아마 백일장에서 장원했을 때일 거야. 동시 제목이 「풍선」인가 그랬는데, 뭐라고 지었더라? 그래 참, 구멍가게 창가가 답답한가봐요, 뭐 이렇게 시작했던 것 같은데."

"누가 그렇게 지었다는 거야, 네가?"

"아니, 너 말야. 난 너 따라가느라고 항상 대회에만 나갔지 한번도 써서 내본 적은 없었잖아."

"그랬어?"

"어쩜 네가 리틀미스 대회에 나갔어도 난 따라 나갔을 거야."

인혜는 조금 웃는다. 인혜 자신의 빛나던 유년을 생생히 기억해내고 그것을 마치 연인과의 추억이라도 되는 듯이 소중하게 풀어놓는 현석의 화제가 굳이 재미없을 수도 없었다.

아까 현석에게 지나치게 차게 굴었던 것은 어쩌면 자신이 너무 각박해진 탓인지도 모른다. 각박해졌기에 남을 경계하는 건지도, 아니 그 각박함이 사실은 쉽게 무너질 것임을 알기에 그것을 두려워한 건지도 모르는 일이다. 어쨌든 인혜는 옛친구 현석에게 경계경보 정도는 해제한 셈이었다.

현석은 많은 이야기를 한다. 인혜는 주로 듣는 편이었지만 이따금 그녀 쪽에서 새로운 기억을 보태는 수도 있다. 어느 쪽에서 기억을 하든 간에 현석의 결론은 언제나 인혜가 얼마나 예쁘고 새침하고 똑똑하고 맹랑하고, 그리고 귀하디귀한 존재인가 하는 것이다.

그들은 술을 마신다. 현석이 술을 주문하는 것에 인혜는 별 거부감을 느끼지 않는다. 혼자서도 자주 마시는 인혜에게 술이 무슨 의미있는 방심을 뜻하는 것도 아니었다. 불현듯 그녀는 며칠 전 정순과 둘이 술을 마시던 생각이 난다. 그러자 아버지의 병실이 떠오른다. 불안해진 인혜는 전화를 걸려고 자리에서 일어난다. "화장실 가려구?" 하고 자연스럽게 묻는 현석의 말에 민망해진 인혜는 재빨리 "엄마한테 전화하려고"라고 대답한다. 그 말에 현석은 "잠깐 기다려" 하고는 얼른 일어나 카운터 쪽으로 나간다. 그러더니 어리둥절해 있는 인혜에게 무선 전화기를 갖다준다. 인혜는 그런 친절에는 익숙하지 않다. 어색하긴 했지만 싫은 건 아니었다.

그녀가 막 번호를 누르려고 하는데 무슨 생각이 났는지 현석이 먼저 전화기를 달라고 한다.

"전화벨 소리에 아버지 깨실까봐 그래. 당직실로 내가 전화해서 부탁할게. 아버지 병실로 올라가서 너 늦게 간다고 전해달라고."

그러더니 현석은 눈을 찡긋하며 "안 갈지도 모른다고 할까?"라고 농담을 던지기도 한다. 피식 웃어버리는 그녀에게 "어? 정말 그렇게 말 못 할 줄 알고?" 하며 서글서글하게 웃는 현석의 앞이마로 머리카락이 흩어져 있는 것을 보고 인혜는 이사가던 날의 현석을 떠올린다. 인혜네 창문 아래에서 비를 맞고 있던 현석. 머리카락이 비에 젖어서 열두 살짜리답지 않은 우수를 띠고 있었다. 인혜는 그 이야기를 현석에게 하려다가 그냥 입을 다문다.

"난 네가 선생님이 되리라고는 생각 못 했어."

그 말을 하면서 현석은 어쩐지 멋쩍어한다. 왜, 공부 못하는 아이들은 선생님 별로 안 좋아하잖아. 어쨌든 네가 선생님이라니까 그런대로 어울리긴 해. 원래 내가 상상했던 직업보다는 안 어울리

318

지만.

"내가 뭐가 될 거라고 생각했는데?"

"작가."

그는 솔직히 책이라고는 거의 보지 않지만 책방이 눈에 띄면 혹시 인혜가 작가가 되어 책을 펴낸 건 아닌가 하는 생각이 들어서 일없이 쓱 들어갔다 나온 적이 여러 번이라고 말한다. 왜 작가가 되지 않았어? 글짓기를 굉장히 잘했잖아. 무슨 대회에 나갔다 하면 상도 타고.

현석이 지금 건드리고 있는 곳은 인혜의 가장 아픈 부분이었다. 인혜는 결혼 후 한번도 꺼내보지 못했던 자기의 습작 노트를 생각한다. 그래도 처음에는 가계부와 함께 화장대 서랍에 들어 있었는데 몇 번 이사를 하는 통에 잃어버리고 말았던 그 노트. 그 노트를 찾는 인혜에게 영세가 그랬다. 당신은 그렇게 뭐든지 버리지 못하는 게 문제야. 필요없는 것을 붙들어 안고 있으면 뭐해, 짐만 될 뿐이지. 묵은 것에 연연하지 말고 새로운 현실을 받아들여야 사람에게 활기도 생기는 거야. 그 노트 생각은 잊어버려. 당신이 작가가 될 것도 아니잖아. 그 말을 듣고 인혜는 생각했다. 영세는 그녀가 이루지도 못할 꿈을 갖기보다는 차라리 적금통장을 하나 더 갖고 있기를 원하는 거라고. 그 노트를 잃어버림으로써 인혜는 자신의 꿈이라든지 성취 같은, 현실 속의 자신을 나약하게 만드는 모든 허상과 작별을 했던 것이다.

술기운이 돌자 현석은 인혜에게 아까부터 궁금했던 것, 즉 남편에 대해 캐묻는다. 할 얘기가 없다며 자꾸 잡아떼는데도 현석은 끈질기다. 인혜 또한 완강했기 때문에 나중에는 그도 할 수 없다는 듯 이렇게 후퇴한다.

"말해주기 싫은 모양이구나. 그럼 한 가지만 묻자."

현석의 말에 인혜는, 한 가지가 그의 말버릇이구나 하고 생각한다. 묻고 싶은 말이 뭐냐는 듯이 현석 쪽으로 가볍게 몸을 기울인다. 그러나 얼굴 정면으로 느닷없이 쏟아지는 찬물 한 바가지처럼 그의 질문은 그녀를 후려친다.

"그 사람, 널 사랑하니?"

"사랑……."

그 발음이 너무나 낯선 나머지, 문장을 끝맺기 위해서 인혜는 잠깐 혀에 침을 적셔야 했다.

"사랑하지."

그렇다면 다행이구나, 라고 말하면서 현석은 나지막하게 덧붙인다.

"만약 그렇지 않다면 내가 가만 안 둘 거야."

가만 안 둘 거야. 인혜는 그 말이 마음에 든다. 그 말이 현석의 과장된 감상에서 나온 것임을 모르는 건 아니다. 그러므로 조금 전까지만 해도 그런 과장된 감정에 유치함을 느끼던 그녀가 술을 좀 마셨기로 현석의 순정에 감동한 것일 리는 없다. 그 말이 시원하게 느껴지는 이유에 대해 인혜는 생각해본다.

어쩌면 현석의 거친 말투 속에 깃든 파탄적 예감 같은 것이 시원했기 때문일지도 모른다. 자신은 너무 오랫동안 틀 속에 갇혀 틀지기 노릇을 해왔다. 그러느라 밖으로 뻗어나가려고 하는 자신의 소중한 부분을 마구 잘라냈다. 그녀 혼자서 사지를 벌려 네모반듯한 가정이란 공간을 만들어내고 그 안에 가족이라는 것을 키워갔다. 가족, 결혼…… 그것을 지키기 위해 매일매일 자기 자신은 닳아 없어져간다. 원래 그 공간은 부부라는 두 쪽의 지붕이 맞닿아 안정된 구도로 이루어져야 하는 공간이 아닌가. 그런데 왜 그녀 혼자만 풍상에 시달리며 사지가 찢기도록 그 공간을 지키느라 안간힘이었던가.

그렇게 해서 만든 그 공간은 또하나의 틀이 될 뿐이다. 어머니가 내게 그랬듯, 내 딸을 '나'라는 틀 속에서 키워 또다시 하나의 틀로 만드는 것이, 그런 체념적인 답보가 여자들의 삶인가. 인혜는 취했다. 취했으므로 지금 전혀 자기답지 않은 것에 매력을 느낀다. 자기답지 않은 방임, 자기답지 않은 과장, 그리고 자기연민.

현석도 그것을 느낀다, 인혜가 취했다는 것을. 그는 의자 등받이에 몸을 비스듬히 기대고 술잔을 만지작거리고 있는 인혜를 가만히 바라본다. 훔쳐보는 것이 아니라 바라본다는 것에 만족해하면서.

인혜의 붉어진 얼굴은 며칠 전 창백한 병실에서 처음 만났을 때보다 훨씬 보기좋다. 현석이 기억하기로 자기를 보는 그녀의 눈 속에 단 한 번이라도 거만함이나 경계심이 없었던 적은 없었다. 그런데 지금은 아니다. 지금 현석은 어릴 때의 인혜가 과거 속에서 걸어나와 자기가 말을 걸어주기를 기다리고 앉아 있는 듯한 기분이었다. 그 생각만으로도 가슴이 뻐근해와서 그는 가볍게 몸을 떨었다.

두어 시간 전 현석이 카운터로 가서 무선 전화기를 찾을 때 친절하게 전화기를 넘겨주던 주인인 듯한 여자가 그들의 자리로 다가와 문 닫을 시간임을 알려온다. 일어서려다가 인혜는 비틀거린다. 자기가 취했다는 게 느껴지는 순간 그녀는 입술을 꽉 문다. 몸이나 마음, 어떤 의미로든 그것은 흐트러진 자신을 바로잡으려는 안간힘이었겠지만 현석이 보기에는 아무 소용없는 일이었다. 그녀를 부축하려고 팔을 잡는 현석의 가슴은, 아마 인혜가 맥주를 한 병만 덜 마셨어도 그 박동소리를 충분히 들을 수 있을 만큼 쿵쾅거렸다.

겨울바람은 차다. 밖으로 나오자 인혜는 또 밤하늘을 본다. 날씨가 흐린 탓으로 오늘은 별이 보이지 않는다. 그래서였을까. 인혜는 밤하늘을 보아도 그 옛날 할머니 제사를 지내고 돌아올 때 엄마에게 손목을 잡혀 종종걸음을 치던 겨울밤의 논둑길을 떠올리지 않는다. 대신 그녀는 다른 기억을 떠올린다. 결혼하고 첫해 겨울을 났던 그 외풍 세던 연탄아파트, 밤 열한시가 넘으면 옷을 잔뜩 껴입고 나가보던 그 버스정류장, 금방이라도 영세가 버스에서 내릴 것만 같아 발을 동동 구르며 한 시간 가까이 서 있곤 하던 외등 아래 그 자리. 이윽고 버스가 끊기고, 그때쯤이면 군고구마 장수는 리어카를 걷을 준비를 하느라고 팔다 남은 고구마를 통 속에서 전부 꺼내는데 인혜는 그 냄새에 군침을 흘리면서도 한번도 사먹은 적은 없었다.

한번은 그새 낯이 익어버린 고구마 장수가 "아주머니, 홀몸도 아닌데 어떻게 그렇게 자주 나와 있어요? 날씨가 추우니 이거 하나 들어볼래요" 하면서 인혜에게 고구마 한 개를 건네주었다. 그러나 인혜는 "원, 저렇게 기다리고도 아저씨하고 함께 들어가는 건 한번도 못 봤으니" 하는 그의 혼잣말을 듣고는 배가 부르다고 우기면서 끝내 고구마를 받아들지 않았다. 지금 생각해도 너무나 인혜다운 바보짓이었다.

그렇게 기다리다가 꽁꽁 언 채로 집에 돌아와 있자면 영세는 외박이거나 아니면 더 늦은 시각에 택시를 타고 들어오는 것이었다. 마치 엄마가 밤새 솜을 놓아 덧저고리를 꿰매던 날 아버지가 낙타털 외투를 입고 성큼 대문을 들어서던 그 신새벽처럼.

"인혜 너 생각나니?"

그에게 어깨를 안긴 채로 눈을 감고 걸어가던 인혜는 아무 말이 없다.

"언젠가 이렇게 춥던 날 너네 아버지가 서울 갔다 오랜만에 돌아오셔서 집안이 떠들썩했잖아. 손님도 많이 오고 낙양관 기생들도 오고…… 그때 너 왜 그랬니?"

"뭘?"

"추운데 혼자 뒤란 댓돌 위에 쪼그리고 앉아서 대못으로 흙만 파고 있었잖아. 내가 우리집 담 위에 올라가 돌을 던졌는데 쳐다보지도 않고."

인혜의 얼굴이 일그러진다. 인혜는 그때 너무 슬퍼서 어디론지 숨어버리고 싶었다. 하지만 인혜가 아는 한 자기가 숨을 수 있는 곳은 뒤란밖에 없었으므로 거기 차가운 댓돌에 마냥 앉아 있었던 것이다. 공단 한복을 차려입은 낙양관 기생들이 안방에서 버젓이 엄마의 시중을 받는 것도 싫었거니와 아버지가 그 기생들 사이에 앉아서 엄마에게 이것 가져와라 저것 가져가라고 시키는 것도 분이 났다. 그 자리에서는 입술만 한번 깨물던 엄마가 부엌에 들어오자마자 괜히 옷고름을 풀어 다시 매면서 그 옷고름으로 코밑을 한번 꾹 누르는 것을 보고 인혜는 그대로 부엌을 나와 뒤란으로 숨어버렸다.

인혜 따위가 속이 상하거나 말거나 없어지거나 말거나, 방안에서는 계속 낙양관 기생들의 간드러진 웃음소리와 사이사이 아버지의 거나한 목소리가 들려왔다. 그나마 다 저녁이 되어서 어둑어둑한 뒤란에서 인혜를 찾아낸 것은 술상 시중에 녹초가 된 엄마였다.

"너 우는 거야?"

현석이 걸음을 멈추고 인혜를 본다. 그는 인혜를 담장 쪽으로 세운다. 인혜의 뺨 위로 눈물이 흐르고 있다. 현석은 인혜의 눈물이 도무지 현실 같지가 않아서 손가락을 대본다. 어둠 속에서 희미한 줄기를 이루던 그 눈물은 현석의 손가락 끝에 인광처럼 묻어난다. 다시 눈동자가 젖어든다 싶더니 이미 만들어진 줄기를 타고 눈물 한 방울이 또 내려온다. 이애가 정말 우는구나. 우는 인혜…… 현석은 그대로 그녀를 품에 안아버린다. 그것이 무슨 신호라도 되는 듯이 인혜의 눈에서는 눈물이 한꺼번에 솟아오른다. 별도 없는 12월의 추운 밤, 현석의 품에 안겨서 인혜는 울고 있다. 현석의 입술이 다가오는데도 찝질한 눈물로 범벅이 된 인혜의 입술에서는 나지막한 오열만 새어나온다. 현석은 그런 인혜를 마음껏 따뜻하게 안고서 경건한 의식을 치르듯 오래오래 그녀의 입술에 자기 입술을 대고 있었다.

열번째 신호가 끊어지고 나서야 정순은 전화기를 내려놓는다. 전화를 받지 않는 것을 보니 인혜는 아직도 안 들어온 모양이었다. 대체 얘가 어쩌려구…… 정순은 속이 탄다. 벌써 두 시간째 10분이 멀다 하고 집으로 전화를 걸어보고 있는데 아무도 받는 사람이 없는 것이다. 열두시가 넘었는데…… 정순의 마음속에는 아까 현석을 뒤따라가던 인혜의 모습이 시간이 지날수록 불안하게 기억된다.

"아직도 안 들어왔어?"

정순 남편의 목소리에도 노여운 기색이 역력하다. 일이 공교롭게 되려고 그랬는지 아까 열시 넘어 인호에게서 전화가 왔다. 내일 내려오겠다는 인호의 그 전화를 받느라고 잠을 깬 뒤 남편은 무슨 생각을 하는지 이리저리 뒤척이며 쉽게 잠을 이루지 못했다. 그때 마침 당직실 직원인지 누군지가 인혜 늦는다는 소식을 전하러 왔던 것이다. 그 직원이 들어오자 정순은 첫마디에 누구의 부탁으로 왔으며 무슨 말을 전하려는 건지 알아챘지만 내색은 하지 않았다. 하지만 그런다고 덮어질 일이 아니었다. 남편은 직원을 붙잡고 캐물어 전화를 걸어온 것이 현석임을 알아냈다. 그런 뒤부터는 고통스러운 신음을 뱉으면서도 저렇게 잠잘 생각을 안 하고 10분 간격으로 정순에게 전화만 걸게 하고 있다. 설마 무슨 일이야 있겠어요? 하는 정순에게, 일이 있고 없고가 문제야, 어디 가정 있는 여편네가 밤늦게 사내하고 싸돌아다녀, 하고 기운도 없으면서 역정을 내는 남편은 그저께 현석과 어디서 점심을 먹었냐고 재미있어하던 때와는 딴판이다.

하지만 남편은 죽음을 앞둔 중환자였다. 정순이 조금 있다 돌아보니 잠이 들었다. 얼굴을 잔뜩 찡그리고 입으로는 고통스러운 숨소리를 내며. 침대시트를 남편의 가슴까지 가만히 끌어올려주는 정순의 마음은 착잡하다. 남편까지 알게 되었으니 내일은 싫어도 인혜에게 현석과의 얘기를 물어봐야 한다.

'지금은 들어왔을까?'

정순은 잠깐 전화기 쪽을 쳐다보았지만 한시가 지난 것을 알자 그냥 자기의 간이침대로 가서 눕는다. 밤새 뒤척이던 정순이 겨우 잠이 든 것은 새벽녘이 다 되어서였다. 그녀는 새벽 꿈에 자기를 내려다보며 울고 있는 인혜를 본 것도 같았다.

집에 돌아오자마자 인혜는 쓰러지듯 잠이 들었다. 새벽에 목이 말라 눈을 뜬 그녀는 냉장고에서 찬물을 꺼내 마신 뒤 어젯밤 자신이 몹시 취했다는 사실을 깨닫는다. 어쨌더라? 어젯밤의 일을 기억해내느라 인혜의 양 눈썹이 모아진다. 술집에서 나올 때까지는 거의 다 기억이 난다. 그곳을 나온 뒤 현석의 부축을 받으며 골목길을 걸었고 추웠고 그리고 그 다음에, 내가 좀 울었던가? 그러고 나서…… 기억을 이어가던 인혜는 거기서 잠깐 숨을 멈춘다. 그러나 이내 창문 쪽으로 고개를 돌리는 인혜의 얼굴에 별다른 기색은 떠오르지 않는다. 그녀는 이런 생각을 하고 있다. 현석의 품안에서 나는 난생 처음 마음놓고 울었다. 가까운 사람에게는 오히려 보일 수 없는 흐트러진 모습으로. 그리고 그의 입술이 닿는 감촉도 너무나 자연스러워서 남녀의 키스라기보다는 지친 인간에게 주는 진심어린 위로라는 느낌이었다. 왜 그랬을까. 나는 왜 그에게 위로를 구했던 것일까.

커피를 끓이기 위해 인혜는 가스레인지에 유리주전자를 얹는다. 식기 건조대에 있는 컵 하나를 집어들다가 인혜는 마음을 바꿔 그릇장으로 간다. 그릇장 안에는 정순의 취향대로 소박한 도자기 종류가 많다. 그러나 인혜는 팔을 뻗어 그릇장 안쪽에서 일부러 화사한 로즈마리 커피잔을 꺼낸다. 몇 년 전 스승의 날에 인혜 자신이 선물로 받은 것을, 하도 무늬가 우아해서 정순에게 다시 선물했던 그 부부잔이었다. 기분전환 삼아 가끔 이렇게 화려한 잔에 차를 마시라고 준 것인데 정순은 한번도 쓰지 않았는지 바닥에 상표가 그대로 붙어 있었다. 엄마나 나나 이렇게 궁상맞은 팔자를 스스로가 끼고 사는 거였어, 라고 인혜는 중얼거려본다.

그 잔에다 막 두 스푼째 인스턴트 커피를 넣는데 전화벨이 울린다. 레인지의 불을 끄고 인혜는 거실로 나간다. 정순이다. 정순은 오늘 인호가 내려올 거라는 말을 전하고는 전화기 저쪽에서 잠시 침묵을 흘려보낸다. 어젯밤에 대해 인혜가 먼저 얘기해 주기를 기다리는 것이다. 하지만 인혜 역시 아무 말도 하지 않는다. 병실에 가지 못한다는 말은 전해졌을 테고, 그녀는 어젯밤 일에 대해 그다지 할말이 없다고 생각한다. 그것으로 정순은 어젯밤 인혜에게 인혜답지 않은 일은 일어나지 않았음을 짐작으로 안다.

"늦게 들어왔냐?"

"한시 좀 넘어서요."

"아버지도 아신다. 와서 말씀 잘 드려라."

정순은 전화를 끊었고 인혜는 부엌으로 돌아와 커피를 마신다. 아버지가 아셨다니 아마 구차하게 설명을 늘어놓아야 할 것이다. 병석에 있지만 않다면 어젯밤 일에 대해 아버지에게 설명하지 못할 것이란 없다. 그러나 아버지는 중환자다. 마음을 불편하게 해드리고 싶지 않다. 아버지와의 대화에서 그다지 성공해본 적이 없는 인혜로서는 늘 아버지가 지적하던 대로 이번에는 입을 꽉 다물지 말고 말을 많이 하리라 결심해보지만 역시 자신없는 일이었다.

인혜가 하고 싶은 얘기는 따로 있었다. 방학하던 날 전주에 내려오는 고속버스 안에서 인혜는 그 얘기를 부모에게 어떻게 꺼낼 것인지 순서를 궁리해보기도 했다. 그러나 아버지를 생각하면 목구멍에서부터 벌써 말이 막혔다. 아버지 자신이 해결하기에는 시간이 남아 있지 않기 때문에 자신의 얘기는 충격일 수밖에 없다. 인혜의 생일날 정순이 무슨 말을 할 듯하다가 끝내 아무것도 묻지 않은 것은 어머니다운 지혜였다. 어젯밤 현석의 품에서 참았던 울음을 터뜨린 것을 돌이켜보더라도 만약 그날 어머니가 무언가를 물었다면 인혜는 책갈피에서 집어낸 마른 나뭇잎처럼 힘없이 바스라져버렸을 것이다. 어젯밤 술이 과하긴 했나? 인혜는 속이 타서 커피 한 잔을 더 마신다.

무거운 마음으로 인혜가 병실문을 반쯤 여는데 안쪽에서 아버지가 먼저 인혜를 보고 눈을 마주쳐온다. 누리끼리한 얼굴에 검버섯이 두드러져 아버지의 얼굴은 말 그대로 저승꽃이 핀 듯하다. 입에서 나는 술냄새 때문에 인혜는 아버지 침대 곁으로 가지 못하고 정순 옆으로 간다. 정순이 나지막히 말한다.

"너 아래층 내려가서 주스나 한 병 사올래? 인호 온다는데 냉장고에 아무것도 없구나."

정순은 거의 떠밀다시피 인혜를 내보낸다. 인혜가 들어오자마자 병실 안의 건조한 공기가 급속히 술냄새를 빨아들였던 것이다. 인혜는 병실을 나온다. 그런데 문밖을 나서니 복도 끝에서 이쪽을 향해 걸어오고 있는 인호의 모습이 눈에 들어온다. 인호는 인혜를 보고는 반갑게 웃는다. 어디 가려고? 너 온다고 엄마가 주스 사오래서. 그럼 그냥 들어가, 내가 과일 사왔어. 그러더니 인호는, 아버진 좀 어떠셔? 하면서 얼굴을 찡그리는데 금방이라도 울 것만 같다. 들어가봐, 네 얼굴 보면 아버지 좋아하시겠다. 그러면서 인혜는 인호 뒤를 따라 다시 병실로 들어간다.

저녁 먹을 시각이 되자 인혜네 식구는 병실에서 함께 저녁을 먹기로 한다. 몇 시간 동안 운전을 한 사람이 끼니를 그렇게 소홀히 때워서 되겠냐고 정순이 만류하는데도 인호가 김밥이라도 좋으니 온 식구가 한자리에서 밥을 먹자고 끝까지 우겼던 것이다. 정순 남편의 저녁밥이 담긴 식판을 중심으로 해서 인혜네 네 식구는 앉고 서고 한 채로 그렇게 저녁을 먹는다. 이야기를 끌어가는 것은 주로 인호였다.

정순 남편은 기분이 좋은 듯 식사를 마친 뒤에도 한참 동안이나 침대머리를 들리게 해놓고 기대 앉아 인호의 이야기를 듣는다. 인호가 사온 과일을 깎으며 정순은 그런 부자의 모습에 이따금 눈길을 준다. 제 생각에 골똘하여 겉도는 것은 인혜 혼자였다. 하지만 워낙 조용한 성격이었으므로 그녀가 다른 사람의 마음을 불편하게 하는 것은 아니다. 정순이 몇 번 인혜 쪽을 돌아보긴 했지만 지금 그 가족의 평화를 깰 만한 조짐은 아무 데도 보이지 않았다.

그 조짐은 처음에 인호의 다감함 속에서 모습을 드러냈다. 인호가 인혜에게 다정하게 말을 던졌다.

"서울서는 통 못 보고 여기 와서 만나네. 별로 멀지도 않은데 어떻게 그렇게 한번도 안 들러? 이번에 올 때 매형도 좀 내려올 일이지.”

“자동차 영업은 잘 되니? 이번에는 좀 오래 붙어 있을 것 같아?”

말투가 약간 면박 주듯이 하는 것은 인혜 나름으로는 친밀감의 표현이다. 그러나 인호는 불쾌한 듯 대꾸가 없다. 정순이 눈치채고 설명을 보탠다.

“방학이나 해야 한가하지, 학교에 매여 있는 선생이 무슨 시간이 있겠냐. 그리고 너희 매형은 미국으로 출장갔단다.”

“출장이요?”

인호는 의아하게 되묻는다. 얼마 전에도 그는 영세를 만났다. 겨울 들어 실적이 하도 떨어져서 할부 자동차 살 사람이 없는지 소개 좀 해달라고 그의 회사에 찾아갔던 것이다. 그때 분명히 사무실에서 그를 만났는데 출장이라니? 인혜의 옆얼굴을 뜯어보며 인호는 누나가 많이 수척해졌다고 느낀다. 그러고 보니 영세의 태도도 좀 이상했던 것 같다. 원래 처가 식구들에게 정이 가게 하는 성격은 아니었지만 그날따라 인호를 대하는 것이 영 서먹했던 듯 싶다. 인호는 인혜와 반대로 무슨 일이든 생각을 오래 하기보다는 행동을 먼저 하는 형이다. 그는 해외출장 갔다는 매형이 왜 사무실에 있는지 그 의아심을 즉시 입밖으로 내어 표현한다.

“며칠 전에도 매형 만났는데 출장이라니 무슨 소리야, 누나?”

인호의 목소리는 급한 성미대로 좀 높게 나왔다. 정순은 물론이고, 벽 쪽으로 누워 있던 정순 남편도 인혜 쪽으로 돌아누우며 인혜를 바라본다. 인혜가 마른침을 삼키며 무마해보려고 하는데 그들의 평화를 깨는 두번째의 좋지 않은 조짐이 나타났다. 노크소리가 나며 현석이 들어선 것이다. 인혜의 얼굴이 자기 의지와는 전혀 관계 없이 어색하게 굳어졌다.

정순이 서로 인사를 시키자 인호와 현석은 기억을 더듬으며 떨떠름하게 악수를 나눈다. 어릴 때 둘은 서로 끔찍하게 싫어하는 관계였다. 인혜의 호감을 얻기 위해 현석은 인호에게도 환심을 사려고 애썼지만 인호는 뒷집에 더부살이하는 현석네를 처음부터 깔봤다. 자기를 깔보는 이유를 안 뒤부터 현석도 인호를 똑같이 싫어했음은 물론이다.

현석이 원무과에 있어서 편리를 많이 봐준다는 정순의 말에 인호는 고맙다고 짧게 인사를 차린다. 현석은 분명 용건이 있어서 왔을 테지만 인호의 마뜩찮은 시선을 의식했는지 정순 남편에게 편히 쉬라는 말을 남기고 인혜에게 얼핏 눈길을 준 다음 병실을 나간다. 그가 병실을 나가자마자 인호가 내뱉는다.

"저 자식, 왜 누나를 저런 눈으로 쳐다봐?"

인혜는 아무 말이 없다. 인호는 현석을 헐뜯기 시작한다. 주로 어릴 때의 이야기이지만 필요없이 열을 올리다보니, 돈을 바라느니 않느니 쫀쫀하니 아니니 하면서 병원 원무과에 대한 험담으로까지 번진다. 쓸데없이 다혈질이고 기분에 따라 되는 대로 사람을 판단하는 것이 인호의 성격이다. 그리고 그것은 인혜가 넌더리나도록 싫어하는 영세의 성격이기도 했다. 난 그 여자 아니면 안돼, 그 여자는 당신처럼 답답한 여자가 아냐, 나한테 영감을 준단 말야. 병실 어디에선가 영세의 목소리가 인혜의 귀청을 찢는다.

인혜는 인호인지 영세인지, 누구를 향하는 것인지 모르게 말을 뱉는다.

"네가 그런 말 할 자격 있니? 먼저 너 자신부터 돌아보고 말해."

"뭐라구?"

분위기가 험악해지는 것 같자 정순이 끼어든다. 인호의 말대로 영세가 출장을 가지 않았을 거라는 생각 때문에 정순은 인혜의 역성을 더 들고 있다.

"애, 놔둬라. 현석이 쟤가 누나 종합검진 받으라고 접수도 시켜 주고……."

"뭐예요? 누나가 왜 저런 놈한테 신세를 져요?"

"그게 아니라……."

"누나는, 어떻게 수준이 좀 맞는 사람하고 상대를 할 일이지. 현석이 따위가 다 뭐야? 그러니 매형이 밖으로 돌지. 저번에 나 회사 갔을 때도 광고모델이라고 마침 어떤 여자가 매형 찾아왔는데."

"그만해둬라."

정순이 말리는데도 인호는 말을 맺어버린다. 꼭 자기가 마누라같이 굴더라구.

인혜는 자리에서 발딱 일어났다. 병실을 나가며 그녀는 인호에게 꼭 한마디 한다.

"합의이혼한 지 한 달 넘었다."

인혜의 뒤로 찬바람이 횡하니 따라나간다. 병실 안은 물을 끼얹은 듯 조용하다. 그때 인혜 가족의 평화를 깨는 마지막 조짐이 시작되었다. 정순 남편의 침대에서 짐승이 울부짖는 듯한 소리가 새어나왔던 것이다. 정순이 놀라서 침대로 다가갔고 인호가 황급히 당직의사를 부르러 뛰어나갔다.

정순 남편은 병세가 악화되어 나흘 동안 사경을 헤매다가 닷새째에 끝내 세상을 등지고 말았다. 죽음의 신이 아주 가까이 와 있는 듯한 자신의 예감대로, 의사가 약속했던 네 달이라는 시한을 반이나 남긴 채 그는 갔다. 인혜의 생일날 밤에 정순이 고통스럽게 상상했던 그대로 그녀는 남편을 관에 넣고 못을 친 다음 흙으로 덮었다.

장례를 마치고 난 뒤 인호가 서울로 돌아가는 날 그들 가족은 함께 아침을 먹는다. 병문안을 왔던 길에 날벼락 맞듯 장례까지 치르고 올라가게 된 그는 너무 울어서 눈도 제대로 뜨지 못한다. 인호가 내려오던 날의 저녁식사, 그때는 아버지도 함께였는데 이제는 이 세상 어디에도 아버지가 없단 말인가? 네 식구가 아닌 세 식구가 되어 그때를 떠올리는 인호는 며칠 전 함께 저녁을 먹던 아버지가 아무 데도 안 계시다고 생각하기에는 이 세상에 변한 것이 너무도 없다고 생각한다. 삶의 허무를 느끼는 것이 아니었다. 아버지의 죽음이 실감되지 않았던 것이다.

그는 숟가락으로 무국을 뜨면서 얼핏 누나를 본다. 왜 우리에게 이렇게 슬픔이 한꺼번에 오는 것인가. 의사는 아무 상관없는 일이라고 말했지만, 인호는 아직도 그날 자기가 흥분해서 누나를 다그친 일과 아버지가 그렇게 어이없이 명줄을 놓아버린 일이 무관하게 여겨지지가 않았다. 지금 저렇게 무표정하게 숙주나물만 천천히 씹고 있는 누나, 입을 움직일 때마다 여윈 볼이 쏙쏙 패이는 것을 보고 인호는 드디어는 눈물을 흘린다. 그런 인호를 과부와 이혼녀가 된 두 여자가 동시에 젓가락을 멈추고 바라보는데, 그 모습에 그는 그만 통곡을 하며 주먹으로 방바닥을 짓찧고 마는 것이었다.

가면서 인호는 말한다. 기회 있으면 현석이형한테 미안하다고 전해줘, 장례 때 여러 가지로 고마웠다고도 하고.

그 인호마저 가버리니 집안은 적막강산이다. 정순은 시어머니 돌아가셨을 때를 생각한다. 어머니도 추운 때 가시더니 남편도 하필 이런 때 베옷을 입었는지. 정순은 한참이나 버선코를 내려다보며 숨소리를 가눈다. 인혜가 방으로 들어온다.

"엄마, 저녁 지을까요?"

"그러자. 뭐 해먹을까? 일 치르느라고 며칠 동안 똑같은 것만 먹었더니 물리지?"

"엄마도 참. 통 안 드시고서 물리긴 뭐가 물려요."

인혜와 정순은 각자 자신의 슬픔은 숨기려고 애쓴다.

"엄마, 우리 또 그 갈비집 가서 술 마실래요?"

"못할 거 없지."

말이 나온 김에 인혜는 저녁상을 차리면서 손님 치르고 남은 맥주 두 병을 밥상에 올려놓는다. 정순도 아무 말 없이 유리잔을 꺼내 숟가락 옆에 놓는 것이 반대할 작정은 아닌 듯했다. 식탁에 앉자 인혜는 그때 갈비집에서처럼 음식에는 그다지 젓가락을 대지 않고 술잔 쪽으로만 손길이 잦다. 음식에 손을 대지 않는 것은 정순도 마찬가지다. 인혜처럼 술을 많이 마시진 못했지만 정순 역시 인혜와 비슷한 속도로 취해가고 있다. 그리고 그날 밤처럼 모녀는 수다스러워지기 시작한다.

"엄마! 아버지 그리워요?"

"글쎄다. 네 아버지 떠난 것이 아직 잘 믿기지가 않는구나."

"아버지 미운 점만 생각하세요. 사실 미울 때도 많았잖아요. 여자문제로 엄마 속도 무던히 썩이시고."

"딸자식이 아버지한테 못하는 소리가 없다. 여자문제가 뭐냐, 그 시절엔 다 그렇게 살았대두."

엄마가 그렇게 생각하시니 아버지가 마음놓고 한량 노릇하셨죠, 라고 인혜는 그 말은 속으로 한다. 참, 나 결혼할 때 부조까지 했던 그 간 큰 다방마담은 어떻게 됐어요? 라고 묻는 인혜에게 정순은 눈을 흘긴다. 얘는 별 걸 다 머릿속에 담고 있다, 쓸데없는 소리 그만하라니까. 아버지 영정이 저기 계신데 말버릇 고약하다고 야단하실라, 인혜 말에 옛생각이 나서 정순은 농을 해본다.

"엄마, 난 딴 일은 몰라도 왜 있잖아요. 나 대학 다닐 때 여름 방학에……."

"여름방학에?"

그때 인혜는 봉사활동, 그러니까 요샛말로 농활을 다녀온 다음 날이라서 몹시 피곤했다. 정순이 나와보라고 아까부터 부르는데 대답만 하고 이불 속에서 뭉개다가 어렵사리 몸을 일으켜 마당으로 나갔다. 정순이 연탄더미 앞에 서 있었다. 연탄집에서 비가 오기 전에 다른 집 배달을 마저 마쳐야 한다고 이렇게 마당에 부려만 주고 가버리는구나. 어서 너하고 나하고 함께 광에 들여놓자. 하늘 보니 곧 비 쏟아지겠어. 정순의 말이 끝나기가 무섭게 과연 굵은 빗방울 한 줄기가 인혜의 손등으로 떨어졌다. 엄마 힘드신데 인호 좀 시키지 않고. 걘 고3 아니냐. 그래서 정순과 인혜가 연탄을 나르기 시작했는데 엄마는 어디서 그런 기운이 나오는지 인혜가 겨우 두 장을 나를 때 대여섯 장씩 쌓아들고 두 번은 왔다갔다 하는 것이었다. 반쯤밖에 나르지 못했는데 벌써 콰르르, 천둥소리와 함께 장마비가 쏟아졌다. 빗속에서 모녀는 온몸에 검댕을 묻히고 정신없이 연탄을 날랐다. 인혜는 그대로인데 연탄광을 오가는 정순의 발걸음은 더욱 속도가 빨라졌다. 마침내 연탄을 다 나르고 광문을 닫으려 할 즈음에는 바로 눈앞도 분간할 수 없는 억수같은 빗줄기가 마당에 넘쳐 벌써 발목까지 차올랐다.

그날 밤 인혜는 완전히 잠을 설쳤다. 한밤중에 역시 정순의 부르는 소리를 듣고 일어나보니 빗소리가 귀청을 때렸다. 인혜야, 인혜야! 정순의 목소리는 연탄광 쪽에서 들려왔다. 비가 오는 칠흑같은 밤이라 잘 보이지 않았지만 목소리로 보아서는 꽤 다급한 일인 것 같았다. 인혜가 신발을 꿰고 뛰어가보니, 정순이 쓰러지려는 연탄더미를 두 손으로 버티고 있는데 맨 위의 연탄 두 장이 막 정순의 머리로 떨어지려고 아슬아슬하게 기울어져 있었다. 인혜는 정신없이 달려들어 정순을 연탄더미에서 빼냈고 그리고는 꾸중을 들었다. 아, 연탄을 잡아야지 나를 빼내면 어떡하니, 아까운 연탄이 다 깨졌잖아. 어서 이 연탄들 부엌으로 옮기자, 광에 비가 새서 그냥 두면 다 못 쓰게 돼. 그들 모녀가 한밤중 빗속에서 두 시간 동안 연탄을 옮긴다 광을 치운다 법석을 떠는 동안 인호는 공부를 하는지 잠을 자는지 코빼기도 내밀지 않았다. 아버지는 외박이었다.

인혜가 아버지를 원망스럽게 떠올리는 것은 그렇게 폭풍우가 몰아치던 날 가장이 집에 없었대서가 아니다. 그 다음날은 날씨가 활짝 개었다. 그 개인 아침에 들어와서 아버지는 몸살로 앓아누운 엄마에게 이렇게 말했던가. 여자가 집에서 하는 일이 다 그런 거라고. 그래서 인혜는 처음으로 아버지에게 대들었고 역시 난생 처음 뺨을 얻어맞았었다. 딸을 그렇게 기특해하고 애지중지했어도 그때만은 아버지도 참을 수 없었다. 왜냐하면 인혜가 딸로서가 아니라 여자로서, 주제넘게도 권리를 내세웠기 때문이었다.

"넌 그걸 여태 기억하고 있었냐?"

"엄만 잊었단 말예요?"

"어디 그런 일이 한두 번이라야지."

그 말 뒤에 정순은 덧붙인다. 네 아버지 원망은 안 한다. 시절이 다 그런 걸 어쩌겠냐, 다들 그렇게 살았는데.

인혜는 얼굴을 들어 정순을 천천히 바라본다.

"엄마, 나 이혼한 것 못마땅하세요?"

"그건……."

'아니다'라는 다음 말을 정순은 차마 입 밖에 내진 못한다. 말꼬리를 흐리며 인혜의 잔에 맥주를 따르는데 잠시 마음이 갈피를 잡지 못해 맥주 거품이 거칠게 잔 위로 넘쳐난다. 그나저나 너, 정순이 맥주잔의 주둥이께를 닦으며 인혜 쪽으로 잔을 밀어놓는다.

"너 말이다. 이제 어떻게 살아갈는지……."

"걱정 마세요. 엄마, 나 잘 살게……."

정순은 인혜에게 그 말을 두번째로 듣는다. 신혼여행을 떠나는 모든 신부가 그렇듯이 행복한 표정으로 인혜가 그렇게 말했었지. 엄마, 나 잘 살게. 그런데 인혜는 지금에 와서 또 그 말을 하고 있다. 그때는 그 말이 얼마나 불안하게 들렸던가. 하지만 지금 똑같은 말을 하는 인혜의 얼굴을 보니 행복한 표정은 정녕 아니었어도 어딘지 단단해 보인다. 그러고 보니 지금 인혜의 얼굴은 자기를 전혀 닮지 않은 것 같다. 시어머니도 닮지 않았다.

"서울엔 언제 올라갈래?"

"며칠 더 있다 갈게요. 어차피 새 학기가 되면 이사도 해야 하고, 이렇게 여유 있을 때 엄마하고 실컷 함께 지내보죠 뭐. 아버지 험담도 해가면서."

"아이고, 나는 싫다. 아버지 험담은."

그러면서 모녀는 동시에 정순 남편의 영정 쪽으로 고개를 돌린다. 영정을 보는 그들의 눈 속에 아련하게 슬픔이 고여온다. 하지만 지금까지 슬픔을 이겨온 방식대로 모녀는 그 슬픔을 눈 속 깊숙이에 가라앉히고 망막 위로는 단단한 평온만을 띄워놓고 있다. 비록 정순은 그렇게 보지 않았다 해도 둘의 표정은 찍어낸 듯 똑같았다.

(1995년 동아일보 신춘문예 중편부문 당선작)

나르시시즘과 사랑의 탈낭만화

황 종 연(문학평론가)

1. 연기(演技)로서의 삶

90년대에 나온 장편소설 가운데서 은희경의 『새의 선물』만큼 소설의 재미를 흠뻑 선사하는 작품도 드물 것이다. 소박한 의미에서의 오락을 기대하는 독자들은 물론, 인간 경험의 심오한 표상을 바라는 독자들도 자신들의 취향에 맞는 일화나 장면들을 그 작품 곳곳에서 만날 수 있다. 『새의 선물』은 출간 이후 꾸준히 대중적 인기를 누려왔으며 또한 김화영을 비롯한 몇몇 평자들의 정치한 분석을 통해 함축 많은 텍스트로 판명된 바도 있다. 그처럼 다양한 독자들을 매료시킨 『새의 선물』을 놓고 거기서 특히 인상적인 장면을 가려내기란 마치 산조음악에서 어느 특정 장단만 좋다고 취하는 것과 같다. 하지만 흥미롭기로 말하면 작중의 어느 특정 장면 못지않은 사실이 한 가지 있다. 그것은 연기라는 위장된 행동에 대한 관심이 소설 전체에 걸쳐 두드러진다는 것이다. 우선 주인공 진희가 관람자로서 접하거나 혹은 출연자로서 등장하는 공연 장면들이 있다. 진희는 허석과의 첫 데이트에서 장 구경을 하는 동안 약장수들이 '국극'을 하는 곳으로 허석을 데려간다. 그녀는 국극의 재미를 익히 알고 있어서 "국극을 구경하기 시작하면 중간에 나오기란 쉽지 않다"고 말한다. 그런가 하면 도대항무용대회에 참가한 성서국민학교의 〈흥부전〉에서는 진희가 흥부역으로 출연하여 평소에 미워하던 흥부 아내 역의 신화영에게 톡톡히 망신을 주고 동시에 그 공연을 성공적으로 이끈다. 그리고 진희의 이모 영옥은 진희와 대조적으로 그려져 있으나 연극적 위장을 좋아한다는 점에서는 진희와 별로 차이가 없다. 그녀는 〈여진족〉에서 신영균이 윤정희를 상대로 보여준 '능글맞은 사나이'의 연기에서 멋있는 남성을 느끼기도 하고, 〈여자의 일생〉에 나오는 최은희의 '수줍은 몸짓'을 몸에 익혀 진희 앞에서 자연스레 지어 보이기도 한다.

『새의 선물』에 나타나는 연극적 행동에 대한 관심은 일단 연극이나 영화가 신기한 오락이었던 지난 시대의 풍속을 반영한 것처럼 보인다. 그것은 아폴로 11호를 비롯한 수많은 시대의 기호들과 결합하여 이야기의 리얼리티를 높여준다. 하지만 그것을 그저 풍속적 세목으로 간주하는 것은 작품에 그려진 특정한 삶의 형식을 자칫하면 몰라보게 만들 우려가 있다. 우리는 진희와 영옥 모두가 연극이나 영화를 좋아할 뿐만 아니라 그것이 대표하는 자아위장의 기술, 바로 그것에 매료되어 있다는 사실에 좀더 유념할 필요가 있다. 작품에서 진희가 딱하다는 듯이 바라보고 있는 영옥의 행동은 대체로 보면 스스로를 그녀 아닌 어떤 사람으로 보이게 하려고 한다는 특징을 갖고 있다. 영옥은 잡지책의 모델들을 본떠 맵시를 부리며, 펜팔 편지에서는 자신을 고상한 존재로 보이려 거짓말을 하고, 여배우들의 표정이나 포즈에 맞춰 자신을 연출하는 버릇이 있다. 어쩌면 범속한 흉내에 그쳤을지도 모를 이러한 행동이 유치하고 희극적인 인상을 주는 것은 영옥의 자아 위장에 내재하는 허영의 속성을 부단히 들추어내는 간교한 서술자 진희의 개입 때문이다. 그러나 진희는 인간의 허영을 조롱하긴 해도 위장의 연기를 결코 배격하진 않는다. 이야기 서술자의 유리한 위치를 점하고 있어서 누군가에게 속내를 들키지 않는다는 점에서 영옥과 다를까 위장에 집착하기로는 진희도 영옥 못지않은 것이다. 허석을 두고 영옥과 사랑의 각축을 벌이면서 진희가 하는 말, "며칠 사이에 삶은 여러 번 같은 무대에서 배역을 바꿔가며 우리를 시험했다"고 하는 말에서 보듯이 진희는 삶이란 것을 아예 연극에 비유하여 인식한다. 그리고 장군이를 똥통에 빠뜨려 장군이 엄마의 콧대를 꺾어버린 사건을 비롯한 무수히 많은 삽화들에서 그녀는 능청맞고 교묘한 연기를 일관되게 펼쳐 보인다. 연기로서의 삶을 사는 진희의 태도는 무엇보다도 '보여지는 나'와 '바라보는 나'를 분리시켜 전자에게 삶을 이끌게 하고 후자에게 그것을 보도록 만든다는 일종의 위생학적 비방에 집약되어 있다. 그러한 자아의 전략적 분열이란 달리 말하면 연기자와 연출자를 한 몸에 가지고 살아가는 삶의 형식이 아닌가.

이렇게 보면 『새의 선물』은 연기로서의 삶에 관한 이야기이며, 그것의 도덕적 정당화에 관한 이야기가 되는 셈이다. 진희는 허영에 빠진 어리석은 사람들을 조롱함으로써 혹은 자아를 능란하게 연출하지 못하는 사람들의 불행을 관찰함으로써 세상을 극장처럼 대하는 가장과 작위의 삶을 정당화한다. 진희가 작중에서 펼치는 연기로서의 삶을 위한 일련의 변론은 자못 그럴싸하다. 그것은 삶이 악의와 장난으로 가득하다는 것, 한마디로 '농담'이라는 것을 통찰한 사람이 터득하게 되는 철학적 지혜이다. 그것의 목표는 그 개인의 자아를 위협적인 세상으로부터 감추고 짓궂은 운명의 변덕으로부터 보호하는 것이다. 진희는 자아의 안정에 집착한 나머지 타인에게 자신의 진심이 노출되는 것을 꺼리며 나아가 타인과의 진실한 유대를 믿지 않는다. 연극적인 그녀에게 타인과의 모든 관계란 본래 형식적이고 잠정적일 수밖에 없는 것이기도 하지만 그녀는 사랑으로 대표되는 타인과의 친밀한 결합의 가능성을 극히 냉소적으로 부정한다. 사랑이 하찮은 우연에 따라 생기며 그만큼 덧없다는 것, 요컨대 '미혹'이라는 것은 진희가 간파했다고 자부하는 삶의 비밀 중의 비밀이다. 이러한 사랑에 대한 냉소는 불운한 사랑의 다채로운 삽화들과 합쳐져 타인들과의 관계에 진심으로 몰입하지 않는 진희를 정녕 냉철한 현자처럼 보이게 한다. 그러나 그렇다고 해서 그녀가 외로움의 고통에 둔감한 것은 아니다. 『새의 선물』에는 부모에게서 버려져 할머니 밑에서 살고 있는 그녀가 실은 외로움을 괴롭게 의식하고 있음을 알려주는 구절들이 적지 않다. 특히 그녀는 타인과의 결합에 냉소적이면서도 타인의 보호를 받고 싶은 욕구를 감추지 못한다. 예컨대, 영옥에게 박대를 당한 홍기웅이 사랑의 환멸을 아프게 겪은 영옥 앞에 다시 나타나 '순정'을 '타잔'처럼 발휘하는 장면에서 "어떤 여자라도 그의 제인이 되고 싶어질 만큼 강렬한 매력"을 감지하는 진희의 관찰에는 조금이라도 선망이 어려 있지 않은가. 더욱이 진희는 느닷없이 '아저씨' 같은 남자가 나타나 영옥과 시선을 주고받는 이야기 말미의 장면에서 "나라면 서슴없이 이 남자를 택하리라는 엉뚱한 생각"을 하고 "이모에게 질투를" 느끼기까지 한다. 그러니까 진희의 연기로서의 삶을 추동하는 욕망에 관해 말하는 것이

가능하다면, 그것은 자폐적 고립을 향한 충동과 타인의 정서적 시혜에 대한 갈망 사이에서 움직인다 해도 무방하다.

진희가 보여주는 외로운 개인의 독특한 심리를 어떻게 이해해야 할까. 정신분석학에는 그러한 심리적 구성체를 묘사하는 술어가 하나 있다. 나르시시즘이 그것이다. 타인을 향한 개방을 꺼리는 것과 타인의 배려를 탐하는 것은 겉으로 보기에는 다르지만 나르시시즘적 퍼스낼리티 속에서 그것들은 표리관계의 심리적 움직임을 이룬다. 나르시시즘, 보다 정확히 말해서, 정신병리적 나르시시즘은 어린이가 어머니와의 상상적 일체감 속에서 자신을 스스로 동일하다고, 충족과 만능의 마법적 세계에 살고 있다고 느끼는 상태(프로이트가 말한 일차적 나르시시즘)에서 어머니가 자신에게서 독립된 존재임을 배우고 자신을 중심으로 타자들과의 관계를 형성함으로써 유아적 전능감을 대치하는 상태(이차적 나르시시즘)로 이행하는 과정에서 발생한다. 그것은 어린이가 그러한 이행에 성공하지 못함으로써, 다시 말해 세계와 일체화된 자아를 상실하는 고통을 극복하지 못하고 스스로 전일하다는 행복한 상상 속에 남아 있으려 함으로써 생겨나는 것이다. 이러한 정신병리적 나르시시즘에 사로잡힌 개인은 자아—타자의 관계를 조절하는 데에 당연히 장애를 겪는다. 그는 그의 자아에 대해 거창한 환상을 품고 있으며 그것이 타인에게 인정되기를 바란다. 그러나 그 나르시시즘적 자아 조절은 실망으로 끝나게 마련이고 자신이 공허하고 열등하다는 느낌을 유발한다. 나르시시스트에게 일반적인 심리는 한편으로는 타인들의 찬탄과 선망을 탐하고 다른 한편으로는 자신이 약하고 상하기 쉽다고 느끼는 것이다. 그는 타인들의 시선 앞에 그 자신을 부러운, 혹은 중요한 존재로 현시하고 싶어 하는 한편, 자아의 손상이 두려워 타인과의 친밀한 교섭을 회피한다.『새의 선물』은 정신병리학적 자료가 물론 아니지만 거기에서 만나는 나르시시즘적 퍼스낼리티의 속성들은 아주 뚜렷하다. 김화영이 지적했듯이 영옥이 진희와 별개의 인물이 아니라 진희의 분신임을 감안하면 더욱 그러하다. '보여지는 나' 영옥이 고상하고 매력적인 여성이라는 인상을 연출하려고 안달하는 반면에 '바라보는 나' 진희는 본심의 자아가 타인에게 노출되지 않도록 이성을 동원하느라 긴장하지 않는가. 그런 점에서『새의 선물』이 정당화한 특정한 도덕적 삶의 형식을 가리켜 연극적 작위로서의 삶이라고 말하는 것은 충분치 않다. 그것은 아마도 나르시시스트의 위생학이라고 고쳐 불러야 옳을 것이다.

2. 나르시시스트들의 욕망

『새의 선물』에 제시된 이야기의 맥락 안에서 보면 진희의 나르시시즘은 부모의 보호를 받지 못한 유년기의 결핍과 밀접한 관련이 있다. 진희가 삶의 감추어진 진실들에 관해서 자못 확신에 넘치는 어조로 웅변을 토하는 대목들에서는 당당한 자아에 대한 욕구가 느껴지지만 그것의 이면에는 그녀 스스로 "자폐를 일으켰을지도 모른다"고 토로할 만큼 심각한, 부모에게서 버려진 아이의 내상(內傷)이 있는 것이다. 그러나 진희에게 나타나는 바와 같은 나르시시즘을 단순히 부모의 결손을 입은 아이들에게 특유한 정신병리라고 여긴다면 그것은 잘못이다. 그것은 어떻게 보면 정신병리라고 규정하는 것이 어색할 정도로 현대사회에 널리 퍼져 있는 심리적 기제이기 때문이다. 현대의 특징적인 인간 성격과 문화가 나르시시즘과 내밀하게 연결되어 있다는 것은 미국의 역사학자 크리스토퍼 래쉬의『나르시시즘의 문화』『극미(極微)한 자아』등을 통해서 이미 충분히 밝혀진 바 있다. 현대 생활의 두드러진 현상으로서의 나르시시즘은 관료주의, 소비 숭배, 대중매체, 전통의 단절, 역사의 종말 등을 경험하면서 개인들이 불가피하게 체득한 자기보존 방식에 해당한다. 삶의 모든 영역에서 끊임없는 변화와 쇄신을 야기하는 모더니티의 경험은 개인들로 하여금 자아를 공허한 것으로 느끼게 하고 사적, 공적 관계들을 우발적인 것으로 여기게 하며, 그만큼 사사로운 친화나 공동의 현실에 대한 참여 모두를 어렵게 한다. 그런 점에서 현실적으로 나르시시즘은 현대에서 살아남으려면 모면하기 힘든 자아 왜곡이며, 현대 생활의 긴장과 불안에 대처하는 최상의 길로 보이기도 한다. 래쉬의 수사를 빌리면 나르시시즘은 이제 "인간 조건의 은유"인 셈이다. 따라서 『새의 선물』이 나르시시즘적 퍼스낼리티를 인상적으로 그려냈다는 것은 범상치 않은 의미를 갖는다. 그것은 작가 은희경이 우리 시대의 인간 현실의 중요한 오지(奧地)에 감각의 촉수를 뻗쳤다는 뜻이며, 모더니티의 테러에 시달리는 개인들의 희망과 절망에 관해 얘기할 준비가 되어 있다는 뜻이다. 이것이 혹시 미심쩍다면 그녀의 첫 소설집 『타인에게 말 걸기』를 살펴보기로 하자.

『타인에게 말 걸기』에 수록된 아홉 편의 중단편은 여성작가의 소설답게 모두 여성의 경험에 중심을 두고 있다. 은희경은 남성, 여성을 가리지 않는 초점화자의 이동을 종종 시도하고, 「타인에게 말 걸기」를 비롯한 몇몇 작품에서는 남성화자를 채택하고 있으나 그녀의 소설에서 중요한 사연은 어디까지나 여성들의 경험이다. 사랑이나 결혼에 실패한 여성, 산문적인 일상을 견디는 가정주부, 마음의 정처를 갖지 못한 직장여성 등, 여성작가들의 작품에 빈번히 출몰하는 인물들은 그녀의 소설에서도 발견된다. 그렇지만 그녀의 소설이 여성들이 당하는 억압이나 차별에 대한 증언이나 여성의 정치적 의식화를 위한 참언(讒言)을 목표로 하는 것은 아니다. 은희경이 주목하고 있는 여성의 경험이 조금 색다르다는 것은 여성적 이야기의 상투형을 비교적 많이 따른 것으로 보이는 그녀의 데뷔작 「이중주」에서도 드러난다. 「이중주」에 등장하는 모녀 정순과 인혜는 가정의 행복을 위한 헌신에도 불구하고 결국에는 외로운 존재로 남은 여성 이대의 모습을 보여준다. 이기적인 남편 때문에 굴욕과 고통을 겪으면서도 가족을 위해 자신을 희생한 정순, 개인적 욕구를 포기하고 성실히 주부의 역할을 했으나 남편의 배신으로 결혼의 파경을 맞은 인혜, 그들은 여성적 삶의 규범에 순응한 결과로 상처를 입었다는 점에서, 그리고 그들의 슬픔을 숙명처럼 견딘다는 점에서 서로 비슷하다. 각자 외로운 처지가 되어 공감을 나누는 그들 모녀의 이야기에서는 여성들에게 세습되고 있는 슬픔의 애처로운 화음이 들려온다. 그러나 「이중주」에는 여성의 슬픈 운명을 확인시켜주는 것으로 끝나지 않는 중요한 대목들이 있다. 특히 우리의 시선을 끄는 것은 정순, 인혜의 불행이 근본적으로 그들과 그들의 남편 사이에 존재하는 현저한 성격 차이에서 연유하는 것으로 그려져 있다는 사실이다. 그들과 그들의 남편들은 공교롭게도 '고지식한 / 허랑방탕한', '답답한 / 호방한', '내성적 / 사교적' 등으로 양극화되는 성격 차이를 뚜렷이 보여주며, 그러한 차이는 그들 부부의 관계를 공허하게 만들고, 인혜의 경우에 분명히 드러나듯이, 결국에는 그것의 파탄을 가져온다. 있을 법한 모든 불화의 원인 중에서 유독 인간의 차이가 중요하게 강조되고 있는 데서 우리가 보게 되는 것은 자아 — 타자의 소통의 가능성에 대한 깊은 회의이다. 이러한 회의가 전제되지 않았다면 정순, 인혜의 외로움에 정서적 하중을 걸고, 나아

344

가 외로움을 이기려는 그들의 안쓰러운 노력을 강조하는 이야기 서술의 태도도 나타나지 않았을 것이다.

「이중주」에 표현된 개인의 근본적 고립에 대한 인식은 은희경이 그 이후에 발표한 중단편들에서도 반복해서 나타난다. 세상에서 격리된, 혹은 타자와 단절된 여성의 모습은 특히 「열쇠」「연미와 유미」「타인에게 말 걸기」 등에서 여러 형상으로 변주되고 있다. 이들 작품 중에서 우선 주목할 만한 것은 「열쇠」이다. 여기에 등장하는 영신은 세상과의 교섭에 심리적 장애를 겪고 있는 인물이다. 그녀는 10년 가까이 구성작가로 일하고 있지만 사회적 개인이 필요로 하는 동화와 적응의 능력을 제대로 갖추지 못한 상태이다. 구걸꾼에게 호의를 베풀었다가 핀잔을 들은 일을 비롯한 많은 삽화들에서 그녀는 공동의 현실에 대한 감각이 미약하고 자신의 상황을 주체적으로 제어하지 못하고 있음을 보여준다. 낯선 사람들 사이에서뿐만 아니라 사사로운 인간 관계에서도 그녀는 지장을 겪는다. 타인과의 '교감'에 서툰 결함 때문에 그녀는 다른 여자에게 남편을 빼앗긴 것으로 되어 있다. 자아—타인 관계의 조절에 무능한 나머지 그녀는 자폐증 증세를 보인다. 그녀의 유년기의 이야기는 그녀가 지닌 정신병리적 심리의 원점에 "자기의 존재가 거추장스러웠다"고 느낀 충격적인 체험이 자리잡고 있음을 알려준다. 여성으로서의 욕망이 강했던, 나중에 그녀를 버리고 개가한 어머니는 그녀의 자기존중에 대한 욕구를 좌절시킨 것이다. 작중에서 그녀의 "감나무를 향한 과장된 감정"이라고 언표된 것은 아마도 어머니에 대한 미련이기보다는 어머니처럼 '색스러운' 자아를 갖고 싶은, 타인들의 시선 앞에 자태를 뽐내고 싶은 욕망일 것이다. 그런 의미에서 그것은 나르시시즘적이다. 「열쇠」의 이야기는 이러한 영신의 나르시시즘적 욕망에 출구를 열어주는 쪽으로 나아간다. 그녀는 그녀와 같은 아파트 건물의 위층에 사는 남자에게 추행과 다를 바 없는 접촉을 허락하며, 이어서 그녀의 전남편의 아내와 대면해야 하는 업무를 맡겨 그녀를 곤혹케 했던 직장을 흔쾌히 그만둔다. 이 대목에서 "영신은 자기 앞에 완강하게 버텨선 닫힌 문에서 열쇠구멍을 찾아낸 기분"을 느낀다. 그녀는 세상과 교섭할 조짐을 보이기 시작하는 것이다. 그러나 그녀가 과연 자폐증의 유혹에서 놓여날지 아직은 의문이다. 그녀는 종종 열쇠를 잃어버리는 버릇이 있지 않은가.

「열쇠」가 고립된 삶에서 탈출하려는 시도를 알리고 있다면, 「타인에게 말 걸기」는 그와 같은 시도가 성공할 가망이 그리 많지 않다는 것을 느끼게 한다. 「타인에게 말 걸기」에 그려진 '그녀'는 은희경의 뛰어난 관찰력과 묘사력이 산출한 여러 생생한 작중인물들 중에서도 단연 광채를 발하는 인물이 아닌가 한다. 그녀가 직장 동료 관계인 남성 작중화자 '나'에게 끈질기게 걸어오는 '전화'에서 짐작이 가듯이, 그리고 작중화자가 알려주는 그녀의 몇몇 일화들에서 완연히 드러나듯이, 그녀는 타인과의 소통과 친교에 대한 간절한 욕구를 표현하고 있다. 작중화자는 그녀의 인상에 언급하면서 "검고 깊은 구멍처럼 벌어져"있는 그녀의 텅 빈 눈을 여러 차례 강조한다. 남성-타자에 대한 욕구를 솔직히 드러내는 그녀의 행동은 타인과 얽히는 관계를 번거롭게 여기고 단조로운 사인적, 일상적 생활에 자족하고 있는 작중화자에게는 이해하기 어렵고 부질없이 돌출된 것으로 여겨진다. 그가 황당한 것으로 기억하고 있는 그녀의 일련의 행동들은 예외없이 사람의 선의와 사람 사이의 유대를 천진하게 믿는다는 특징을 띤다. 우리는 여기서 그녀가 검고 깊은 구멍 같은 눈을 하고 있으면서 또한 얼굴에 끔찍한 흉터를 가지고 있기도 하다는 것을 잊을 수 없다.

호감을 느끼고 있던 직장 상사에게 그녀의 감정을 표시하려고 무리하게 술병을 나르다가 넘어져 얼굴을 다치는 바람에 생긴 그 흉터는 그녀가 지금 시대에 어울리지 않는 순정한 인간이라는 것을 알려준다. 작중화자가 들려주는 이야기에서 그녀는 남자들에게 배신과 우롱을 당하면서 갈수록 참담한 신세가 된다. 예컨대 간밤의 사랑 없는 정사의 흔적이 남은 흐트러진 몰골을 하고 이른 새벽 길가에 나와 손가락에 정액으로 말라붙은 휴지를 이빨로 긁어대는 젊은 여자의 모습이 그녀와 관련하여 작중화자에게 기억되는 장면에서 그녀의 처지는 실로 애처롭게 느껴진다. 이처럼 타인에게 신뢰를 걸고 있으며 바로 그것 때문에 상처를 입는 그녀의 불행을 통해서 우리는 인간 관계의 냉혹한 현실에 접하게 된다. 그것은 현대 사회를 지배하고 있는 것이 근본적으로 타인에게 무심한 단자적 개인들 간의 형식적인 혹은 기만적인 관계임을 일깨우고 있는 것이다. 「타인에게 말 걸기」가 비록 사랑에 대한 완전한 절망을 표현하고 있는 것은 아닐지라도, 사람들 사이의 진실하고 친밀한 소통이 이제는 사라진 행복임을 직시하도록 그것은 요구한다.

「타인에게 말 걸기」의 종반, 사랑에 대한 순진한 환상의 대가를 톡톡히 치른 듯이 보이는 장면에서 그녀는 작중화자의 '냉정함'이 편하다고 말한다. 사랑의 허위를 깨닫고 외로움이라는 개인의 진실로 돌아오는 마음의 움직임은 「타인에게 말 걸기」만이 아니라 그 밖의 은희경 소설에서도 종종 보인다. 여기서 주의할 필요가 있는 것은 그러한 각성이 타인에게서 보호를 받고자 하는 연약한 심리로부터의 탈피를 수반한다는 것이다. 사실, 남자의 보호는 은희경의 여성인물들에게 공통적으로 나타나는 갈망의 대상이다. 예를 들어 「이중주」는 현석이라는 인혜의 소꿉친구가 그녀

앞에 다시 나타나 다정하게 호의를 베푸는 삽화를 담고 있다. 어린 시절 인혜에게 "미욱한" 시골 머슴애로 보여 박대를 당했던 현석은 이제 다정하고 수완좋은 "당당"한 남성으로 그려진다. 자신을 초라하게 느끼고 있는 인혜는 그녀를 "귀하디귀한" 존재로 기억하고 있는 현석에게서 "진심 어린 위로"를 받고 그의 품에 안겨 억눌렀던 울음을 터뜨린다. 「열쇠」의 영신이 결혼한 상대가 그녀의 삶을 유년에서부터 다시 시작하게 해주겠다고 호언하던 남자였다거나 「타인에게 말 걸기」의 여자가 작중화자에게 빈번히 구호를 요청하고 있다는 사실에서도 우리는 보호하는 타자를 은희경의 여성들이 얼마나 간절히 원하는가를 짐작할 수 있다. 그러나 부성적(父性的) 보호에 대한 갈망은 그들의 사랑이나 결혼에서 충족되지 않으며 그들 자신을 결국은 누추한 존재로 느끼게 만든다. 그래서 그들에게서는 외로움을 오히려 미화하는 심리적 반전이 일어나기도 한다. 「연미와 유미」는 그런 점에서 참조할 만한 작품이다. 여기에 등장하는 자매 연미와 유미의 관계는 자매는 『새의 선물』의 진희와 영옥의 관계와 흡사하다. 즉 그들은 타인에의 정서적 의존과 당당한 자아에 대한 집착이라는 나르시시즘적 퍼스낼리티의 양극을 이룬다. "아버지 같은 남자"를 좋아하는 연미는 불륜의 사랑에 빠져 있고, 혼자 영국 유학중인 유미는 부모에게 의존하고 있는 자신을 괴로워한다. 「연미와 유미」의 이야기는 강한 연미의 약함을, 약한 유미의 강함을 들추어 보이면서 '혼자임'의 행복을 강조하는 것으로 귀결된다. "혼자가 될 수 있다면 결혼은 행복한 것이다"라는 역설은 타인에 대한 구차한 의존으로부터 벗어나려는 은희경적 여성들의 심리를 명확히 나타낸다.

3. 사랑의 탈낭만화 혹은 '나비'의 사랑

불행한 나르시시스트들의 이야기를 담은 은희경의 중단편에서는, 「타인에게 말 걸기」에서 특히 그러하듯이, 우리 시대 개인들이 처한 실존적 정황과 한 점 환상 없이 대면하려는 어떤 냉철한 이지 같은 것이 느껴진다. 그녀의 지성은 공동체적 삶에 대한 향수나 각종 사해동포 이념들에 전혀 훼방을 받지 않으며, 단자화된 개인들이 이루는 삭막한 현실의 핵심을 곧바로 관통한다. 그녀는 사람 사이의 끈끈한 유대가 사랑과 결혼이라는 가장 친밀하고 사사로운 영역에서조차 사라졌음을 지적하고 있을 뿐만 아니라 그러한 상실을 벌충하려는 어떠한 낭만적 기획도 꿈꾸지 않는다. 그녀의 소설에서는 오히려 삶의 산문성을 담담하게 수락하는 태도가 소중한 삶의 덕목이 되곤 한다. 「이중주」는 여성의 슬픈 운명을 감내하는 "겉으로 차고 안으로 뜨거운 모녀"를 칭송하고 있지 않은가. 또한 「연미와 유미」는 외로움과 단조로움과 아름다움을 등치시키지 않는가. 은희경의 단편 중에서 「빈처」는 특히 산문적인 삶을 진지하게 사는 여성의 모습을 정면으로 보여주어 이채롭다. 이 작품에서 아내가 느끼는 빈곤은 물론 사랑의 빈곤이다. 그녀는 가정에 배려가 부족한 남편 때문에, "아줌마"가 되어버린 자신의 처지 때문에 괴로워하지만, 지금과는 질적으로 다른 어떤 삶이 가능하다는 생각을 조금도 하지 않는다. 삶의 모험을 꿈꾸는 대신에 그녀가 하는 것은 남편 몰래 글을 쓰는 것이다. 흥미로운 것은 그녀가 자신의 일상적 경험을 기록하면서 자신이 누군가의 아내가 아니라 애인이라고, 가정이 아니라 직장에서 일한다고 쓰는 식으로 거짓말을 한다는 점이다. 그것은 말하자면 글의 허구적 공간 속에서 펼치는 연극적 자기연출이다. 그리고 이러한 작위는

『새의 선물』에서 진희의 그것이 그렇듯이 어떠한 삶에 대한 모든 기대가 헛됨을 인정하고 불우함을 견디는 자기보존의 방식이다. 「빈처」의 아내는 그렇게 냉철한 만큼 비루한 일상에 진지하다. 그녀가 자신의 똥을 보고 더럽지 않다 하고, 그것을 자세히 보는 자신을 거울로 보니 "참 정답다"고 하는 것은 당연하다.

은희경 소설에서 삶을 대하는 이러한 이지적이고 현실적인 태도는 사랑의 허구적 성격에 대한 통찰과 한 짝을 이룬다. 앞에서 우리는 사랑이 미혹임을 뒤늦게 깨달은 여성인물들을 보았지만, 「특별하고도 위대한 연인」은 희극적 화법의 묘기를 통해 사랑의 미혹을 신랄하게 폭로한다. 이 작품의 전지적 작중화자는 그들 스스로를 '특별하고도 위대한 연인'이라고 여기는 남녀가 어떤 경위로 사랑에 빠졌고, 어떻게 헤어졌는가를 밝히면서 작중인물들의 서로 다른 내심을 투시하는 유리한 시점을 활용하여 사랑이란 감정의 이면에 감춰진 착각, 연인이란 관계에 숨어 있는 허위를 속속들이 들추어낸다. 예컨대 그들의 사랑이 시작된 계기인, 회식을 마치고 집으로 돌아가는 택시 안에서의 은밀한 교감은 남자가 깜빡 잠든 바람에 연쇄적으로 일어난 서로간의 오해라는 것, 그들의 열정은 이기적인 동기에서 비롯된 응석에 불과하다는 것을 알려준다. 작중화자는 그들을 위대한 연인이라고 부르면서도 그들을 움직이는 것이 실은 그러한 명칭과 완전히 어긋난 비열한 동기들임을 강조한다. 그들은 결국 그들 각자 자신밖에는 사랑하지 않는 것으로 드러난다. 그들의 우발적이고 변덕스러운 관계에서 우리는 타인과의 소통에 대한 절망이라는 은희경 소설의 주요 테마를 다시금 만나게 된다. 그들은 어떤 특정 형태의 비속한 연인을 예시한다기보다 사랑이란 가소로운 허구에 불과하다는 일반적 인식으로 독자들을 유도하는 것이다. 사랑에 대한 조롱은 바로 이 작품의 서술적 특징인 희극적 화법의 결과이기도 하다. 위대한 연인이라는 낭만적 관념과 유치하고 속물적인 인간의 실제 사이의 불일치를 부단히 강조함으로써 웃음을 유발하는 그 화법은 사랑으로부터 모든 숭고한 인간적 유대의 가치들을 제거하고 그것을 약점 많은 인간들의 촌극으로 격하시킨다. 그것은 한마디로 사랑의 탈낭만화를 매정하리만큼 가차없이 수행하는 것이다.

은희경은 「타인에게 말 걸기」에서 사랑의 환상이 여성에게 초래한 불행을 극히 냉담한 시선으로 그리는가 하면, 「특별하고도 위대한 연인」에서는 사랑의 낭만적 관념을 신랄하게 조롱한다. 여기에는 우리 시대 삶의 현실에 대응하는 은희경 소설의 독특한 방식이 압축되어 있는 것으로 보인다. 타인과의 소통이 불가능한 현실을 정직하게 시인하려는 자세와 아울러 타인과의 소통에 집착하는 삶의 정형(定形)으로부터 탈피하려는 충동이 거기에서는 엿보인다. 「타인에게 말 걸기」나 「특별하고도 위대한 연인」의 작중화자가 사랑을 탐하는 인물들을 무감동하게 관찰하고, 그들의 희극성을 날카롭게 포착한다는 사실은 그저 우연의 소치가 아닐 것이다. 무엇인가를 희극적으로 만든다는 것은 그것의 정형성에 대한 예리한 인식과 그것으로부터의 자유를 향한 움직임을 동시에 표시하는 것이기 때문이다. 베르그송의 말마따나 웃음을 낳는 기교는 인간의 삶을 경직된 정형들로부터 풀어놓고, 유연하고 활동적인 상태로 돌아가게 하려는 충동을 핵심으로 한다. 은희경이 사랑에 관한 이야기에서 종종 희극적 화법을 즐기는 가운데 표현하는 것 역시 그러한 종류의 충동이다. 이런 맥락에서 시사적인 것은 「짐작과는 다른 일들」이나 「먼지 속의 나비」 같은 단편들이다. 「짐작과는 다른 일들」의 '그녀'는 연애 시절에는 청순한 여성, 결혼중에는 악착같은 주부, 남편과의 사별 후에는 커리어

우먼, 다시 연애중에는 '부정한 여자'로 변신한다. 작중의 이야기는 그녀가 그처럼 다수의 정체를 실현하는 유동적인 삶의 과정에 상응하여 그녀 자신을 어느 한 남자에게 종속되지 않은 성적 존재로 형성한다는 것을 보여준다. 게다가 작중화자는 그녀의 편력을 장자의 말을 빌려 존재의 무한함이라는 관점에서 두둔하기도 한다. 또한 「먼지 속의 나비」는 남자와의 관계에서 일종의 유목민적 자유를 구가하는, 선희라는 여성을 제시한다. 그녀는 섹스에 대한 억압에서 벗어나 있는 동시에 섹스에 특별한 의미를 부여하지 않는다. 그녀가 남성 작중화자와 관계를 가진 후 '사랑의 맹세'를 기대하는 그에게 싸늘한 경멸을 보내는 장면에는 그녀의 급진적인 분방함이 선명하게 돌출되어 있다. 이 작품은 그녀의 부유하는 삶이 타락한 성(性)의 사회 속에 있음을 알려주지만 그녀를 추잡한 여성으로 보이게 하진 않는다. 오히려 그녀의 '나비의 비행' 같은 성생활은 그녀 나름대로 원칙을 가지고 자유를 행사하는 것이라는 암시가 있다. 「짐작과는 다른 일들」이나 「먼지 속의 나비」는 모두 편력하는 여성을 통해 도덕적 정형에서 자유로운 삶의 이미지를 제공한다.

사랑의 미혹으로부터의 자유 혹은 도덕적 정형으로부터의 자유를 위한 탐구에서 은희경이 거둔 최고의 성과는 『새의 선물』을 제쳐두면 아마도 「그녀의 세번째 남자」일 것이다. 이 중편은 「이중주」 이후 은희경의 중단편에 나타난 중요한 주제적, 구조적 요소들을 골고루 갖추고 있으며 그런 점에서 지금까지의 은희경 소설의 종합판이라고 보아도 무방하다. 이 작품의 이야기는 기업체 홍보실에서 일하고 있는, 직장 경험이 많은 노처녀인 '그녀'가 근무중인 어느 날 서울 일원 하늘에 '한낮 속의 밤' 같은 현상이 일어났다는 기상 이변에 관한 신문기사를 읽고 무엇인가 마음의 동요를 느끼면서 시작된다. 삶의 변화를 추구하는 열정이 남다른 한 친구가 동거하던 남자를 버리고 엉뚱한 남자와 결혼하기로 했다는 소식을 듣고, 그녀는 마치 그 친구를 닮아보려는 시도라도 하듯 갑자기 일상의 궤도를 이탈하여 직장을 그만두고 무주의 영추사라는 절을 찾아간다. 영추사는 그녀가 8년 전에 한 남자로부터 사랑의 서약으로 금반지를 받았던 추억의 장소이다. 그 남자는 영추사에서 사랑을 약속한 후 아홉 개월만에 다른 여자와 결혼했으나 그녀는 미온적이고 수동적인 성격 탓에 그의 요구를 뿌리치지 못하고 지금까지도 관계를 유지하고 있다. 그녀의 기억에 남아 있던 영추사가 댐이 들어서는 바람에 물 속에 잠겼음을 알게 되면서 그녀는 자신을 구속한 사랑의 환상에서 깨어나는 조짐을 보인다. 그녀의 심리적 변화는 산꼭대기로 자리를 옮겨간 영추사에 방을 얻어 묵으면서 신원을 감추고 묵묵히 절간의 일을 도우며 예사로이 지내는 동안 일정한 방향을 갖게 된다. 그녀의 남자가 누리고 있는 단란한 가정에 대하여 그녀란 '초라한 틈입자'에 불과하다는 것, 그의 사랑이 실은 극히 이기적인 집착이라는 것, 그녀 자신은 스스로를 억압하고 위장하는 부자연한 삶을 살아왔다는 것을 그녀는 깨닫는다. 여기서 특히 중요한 것은 그녀가 지금까지 그녀의 자아를 규정한 정체성을 스스로 폐기하는 과정을 밟아간다는 사실이다. 이것은 '안경'을 마지막으로 그녀에게 남아 있던 모든 굳어진 정체의 상징들을 버린다는, 그리고 절간에서 목공일을 하고 있는 짐승스러운 남자에게 자신의 몸을 주어버린다는 계기를 포함한다. 그녀가 통과하는 자아의 상징적 죽음과 재생의 과정은 영추사에서 열린 천도재에서 그녀의 애인의 이름을 영가의 명부에 올림으로써 끝난다. 그녀는 "사랑이란 천상의 약속"임을 간파한 여자로, 어떤 남자와 관계하든 그것에 집착하지 않을 여자로 변신해 서울로 돌아온다.

이처럼 「그녀의 세번째 남자」는 「짐작과는 다른 일들」이나 「먼지 속의 나비」와는 다르게 삶의 도덕적 정형에서 탈출하려는 시도를 그것의 내면적 측면에서 이해하게 해준다. 작중 여주인공이 거쳐가는 자아의 상징적 죽음과 재생은 여성의 자아를 수동적이게 하는 기성의 도덕적 규범들의 극복이라는 성격을 내포한다. 그녀가 사회로부터 자신을 격리시킨 상태에서 펼치고 있는 일련의 반성과 각성은, 한 남자에게 처음 몸을 허락했으면 영구히 그의 소유라는 관념을 비롯하여, 그녀의 자아 정체성을 사회의 필요에 맞추게 하는 억압적 규범들로부터 심리적 자유를 획득하는 것으로 나아간다. 그녀가 보여주는 도덕적 정형으로부터의 탈피는 「이중주」의 인혜가 「먼지 속의 나비」의 선희로 이행한 형태라고 보아도 크게 잘못은 아닐 것이다. 절간에서 만난 '은빛 여우' 같은 암컷 개에게 그녀가 동일시의 욕망이 어린 눈길을 보내는 장면에서 알게 되듯이 그녀는 내심으로 존엄한 자아를 원하고 있다. 그녀가 첫번째 남자와의 관계를 괴롭게 여기는 중요한 이유 중의 하나도 그것으로 인해 그녀가 '초라한' 존재가 되었다는 사실이다. 남자와의 굴종적인 관계보다 거만한 외로움을 택하는 그녀의 행동에서는 나르시시즘적 욕망의 기미를 느끼지 않을 도리가 없다. 그러나 그녀는 「이중주」의 인혜처럼 외로움의 운명을 고즈넉히 수락하는 것으로 끝나지 않는다. 두 명의 남자와 이미 관계를 가졌고, "셋부터는 다 똑같다"는 원시인들의 산수로부터 사랑의 해법을 배운 만큼 그녀는 자신을 '은빛 여우'로 만들어줄 남자라면 그가 몇번째 애인이 되든 개의치 않으리라. 그녀의 편력은 물론 「타인에게 말 걸기」의 '검고 깊은 구멍'의 여자가 시도한 추레한 구애와는 판이하게 다르다. 그녀는 '타언 속의 허상'을 잊지 않는 명민함과 사랑의 냉각은 바로 '사랑의 본색'이라고 여기는 냉철함을 가지고 있기 때문이다. 그녀가 펼쳐갈 사랑의 편력은 타인들간의 사랑이란 근본적으로 덧없다는 것을 통찰하고, 그럼에도 사랑을 위한 모험을 두려워하지 않는 자유의 표현이다. 그런 점에서 그것은 선희가 예시한 바와 같은 '나비'의 능동적이고 부유하는 사랑의 형식을 이룬다.

은희경의 소설에서 나르시시즘이라는 스펙트럼을 거쳐나온 젊은 여성들의 이야기는 그것대로 우리 시대 여성들의 결핍과 소망을 상기시키면서 나아가 개인의 사회적 존재를 제약하는 문제적인 조건들에 주목하도록 요구한다. 앞에서도 지적했듯이, 은희경의 작중인물들이 노출하고 있는 나르시시즘은 한국사회에서 자본주의적 모더니티가 압승한 결과로 재래의 공동체적 삶의 형식들을 잃어버렸고, 각종 사회적 제휴의 이념들이 공소하게 여겨질 만큼 개인의 단자화가 촉진된 우리 시대의 실존적 형식과 적실하게 들어맞는다. 특히 90년대에 들어 시장에서의 매력이라는 측면에서 자아를 측정하고 재형성하도록 압박을 가하는 자본주의적 생산 논리가 개인의 직업과 사회 생활에 관철되면서, 소비사회와 이미지 문명의 성장이 자아의 '스펙터클'에 대한 집착을 보편적 히스테리의 수준으로까지 확산시키면서 나르시시즘적 자아 조절은 점점 생존을 위한 필수적 기법처럼 되어가고 있다. 나르시시즘은 비단 은희경만이 아니라 90년대의 새로운 경험에 민감한 젊은 작가들, 예컨대 장정일, 윤대녕, 배수아, 김영하 등과 같은 작가들의 소설에서도 널리 나타나고 있는 심리적 현실이다. 은희경은 특히, 이미 검토한 대로, 여성 나르시시스트들의 절망과 희망을 이제까지 좀체로 보지 못한 극명한 형태로 전해준다. 그들은 자아―타자 사이에 가로놓인 단절을 그 극한에 가깝게 체험하며, 낯선 타인들이 이루는 불안정한 관계를 불가항력의 생존 조건으로 수락한다. 그들의 이야기에서 특히 강조되고 있는 것은 유동적인 인간 관계의 현실에 대응하여 기존의 도덕적 정형으로터 탈출하고자 하는 시도이다. 사랑은 천상의 약속일 뿐이므로 천상으로 돌려보내야 한다— 이렇게 말하는 은희경 소설의 인물들은 사랑 없는 지상을 외로우면서도 자유롭게 편력한다. 어떻게 보면 그들은 '90년대식' 삶의 가장 경쾌한 리듬을 타고 노는 유목민들이다. 그들이 추구하는 자유는 물론 말썽 많은 쟁점들을 야기한다. 그러나 마찬가지로 명백한 것은 나르시시즘의 세계를 통과하지 않고서는 우리의 현실에 잠재된 삶의 가능한 형식들에 대한 어떠한 탐구도 진지하지 않다는 것이다. 개인적, 사회적 삶의 조화에 대한 희망이 다시 태어난다면 그것은 낡은 도덕적 관성으로부터가 아니라 외로운 나르시시스트들의 고통으로부터다. 어쩌면 나르시시즘적 삶의 논리와 그 모순을 이해하는 능력에 따라 가능한 삶을 탐문하는 소설의 역량이 결정될지도 모른다. 그런 점에서 은희경 소설은 우리 소설 전체의 흥미로운 지표 중의 하나다.

작가의 말

작품집을 묶기 위해서 그 동안 발표한 소설들을 한꺼번에 읽어 보았다.

우선은 너무 많이 썼다는 생각이 든다.

작년 말에 첫 장편을 냈을 때 한 선생님께서는 글이 잘 풀릴 때를 오히려 경계해야 한다시며 "혼자 많이 써보기는 하되 발표 하는 일은 신중히 하라"고 말씀하셨다. 그 말씀을 한번도 잊은 적은 없다. 그러므로 매번 새 작품을 쓰기 시작할 때마다 슬그머니 귀를 막아야 했다. 그러면서도 왜 썼을까.

내가 빠른 속도로 속되어가고 있기 때문이다.

단지 독자였을 때 오히려 더 소설에 대해 경건했던 것은 아닌지 돌아보게 된다.

두번째로 든 생각은 사다리를 오르는 방법에 관한 것이다. 한 꺼번에 두세 칸씩 올라가는 차는 어쨌거나 흔들릴 수밖에 없음을 깨닫는다.

내가 서른일곱이란 나이에 등단한 것을 두고 한 선배가 덕담을 해준 적이 있다.

"인생을 어느 정도 알고 시작했으니 더 좋지. 자기 소설 속에 서 치기를 보는 부끄러움은 면할 수 있잖아."

그러나 인생에서 면할 수 있는 것은 아무것도 없는 모양이다. 스스로 안심이 될 때까지 품안에서 충분히 묵히기도 전에 겁없이 세상에 내놓는 것 역시 치기의 한 형태일 테니까. 특히 나 자신의 기질적인 감정 기복과, 그것을 견제하려는 지나친 긴장이 불연속 선으로 이어져 그대로 드러나 있는 것이 보기에 아슬아슬하다.

그런 부끄러운 모습이 책 한 권 안에 압축되어 들어 있으니, 세 월을 두고 꾸준히 정진해온 분들과 비교할 때 오히려 흉이 두드 러질 수밖에 없다.

세번째 생각은 앞의 두 가지와 좀 모순된다. 그 속됨과 부끄러 움을 그대로 지닌 채 소설을 쓰기로 마음먹었다는 것이다.

나는 악동과 같은 어긋남을 갖고 소설을 쓰고 싶다. 아이들이 라고 해서 옳고 그름을 모르는 것은 아니다. 속으로는 세상의 좋 은 말씀들에 다 공감을 하고 있다. 그럼에도 그들은 좋은 말씀을 따르지 않는다. 보통은 어리기 때문이라고 말하지만 그것은 인간 의 타고난 본래 모습에 더욱 가깝기 때문이라고 나는 생각한다. 그리하여 함부로 화살을 쏘기도 하고 그 함부로 쏜 화살을 찾으 러 다니기도 하면서 종일 숲을 쏘다니고 싶은 것이다. 나는 그렇 게 소설을 쓰고 싶다. 그것은 내가 살고 있는 이 세상을 해석하는 방식이기도 하다.

소설쓰기가 두려워질 때 나는 레이먼드 카버의 책을 펴서 "소설가가 그 근처에서 가장 똑똑한 사람일 필요는 없다"는 구절 아래 그어놓은 밑줄을 확인하곤 한다. 만약 어떤 시대처럼 소설가가 지식인이고 스승이라면 나는 소설을 쓸 엄두조차 내지 못했을 것이다. 그것은 사실 내가 아직 나를 집 '가(家)'자가 붙은 '소설가'라고 지칭하지 못하는 것과 같다. 나는 그냥 이 시대에 살아가는 사람의 이야기를 쓰는, 독자의 동시대인일 뿐이다.

물론 자라지 않는 어린애란 없으므로 악동도 언젠가는 어른이 될 것이다. 그때가 되면 나도 소설가라고 말할 수 있을지도 모른다. 악동의 마음속에는 어른에 대한 반항과 동경이 함께 들어 있음을 이쯤에서 고백해야겠다.

그 동안 나의 속되고 부끄러운 여정을 지켜봐준 분들께 감사드린다.

신춘문예에 부족한 글을 뽑아 소설 쓰는 길을 열어주신 유종호 선생님, 소설 쓸 용기를 얻게 해주신 김화영, 윤흥길, 오정희 선생님, 내게 소설 쓸 시련을 주고 게다가 그렇게 해서 씌어진 소설이 제대로 시련을 반영했는지 채찍질까지 아끼지 않았던 두 사람의 독설가에게 감사를 드린다. 문학동네 식구들에게도 이 지면을 통해 고마움을 전하고 싶다. 그리고 부모님과 가족들, 그들의 배려가 없었다면 아마 이 책이 나오기까지 훨씬 많은 시간이 걸렸을 것이다.

함부로 쏜 나의 화살들, 내 손가락을 찢고 어디로 가 박힐는지.

1996년 12월
은희경

문학동네 소설집
타인에게 말 걸기
ⓒ 은희경 1996

| 1판 1쇄 | 1996년 12월 24일 |
| 1판 37쇄 | 2003년 12월 15일 |

지 은 이	은희경
펴 낸 이	강병선
펴 낸 곳	(주)문학동네
출판등록	1993년 10월 22일 제22-188호

주 소	413-832 경기도 파주시 교하읍 문발리 출판문화정보산업단지 513-8
전자우편	editor@munhak.com
전화번호	031)955-8888
팩 스	031)955-8855

ISBN 89-8281-024-2 03810

www.munhak.com

"Stay with us..."

Encounters with the Risen Lord

Fr. Thomas Rosica, CSB

Foreword by **His Beatitude Michel Sabbah**
Latin Patriarch-emeritus of Jerusalem

NOVALIS

used throughout the book was
, and written by Sr. Marie-Paul
tery on the Mount of Olives in
uctions of the icon are available
ouri. Photo of original icon by

Published by Novalis

Publishing Office
10 Lower Spadina Avenue, Suite 400
Toronto, Ontario, Canada
M5V 2Z2

Head Office
4475 Frontenac Street
Montréal, Québec, Canada
H2H 2S2

www.novalis.ca

Cataloguing in Publication is available from Library and Archives Canada.

Printed in Canada.

We acknowledge the support of the Government of Canada.

5   4   3   2   1   22   21   20   19   18